我的忧郁小姐

My Depressive Girl

陈果·著

江苏凤凰文艺出版社
JIANGSU PHOENIX LITERATURE AND ART PUBLISHING

目录

CONTENTS

楔子

每个人的身边，都隐藏了几个抑郁症患者。

他们有的可能是因为生活不顺，有的可能是童年不幸，也有的是迷茫或不良情绪的多年积累……如果你和他们不熟，他们通常不会告诉你，在那平静的外表下，隐藏着怎样的内心煎熬。

大多数时候，你看到的他们，和正常人没有什么区别，甚至有些抑郁症患者，比正常人还正常。他们幽默、机敏，甚至话多。如果你不了解他们，你不会知道，所有人前的活泼，不过是他们抵御抑郁的一种手段。而所谓的话痨，也不过是在朋友面前制造的表面繁荣。人后的他们，经常会陷入悲伤的情绪不能自拔，甚至有些人，厌食、甲亢，有自残和自杀的倾向。

人心如深海。有的海，一览无余，内在与外在一般平静；有的海，表面偶起涟漪，暗地里波涛汹涌，随时可能会打翻生命的小船。

后知后觉的人们，因着对抑郁症的不了解，因着对身边的人缺乏足够的关心，根本想不到，你身边那个言笑晏晏的人，下一秒，可能会从二十层的高楼上跳下去。

二〇一三年，我生完小孩，作为兼顾职场的新手妈妈，颇多不适，一度陷入抑郁的情绪中不能自拔。但因为性格比较闷，抑郁正当时，顾虑比不适更多，并没有把情绪向任何人吐露。怕别人不理解，也怕解释起来费力，更怕听到那句俗不可耐、让人忍无可忍却不得不忍的话“谁都会有情绪问题，你要往好处想”。

怎么想呢？往好处想，就可以解决生活的繁杂往复吗？往好处想，就不必陷入黑暗黏稠的情绪中不能自拔吗？我不知道别的抑郁症患者，是否会像我当初一样，选择什么都不说，独自消化所有的恐惧和悲伤。但是我想，那些肯对信任的人说出真实感受的抑郁症患者，在听到“往好处想”这四个字的时候，大抵是非常失望的吧！

我在几年前，就学过心理学，亦是国家二级心理咨询师，在产后抑郁之前，就对抑郁症有了颇多了解。经过自我分析，知道自己当时的心理状况是有问题的，便想要自愈。一点点儿地用“认知疗法”分析自己的状况和心态、用“森田疗法”试着了解并接受自己所有的心理问题，逐渐情绪就放松了，又过了一段时间，也就不那么低落了。

当然，我的好转，与逐渐适应新手妈妈的身份也不无关系。与孩子逐渐长大，逐渐懂事也不无关系。后来，跟三五好友聊到当时那段时间的状态，朋友们都很唏嘘，直言如果当时我愿意跟他们聊聊就好了。可能就不必独自经历情绪上的茫然与虚无，不必独自走过那一段四顾茫茫却怎么都走不到头的心路历程。可是我仔细想想，再让我选择一次，我大概依然会选择沉默吧！因为有些东西啊，对没经历过的人来说，真的是说不清楚的。

因为感同身受，我突然想要更深入地了解抑郁症患者这一群体，了解他们的怕与爱、勇敢与恐惧、快乐与忧伤。那天，突发奇想地，我在聊天工具上搜索了关键词“抑郁症”，令我没想到的是，这样的互助群、心理治疗群那么多。光是两千人的大群，就有几十个。五百人、两百人的小群，更是数不胜数了。我加了几个同城群，工作带娃之余，每天都会上线看看他们聊了什么。让我印象最深的，是一个全部群成员加起来只有五六十人的小群。那个群，虽然人不多，却个个都很活跃，谈起自己的症状，丝毫不曾隐瞒，有些人甚至每日打卡讲述自己治疗的过程。这让我感觉非常惊讶，在以往的认知里，我一直以为，抑郁症病人，大都是敏感的、不太愿意跟人沟通的，看来我想错了。这颠覆了我的认知。

然而没多久我就想明白了，为什么他们对身边的人隐藏自己的情绪，在网络上却肯畅所欲言。一则，和网络上认识的人交流，没有更多的情绪负担；二则，大家都是抑郁症患者，能更好地彼此理解。

他们之间非常熟稔，我后来才知道他们每个月都会举行线下活动，大家几乎都见过面。群管理员开玩笑似的威胁我，如果连续三次群活动不参加，就把我踢出去。

我觉得很有意思，大部分的抑郁症患者同时也是社交恐惧症患者，像他们这样，线上活跃，线下定期聚会的，还真是不多。我答应他们，下次聚会一定参加。

几次聚会之后，有一个女生引起了我的注意。那个女生名叫陈素素，群昵称叫“海棠灵素”，我喜欢这个名字，金庸小说里，我最喜欢的女性就是程灵素。那个会种植七星海棠的女子，有多聪慧就有多美，有多深情就有多悲伤。我猜，陈素素大概也是这样的想法吧！

陈素素年龄不大，目测二十五六岁的样子。皮肤光滑细腻、白而清透，像骨瓷。最吸引我的，是那双黑白分明的大眼睛，含着一丝微笑，带着一点儿真诚，就算是炯炯有神地看着你，也不会让你紧张，引你反感，反而让你感觉到舒适和安心。

也就接触了几次，我敏感地发现，在这个群里，我和陈素素是同一类人，都是观察者人格。

据我多年总结，大部分超过五个人的聚会，都是由表演者、附和者、目的者、浑浑噩噩者和观察者组成。

所谓表演者，即聚会中最活跃的成员，说话未必最大声，却一定是话题的引导者。笑容未必最爽朗，却一定能左右大家的情绪。

所谓附和者，通常和表演者相伴相生。所谓一个逗哏一个捧哏。附和者未必刻意如此，却总是不自觉地跟随表演者说出一些话，做出一些举动。

而目的者，参加饭局通常带有一定的目的性，或有求而来，或为了某个人而来，或为了在饭局中达到某些目的而来。他们话不多，有时候也会扮演观察者的角色，然而无论做什么，都不会忘记自己此行的目的。

浑浑噩噩者，大概是最好理解的了，他们通常不会对表演者的话题有兴趣，参加聚会也没什么目的，但每当有人讲笑话的时候，他们会跟着笑。有人讲悲惨的事情，他们会跟着唏嘘。他们可能会喝酒，也可能会说些不那么上台面的话。聚会时，他们通常会产生这次聚会很有收获的想法。但聚会一结束，出了门，冷风一吹，却又觉得好像也没什么意思。他们就像读书时我们遇到的那种很老实、很努力，从来不逃课，却怎么都考不好的同学一样。毕业后，我们会记住那些跟我们关系特别好的同学，会记住那些特别优秀或特别差的同学，唯独很快把他们抛到脑后。多年以后，我们甚至想不起来他们的名字，可我们需要他们。他们的存在，构成了人群中的“绝大多数”。

并不是每个聚会的场合，都有观察者。正如并不是每一个聚会，都会凑齐表演者、附和者、目的者、浑浑噩噩者一样。在还足够年轻的时候，聚会的时候，我会扮演表演者，用巧妙的段子、爽朗的笑声，力求让在场的每个人记住我。有了一定的阅历之后，我更愿意去扮演观察者的角色。很少说话，只看，只听，只捕捉。从只言片语中，看对方的性格、表达方式，分析他们的生活习惯，以及背后的故事。当然，之所以变成观察者，跟我的职业也有关系。在繁忙的工作之余，我还是一个写作者和心理咨询师。一个好的写作者，必然是一个好的观察者。一个好的心理咨询师，当然也离不开敏锐的观察。

陈素素就不同了，她还那么年轻，又漂亮。无论是扮演表演者，还是浑浑噩噩者，其实都不为过。而她偏偏是一个观察者，这让我觉得惊奇。但接触了一阵子之后我发现，她的观察，和我的观察是完全不同的。如果说我是站在旁观者的角度去看、去思考的话，她的观察，则是一种不动声色的察言观色。她沉静地隐藏在人群中，听别人说话，分析每个人的性格，判断和不同人的交流方式。需要她说话的时候，她总是用最简短的话语，说出一句不那么出挑、却总是让听者感到熨帖的话。这种观察的本事，与其说是后天的培养，不如说是潜移默化的本能。

我抬眼看她，淡而精致的妆容，宝姿的连衣裙，杜嘉班纳的小羊皮平底鞋，因为款式挑得好，不仅不显老气，穿在她身上，反而就像她本人似的，隐隐内含光。

在她这个年龄，能穿得起宝姿和杜嘉班纳的，家里条件应该还不错。之前我就从群里其他人的口中得知，她毕业于英国名校。接触的过程中，从她的言谈举止也能看出，她教养很好。性格有些单纯，却并非不通世故。她应该是家里条件还不错的那一类吧！

这样的人，察言观色怎么会成为本能呢？我不由得脑补了一场豪门大宅大房二房子女争家产的狗血伦理剧。可如果是这样的话，她性格里单纯的一面又是从哪里来的呢？见过世面，却依然保持单纯的人，大抵心中都坚信美好的存在。所以豪门争家产这种戏码，应该也不适合她。而且，就她的穿着和品位来看，可能是中产之上，豪门之下，家里应该没有那么多复杂的龌龊事。但，我猜测她的内心一定是受过伤的，甚至童年的某段时期，还缺爱、缺关怀，这才养成了察言观色的性子。

当她发现她在偷偷地观察别人，而我在肆无忌惮地观察她的时候，她的脸“唰”地红了。然后她又不好意思地抬眼看我，冲我吐吐舌头腼腆地一笑。被发现之后像惊弓之鸟，却又迅速做出得体的、很容易让人产生好感的判断和应对……真是一个与众不同的女孩，我不由得对她更加好奇了。

我很想问问，她都经历了什么，才养成了这样的性格，却不好意思张口。向一个不太熟的人打听她可能带着伤痛的隐秘过往，是一件很没有礼貌的事情，我当然不会做这样的事情。向认识她的人旁敲侧击打听她的过往，是一件很猥琐很没有风度的事情，我当然也不会做这样的事情。即使是出于对她的好感也不行。于是只好暗自忍耐着，假装自己并没有对她产生任何兴趣。

然而关于她的八卦，还是时不时传到耳中。其中最有名的有两个。一个是，她的心理咨询师是范心知；另一个是，群主“孤烟直”喜欢她，私下跟她表白，却被她拒绝了。

范心知这个人我知道，我曾买过她的书，也曾在网上看过她的心理普及课程。像她这样著作等身，又在全国各地开了好几家连锁咨询室的心理咨询界大拿、CEO，多年以前基本就不亲自接待来访者了。并不是拿着钱就可以让她亲自上场的，除非是关系户。

陈素素个人应该没有这样的人脉，能请动范心知。那么，应该是她家里的关系了。以范心知在咨询界的地位来说，若是一般略好的家庭，只怕也未必能请得动她。那么，陈素素家里，是从政还是从商？或者家里有人是文化界、艺术界的名人？这就不得而知了。

从陈素素偶尔的言谈中，我知道她得抑郁症有两年了。得抑郁症之前，她在国内某知名投行工作。得抑郁症之后，因为病情影响了工作，不得不辞了职。这两年，可以说是待业在家。

我知道群里有几个人是很羡慕她的，甚至有些嫉妒她。毕竟并不是每个人精神上出了问题，都可以待业在家这么长时间的。大部分人，除非病到完全无法工作的程度，否则多少还是要忍着内心的伤痛出来揾食的。就拿我来说，产后抑郁一直到产假结束都没有完全治愈，可产假结束的时候，我还是乖乖地回公司报到了。从这一点上来说，陈素素比群里的大部分人包括我，都要幸运得多。

群主“孤烟直”我见过几次，本名叫曹俊超，是一个三十岁左右的男人。他身高一米七五左右，有微微的小肚腩，略胖。头发短而直，皮肤黝黑，眉毛粗浓，眼睛细小而狭长，不笑的时候目露精光，笑的时候，眯成一条缝，极具亲和力。言谈举止和群里大部分的年轻人都不同，是个很有生活阅历的人。

我听群里一些人私下说过他。据说，他学历不高，中专毕业，自己做服装生意，做批发，同时还开有两三家实体店。他在二十多岁的时候，就在这个城市买了套两居室，这两年，又在不同的地段买了好几套房子，算得上是年轻有为了。

曹俊超私下向陈素素表白未果这件事，是他亲口跟群里关系比较好的人说的，那人又传到了我们的耳朵里，后来，大家就都知道了。

有人当面拿这件事打趣他和陈素素，他也承认了。这让我觉得疑惑，像他这样城府颇深的人，这种“丢脸”的事情，应该不至于大肆宣扬才对。但他承认这件事时的表情，和看陈素素的眼神，让我不由得恍然大悟：陈素素这两年，因为治疗，生活圈子非常封闭。可以说，唯一能说知心话的，大概也就是群里的这些人了。陈素素的品行和长相都不错，群里的单身男士也不少，难免会有对她心动的。但大部分的人，在陈素素的家境、学历、长相、修养面前，都会有些自惭形秽，再加上大家都有心理问题，因着对自己未来的不确定，很多人并没有选择表白。曹俊超在这种时候说出这些事情，还用那种被拒绝也始终爱她的表情看着她、环视着众人，不过是另一种形式的宣示主权：1.我还在追，你们就不要跟我抢了；2.连我都追不上，你们就别自讨没趣了；3.我相信，假以时日，我一定能追上她，你们就别在这里瞎掺和了。

背后的含义这么深，真有意思！被拒后依然这么自信，真有意思！

陈素素没有对此发表意见，她只是低头抿嘴一笑，就把这件事抛之脑后了。虽然后来跟曹俊超说话会刻意保持些距离，但也还算正常。最正常不过的那种正常，并没有对他有任何的另眼相待。

我本来对曹俊超观感一般，无好感亦无恶感。可我不小心看见他盯着陈素素的眼神，却让我极不舒服。就像小麋鹿在河边悠然地喝着水，丝毫不知远处有一只眼睛冒绿光的大灰狼，紧紧地盯着自己，随时等着一扑而就。

用看猎物的眼神看着自己喜欢的人，这已经不是有意思可以形容的了。

虽然曹俊超很优秀，但这两个人，从各个方面看，都不是很匹配，更何况陈素素对曹俊超始终没有那方面的想法，所以，我并不认为他们有在一起的可能性。看着他们相处的状态，我倒并不担心陈素素会吃亏。

只要一段关系没有开始，就不会有吃亏的可能性。

然而事情的发展，向来跟人的预想有着很大的差别。我怎么都没想到，后来的他们，会逐渐产生纠葛。而他，在她需要帮助的时候，挺身而出，来了场英雄救美，却也因此差点儿成为她爱情上的阻力，甚至在其中扮演了不光彩的角色。

我们生命中，遇到的大部分人，注定都只是过客。有些人的离开，在我们的心底，留下了一道温暖的光，始终滋养着我们；而有些人，却让我们想起来，就忍不住心下一寒，浑身发冷。

陈素素和曹俊超分道扬镳之后，群也解散了。曹俊超找到了自己的终身伴侣，而那个人和陈素素也认识，陈素素甚至还参加了他们的婚礼。但那之后，为了避嫌，他们几乎没有交集。我不知道她想起他的时候，是觉得温暖，还是寒冷，或者是五味杂陈。在她的生命中，他毕竟不是男主角，只是一个过客。他的存在，也不过是让她逐渐认清自己的内心，勇敢地拥抱自己，找到自己此生的真爱吧……而我，机缘巧合之下，居然成了整个事件的旁观者。

这又是另外一个故事了，这件事，要从陈素素决定去上班说起。

第一章

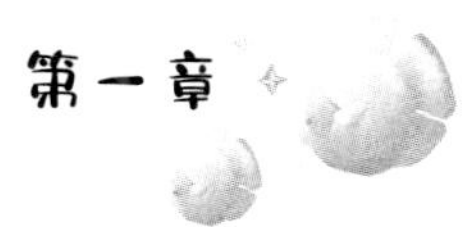

对于锦阳湖壹号项目来说，这是非常不太平的一天。

作为知名开发商旗下的知名楼盘，锦阳湖壹号虽然地理位置不是特别优越，但因有着背山面水、规划设计优良的优势，售价并不低。大概也就比市中心同档次的楼盘稍微低一点，但跟锦阳湖片区其他项目相比，价位是要高出许多的。

锦阳湖壹号的业主，刚需、刚改、投资客都有。手里的钱，买市中心的高端豪宅还差点儿，偏又对居住品质有所要求，只好退而求其次，舍地段而选品质，买了这号称锦阳湖片区最佳住宅的锦阳湖壹号。也正因为此，对品质的要求难免更高些，有些素质不高的业主，甚至还会吹毛求疵。毕竟，以现在的房价来说，这可能是举全家上下三代之力购买的第一套房，也有可能是他们这辈子在这个城市，唯一能够拥有的一套房。这套房，对于他们来说意义重大。可能是外地来此打工多年的一家三口扎根下来的证明，也可能是本地的小年轻宣布独立的婚房，更有可能是居住在市中心的老人，把市中心的房产让给子女后，唯一的养老之地。

项目是精装修交付。一期交房前两三个月，就有一些业主隔三岔五地到售楼处问，能不能让他们提前进去看看装修情况。这当然是不可能的，就像我们这些写作者，过程稿永不示人一样，因为所有的过程稿，都是车祸现场，是禁不起推敲的。

被拒绝之后，仍有一些业主不死心，上午没事儿的时候，或下午吃完晚饭之后，绕过工地上的门卫，偷偷溜进正在装修的房子里查看一番。好事之人还拿着手机拍了照，发到业主群里请大家共赏。赏来赏去就赏出了问题，有细心的业主发现，装修标准和合同里写的某些品牌完全不同，再一查，个别品牌明显低了一个档次，就着了急，以为受了无良开发商的蒙蔽。业主群里说出来，大家都义愤填膺。这一日大清早，一期业主们能请假的请假，不能请假的，发动家里的老弱妇残幼聚集在一起，拉着白底黑字横幅，扯着嗓子，聚集在售楼处外，有组织、有纪律地拿着大喇叭嘶吼：

“抵制无良开发商！”

“还业主公道！”

“按合同标准装修！”

“不得欺瞒业主！”

…………

愤怒的业主们起得太早，这一声声嘶吼，不仅惊了天不亮就来售楼处前广场跳舞的大爷大妈们，还惊了早起找虫吃的鸟雀。

售楼处的保安们三班倒，什么时候都是有人的。销售经理王伟正在外面的脏摊儿上优哉游哉地吃早餐，就接到保安队高队长的电话。高队长说了事情的经过，王伟惊呆了，不敢相信自己的耳朵。高队长二话没说拿手机拍了照片发给王伟，王伟把碗一推，早餐都不吃了，一路闯红灯赶到了售楼处。售楼处的钥匙高队长一把，销售主管倪虹一把，其他人若有谁来得比倪虹早，就去高队长那里拿钥匙。平时这个点儿，高队长已经把大门打开了，可这一天，见愤怒的业主们包围了售楼处，一副“再不开门就砸”的气势，反倒不敢开了。王伟来了之后，接过高队长递过来的钥匙，没开门，而是先凑到高队长的身旁看看形势。

越看越心惊。那心情不亚于躲在门后的傅文佩，面对成千上万个暴怒着敲门的雪姨，虽然明知道自己可能没做错什么，但就是忍不住两股战战，几欲先走。

正如高队长遇到事儿，第一个想到的是给销售经理打电话一样。销售经理王伟遇到棘手的事情，第一个想到的就是给项目总小周总打电话。

“小周总”全名周航，是“大周总”周素华的独子。周素华，华里集团的老总。华里集团，是锦阳湖壹号的开发商。锦阳湖壹号项目，虽然不是都市最好的住宅项目，却是华里集团今年在售的最重要的项目之一。因为最重要，所以才交给自己的独子。一则，这是一个很容易出业绩的项目，周航年轻，可凭借此项目在一众元老面前站稳脚跟；二则，正在销售的项目突发状况多，年轻的老总也可借此快速成长。

王伟打电话给周航时，周航没多说什么，只说他会尽快赶来。电话打完没多久，销售员们陆续也到了。依然是倪虹最早到，之后是周涟漪，再之后是张雯，最后才是于苗苗。倪虹心眼实，又没提前接到电话，来了之后，看见售楼处门前一片喧哗，并没有多想，拿了钥匙直接开门进去。王伟从旁边闪出来，倒吓了倪虹一跳。

门开之后，有业主想往里面冲。王伟这时候销售经理的架势拿出来了，大叫一声：“有话好好说，一个一个来！”业主们聚在一起议论纷纷，一时反而却步了。

售楼处一时安静。倪虹和王伟换完工作服之后，就各做各的事情了。周涟漪进来后也安安静静的。只有张雯，只因在人群中多看了一眼，看见了熟人，便停了下来，和熟人说了好一会儿话。那熟人姓罗，是一期的业主，同时也是张雯的男朋友。于苗苗来得最晚，却在外面逗留了很久——她看到了张雯。张雯和罗姓业主之间可能产生了分歧，两人看着都非常气愤，这引起了于苗苗的好奇。虽然听不见张雯和罗姓业主的对话，于苗苗却忍不住一再张望着，试图从两人的表情里捕捉到更多的信息。一步三回头，总算进了售楼处。不着急换工装，包都没放下，卡着点儿打完卡之后，拉着站在前台忙碌的周涟漪问："外面什么情况？"

周涟漪早已和王伟、倪虹交流过信息，对外面发生的事情了如指掌，便又跟于苗苗重复了一遍。哪里知道，于苗苗却说："我问的不是这个，我问的是张雯和那姓罗的什么情况。"

"呃……"见于苗苗关心的并不是工作，而是八卦，周涟漪一时不知道该说什么好。周涟漪想了一下说："我进来得早，没看见，什么都不知道呢！"

于苗苗失望地"哦"了一声，这才进入后场换衣服。过了会儿，换好工装出来，问："王经理呢？怎么也没通知开早会？"

周涟漪说："在里面跟客户解释呢！有一个业主，趁着大家都在外面闹，找借口上厕所，跑进来跟王经理说，他不管别人什么情况，只要公司把他的房子按标准装好就行。实在不行，就让公司把装修款给他，他到外面找装修公司装。"

于苗苗说："公司统一装修，怎么可能特殊对待？给他钱更不可能了，想什么呢！"

周涟漪说："是啊！王经理都拒绝了，他还在里面说呢，以为多说几句好话，公司就能照他说的办。也不想想这种事情，王经理怎么做得了主？公司也不可能为他一个人开这个先例啊！万一给他了，以后个个都来要钱，可怎么办哪！"

两人正说着话，张雯怒气冲冲地进来了。她的眼圈有点儿红，嘴巴倔强地抿着，看表情除了愤怒以外，还有几丝委屈与不甘。她默默地站在前台，目视前方，目光空洞，像在想着什么，又像什么都没有想。周涟漪本想跟她打声招呼，但见她表情严肃，一时也不敢跟她说话，便也只好不作声了。

这时候，一个穿着连衣裙，背着双肩包，化着淡妆的女孩进来了。看着面生，穿着又还不错，于苗苗和周涟漪以为是来看房的新客户，齐声喊："欢迎光临！"

这一喊，倒把女孩吓了一跳。

女孩迟疑着问："请问，王经理在吗？"

于苗苗和周涟漪交换了一个眼神，从对方的眼睛里找到答案，知道彼此都不认识这个人，闹不清究竟是业主家属，还是王伟的熟人。于苗苗就问："你找王经理有什么事儿吗？"

"我是来入职的，周总让我直接找王经理。"女孩回答。

"哦！"于苗苗一唱三叹，很是失望，原来也只是一个来找工作的女孩子呀，还以为是客户呢，白白浪费了那么多热情。只是她穿那么好干吗？还背着那么贵的包，做销售员的也这么有钱了？于苗苗忍不住翻个白眼，说："王经理在忙，你等一下吧！"

"好的。"女孩乖巧地站在一旁，目视门外，默默等待。

周涟漪一直在观察女孩，这时候见大家都没说话，才开口问："你说是周总让你来的，是哪个周总？"

"周素华周总，是她让我到这个项目上来的。"女孩倒也诚实。

一个普通的销售员，居然是集团老总介绍进来的！换句话说，一个普通的销售员，居然认识集团老总！于苗苗这些人，一年到头除了开年会的时候，其他时间想要见周素华一面也只能通过看看电视、翻翻企业内部杂志这些渠道了。这女孩究竟什么来头？于苗苗和周涟漪震惊了。

于苗苗嘴快，问："你和周总认识？"

女孩擅长察言观色，看着于苗苗和周涟漪脸上的震惊，她意识到自己说了什么不妥的话了，一时之间不知道该怎么补救，不由得脸微微红了，只轻声解释说："我不认识，家里有人认识。"

"哦！"于苗苗恍然大悟，原来是找关系进来的呀！也不知道是托了多少层关系，才攀上周总这条线。只可惜找了一大圈儿关系，只是来做个销售员。

女孩见两人不再说话，问："外面发生了什么事情？"

于苗苗正要实话实说，眼明嘴快的周涟漪抢着回答："一点小事儿，也没什么。我带你进去看看王经理忙好没有。若还在忙，倪姐帮你办入职手续也是一样的。"

这个来入职的女孩，就是陈素素。

说起上班这件事，别说朋友们了，陈素素本人也觉得挺突然的。她还以为，在抑郁症彻底治愈之前，不会去上班呢！毕竟，家里也不差钱，她就算一直不上班，也没什么的。哪里知道，消息来得那么突然，决定做得那么快。

那天是周五，陈素素照例在上午九点走进"心知心理咨询"，找范心知做咨询。范心知是陈素素爸爸陈一凡的朋友，对陈素素可谓尽心尽力。范心知帮陈素素做了阶段例行抑郁测试后，很遗憾地告诉她，她的抑郁值依然是重度。

范心知说："两年了，中途给你换过咨询师。每次咨询，你也都认真配合，效果却并不理想。我分析过这里面的原因，虽然表面上看，通过咨询你的心结已经解开了，但实际上，你仍然对过去的事情耿耿于怀。"

咨询的失败，浪费的不仅是陈素素的时间，还有范心知的时间。陈素素感觉很抱歉，默默低下头去，不知道该说什么好。

范心知和陈素素接触了两年，可谓非常了解她，又是心理咨询界大拿，最擅揣摩人的心理。范心知看着陈素素的表情，就知道她在想什么。于是便微笑着安抚陈素素："这不怪你，心理咨询毕竟不是万能的。个体的状况也不相同，有些人，心理问题靠咨询就能解决，而有些人，只能靠自己。"

"那我应该怎么做呢？"陈素素问。

"走出去，打开自己，去经历、去受伤、去接纳、去了解。"

这样的话，太宽泛又太含糊，跟每一个有心理问题的人说，其实都没什么问题。范心知是爸爸的朋友，又足够专业，陈素素不相信，她只是故意说了这样一句玄而又玄似是而非的话来应付自己。陈素素疑惑地看着范心知，等着她进一步解释。

范心知说："去找份工作吧！多接触一些人、一些事。多说说话，看看和你完全不同的人是怎么生活的，或许会给你启发。"

"可是，我之前就是在工作场合犯病的。"想想之前工作的地方，陈素素就忍不住打了退堂鼓，咬咬嘴唇说。然而她并不抗拒出去工作，她信任范心知，也迫切地想要治好抑郁症，像个普通人那样生活。所以，但凡范心知给予的建议，她都会认真思考，酌情接受。——尽管心里可能会觉得害怕，不敢迈出那一步。

"不要去做之前那种人际关系复杂，或工作内容复杂的工作了。不要再待在象牙塔中，去一个环境相对简单的地方，接触一些想法相对简单的人，做一份不那么心累的工作，会对你的病情有所帮助。"范心知说。

"那我应该去做什么工作呢？我两年没上班了，不知道现在的职场环境是什么样的。"

"这样，我跟你爸爸打个电话，商量一下。"范心知结束了这次的咨询。

陈素素不知道，范心知和陈一凡究竟是怎么商量的。她只知道，其后不久，陈一凡就来问她："去房地产公司上班好不好？"

陈素素本来以为，可能会在房地产公司做一些文案、策划类的工作。哪里知道，陈一凡告诉她，他和范心知都认为，她去做销售会比较好。

销售？房地产销售？售楼处内穿着黑色套装、黑色丝袜、黑色高跟鞋，手上拿着厚厚的资料夹，对每一个进门的客户笑脸相迎的销售？英国名校毕业，上一份工作还是在投行，这一份工作居然是房地产销售员，这跨度未免也太大了些吧！陈素素忍不住腹诽。

然而陈素素并没有拒绝，她本来就不是个性很强的女孩。在家宅了两年，也实在是闷了，迟早还是得工作，换个行业也好，反正她的目的是多接触人，让自己的心理问题有所突破。上什么班，挣多少钱，反而是其次了。更何况，她将要工作的地方是锦阳湖壹号售楼处。——锦阳湖壹号，华里集团的项目，周素华公司里的项目。天知道她多想更多地了解一下周素华这个女人。搞清楚爸爸妈妈这么多年貌合神离的真正原因。

这十几年来，陈素素曾多次试图搜集周素华的信息，电视上、网络上、杂志上，关于周素华，基本有两个声音。一个是说，周素华为人温婉而明媚，是典型的小女人；另一个说，周素华对手下异常严厉，“所到之处寸草不生”。陈素素更相信后面这种说法。她始终相信，一个离异独自带娃的女人，若只有温婉和明媚，是撑不起华里集团这么大的场子的。

陈素素一直都知道，华里集团的起家，陈一凡在其中起了不可忽视的作用。陈素素还知道，虽然华里集团做大之后有了自己的法律部门，爸爸的律师事务所没再兼任华里的法律顾问，但遇到关键问题时，周素华仍然会给爸爸打电话。而爸爸也会知无不言，言无不尽。这其中，是感情的因素多些，还是利益的因素多些，谁也说不清楚。虽然爸爸从来没有承认过对周素华有着非同寻常的感情，还反复强调是妈妈想多了，但妈妈却坚信爸爸和周素华有不可告人的秘密，搞得陈素素对此也将信将疑了。

真相到底如何，大概也只有爸爸和周素华最清楚了。

妈妈因为这件事，一直过得不开心。这让陈素素的童年以及青少年时期，有很长一段时间日子非常不好过。当然不是缺衣少食，而是总得不到家庭的温暖。父母在家时，得看他们的脸色提要求，这才养成了察言观色如惊弓之鸟的性子。这事儿范心知知道，陈一凡当然也知道，却无能为力。如今，陈一凡把陈素素安排到周素华公司旗下的项目上，不知道是否存了让陈素素借此答疑解惑的目的。但无论如何，陈素素是乐见这种安排的。——在周素华的势力范围内，却不是她目之所及的地方，不必和她正面接触，却能感受她的魄力与强大，听说她、观察她，从别人的口中、眼里了解她，这样挺好。

这些年，陈素素和陈一凡并不是没有谈论过周素华。尤其是这两年，范心知从原生家庭找原因，陈素素向范心知坦白童年及青少年经历的很多事情之后，陈素素和陈一凡谈论得更多了。可大多数时候，陈一凡并不愿意细说，只是告诉陈素素，并不是她想的那样。究竟是什么样呢？真相不得而知，陈素素从陈一凡的嘴里得不到想要的信息，只好靠自己的双眼去观察了。听他谈论到周素华时的语气，捕捉他的微表情，看他是否撒谎，是否窘迫，自己暗自揣测，琢磨出一个答案。

就像这一次，陈一凡主动跟陈素素说，让她到锦阳湖壹号去上班。陈素素边和陈一凡谈论着这件事，边仔细观察他。陈一凡的坦然一如既往，只是他的手好像始终没地方放。——一个五十多岁的男人，虽然语气坦然，但手的动作仍然出卖了他的内心。陈素素相信，他们之间，并不像他描述的那般清白。然而陈素素也并没有多说什么，内心的翻江倒海缺乏实质的证据，那便只是上不了台面的暗自猜测罢了。虽然真相并没有那么好找，但陈素素相信，只要她去找，就能够找到。虽然目前她并不知道找到真相之后能怎么办，毕竟，那些事都是上一辈的事，但，还是找找看吧，哪怕只是为帮妈妈求一个心安。

售楼处早上九点上班，周素华跟陈一凡交代让陈素素去报到的时间也是九点。八点多的时候，陈一凡就带着陈素素来到了售楼处门口。先是被现场的场景吓了一跳，很快，陈一凡就搞清楚究竟发生了什么事情。他顾不得跟陈素素多说几句话，先拨打了周素华的电话。周素华听了事情的经过，只告诉陈一凡，安心带陈素素去上班，她会处理。

听到周素华胸有成竹的话语，陈一凡也就挂了电话，没再多说什么。虽然这些年，他不再兼任华里的法律顾问，但凭着对周素华的了解，知道她不是那种会轻易给自己挖坑的人，便也放心了。陈一凡只一心一意地叮嘱陈素素入职后的注意事项，比如要耐心对待客户，和同事们好好相处之类的。

陈素素说："这些我都知道，我上过班的。"

陈一凡看出陈素素的不耐烦，沉默了一下，不再提这些老生常谈的话，而是把早已想好，在嘴边存了许久的话殷殷地说了出来："得抑郁症这件事情，就不要和同事们说了。"

陈素素没想到，陈一凡会跟她交代这个，只抬眼疑惑地看了陈一凡一眼，没有说话。

陈一凡说："我没有别的意思。主要是怕别人不好理解，用有色眼光看你。"

"你跟周阿姨提了吗？"陈素素边问边看向陈一凡，试图从他的表情动作里捕捉到一丝慌乱。

然而这一次，陈一凡却不高兴了。他问："为什么你每次提到周素华的时候都要用这种眼神看我？你更相信你妈妈说的话，而不相信我？"

陈素素垂下眼帘，没有说话。

陈一凡看着女儿谨小慎微，却又颇有反骨的样子，心中不落忍，便柔声说道："我跟她说了，但也交代她，不要跟人提。"

"嗯。"陈素素应了一声，没再说什么。

陈一凡没再纠结之前那个问题，而是就前一个话题絮絮解释："我主要是觉得我们国家心理卫生知识普及太差，很多人并不知道心理疾病是什么，还以为是神经病。你跟别人说你得了抑郁症，那些人未必会照顾你的情绪，反而还可能质疑你的工作能力。反正你也不会在那边上多久的班，就不要跟大家交心了，这也是保护自己的一种方式。"

陈素素想起往事，不由得心中一痛，"嗯"了一声点头答应。

爸爸说的话，她又何尝不理解。她初中就出国读书了，一直读到研究生毕业才回国，接受的是精英教育，回国后，也用那一套精英准则行为处事。在爱情上折了戟不说，公司的人事斗争中也吃了大亏，还引发了抑郁症。吃一堑长一智，她又何尝不知道人心隔肚皮，是时候收起自己，有所保留了。

这两年虽然在家待着，但也不是完全与世隔绝的。虽然与人接触不多，但每次那些貌似关心实则幸灾乐祸的眼神，多少还是会刺痛她。那些对她毫不关心，却对“抑郁症背后的故事”异常感兴趣的陌生人，亦让她觉得反感。在未治愈的情况下，想要摒弃这些杂音，大概也只有保持缄默了。

再无话，陈素素深吸一口气，这才跟陈一凡打了招呼，推门下车，去了售楼处。

倪虹虽然是销售主管，但大多数时候，做的是和销售员一模一样的工作。只偶尔趁着空闲，辅助销售经理王伟处理些杂事。比如说现在，王伟忙着，就由她帮陈素素办理入职手续。

陈素素是公司老总推荐进来的，不用再经历面试这一关。她的入职手续，办起来异常简单。不过是填写一份“入职申请表”，由倪虹带领着录入指纹，领工装，介绍同事，再交代些规章制度和工作注意事项便罢了。

倪虹细心，虽是例行工作，却依然在陈素素填表的同时，询问了些基本信息。当她问到陈素素的学历时，陈素素迟疑了一下，本想胡乱编一个，却又觉得这种事情迟早瞒不住，便实话实说。不出所料，倪虹惊讶地问：“你这么高的学历，怎么会想来做销售员呢？”

陈素素想到早上提到周素华时，那两个同事惊讶的表情，便干脆装傻装到底，只沉吟了片刻，说：“我对做什么工作无所谓的，家里安排我来，我就来了。”

又是一个过来混日子的，只可惜读了这么多年书。倪虹无奈地弯了弯嘴角，没再说什么。

介绍同事的时候，倪虹边介绍，陈素素边观察：销售经理王伟，三十岁左右，不高不矮不胖不瘦，皮肤白，无须，裸露的胳膊，也几乎没有体毛，眼睛不大，总是眯着。因为一直在忙，倪虹介绍到他的时候，他也只不过抬了抬手，咧咧嘴算是打过招呼。和业主说话时，语气虽平稳，手势却很多，像是为了增加说服力。一时还看不出来性格，但这么大一个项目，由他来做销售经理，想来其必有过人之处。

张雯，有八年经验的老销售员，项目连续三个月的销冠（销售冠军）保持者。二十八九岁的样子，身材凸凹有致，吊梢眼、高鼻梁、小嘴巴、尖下巴。不知道是心情不好，还是不待见她，或者为人本就孤傲，见陈素素打招呼，眼神依然冷冷的，也只微弯嘴角便算是认识了。

于苗苗，看着比陈素素还小，二十岁出头。细碎短发，大眼睛滴溜溜转，好奇地打量着陈素素，看着像没什么心机的样子，其实不然：于苗苗看她，不是在看人，而是在看她穿的衣服、背的包、穿的鞋。陈素素坦然地回望她，于苗苗这才露出很甜、很大的笑容。看起来很友好，但，谁知道呢！

周涟漪，年龄跟陈素素差不多，性格却沉静。倪虹介绍她时，刻意强调她也是国外留学回来的。陈素素很惊讶，她本以为，在售楼处卖房子，不需要什么高学历，大概不会有留学生。没想到，却在这里遇见了一位。出于礼貌，陈素素问周涟漪上的大学的名字。周涟漪报出来的大学名，陈素素却没听过。后悄悄拿手机搜索了一下，欧洲某不出名的大学，想来也就比《围城》里方鸿渐“就读”的克莱登大学，要稍微高级一点儿吧！

至于倪虹，这个一早上接触最多的人，陈素素对她倒是颇有好感。倪虹个子娇小，圆脸，长相并不出挑，笑起来眼睛弯弯的。不知道是生活压力太大还是疏于保养，看着年龄不大，眼角的鱼尾纹却很清晰。皮肤也有些暗黄，不笑的时候，眼睛里总带着几分愁苦。

倪虹自己的事儿没有多说，只说她平时杂事比较多。虽然职位是主管，但和大家一样，每个月也要拼销售业绩。但是没有关系，陈素素工作上遇到什么问题都可以来找她，她若知道，必知无不言，言无不尽。

女生素喜扎堆八卦。倪虹带着陈素素办入职手续时，于苗苗她们闲来无事，又没领导管着，便聚在一起议论起陈素素来。

于苗苗说："刚进来的时候，我还以为是客户呢！"

周涟漪说："太年轻了，看着不太像。"

于苗苗说："你看她那一身打扮，衣服虽然不知道是什么牌子的，看着却不便宜。包是迪奥的，鞋是香奈儿的最新款。"

周涟漪说："我倒是没注意这个。"

于苗苗说："一个年纪轻轻的姑娘，虽然不知道她钱从哪儿来，但全身上下都是牌子，真是不简单。"

一直在沉默着的张雯，突然开口了："看她的年龄，大概也上过几年班。现在的奢侈品，跟房子比起来，只能算廉价好吗？上过几年班的小姑娘，攒几个月工资，也不是买不起的。"

于苗苗鄙夷地翻个白眼儿，说："那也得看什么样的奢侈品。就她脚上那双鞋，我跟我妈一起去看过，鞋底是羊皮的。那种鞋，逛一次街就磨坏了。若是靠工资攒钱买，她估计也不会穿出来，只怕今儿来上班，也是有车送的。等着看吧，不出所料的话，晚上下班也会有人来接。还有她那包，也是小羊皮的，不耐磨也不防水，她随随便便就放在桌子上了，她跟你可不一样，看着就是那种从小就见惯好东西的。"

本以为是自己熟悉的领域，才在于苗苗说话的时候发表意见，却没想到又讨了个没趣。张雯有些索然无味，但因为早上的事情心情不好，不耐烦跟于苗苗吵架，便没再作声，只低头不语，想着自己的心事。

周涟漪说："我看她的鞋和包都还挺新的。照你说，她家庭条件挺好的。这样的女孩子，怎么会来卖房子呢？"

于苗苗说："你没听她说认识大周总吗？只怕又是家里安排的，自己心里未必乐意。"

这一次，就连周涟漪，也不再作声了。

过了一会儿，周涟漪才没话找话说："不知道外面那些业主什么时候走，他们聚在这儿，都没人来看房子了。"

张雯向来对周涟漪印象好，这才接话说：“这才几点？你着什么急？”

于苗苗说：“等着吧！领导们会处理的。”

周涟漪自言自语说：“业主们说，我们用劣质材料装修，也不知道是不是真的。”

于苗苗说：“谁知道呢！我只知道地板是最好的。”

周涟漪说：“那群业主也是闲得慌，离交房还有两个月呢，这就等不及了，还偷偷溜进去拍照，什么素质！”

张雯说：“谁买房不想多看几眼啊！你没看动不动就爆出来新闻，什么纸板门事件啊，纸板墙事件啊！虽然华里是大品牌，架不住业主们被吓怕了。”

于苗苗笑着说：“你还真是挺站在业主角度思考的。”

看着于苗苗那不怀好意的笑，张雯知道，于苗苗指的是她和罗姓业主之间的事情。这全怪她自己，和罗姓业主交往之后，忍不住炫耀了一次，就被于苗苗抓住了把柄，明里暗里嘲笑她好几回了。说她“卖房子的嫁给业主，就跟秘书成了老板娘一样，都不失为一段佳话”。

关于这事儿，张雯后悔极了。从小她妈每次骂她，都说她“狗肚子里存不住二两香油”。这都二十八九的人了，遇到点好事儿就忍不住到处宣扬的毛病始终改不了。吃现亏了吧？再想到大清早和罗姓业主之间的争执，张雯好不容易稍缓和的脸上，瞬间又挂满了寒霜。

王伟好说歹说，可算把那业主送出去了，见女生们聚在一起聊天，走过来大叫一声：“开早会！”

张雯、于苗苗、周涟漪连忙站好。倪虹带着陈素素出来，让陈素素站在周涟漪的旁边，小声跟陈素素交代：“以后早、晚会，这就是你的位置，不要站错了。”

陈素素点点头，默默站好，没多说什么。

王伟说：“今天早上发生的事情，想必大家进门的时候已经看到了。事情来得太突然，别说你们，就连我都觉得惊讶。我已经汇报给了公司，小周总正在赶来的路上。这件事很快就能解决，请大家放心。另外，业主们控诉我们的事情，想必你们也知道了。关于这一点，我必须很严肃地告诉大家，那些都是子虚乌有的事情。华里这么大的品牌，我们的质量没有问题，装修更不可能以次充好。我们作为销售员，首先自己要有信心。这样在面对客户的时候才能有信心。都明白了吗？”

“明白了。”几个老销售员齐声回答。

“那好。”王伟说，“希望大家不要受这件事情的影响，好好做好接待工作。”又循循善诱，“如果有你的老业主，主动找上门来说这件事，我们应该怎么做呀？”

王伟说完，期待地看着几名销售员，还顺势调皮地眨了眨眼，差点儿把陈素素逗笑。只听见于苗苗说：“正常接待呗！”

“对了！”王伟说，“我还是那句话，业主拿质量和装修品牌说事，我们要坚信，我们用的产品没有问题。态度要温和，语气要坚决。这才是解决问题的正确态度。都明白了吗？”

“明白了。”几个老销售员再次齐声回答。

事实上，业主们心里也明白，装修质量有问题和品牌被替换这种事，销售员们是做不了主的。这件事只有惊动公司高层，才有可能得到妥善解决。有些业主甚至暗暗期待，最好能惊动媒体，把这事曝光了，开发商就不得不重视了。这也是他们大清早出其不意攻其不备，拉着条幅在售楼处外聚众大闹而没有进入售楼处找销售员麻烦的原因。所以，除了个别别有心思的业主，会私下主动找到售楼处说这件事，想为自己多争取一些好处之外，大部分人还是“乖乖地”待在售楼处外，和“大部队”在一起统一行动的。

人们习惯于用“刚需”这两个字来形容那些有迫切购房需求的人。事实上，房子哪里算什么刚需？人类的耐受力那么强，没钱买房可以和老人挤一挤，也可以租房住，实在不行，火车站、天桥边也不是不可以将就几晚上的。拿这个城市来说，三十年前，大部分家庭，一家几口挤在一间一二十平方米的老公房里，就这样一住几十年。现在的年轻人，恨不得一毕业就搬出来住，脱离父辈的唠叨和管束。一结婚就有自己的新房，小两口甜甜蜜蜜，过自己的小日子去。老人也不耐烦和儿女们住在一起了，恨不得单独住图个清静，说到底不过是这些年经济飞速发展，好日子给惯的。

在我看来，人类唯一的、真正的刚需是内急。自亚当和夏娃偷食了禁果，人类懂得了害羞之后，就与猫狗有了显著区别，内急变成了当务之急。闹市区，路边一棵大树，已不能解决内急的问题，非得有遮蔽的场所才行。

内急来临时，地位多高的人，在那一刻，脑子里也只有一件事，就是释放它。这一早上，一期的业主来了一百多号人。总有内急来得比较早的，售楼处外又没有厕所，也就只好觍着脸到售楼处内解决。幸好王伟早已交代，遇到这样的业主，假装不知道外面发生了什么事情，热情接待，即使知道通往卫生间的路也要帮他们指一回路。别看那些业主，在外面口号震天，进了售楼处还是很有礼貌的。于苗苗、周涟漪、张雯她们，闲来八卦陈素素时，就已经接待好几拨来找厕所的业主了。

正在开早会时，罗姓业主进来了，大家没有想到他也是来“解决刚需”的，还以为他是来找张雯呢！于苗苗和张雯向来不对付，见状只轻轻推了推站在她旁边的周涟漪，对着罗姓业主努了努嘴。张雯不知道在想什么，一时没察觉。周涟漪叫她：“雯姐，找你的。”

张雯也以为是找她的，连忙迎上去。

罗姓业主脸色尴尬，说：“不是，我来上个卫生间。”

大家都愣住了，还是王伟反应快，指着卫生间的方向说：“那边。”罗姓业主便走了。

售楼处安静至少十五秒，王伟问：“刚我讲哪儿了？”

于苗苗有气无力回答：“态度要温和，语气要坚决，这才是解决问题的正确态度。”

“哦对！”经过提醒，王伟想起来了，把前面说过的话重复了一遍，见没人回应，便摸摸鼻子，说，“那今天就先这样。散会。”

众人散去之后，王伟又把陈素素单独叫进销售经理办公室，就“入职申请表”上的个人资料问了几个问题，交代了些认真工作、好好学习销售技巧、有问题及时跟他反映之类的话，便让她出去了。又想到一会儿小周总会过来，项目出了这么大的事情，总待在销售经理办公室不太好，便跟在陈素素的身后，一起出了办公室，来到了前台处。

王伟单独交代陈素素期间，罗姓业主从卫生间出来了。张雯连忙迎上去，想要再跟他说些什么。罗姓业主明显不想交谈，只冷冷地看了张雯一眼，便打算出门。张雯向来心高气傲，当众被“眼神杀”，又落了个没脸，一时倒也愣住了。罗姓业主走到了门口，突然又回过头来，看了一眼张雯，便看见她委屈到发红的眼圈，欲言又止哆哆嗦嗦的嘴角。想说点儿什么，还没来得及说呢，张雯就叫他：“罗……”

罗姓业主突然就狠了心：“我不想再听你解释了，我们分手吧！”

陈素素和王伟出来时，正看到这一幕。陈素素愣住了，周素华公司的下属项目，这一大早可真是够精彩的啊！外面业主群聚大戏还没结束，里面又演了这么一出当众分手的戏码。这究竟是管理不善，还是管理不善呢？

观察型人格，最擅长隐匿自己。陈素素作为新人，这一上午，有单独的任务：对着沙盘记忆项目资料。她抱着看好戏的心态，默默退到沙盘处相对隐蔽的角落，装作背诵资料的样子，眼睛却时不时地看着张雯和罗姓业主。本以为，还能再看到些什么，哪里知道，张雯什么都没说，只是脸色变得苍白。而罗姓业主发现大家都目光炯炯地看着他，一时有些窘迫，倒也没话可说了。

王伟出声了：“这是你们的私事，私下说好吧！我们毕竟还在上班。”

罗姓业主听了这话，转身就出去了。而张雯“哇”的一声哭了，扭身就朝后跑，跑进了销售员休息室。

大家面面相觑，就连一向刻薄的于苗苗，都愣住了。倪虹看了王伟一眼，准备进去劝劝张雯。王伟说：“我来吧！”倪虹便止住了脚步。

王伟其实并不擅长安慰人，平时销售员之间有点什么事儿，都让倪虹去解决。倪虹年龄比他大，经历的事儿多，性子又温和，很得销售员们的尊重。就连向来不服管的于苗苗，也相对比较听倪虹的话。再加上是女性，性别上的优势，更容易和销售员们产生同理心，说出来的话，也就更有说服力一些。

张雯突然被分手，跑到了后台，倪虹的第一反应是自己去劝，但王伟突然提出他去安慰张雯，倪虹便也不好说什么了。关于这事儿，她并没有多想，她最近在恶补管理学书籍，她知道管理者有时候就像老师，虽然对班上的每一个学生都很好，但私心里，总有相对比较偏爱的学生。许是年龄差不多的缘故，许是张雯业绩最好的缘故，王伟更偏向张雯，也是很正常的。

王伟到销售员休息室时，张雯还在默默垂泪。王伟故作轻松说：“我当什么事儿呢！不就是失恋嘛！谁没失过恋似的。”

毕竟不算太熟，又是男上司，张雯不好意思在王伟面前把自己最不堪的一面露出来，听见王伟的声音，她肩膀动了动，没说话，眼泪却止住了。

王伟说：“人啊，特别是你们女人，年轻的时候，总觉得感情比天大。为了一份感情什么都肯放弃。失过几次恋才能明白，这世上，没什么事儿比工作更重要。你看外面啊，业主包围售楼处，四面楚歌。再看咱售楼处里面，你虽然没什么职位，但好几个月销冠当下来，怎么说，也是那几个小姑娘的大姐大，你可得给她们做好榜样，不能让她们看笑话。”

张雯还是没说话。王伟搬个椅子反坐在她对面，趴在椅子背上看着张雯的脸，说："你和姓罗的那些事儿，我多少也听说了一些。老实说，在我心里，那姓罗的根本就配不上你。你大概是觉得自己年龄大了，着急找一个赶紧结婚。这种心态可不好，会让你变得被动……"

王伟话没说完，张雯就打断他："你是男的，你不会理解，我马上就三十了。"

"怎么就不理解了？"王伟问。

张雯说："老话说，男人三十一枝花，女人三十豆腐渣……"

"哟呵！"王伟故意嘲笑道，"平时看你，还挺新潮的。想法怎么那么旧呢！要我说，长得好看，什么年龄都是一枝花，长得不好看，什么年龄都是豆腐渣。你看我，我长这么好看，我从生下来就是一枝花……"

张雯看着王伟那挤眉弄眼的样子，还真称不上一枝花。张雯破涕为笑，王伟见她笑了，也开心起来，说："我还是那句话，没什么事儿比工作重要。这世上什么事情都可能辜负你，唯有工作不会。感情上再努力，都可能被分手，工作上努力了，分分钟多卖一套房子，一个月积攒下来，就又是销冠了……"

张雯点点头："我知道了，王经理。我没事了，谢谢你。"

王伟看看张雯，那张脸倒是平静了许多，便点点头说："好好做事吧！若还是割舍不下，下了班去找他。上班的时候，不要让自己的情绪受这些事情的影响。"

说完就转身出去了，张雯跟在王伟的身后来到了前台。眼圈依然红，嘴巴紧紧抿着，站在前台入定，众人倒也不敢跟她多说什么，只默默地做自己的事情去了。

于苗苗是看热闹不嫌事儿大的，见王伟转身准备离开，她刻意看了张雯一眼，追上去高声叫道："王经理，跟你打听个事儿啊！"

大家都知道于苗苗不喜欢张雯，还以为她要落井下石呢！哪里知道，于苗苗只是问："小周总什么时候来啊？"

王伟站住，深深地看了于苗苗一眼，问：“怎么？你有事儿找小周总？”

“没事儿，我就问问。”于苗苗笑了，又说，“你前面交代的话，我都记住了，也会那样跟业主解释。我就想私下问你，你给我交个底儿，我们公司没有用劣质材料装修吧？”

“没有！”王伟高声回答，狠狠地瞪了于苗苗一眼，起身走了。

陈素素觉得好笑。这个于苗苗，也不知道什么来头，王伟毕竟是销售经理，她就这样当众挑衅，未免也太嚣张了些。

本来以为，于苗苗这样也就够了，哪里知道，她惹起事儿来没完没了。挑衅完王伟，又坏笑着问张雯：“为什么吵架呀？”

张雯翻了个白眼，没理她。于苗苗自说自话：“这大清早的，别的业主来闹闹也就罢了。你男朋友也来闹，太不给你面子了。”又装作恍然大悟说，“该不是你怪他不给面子，跟他吵起来，他生气了，才要跟你分手吧？哦不对，不应该。说不定是猪八戒上城墙倒打一耙，怪你没有提前通知他公司会换装修品牌的事情，他以为你不爱他呢！”

张雯气得胸脯一起一伏，却并没有发作，只问：“不说风凉话会死吗？”

“会呀会呀！真的会呀！我这样说，你是不是很想打我呀？”于苗苗笑嘻嘻地挑衅。

张雯本来就心情不好，外面业主还闹个没完，实在不想这时候跟于苗苗再吵起来，狠狠地瞪了她一眼，起身走了。

陈素素不由得有些同情范心知和陈一凡了。他们好心，以为把她送到这样一个“工作相对容易，人员结构简单”的环境里，就可以不必经历之前公司那样的人事斗争了。哪里知道，就这一个小小的售楼处，除她之外，一男四女五个人，却各有各的心思。刚来就看见简配版的《甄嬛传》，还真是有意思！

太阳出来后，天越发地热了。售楼处广场的业主们，见开发商这边始终没人出来给个说法，情绪便越发激动。

“抵制无良开发商！”

“还业主公道！”

怒吼声一声比一声大。售楼处才开门的时候，王伟就向大家承诺过，公司老总过一会儿就来。可这么长时间都没来，业主们觉得受到了愚弄和轻视。有些情绪激动的业主，聚在售楼处门口，嚷嚷着要把售楼处砸了，就不信这样领导还不出现。

再次闹起来的时候，王伟和销售员们也就顾不上自己的事儿了，都站在门口，紧张地看着外面的动向。有业主注意到销售员们都出来了，故意当着他们的面儿说：“事情还是没闹大，这时候若有一个跳楼的，别说引来记者了，只怕警察都来了。”

旁边的业主笑着怂恿他：“要不你试试？”

那人说：“我倒是想试，但我家里还有八十岁的老母呢。”

王伟他们看着吵吵嚷嚷的人群，听着这样的话语，一时哭笑不得。

其实，早就报警了。业主凭着几张照片，就认定开发商以次充好，而开发商坚决不承认。在得到周航肯定的答复之后，王伟本打算自己报警，周航说他来报，王伟便没再管了。只是不知道为什么，这都一个多小时了，警察还没来。王伟和销售员们表面上气定神闲，内心还是非常紧张的。他们也怕矛盾激化，怕真的上了新闻，成了焦点。

十点多的时候，周航和公司里的几个人终于来了。不光自己来，还带来了警察。

哪里知道，警车在售楼处旁停下，下来十几个严阵以待的警察之后，不光没起到威慑作用，反而激化了矛盾。业主们仗着自己“有理”，仗着“法不责众”，在警察面前嚷嚷得更厉害了，似乎来了警察，就有了“撑腰的”，就能为他们主持公道，“严惩”万恶的开发商了。

带头的警察拿着大喇叭高声喊话，让大家安静。开发商会就这件事，给大家一个说法。人群依然吵吵闹闹。不得已，带头的警察发了脾气，这才安静下来。

周航站出来，拿出之前的合同和现有的装修清单，就业主的问题，拿着喇叭一项一项地解释，告诉他们，为什么要换品牌。主要有两个原因，一是购房合同签订较早，很多品牌的合作尚在谈判阶段。临到统一装修时，合同里的意向品牌厂家停产，一时采购不到。比如说双层中空玻璃和入户大门。二是发现有更好、更知名的品牌可以替换，比如说，森洪木地板，就比之前合同约定的田园木地板知名度要高，质量要好。公司跟森洪合作多年，也更信得过。

虽然周航给出的理由已然十分充分，但仍有很多业主持怀疑态度。坚信自己受到了开发商的愚弄，坚信之前合同里定的东西才是最好的。这就像很多病人，不相信医生一样。倒不是不相信医生的技术，而是受害者心理作祟，不自觉地把自己放在了医生的对立面。

因着这几个业主的煽动，加之不甘心这一上午的时光就这样白白浪费，而没得到什么，本来已经相信开发商解释的业主们，质问为什么换品牌没有提前说，非要开发商给个解释。

周航一时不知道该说什么话才好，突然冒出来一句："合同约定，开发商对装修品牌拥有最终决定权。我们坚信我们用的都是好东西，不比之前合同约定的意向品牌差。这就是我们没有提前打电话跟各位解释的原因。"

周航处理这些事情的时候，陈素素一直在观察他。事实上，陈素素对周航已经非常熟悉了——除了因为他是华里集团的少掌门人，周素华的儿子，锦阳湖壹号的最高领导者，受到媒体的关注之外，还因为他有一个知名女友。

周航的女友名叫殷桃，是一个网红。正如二十年前的富二代喜欢找明星一样，如今的富二代们喜欢跟网红混在一起。那些老一辈的人，听到"网红"这两个字，总觉得不是什么正经工作。事实上，在如今这个多元化包容性强的年代，年纪轻轻的女孩子，但凡能在网络上出名的，大都有自己的独到之处。

就拿殷桃来说，模特出身，在不知名的电视剧里演过几个叫不出名字的小角色，现在在做淘宝店主。短短两年时间，她的淘宝店已经累积了好几个皇冠了。别看店里卖的衣服价位不高，但利润并不低，仅那一个店铺，年营业额就不比一般的小企业低，甚至可能还高些。

这样的女孩子，能吃苦，能赚钱，从能力上来说还真不比某些名门闺秀差。

他们在一起之前，殷桃在微博上就已经有十几万粉丝了。而周航呢，除了地产圈的一部分人知道他，可以说在网上默默无闻。但自从殷桃在微博上晒出他俩的合照之后，周航的背景就被网友们扒了出来，还上了热搜。吃瓜群众这才知道，原来周航才是如假包换的富二代，家里的资产不知道有多少个亿。那些原本认为周航配不上殷桃的人，总算闭嘴了。倒是有另一拨群众，莫名地为殷桃担心，怕她这样出身不高的女孩，入不了豪门的法眼。

两人在一起久了，这种声音逐渐也就消失了。因为周航实在太豪放了：但凡有网友说殷桃不好，他总是第一时间怼回去。言辞激烈，不亚于某些流量明星的“亲妈粉”。

在见到周航之前，陈素素综合杂志采访、网络八卦，对其有一个基本判断：这是一个因为有钱，就有些莫名高调的豪放型年轻人。但陈素素并不认为周航是一个蠢人。他可能脾气暴躁了点儿，但绝对不是一个蠢人。判断理由如下：1.周航是英国曼大毕业的。陈素素也是，在曼大读过书，才会知道曼大有多难考，能考上曼大的人，智商不会低。2.陈素素在英国读书时，接触的同学很多都是富二代，她知道现在的富豪家庭对二代们的教育有多重视，这样的教育环境下，没理由培养出来一个蠢人。3.锦阳湖壹号项目体量不算小，是华里集团现阶段的重点项目，总销售金额不下百亿。看周航的年龄，大概还不到三十岁，若他是一个蠢人的话，周素华不会把这么重要的一个项目交给他管，除非周素华本身就是一个蠢人。

可周素华不仅不傻，相反，她应该聪明极了。要不然一个女人，如何在群狼环伺的商业社会，赤手空拳打拼出一片天下呢，而且还是华里集团这么大的天下。

陈素素对周航的好奇，源于她对周素华的好奇。她很想知道，一个离异独自带娃又那么忙的女性，教育出来的孩子是什么样的。陈素素相信，了解周航，就能进一步、侧面地了解周素华。这天上午，周航处理业主聚众闹事事件时，陈素素一直在观察他，从前到后，他的处理都很成熟、老到，没有任何问题。可后来，客户喋喋不休怒火不退，周航毕竟年轻，才会那么书生气，拿合同条款当众说事儿。那一句“合同约定，开发商对装修品牌拥有最终决定权”让陈素素忍不住心里一咯噔，暗叫“糟了，闯祸了”。

那句话，双方代表谈判的时候，或打官司的时候，都是有利证据。但当众说出来，却很容易引起众怒。购房合同是市里规定的统一模板，全市所有的在售项目用的都是一模一样的。但装修合同却不同，是开发商附带的，条款由开发商拟定。业主签订时不觉得有什么，甚至可能把这一条忽略掉。真出了事儿，却又会认为这是“霸王条款”。

若个别业主私下过来，开发商拿这一条解释，倒也没什么，说不定事情就能过去。毕竟，这样的合同条款有很多。别说装修合同了，就是报纸上的一条出街广告，都会在下方小文字处标注“广告最终解释权归开发商所有”。可当众把这一条说出来，特别是由甲方的项目老总宣布出来，那就犯了众怒。

众怒之火可焚山，可燎原，可点燃星辰大海。就在那一瞬间，底下的围观业主愤怒极了。不知道有谁起头叫了一声“开发商霸王条款，我们不服”，一时间“不服！不服！不服！”声声不绝，一声高过一声。

愤怒的业主们，不光嘴上喊着“不服”，脚步也不自觉地动了起来。人群如浪般朝售楼处涌了过来，仿佛随时都会把周航淹没。

周航拿着喇叭大叫：“别激动，听我说——”

却没有一个人肯听他的。

带头的警察也拿着大喇叭吼：“都给我停下来——”

依然没有一个人肯听他的。

终究是年轻，关键时刻说了一句不该说的话，眼看就要酿成大祸。周航的额头上不由得渗出豆大的汗珠，他声嘶力竭，却无能为力。王伟几次想上前，拿过周航手里的喇叭，对一步步朝前逼近的业主们说些什么，却不知道该说什么，才能平息他们此刻的怒气。王伟不知道会不会出事儿，不知道他们会不会越过小周总，挤破售楼处。——或者如他们之前叫嚣的那样，砸了售楼处。

正踟蹰间，一个娇小的身影如闪电般越过众人，来到周航面前，夺过周航手里的大喇叭，叫道：“都给我停下——”

女声尖厉，一时间倒唬住了众人。业主们停了下来，想看她究竟能说些什么。

只听她说：“闹什么闹？这是解决事情的办法吗？你们想干什么？打小周总，还是砸了售楼处？集体聚会，吵一吵没什么。警察就在这边待着，真出了事儿，打头闹事的一个个都得给我进去！”

现场安静极了。有人在后排突然叫道：“吓唬谁呢？法不责众知道吗？”

那女生朝周航使了个眼色，周航便明白了，知道是有人故意挑事儿，便看了王伟一眼。王伟凝神细看，那人看着很面生，不像是一期业主，便悄悄示意身后跟着的保安队高队长，去把那人找出来。

女生犀利的眼神看着众人，说：“法律绝不会姑息任何一个挑事儿的人。真闹出什么事儿来，后排跟着的业主可能没事儿，你们站在前面的这群人，只怕都脱不了干系。——你们还要朝前走吗？”

这威胁果然管用，再加上后排挑事儿的人，被几个保安逮住了，一时群龙无首，前进的步伐停住了。女生说：“快中午了，你们不饿，我们还饿着。建议你们选出几个业主代表，专门来谈这件事儿。其他的人，该散就散了吧！”

女生说完这句话，期待地看着众人。她本以为，自己声嘶力竭的大吼和这番有理有据的威胁和建议，能让众人散去。却不料，这群在售楼处外待了几个小时，却并没有得到什么明确说法的业主，并没有如愿离开。

他们迟疑了几秒钟之后，又大声叫着“不服！我们不服！”

女生的力气仿佛在刚刚的嘶吼中全部用尽，这时候才想起来后怕，犹豫地看看周航，又看看王伟，一时不知道怎么办才好。

王伟这时候才反应过来，上前接过女生手里的喇叭，说：“我是这个项目的销售经理，想必大家应该都认识我。你们不是觉得不公平吗？觉得公司坑了你们吗？华里集团的小周总在这里，我斗胆当众向他讨一个申请：但凡今天中午十二点之前想要退房的业主，来售楼处办手续，都可以原价退。”

王伟说完，用目光逼视众人。现场再次议论纷纷，却没有一个人说要退房。

女生悄悄朝后退去，试图再次隐藏在众人之间。周航回头冲她一笑，竖起了大拇指，女生不由得脸红了。

这个挺身而出的女生，是陈素素。

陈素素自己也不知道在那一刻怎么会变得那么大胆，突然就冲上去，从周航手里抢过喇叭，对着众人说出了那么一番话。退到人群中的陈素素，好像被抽空了所有的力气，甚至想要朝下溜。倪虹看出来她的虚弱，悄悄地走到她的身旁，对她友好地一笑，低声夸道“你真棒”后，又抓住她的胳膊，让她靠在自己身上借力。

其实也能理解。虽然陈素素大学学的不是法律，但架不住她有一个开律师事务所的爸爸。从小耳濡目染，见惯了爸爸和事务所的律师们怎样跟委托方、被告方周旋暗战，不知不觉中就学会了这一番谈判的手段。只是没想到，本来只是想借此观察一下周航，顺便看个热闹，看着看着，倒把自己看成了当事人、女主角。还真是昏了头了！

后又仔细想想，这事儿真得怪周航。周航才出现的那一刻，给陈素素的感觉只有四个字：意气风发。

只有两种人会意气风发，一种是压抑过，后来却身居高位的人；另一种是从小到大什么都不缺，所有事情都一帆风顺的人。但前者和后者仍有不同。前者的意气风发，总有一种“大仇得报”的混沌感；后者的意气风发里，一片清明，仿佛他天生就该如此。

陈素素家条件不错，从小什么都不缺。可她远谈不上意气风发。且不说英国求学那些年受过的苦，单说这几年，独自走过的如迷雾般的心路历程，就如雨水压住鸟的翅膀，让她无力飞翔。

陈素素羡慕意气风发的年轻人。那清明而隽永的气质，是她不曾拥有过的。她不忍见到这样的人吃瘪，忍不住心生保护欲。正是这样的心态，才让她在事态无法控制时，挺身而出，站在他的前面。

因为沉浸在莫名英雄的余韵里尚未走出来，前排的几个业主跟王伟和周航谈判时都说了些什么，就无法进入陈素素的耳朵里了。她只知道，在她发呆的那十几分钟里，他们好像激烈地争论了些什么。最后，众人总算散去，警察也走了，只留下几个业主代表跟周航和王伟他们一起进了售楼处会议室。

陈素素的腿依然软着，被倪虹和周涟漪扶进售楼处时，还处于懵懵懂懂的状态中。回过神儿来才发现事情都已经结束了。后知后觉的陈素素问：“怎么都走了啊？不是说要退房吗？”

牙尖嘴利的于苗苗，本来还挺佩服陈素素的，被这傻问题一问，顿时又没好气起来。一个白眼扔过去，说：“你当王伟傻呀？做销售经理这么多年了，开发商没决定的事情，会提前当众跟业主透露？还‘申请一下’！那些话不过是说服业主们离开的一种手段。”见陈素素依然迷糊着，又解释说，“也不看看这两年，房价涨成什么样？一期的业主，基本都是一两年前买的房子。这时候原价退，也就只能买到郊区了。业主们肯定是不会退房的，也就只能接受你前面提议的，选几个代表来谈了。”

领导们和业主代表们还在会议室开会，倪虹很贴心地跑前跑后，帮他们订了盒饭。剩下陈素素、张雯、于苗苗、周涟漪她们，也就只能自己解决午饭问题了。闹了一上午，午饭时间早已过去，业主围攻售楼处千钧一发之际，大家也不觉得饿，这时候才反应过来都快饿成照片了。几人叫了外卖，躲在前台后面的小休息室里吃。因为休息室比较局促，吃饭时又得盯着外面，以防随时有客户进来。几人只好把小凳搬在靠近门口的位置，端着外卖盒吃，连个趴的地方都没有。但这并不影响几人的好心情。毕竟，经历过上午发生的事情，这时候大家已经是统一战线了。

虽然于苗苗几人，除了早上打招呼以外，几乎没怎么跟陈素素说过话，但此时此刻的她们，已经相当熟稔了。大家谈起陈素素突然冲出去的壮举，连说带笑，对她好一番夸奖。陈素素脸红了，不好意思地说：“别提了，我当时脑子一定是坏掉了，才会干出这种事。”

周涟漪说：“你很勇敢的，我第一天上班连话都不敢多说，你简直是我的偶像好吗？”

就连上午才失恋、一直失魂落魄的张雯，都对陈素素报以友好的微笑。陈素素这才停止为自己的英雄行为“辩解”。

众人说笑了几句，于苗苗问：“我听倪姐说，你学历很高，还是国外留学回来的，怎么想到来售楼处卖房子呢？”

又来了，早知道这个问题根本就逃不过去。好在陈素素不是第一次回答这个问题了，就用早上搪塞倪虹的那句话搪塞于苗苗：“我对做什么工作无所谓的，家里安排我来，我就来了。”又解释说，“学历也不算高，只是念了研究生罢了。”

“已经很高啦！”于苗苗说，“卖房子对学历的要求比较低。大专就可以了，事实上，如果有三年以上的工作经验，就算是中专也没什么的。你这个学历，一般都在公司上班，很少会来卖房子的。”

陈素素问：“为什么呀？”

“高学历的人看不上这份工作呗！觉得做销售是伺候人，低声下气。”于苗苗耸耸肩，“这种事情，就看人怎么想了。”

陈素素微笑，没有多说话。

于苗苗又问：“你很听家里的话吗？”

陈素素故意叹口气，说：“是啊，反正从小到大，学习啊，生活啊，都是家里安排的。”

那乖巧的样子，简直让人不敢相信，这就是刚刚在售楼处外力挽狂澜的女英雄。但，每个人都有好几面，从早上到现在，陈素素一直都是一声不吭，羞怯怯的模样，或许，这才是她的真实性格吧！售楼处外拿着大喇叭嘶吼的那个她，大概只能算是她的第二人格了。众人很快便也接受了。只是觉得不可思议，不知道从小到大，什么都被安排的人生究竟是怎么过下来的。

于苗苗说：“我爸也想什么都安排我，可惜我不听。有时候他赢，有时候我赢。反正这种事情，就是要争取的。你不争取，就只能什么都听他们的了。”

陈素素笑笑没说话，虽然撒了小谎，可总算把学历问题搪塞过去了。

哪里知道，于苗苗并不打算放过她，又问：“你家是不是很有钱？”

这个问题真是问住陈素素了。倒不是说不知道该怎么回答，而是第一次遇到问问题这么直白的人，不知道该怎么应付。陈素素以前的环境里，接触到的人都非常委婉。就拿前公司来说，同事之间相互打听薪水，都是一件非常不礼貌的事情，更别论直接问家里面是不是有钱了。

当然，大家私下八卦的时候，也有评头论足，却绝对不会当面问出来。陈素素毕竟第一天上班，和于苗苗她们还不熟，吃饭的时候，被直接这样问，让陈素素觉得唐突。但鉴于于苗苗目光炯炯地看着她，周涟漪和张雯虽然没直接盯着她看，却明显竖着耳朵听，陈素素就知道，这个问题不回答只怕是不行了，就想了想说：“一般吧，没觉得很有钱。”

于苗苗撇撇嘴，明显不信，却没多说什么，接着又问：“你爸妈是做什么的？开公司吗？”

也许是害怕接踵而来的追问，也许是为了印证刚刚那个问题的答案，陈素素那一刻，不想说太多，只迟疑着回答：“我妈没上班，我爸是律师。”

“律师很赚的我跟你讲。”快人快语的于苗苗抢着说，“以前我家里给我介绍过一个律师。他跟我说，帮人写一封律师函，半天就写好了，就要收三千块。你爸年龄比他大，肯定挣得更多。”

陈素素觉得很窘迫，用筷子无意识地扒着米粒，没再说什么。

于苗苗继续问：“你跟周总是怎么认识的？”

“我不认识，我爸认识。”陈素素越来越不想回答于苗苗的问题了，但因为教养问题，依然耐心地回答着，只是声音越来越低了。

于苗苗张口想要再问些什么，周涟漪突然打断她，问：“你和那个律师，后来成了吗？”

于苗苗说：“没成，人家看不上我，嫌我读书少。都是大学毕业，他是本科，我是专科，凭什么看不起我？”

陈素素抬头看周涟漪，周涟漪悄悄地冲陈素素眨眨眼睛，陈素素不由得笑了，原来，周涟漪准确捕捉到她的窘迫，救场来了。陈素素像得到了提醒，和周涟漪就着于苗苗的学历问题、家庭问题，一个接一个提问，总算把话题转移了。

于苗苗本就不是那种心机很深的女孩子，一时没反应过来自己被套路了。就着两人的问话谈论起自己来。不多时，于苗苗的底细，陈素素就一清二楚了。

于苗苗家是做地板的，都市赫赫有名的地板品牌森洪地板，就是她家的产业。于苗苗是独女，小时候父母创业忙，由独居农村的奶奶照顾长大，乡野里跑惯了，大点儿接到城里，不仅性子收不回来，学习成绩也跟不上了。在都市住了这么多年，急躁的性子一点儿没改，反而因为家里有钱的关系，交了些同样不学无术的朋友，毕业这几年，不好好上班不说，穿名牌用名牌，倒是一把好手。

于家父母管不了她，把她送到亲戚公司，托亲戚帮忙管，亲戚照样管不了。不得已，只好停了她的信用卡。于苗苗急了，这才答应好好上班。可惜什么都不会，在自己家公司里，要高薪高职，还瞎指挥，亲戚公司同样如此。不仅没帮上忙，还给老于总添了不少堵。

老于总和华里集团开发部的朱总是拜把子兄弟，朱总给他出主意，再次以停信用卡为要挟，让于苗苗出来上班，学了本事再回自己家公司工作。于苗苗什么都不会，只能从底层做起。老于总作为地板供应商，大客户不是普通业主，而是这些做精装修房源的开发商。于苗苗作为地板公司未来的接班人，到售楼处卖房子，一则有朱总照应，不会吃亏；二则不仅可以了解购房客户的心思，还能了解开发商的需求，可谓一举两得。就这样，她成了锦阳湖壹号的一名销售员。只可惜来上班这几个月，于苗苗一直仗着家里有钱有势，并不是特别珍惜这份工作，更不把同事们放在眼里。有时候恶作剧心理上来了，连销售经理王伟都敢捉弄。

在任何一个团队里，一颗老鼠屎，都足以坏掉一锅汤。于苗苗不是老鼠屎，但她是关系户。关系户向来是最难管理的，管轻了，难以服众；管重了，又怕她上面的人不高兴。很多团队的领导者，都不喜欢关系户，却也没办法，上面派了来，也只好接着。接不下也硬接着，反正头疼不疼，也就只有自己心里最清楚了。

像于苗苗这种，大错不犯小错不断，和同事、上司偶有矛盾的关系户，不开除她觉得闹心，开除她找不到合适的理由，又不能驳了领导的面子，也就只好忍着了。

这也是为什么，陈素素填完入职申请表，自称是关系户时，倪虹看她的眼神那么无奈了。这个团队人不多，王伟是销售经理，倪虹是主管。因为性别，有些事情王伟不好朝深处说，人事方面的直接管理者，其实是倪虹。倪虹生怕陈素素是第二个于苗苗。若真是那样的话，只怕队伍更不好带了。

毕竟是观察型人格，简单的几句对话，陈素素便看出来，于苗苗性格其实挺单纯的，没经历过多少事儿的那种单纯。然而正是因为没经历过多少事儿，就不知道山外有山，人外有人，不知道什么是低调。这样的人，性格里多少都有几分浑不懔。不招惹她还好，真惹了她，只怕比那些心思深沉的人还难对付。毕竟，心思深沉的人，一般的事儿还能忍过去，不撕破脸。而于苗苗这样的人，只怕会直接捅出来，把矛盾激到最大化，反而没有转圜的余地了。

聊着聊着，几个人就吃完了。周涟漪收了外卖盒准备拿出去扔。于苗苗这才反应过来，一顿饭的工夫，似乎所有的话题都围绕着她自己。再一抬头，看见就连自己最不喜欢的张雯，都似笑非笑地看着她，这才惊觉自己被套路了。顿时气不打一处来，霍地一下子站起身，嚷嚷：“敢情你们是故意的对吧？”

“怎么了？”张雯装傻。

“不是在聊新来的吗？怎么聊我头上了？”于苗苗说。

“你自己聊的呀！”张雯懒洋洋地站起来，挑衅地说。

“你！”于苗苗的表情变得有些凶狠，矛盾一触即发。

周涟漪连忙放下收拾好的饭盒，站到两人面前，说：“聊天的时候还挺开心的，你们不要这样好吧？”

陈素素也连忙说：“都在一起上班，以后有的是机会了解。其实，我对你也挺有兴趣的。”

周涟漪说：“你家里的事情，我们都知道的。陈素素不知道，跟她讲一下也没什么。”

在周涟漪和陈素素的哄劝下，于苗苗这才狠狠地看了张雯一眼，没再说什么，转身去了前台。张雯却觉得莫名其妙，明明是周涟漪和陈素素挑的头，于苗苗居然又恨上她了。

一顿饭的工夫，陈素素看出来了，几个销售员里面心思最深沉的，只怕还是周涟漪。周涟漪心思深沉，却很讨人喜欢，就像薛宝钗。不害人，不跟同事闹矛盾，相反，在同事之间有问题时，还能充当和事佬。有这样的人在，其实挺好的。

只有两个人的时候，陈素素悄悄地问周涟漪，于苗苗和张雯之间有什么矛盾。周涟漪见四下无人，说："于苗苗才来的时候，雯姐抢了她的客户。她生气了，两个人就吵了起来。从那以后，就针尖对麦芒，再也不对付了。"

"还有这种事儿？"陈素素说，"张雯为什么要抢于苗苗的客户？"

"我们在这边卖房子，底薪才几个钱？大家都是靠提成生活的。"周涟漪说，"卖掉一套，提成几千块，够买双好鞋了。这还是其次，最重要的是，别看就这几个人，每个月还要销售排名，销冠（销售冠军）有一千块钱奖金。连续三个月倒数第一，会被开除。于苗苗不在乎那点儿钱，但她是不能被开除的，她爸说了，她若被开除，就会停了她的信用卡，以后再也不管她了，所以才会计较销售归属。"

还以为这边上班很轻松呢！没想到也是龙潭虎穴，压力并不比坐办公室小。本来以为，这样一份工作，人事并不复杂，却没想到，就这么几个人，却各有各的心思，还动不动地就针锋相对。

抑郁症患者，心情通常都不太好。心情不好的人，大都喜欢清静，最怕别人在耳边啰唆。最最怕别人没完没了地在自己耳边啰唆。而吵架的杀伤力不亚于啰唆。即使那吵架，是别人之间发生的。

陈素素预感到，于苗苗和张雯之间的矛盾，一时半会儿只怕还真消解不了。那岂不是说，以后几乎每天，都要看她们针尖对麦芒般地恶斗？看一次两次尚觉新鲜，看多了，怕是只会厌烦。

再加上这大半天忙忙乱乱，正事儿没做多少，眼睛看到的除了业主闹场，就是销售员莫名其妙的感情问题，以及她们之间的矛盾。还真是无聊啊！像这烦人的人生一样无聊。就在那一刻，陈素素对这份还没开

始的工作，感到无比厌倦。

陈素素想走，却又觉得这时候直接离开不太好。上半天班就辞职，也不是她的风格。眼看着已经下午了，就想着，挨到晚上爸爸来接她下班时再跟他说吧！这样的工作环境，明天也就不必来了。

存了这样的心思，背项目资料时，就没那么用心了。幸好记忆力不错，项目资料也并不是很复杂，某些知识点看一两遍也就记住了。

下午，有新客户来看房，几个销售员都很忙，陈素素还没正式上岗，就她比较闲。百无聊赖之下，数沙盘上的楼栋玩，数着数着，悲伤感从心底深处袭来。她不由得又想起了叶望一，那么温柔的人，怎么突然就变了呢？处到后来，他对她各种嫌弃，恶言恶语。她想分手，他怎么都不答应。她悄悄离开，他追到她公司，对她各种诋毁。还跟踪她、骚扰她、暴力对待她。就这样撕扯了好几个月，一直到她的抑郁症暴发，无法再工作，无法再生活……

因为有陈一凡的保护，分手之后，陈素素再也没见过叶望一了。可分手前经历的那些事情就像噩梦，每每想起来，就惊出一身冷汗。和范心知做咨询时，这些事情她都讲了一遍，本以为，讲出来就不会再害怕了。可害怕这种情绪，是有记忆的。任何时候想起来，恐惧的感觉都会排山倒海般袭来，让她食不下咽、夜不能寐。

周航和业主们在开会，他作为项目的最高领导，会议中他话并不多，只偶尔在王伟说不到位或做不了决定时补充几句。陈素素面对业主挑衅时振振有词、闪闪发光的样子一直在他的脑海里蹦来蹦去，让他心神不宁。

他知道她是谁，周素华跟他说过。他本来对她毫不在意，却没想到，她会是这样一个让人印象深刻的女生。

会议结束之后，业主代表们先走，周航带着自己的团队也准备离开。离开之前，他不自觉地环视售楼处，搜寻陈素素。他发现陈素素正靠着沙盘百无聊赖地发呆时，不由得皱了眉头。

周航走过去，问：“你在做什么呢？”

连问两遍，陈素素都没反应过来。周航的眉头皱得更深了，不由得高声叫：“陈素素——”

倪虹走到陈素素旁边，推了推她，陈素素这才反应过来，却仍然惊恐而迷茫地看着众人。

周航问：“你是曼大毕业的？”

陈素素点点头，眼神仍未聚焦。

周航说：“我也是。”

陈素素的脑子回来了，笑笑，没说话，她早就知道了。

陈素素的“见义勇为”，给周航留下了很深刻的印象，又是同一个学校的“师妹”，还是妈妈故交的女儿，本想表扬她几句的。然而见她仍旧一副魂不守舍的样子，一时也不知道该说什么好。嘴巴动了动，只说了三个字“好好做”便走了。

陈素素觉得有些莫名其妙，却也只是惯性地点点头，惯性地目送他离开。

快走到门口时，不知道为什么，周航突然又回过头来看陈素素，见陈素素又走神儿了，他再次皱了眉头。

第二章

正如于苗苗猜测的那样，罗姓业主一大早和张雯吵架，找的借口就是怪张雯没有提前告诉他锦阳湖壹号一期新房装修换品牌的事情。

张雯觉得委屈。一来，装修品牌是公司领导定的，并没有提前通知销售员，或征求销售员们的意见，她事先并不知道。二来，还有一个多月一期就要交房了。二期也在正常销售，锦阳湖壹号项目销售员不多，既要处理一期业主询问的事情，又要处理二期业主购房的问题。真是忙到飞起。再加上张雯不服输的性格，恨不得每个月都想争销冠。作为销冠，不仅是一份荣誉，更比别人多拿一千块奖金。连续三个月的销冠，还有额外三千块奖金。这对于缺钱的女人来说，有着很大的诱惑力。

张雯一直都很缺钱，主要是因为她一直都在谈恋爱。谈恋爱这种事，不光男人费钱，女人也费钱。约会时，他请吃饭，饭后看电影，你总不能还等着他掏钱。就算男人有钱，也有绅士风度，愿意将这份“甜蜜的负担”独自承担，女人也不能太不自觉，理所当然地认为他掏钱就是应该的。中国人崇尚“礼尚往来”，约会时的“礼尚往来”更容易增加亲密度。不信你试试，情人节，他送你一对卡地亚的耳环，你什么都不送，或只送他一盒超市买的巧克力，看他会怎么样。——当然，大部分男人，并不会为了这点小事儿直接跟你翻脸，但男人也是很小气的，会不会腹诽，就是另外一回事儿了。

腹诽这种事儿，一次两次便也罢了。次数多了，就会心生怨怼。亲密度再高的情侣，怨怼多了，感情难免打折扣。张雯毕竟年龄不小了，恋爱经验值不说特别丰富，好歹也算失恋过几次的人。失恋次数越多的人，越懂得“珍惜”感情。越珍惜就越费钱，这也是没办法的事情。

当然从另一方面来说，张雯就算不谈恋爱，也很缺钱。都市里有很大一部分女孩子，可能挣钱并不算多，但吃穿用度都要最好的，隔三岔五还想出国旅旅游。家里有钱，或有个有钱的男朋友支撑便也罢了。若都没有，那么，也就只能从有限的工资里省了。

什么都能省，唯独穿和用不能省，久了品位也就起来了。她们并没有像孙悟空一样，在太上老君的炼丹炉里，经过七七四十九天的淬炼，然而却拥有一双无可替代的火眼金睛：能一眼看出你背的包，穿的衣服、鞋子值多少钱，她们能凭这个，判断你的身价，判断你究竟和她是不是一路人。

于苗苗和张雯都拥有这样一对火眼金睛，唯一不同的是，于苗苗的火眼金睛，源自有钱家庭的供养，而张雯，却来自自我经验的积累。张雯二十三岁时，就已经用积攒了好几个月的工资，买了人生中的第一个LV包，为此，吃了好几个月的咸菜就馒头。这几年，她已经拥有好几个名牌包了，贵一点儿的衣服、鞋子也不少。但她和于苗苗、陈素素她们不同，她买东西不光看价格，还看质量。那种轻轻一造就坏掉的小羊皮、小牛皮之类的材料，是要竭力避免的。这样一排除，可挑选的余地就不大了。毕竟，很多奢侈品在制造的时候，就没想过要“耐造”。

张雯用奢侈品，也和于苗苗陈素素她们不同的。下雨等公交没带伞，别人把包顶头上，免得自己淋了雨。张雯把包抱怀里，宁可自己淋着，也不能淋着包。

张雯有一双好鞋，平时不怎么穿，只有“重要日”和“约会日”才肯穿出来。有一次穿，周涟漪不小心踩了一下，张雯脱口而出：“你可以踩我的脚，但不能踩我的鞋呀！”那时候周涟漪才到项目上来，见张雯因为心疼鞋子龇牙咧嘴，语气凶狠，还以为自己闯了大祸，委屈地哭了。后来知道张雯就是那种一着急语气就比较急的性子，便见怪不怪了。

像张雯这种本身没什么钱，却喜欢穿好用好的女孩子，是典型的“小姐身子丫鬟命”。为了省钱，年龄已然不小了，却不得不和父母挤住在一起。

张雯的父亲，像这个城市的很多男人一样，中年下岗之后，就没怎么上过班了。一来，嫌上班辛苦；二来，嫌辛苦还挣不到多少钱；三来嘛，主要是和上司、同事处不好，嫌他们挑剔、事儿多，还是待在家里舒服。说到底，不过是眼高手低、好逸恶劳罢了。张雯的父亲，明明生活在底层，却偏偏没有底层人民的自觉性。骨子里充满了本地人的自豪感，对外地来都市打工的年轻人百般看不起。张雯是独女，自张雯二十岁时，张雯爸就反复跟张雯交代，不要找外地人，否则张家的脸，都要被丢光了。——就好像，他几十年如一日不工作，靠老婆在便利店打工挣的两千多块钱养家，就不丢脸一样。

张雯和张雯爸都瘦。张雯瘦，是刻意减肥的结果。张雯爸瘦，大概是人生无趣，日夜忧思的缘故。张雯妈很胖，论体重，是张雯的两倍还富余。主要原因也有三个：一是作为主妇，虽然饭主要是张雯爸做，但剩菜基本是她在吃，倒不是因为她喜欢吃剩菜，而是家里没人吃，她又节约惯了，舍不得倒掉，也就只好委屈自己的肠胃，把肠胃当垃圾桶了；二是丈夫不省心，女儿也不省心，一家三口相互看不惯，恨不得天天吵，气受多了，那气便积压在心肝脾肺肾里，能不胖吗？三嘛，自然是心宽体胖了。男人不争气，靠她养着，女儿不争气，快三十岁了，对象一个接一个地换，就是结不了婚。再不心宽，只怕得气出病来。

张雯二十五岁之前，张雯妈管她管得很严，晚上十点之前必须回家。二十五岁之后，虽然仍不允许她在外面过夜，但不再提下班之后早点儿回家这种话了。相反，若连续一周下班准时到家的话，张雯妈还会不高兴。——这说明，她没有约会。

女儿过了二十五岁却没什么约会，当妈的能不着急吗？张雯妈着急的方式，就是叨叨。不停地在张雯耳边叨叨，叨叨多了张雯就会烦，一烦两人就吵。一开始张雯爸还肯当两个女人之间的和事佬，后来干脆闭嘴。一则，张雯妈杀伤面积太大，他只要开口，火就很容易引到他身上来；二则，张雯虽然不跟他直接对着干，但根本就不听他的。说出来的话被女儿当成耳边的一阵风，这滋味并不好受。只好闭嘴，也只能闭嘴。

不同于其他和父母同住的儿女，张雯不回家吃晚饭，是不需要跟他们报备的。相反，哪天要回家吃饭，才需要提前打个电话说一声。没办法，到了这个年纪，没什么事业，又着急把自己嫁出去，下班后的张雯实在是太忙了。在罗姓业主之前，为了能准确捕捉到属于她的那条鱼，张雯一直是广撒网的。对于她来说，同一个时间段，和三五个男人暧昧，这是常有的事儿。

和罗姓业主在一起之后，罗姓业主对张雯一直还不错，嘴巴甜，礼物送得勤，还两次随口提到结婚。稳定有望，张雯便逐渐和其他暧昧对象断了，一心一意跟罗姓业主处起对象来。

这几个月，两人相处得一直挺好。虽然罗姓业主很懒，玩起游戏来六亲不认，但偶尔还是会出现在售楼处门口，接她上下班的。

张雯不是第一次谈恋爱，深知“情不外露”的道理。倒不是担心别人惦记，而是知道恋爱容易结婚难。毕竟是女孩子，谈了恋爱却不结婚，一次两次没什么，次数多了，惨淡相难免露出来，更显得廉价。

和罗姓业主恋爱，本来是想瞒住售楼处众人的。但很显然罗姓业主没想瞒着，主动到售楼处接了张雯几次，还送了几次花，不得已，张雯便半遮半掩地公开了两人的关系。

周涟漪她们打趣张雯，等她修成正果，直接搬到锦阳湖壹号的房子里住。就连于苗苗虽然不怀好意，却也想看她和罗姓业主究竟会走到哪一步。

为了不被同事们笑话，这场恋爱，张雯咬着牙也要谈下去。哪里知道，突然在售楼处内当众被分手，着实令人感觉尴尬。

王伟说“若割舍不下，下班后再去找他”，张雯正是这样想的。罗姓业主不仅符合张雯父母的要求：本地人，还符合张雯的要求——长相不错，有独立房产。若跟他结婚的话，就可以立刻从那个压抑的家里搬出来住了，张雯真不愿意放弃这么好的结婚对象。

另外，仔细想想，张雯始终觉得这分手来得太莫名其妙。没提前告诉他项目装修换品牌，不过是一点小事儿，一场误会，这哪里值得被当成分手的理由呢？因此，刚一下班，张雯就匆匆离开了。中途换了两次地铁，又穿着高跟鞋走了十来分钟的路，这才气喘吁吁地出现在了罗姓业主的家门口。

路上，张雯设想过罗姓业主见到她时的表情。或许会愤怒，或许会失望，或许会指责她……张雯早就想好了，见面什么都不说，只委屈地看着他，或者干脆挤两滴眼泪。恋爱至今，张雯一直端着，还没在他面前哭过呢！若是哭了，就不信他不心软，不赶紧把她抱在怀里，跟她道歉，柔声安慰。等他道完歉，自己再委委屈屈地接受，最好能逼着他赶紧求婚。反正锦阳湖壹号一期快交房了，现在求婚，到办完婚礼，房子差不多也可以入住了……然而这世上最远的距离，不是我在你身边，你却不知道我爱你，而是想象和现实的距离。罗姓业主开门见到张雯的那一刻，没有愤怒也没有失望，而是慌乱。——被当场捉奸的慌乱。

张雯委屈的表情准备得好好的，门开后，见到罗姓业主身后那个衣衫不整的女子时，委屈瞬间敛去，脸色由红变白再由白变红几经转换：震惊、愤怒、委屈（这次是如假包换真委屈）。也就在那短短的几秒钟时间，张雯突然“啊——”的一声尖叫，想都没想，把手里拎着的那个装有厚厚笔记本的、有着双C标志的大包劈头盖脸地砸到了罗姓业主的脑袋上……

罗姓业主当然不是吃素的，他长这么大，何曾被女人打过？罗姓业主反应过来，一把揪住张雯的头发，抬脚就踹了上去。要不是他身后那女人尖叫着推开门跑走，只怕他还会接着打。

张雯毕竟是娇娇弱弱的姑娘家，力气跟罗姓业主没法比，再加上长头发容易被人抓、鞋跟太高重心不稳等劣势，仅这几个来回，就光荣负伤了：头发被扯掉一绺，眼窝和嘴角肿了，腿大概也被踢伤了。

不知道是怎么离开的，可能是惊动了物业被劝走的，也可能是被打得太狠无心恋战，张雯落荒而逃了。

站在回家的地铁上，张雯感觉自己就像个蠢人，好好地谈一场恋爱，居然被打了。张雯很后悔，为什么没有打个出租车，这样至少一路上不会被那么多人围观。

张雯以为她会哭，然而并没有。她这才理解以前一个同事说的那句话：遇到的事情荒诞到极致，是不会哭的。

一直到家，张雯都没有掉一滴眼泪。父母的一惊一乍，也没有影响到她。她只是很平静地说，“我累了，先去睡了。”饭也不吃，就独自走到了自己住的亭子间，关了手机就开始睡。任她妈怎么敲门都不肯开，当然也有可能根本就没听到。一个受到重大刺激，脑袋混混沌沌的女人，有时候是会不自觉地屏蔽外界声音的。

本以为可能睡不着，哪里知道一夜无梦，一觉睡到第二天早上六点多。醒来后在床上愣神了一个多小时，之后就像没事人一样正常起床梳洗。反倒是胡思乱想一夜没睡的张雯妈，顶着一双熊猫眼，忐忑不安地问：“你今儿还上班吗？我给你做早饭去！”

“不上班，也不吃早饭了，等会儿出去一趟。”张雯边洗脸边面无表情地说。

“你这是怎么了？”别看平时吵得厉害，关键时刻，亲妈还是亲妈。张雯妈心疼地伸出胖手，想要去抚摸张雯脸上的伤口。

张雯偏了偏头，躲开她妈的手，说：“别动！”

见张雯神情严肃，怕刺激到她，张雯妈还真不敢再动了。

张雯想了想说：“妈，你得给我帮个忙。”

张雯妈连连点头：“要什么你直接说，可千万别想不开啊！”

张雯看了她妈一眼，没再说话，等洗漱完毕，把她妈拉进房间，手机递给她，灯打开，让她妈把脸上、头上伤口处各个角度拍了照。后又脱了裤子，大腿上的瘀青也拍了。之后就找出帽子、口罩和墨镜，起身出门了。为省钱，依然是地铁，来到医院，给伤处拍了片子，便也就回去了。回去的路上，给王伟发了条微信，请一周的假。

关键时期，项目很忙，张雯是老销售员，是团队骨干，除非生老病死，怎么可能随便让她请一周的假？王伟自然是不同意的，张雯二话没说，直接选了几张看起来伤得比较重的照片发了过去，王伟见后大吃一惊，空洞地安慰了几句，便不好再说什么了。

回到家之后，又是一番折腾。GUCCI的帆布包质量本来还不错，可惜装了笔记本电脑，又被用来大力砸罗姓业主脑袋，手柄断了，电脑也开不了机了。张雯一样样拍了照，发给罗姓业主，并给他留了言，约他出来谈谈。

罗姓业主本来是想不理的，还拉黑了张雯。张雯用她妈的电话打给罗姓业主，称不出来的话，就把这照片和他的个人信息都发网上去。罗姓业主这才怕了，来到了张雯指定的咖啡馆。

张雯把两人的交往经历和分手原因以及头天晚上发生的事情重复了一遍，得到罗姓业主确认后，张雯要求道歉，并赔偿她包钱、笔记本钱，支付医疗费用、误工费、精神损失费等一系列费用，共计八万多块钱。

罗姓业主自然是不肯付的，声称是张雯先动手，虽然他出轨了，但毕竟是分手之后。张雯也不跟他啰唆，只说网上见，便起身走了。罗姓业主骂骂咧咧了半天，到晚上时，想到张雯伤情严重，证据确凿，终究还是怕了，又主动加了张雯微信，拿交往时送张雯的礼物说事儿，讨价还价把价钱谈到五万，终究还是付了。但道歉，却是不肯的。

毕竟还要嫁人，真捅到网上去，也是伤敌一千自损一千二，张雯为人实际，钱拿到了就好，道歉不道歉的，还真只是“精神损失”。穷人家的孩子，从小到大不知经历了多少白眼，遭到多少唾弃，精神损失也就损失了，只要物质上还好便足以自我安慰了。张雯在家休养了一周，脸上的伤遮瑕膏能盖住，便又去上班了。

那两天张雯没上班，陈素素也没去。

张雯是遇到事儿了，陈素素是对新工作的人事和环境心生厌倦，不想再去锦阳湖壹号上班了。

为这个，陈一凡说了她几句，无外乎没有毅力，遇到点事儿就退缩之类的话。见她坚持，便也没勉强，只强调：“你只要不是一辈子不想上班就行。”又说，“我再问问老朋友吧，看谁还能给你提供‘环境简单、内容不复杂’的工作。”

对于当日救场的“英雄壮举”，陈素素并没有跟父母透露半分。因此，陈一凡并不知道。陈一凡又头疼又心疼，不知道该拿这个固执而自我封闭的女儿怎么办。本来还想把话说重点儿，但又怕刺激到她，万一想不开，可就糟糕了。虽说养陈素素一辈子问题不大，但这样下去总不是办法。陈一凡只希望，能快点儿帮她治好抑郁症，之后再帮她介绍个合适的对象，最好是法律界的，最好能在他老的时候，接手他的人脉和事业，那一切就很完美了。

可是现在，她的情绪还不是很稳定。想给她介绍，也无从介绍起，只好先治病了。陈一凡相信范心知的专业能力。既然范心知说，陈素素处于治疗的瓶颈期，出去工作接触接触人有利于病情的恢复，那他也只能觍着老脸，再问问别的朋友，有没有合适的工作可以介绍给她了。

父女俩聊天的时候，陈太也在旁边听着。陈太跟陈一凡说：“这世上哪儿还有什么工作，比在你身边好啊！我还是之前的想法，你安排她到你们事务所做文员，帮忙打打起诉书、复印一下文件，也比去什么售楼处卖房子强。”

陈一凡想到范心知说的，去陌生的环境更有利于病情的恢复，便说：“你懂什么。”

陈太说：“我一辈子没上过班，是不懂。但我爱女儿的心，不比你少。”

陈一凡说：“行了，你别再说了，我懒得跟你解释。”

陈素素看着父母为她的事情争论，觉得很烦躁。她的父母一直这样没办法沟通，她都习惯了。这两年住在家里，因为她的病，两人总是争吵。陈一凡不耐烦，陈太啰唆，陈素素劝过，无果，后干脆放弃。幸好他们听范心知的话，不会当着她的面吵得太厉害，否则这个家，真是没法住了。这一次，只是一个辞职不干，就又引起了父母的争论，陈素素无话可说，干脆起身回房了。

作为华里公司掌门人的独子、公司最年轻的股东、项目老总，周航很忙，特别是这几天。一期即将交房，不仅要跟各个施工单位打交道，该结款结款，该催活儿催活儿。还要打点相关部门，喝酒啊，应酬啊什么的，也是必不可少的。

除了锦阳湖壹号一期交房的事儿要忙，周航还得忙公司的事儿。新拿的地块，建筑设计和景观设计，他要帮着把关。明年开盘的地块，他也得盯着前期准备工作。还有公司层面的各种人情往来……这一年，周素华的身体明显不如以往，已有放权给“太子爷”的意思。虽有周素华仍在背后支持，但想要“服众”，特别是让一群跟着周素华闯天下的元老，和表面看起来不管事，但关键时刻能起决定性作用的股东们承认周航的接班人地位，还有很长的路要走。这条路，不说布满荆棘，起码也坑坑洼洼，走起来并没有那么容易。

所有的困境，周航心里都明白。他也明白自己的缺点：年轻，人生过于顺遂，缺乏经验，有时候难免书生气。就像这天下午，周航一句理直气壮的“合同约定，开发商对装修品牌拥有最终决定权”就差点儿闯下大祸，幸好那个叫陈素素的女生，及时救了场。

可能这件事，在很多不怀好意的人眼中，是赤裸裸的打脸，是对周航能力的否定。若是心胸一般的人，大概也会为这种事情后怕和气恼。周航毕竟是一个要接管上市公司的年轻人，心胸若不够宽广，便无法容人。无法容人便无法用人，像《鹿鼎记》里的郑克塽似的，千里迢迢地赶来参加红花会的英雄聚会，只注意到有没有人迎他，给他安排的座位是否在上席，大概也就只能被称为“草包二代”了，想要做成事儿那可就难了。

周航当然不是这样的人。虽然在陈素素抢过喇叭的那一刻觉得有些难堪，但事后想想，却又很欣赏这个女生。毕竟是她，平息了一场风波。从这一点上来说，周航心里是很感激陈素素的。再加上，和业主开会时，陈素素的形象不停地跳到周航的脑子里，这才让周航开完会也忍不住上前主动跟她打了招呼，鼓励她“好好做”。

离开售楼处之后，陈素素依然没从周航的脑子中离开。周航以为，那是因为爱才。要知道，陈素素抢过话筒时的表现，早已不能简单地用“沉稳”两个字形容了。简直可以说是临危不惧，颇有大将风范。周航年轻，进公司不过也才两三年，高层管理者中，几乎没有自己的人，有时候做起事来难免碍手碍脚。周航早就想在公司培养一批自己人了，无奈的是，一则，杂事太多，这种非紧急却很必要的事儿，暂时还没排到日程上来；二则，想培养就能培养起来了？现成的人才百家抢，到底是谁的人还真不一定。周航不过是个普通人，恰好有个做霸道总裁的妈，才会年纪轻轻就被推上这个位置的。做企业毕竟不是写小说，但凡是个男主角，就有金手指加持，一旦开挂无所不能，天下英雄皆入瓮中。周航就算勉强比同龄人稍微聪明些、眼界稍微宽广些，耳濡目染之下，经验稍微丰富些，但也不过如此罢了。论心机、论经验，跟公司那群老狐狸都没法比，这样的年轻人，又凭什么得到现成人才的信任，从而让他们忠心耿耿呢？

陈素素马不停蹄地在周航的脑子里跑了大半天之后，周航的脑子就活泛了。业主会议之后他找王伟要来陈素素的入职申请表，看到是曼大毕业的研究生，更觉惊喜：能考上曼大，资质不会差，培养起来，只怕也不难吧！

只可惜他主动找她说话时，那迷茫的小眼神儿看着让人怪着急的。这是怎么了？好好地上着班，没事儿发什么呆啊！

看到上班时间走神的员工，周航和大部分在高位者一样，第一反应是不喜，回过味儿来，就开始好奇了。究竟是什么原因，才能让这样一个人，甘心来售楼处做销售员呢？关键时刻的临危不惧，和闲暇之时的神游天外，同时出现在她小小的身体里，她是拥有双重人格吗？

周航清楚，想要了解她更多的事情，问王伟肯定是问不出来的，那就只能问周素华了。虽然在同一栋楼里办公，但周航和周素华的办公室并不在同一楼层。为了满足好奇心，专门去打扰自己的母亲——一个上市公司的掌舵人，这明显不是周航的风格，只好等下班之后，回到家中。

回家之后又处理了会儿工作，周素华总算是回来了。周航开门见山问："那个陈素素，就是陈叔的女儿？"

"是啊，没想到他的女儿已经这么大了，真是岁月催人老啊！"周素华感叹说。

"妈，你怎么最近总跟我提老啊？您可一点儿都不老。"周航说。

周素华也只是笑吟吟地看着自己的儿子，他哪里知道自己的心思呢！

周航见母亲没说话，便也不再说什么。他想起年少时有一段时间，被周素华带着见陈一凡的频率还真是挺高的。有时候谈公事，有时候只是周素华带他跟陈一凡吃顿饭，周航还曾经好奇，他会不会成为自己的爸爸。后来也不知道为什么，周素华和陈一凡几乎再没来往。——或许私下有来往吧，但周素华再也没提过这个人，周航也再没见过这个人。直到这些年，周素华才重新提起。

周航问："既然是陈叔的女儿，为什么我小时候没见过她？"

周素华沉默了一会儿，说：“不知道，许是你陈叔不愿意带她出来吧！”

“那她现在怎么会到锦阳湖壹号上班呢？我是说，以她的学历和家境，就算想到华里上班，也是在公司啊，怎么会到售楼处卖房子呢？”周航问。

“你陈叔的意思吧！”周素华叹了口气，不打算多谈了。

“为什么呀？”周航继续追问。

周素华看着年轻的儿子，虽然从小在单亲家庭长大，但她一直把他保护得挺好，以至于快三十岁的人了，却还是这么阳光、执着。他的心中没有阴霾，这是一件好事。

周素华听陈一凡简单提起过陈素素的抑郁症，但陈一凡也交代了，不要对外透露，只当她是个普通人。周素华知道，陈一凡这是为了保护陈素素，免得她因为病情，而受到特殊对待，从而受到不必要的伤害。

儿子不是外人，跟他说说倒也没什么。可是他为什么这么好奇？

周素华这样想，便这样问了。周航耸耸肩：“觉得她挺特别的。”

“因为白天发生的事情，对她产生了兴趣？”周素华问。

公司是周素华的，大大小小的事情，就算她不问，也自有人向她汇报。锦阳湖壹号售楼处外发生的事情，周素华自然是第一时间知道了。当然也知道自己的儿子闯了祸，陈素素救场的事情。周素华对陈素素也很欣赏，但毕竟姜是老的辣，并没有表露出来，而是打算再观察一阵子。

至于周航犯的那点儿错，周素华根本就没当回事儿。掌管公司多年，深知“不怕下属犯错，就怕下属什么都不做”的道理。犯错，是磨炼，是成长的契机，是公司必须付出的沉没成本。周航是当接班人培养的，现在犯点儿小错没什么，还有她兜着。人不笨，只要勤勤恳恳做事，本本分分做人，不愁不能成事。

周素华问这个问题的时候，周航忍不住心中一惊，抬眼看周素华。见周素华似笑非笑地望着他，不像是生气的样子，倒像是揶揄，松了一口气的同时，又有几分不舒服。这不舒服究竟从何而来，周航自己也说不清，决定忽略不计，只装傻，“啊”了一声算是回答。

周素华不动声色，说：“听你陈叔说，好像精神方面有点儿问题。”

周航吓一跳：“精神分裂？这样的人，怎么可以放到售楼处？万一跟客户起冲突怎么办？”

“你看你，想哪儿去了？”周素华说，“听说是抑郁症。你陈叔让保密，你是我儿子，她又在你手下做事情，倒是没必要瞒着你。至于其他人，你就不要说了。”

周航松一口气：“我还当多大问题呢！现在的年轻人，谁没点儿抑郁症啊，拖延症啊什么的。这都不是事儿！”

周素华看着周航满不在乎的样子，说：“你可不能小看这个病，听说她挺严重的。之前因为这个，班都上不了。”

“哦，知道了。”周航耸耸肩，没再多说什么。

然而终究是上了心，那天晚上临睡前，周航专门开了电脑，搜索“抑郁症”，越看越心惊。他不由得有些同情陈素素了，看着挺漂亮一个女孩儿，怎么就抑郁了呢？

周航很少失眠，但那天晚上，他在床上辗转反侧，半宿都睡不着。一会儿是陈素素那张迷茫的脸，一会儿是“焦虑、悲观、自我谴责甚至有自杀倾向”等和抑郁症相关的关键词。他也不知道这是怎么了，心里怪难受的。周航做了一个决定：暂时不提把陈素素调到总部，给他做助理的话了，再观察一阵子看。毕竟是个人才，若有机会，能帮一把，还是尽量帮她一把。

想得倒挺好，当然第二天也是这样做的。

那天上班，周航还是很忙，公司开完会，又去了锦阳湖壹号的项目工地上，处理好一切杂事之后，差不多也下午了。赶到售楼处，听王伟汇报和业主代表二次开会的结果。

王伟说：“今天上午，我叫上工程部、物业部的人和我一起，请业主代表们参观了几套快装修好的房子。拿着品牌采购单，一一跟他们解释了。业主代表们看到我们用的装修品牌及质量和之前比，只好不坏。看到我们是真心为他们考虑，都表示理解。”

周航问：“闹事怎么发生的，调查了吗？”

王伟说：“现场抓住的那两个挑事儿的人，我直接交给警察局了。今儿上午，王局长给我打电话，说审出来了，是受锦绣湾项目的人指使。我的意思是关起来，好好惩罚惩罚他们。但王局长说，毕竟只是民事纠纷，按律罚点儿款拘留几天，也就只能放他们出去了。”

锦绣湾，和锦阳湖壹号隔马路相望，是锦阳湖片区档次仅次于锦阳湖壹号的住宅项目。开发商老总董瑞昌是本地人，年龄和周素华差不多，跟周素华一样在都市商圈赫赫有名。早些年，两家企业还有些业务往来。最近十来年，因为经营理念的不同，渐行渐远了。但毕竟都是做房地产的，就算业务上没有交集，竞争关系却始终存在。这几年也不知怎的，瑞昌地产所拿的几个地块，总是和华里集团的地块相邻，就像肯德基和麦当劳总是相隔不远一样。瑞昌品牌知名度不如华里，产品品质略逊于华里，营销手段也不如华里这般推陈出新，所以尽管地段旗鼓相当，但销售额和华里集团旗下的项目没法比。这几年，房地产行业如火如荼发展，稍微经营得好一点儿的企业，都赚得盆满钵满。也因此，竞争日趋激烈起来。总有一些企业，会在背后用一些见不得光的手段竞争。比如说，中伤竞品项目、到竞品项目周围三公里范围内拦截客源、买通竞品的销售员拿到看房客户资料等。这些手段，华里旗下的项目虽然不屑于做，但老销售员心里也都门儿清。然而像这种煽动对方项目的业主在交房前期闹事儿的，还真是头一回。幸好锦阳湖壹号产品质量过硬，装修品牌实打实，要不然，还真就着了他们的道了。

听了王伟的话，周航咬牙切齿骂：“这帮孙子！”

王伟请示：“小周总，这事儿怎么办啊？要不要给他们点儿教训？让他们知道我们锦阳湖壹号也不是那么好惹的！”

周航似笑非笑：“怎么教训？也去锦绣湾项目闹点事儿，给他们添点儿堵？且不说你手下就这小猫三两只，还都是女生，我华里也不屑于用这种下三烂的手段竞争。”

王伟笑了笑，不再作声。

周航说：“这手段太低级，又漏洞百出，应该不是董瑞昌的主意。过几天有个政府组织的商会，董瑞昌应该也会参加，我委婉提醒下他，让他管好手下人。”

“哎！”王伟应下。

周航并没有告诉王伟，这件事的背后，不光是瑞昌地产在捣乱，可能还有华里公司内部工作人员的影子。要不然，安防严格的建筑工地，怎么就能让业主轻易混进去，还拍了那么多照片呢？拍照片便也罢了，忽略掉所有好的部分，把还没有做完、装完的地方拿出来说事儿，煽动群众。这种事情，没有内部人员配合，几乎是不可能完成的。

既有内贼，则需查之。而这些事情，毕竟说出去不光彩，王伟这个层面就不必要知道了。

一时无话。

周航问：“刚进来的时候，案场都没什么销售员，人都哪儿去了？”

王伟说：“本来就只有四个销售员。张雯有事儿请假了，倪虹带客户看房子去了，于苗苗在后面给客户打电话，外面也就只有周涟漪一个人守着了。”

周航问：“张雯为什么请假？”

实际原因王伟凭着张雯发他的那几张照片，倒也能猜出来。但毕竟不是什么好事儿，王伟打算替张雯瞒下来，便说：“她家里有事儿。”

“请了多久的假？”

“一周。”

“这你都准了？你不知道项目很忙？”周航觉得王伟这事儿办得不太靠谱。

“她妈妈身体不舒服，她是独生女，没办法。”王伟艰难地替张雯撒了个谎。

销售员请假，销售经理有权直接批准。王伟都准了，周航还能说什么？

周航放过这事儿不提，又问：“陈素素呢？怎么今儿也没见她。”

“陈素素早上就没来，九点多的时候，我让倪虹给她打了个电话，说不想来上班了。”

“什么原因啊？”周航问。

“没说，只说觉得累，不想上了。”王伟说，“现在的孩子，很多都娇气。在这边做销售员，站着的时候多，坐着的时候少，吃不了苦也是正常的。”

周航皱皱眉头，心中突然涌出一股烦躁的情绪。周航发了脾气：“我天天跟你说招人，招人，招的人都在哪儿呢？这随便一个销售员请假，就忙不过来了。你自己亲自下场做销售啊？”

王伟说：“一直在招呢！想招到合适的真不容易。要么笨到根本看不懂客户脸色，要么吃不了苦，要么瞎提一堆要求，等着人伺候。本来觉得陈素素还不错，是个苗子，哪里知道，来了一天就不肯来了。”

周航问：“我听销售员私下抱怨过，说我们底薪低。有这回事儿吗？”

王伟说：“主要还是锦绣湾那帮孙子，为了挖人不惜代价，把行业平均底薪抬起来了。”

“抬了多少？”

“三百。”

“我回头跟公司申请，锦阳湖壹号销售员的底薪加五百，你可得给我招到人！”周航说。

王伟喜上眉梢，老鸨似的说：“哎，我替姑娘们谢谢您！”

“先别说出去，等我申请下来再说。”

“放心吧，保证不说！”王伟连连答应。

虽然觉得可惜，但人家自己不想干了，一个做老总的人，又能有什么办法？开车回公司的路上，周航越想越觉得憋闷，却无能为力。也不知怎的，差点儿撞到一条横穿马路的流浪狗。紧急刹车后，周航吐出一句国骂，突然就走了神，脑子里再次浮现出陈素素拿着喇叭时那张神采飞扬的脸。

身后有连绵的汽车鸣笛声响起，周航这才回过神来，连忙把车开了出去，却也只是在路边紧急停了下来。他想了想，决定解决这件事情。

周航打给周素华，问："妈，陈素素不来了，这事儿您知道吗？"

周素华正坐在豪华办公室里处理公务，见这时候周航来电话，还以为有什么重要的事儿呢，原来是问这个。周素华说："知道啊！你陈叔上午给我打电话了，说了这事儿，还跟我道歉，说孩子太不懂事儿什么的……"

"那您知道她为什么不来了吗？"

"你陈叔说，她两年没上班了，一时没法适应，等她情绪稳定了再说。"

"那她还来项目上班吗？"

"我听你陈叔那语气，应该不会再来了吧！"周素华奇怪了，问，"你怎么这么关心她？还专门打电话来。"

周航一时语滞，支支吾吾地解释："主要看她是个好苗子，就这样走了可惜。"

周素华说："这世上好苗子多的是，关键是能不能为你所用。我知道你惜才，可陈素素毕竟不同于旁人，一来，她家里有事业，你就算培养起来了，也可能是给别人培养的；二来，她那个心理问题，还真不是一般的小问题。范心知治疗了两年多都没有效果，谁知道她什么时候才会好。在好之前，随时都可能会是一颗炸弹。要不是我欠你陈叔太多，这样的女孩儿放在一线，我都未必敢接收。你明白吗？"

周航得承认，周素华说得确实很有道理，也很客观。他无话可说，因此也只是闷闷地回了一声"知道了"，便挂了电话。

车继续往前开，周航更郁闷了。这样一个人，他就真的用不了吗？

周航还是想试试。他再次停下车，打给王伟，让王伟把陈素素的入职申请表找出来，看上面有没有陈素素家的地址……

半个小时后，周航出现在陈素素家。

陈素素家里，除了请的阿姨之外，就只有她和妈妈两个人。母女俩见到周航的那一刻，都非常惊讶。陈素素没想到，她一个简单的离职，项目老总会这么重视。陈太没想到，她会在自己家里，见到周素华的儿子。

陈太毕竟修养好，虽然情绪有些波动，但听明白周航的来意，便主动回了屋，把客厅留给了陈素素和周航。

周航跟陈素素不算熟，说话也只能公事公办。周航说："主要爱惜你是个人才，觉得就这样走掉实在太可惜。如果在项目上有什么困难，都可以直接跟我讲，我会想办法帮你解决。"

陈素素怎么好意思说她是因为不喜欢锦阳湖壹号的人事环境，才不愿意去上班呢？虽然职场经验不足，但陈素素深知一个道理：把同事之间的矛盾捅到老总那里去，这是不对的。

陈素素想了想，只好胡乱说了一个理由："因为每个月都有销售任务比拼，竞争压力太大，我有点儿担心……"

"原来是因为这个。"周航说，"我得跟你解释一下，毕竟一个项目，从拿地开始就有大笔的资金需要投入。直到卖出去的那一刻，之前的投入才能一点点地回来。站在销售员的角度想，销售排名可能压力比较大。但站在公司层面来说，能力越强的销售员，越能为公司创造利润。如果不比拼业绩，大家都混日子，华里集团不可能有现在的规模，不可能为社会创造那么多财富，为城市提供那么多就业，我们这些人，都得在家里喝西北风。"

周航说的，陈素素都能理解，毕竟这是丛林社会，可她并不认同。在她眼里，动物世界里，有狼、有狐狸，同样也有小兔子。小兔子或许很容易被其他动物吃掉，可，并不是每一只小兔子，都想变成大灰狼啊！

陈素素并没有反驳周航，只微笑着听他继续说。毕竟，说归说，最终做决定的是她不是吗？

周航又说了会儿，几乎都口干舌燥了，见陈素素依然保持微笑，就知道她要么没在听，要么根本就不认同。周航一滞，问：“你什么想法？”

“我并不想参与任何竞争，就只想轻轻松松地生活。”陈素素说。

这理由，没毛病，周航被气笑了：“合着我刚说了那么半天，鸡同鸭讲是吧！”

陈素素不好意思地低头抿嘴笑，别说，还真是鸡同鸭讲。

周航仍想争取，于是说：“你知道，我是锦阳湖壹号的项目总，但同时，我还是我妈的儿子，华里公司是我妈一手打下来的，不出意外，将来会是我的。因为这个，我不仅仅只是一个项目总，我要做的事情很多，尤其是杂事，特别多。有时候我也会累，也会想，我就算不工作，像很多别的富二代一样，当个二世主，浑浑噩噩混吃混喝，也可以过一辈子。这样的人生多轻松啊！可这样的人生，又有什么意义呢？生而为人，来到这世间一次，总要尽力去做点儿什么，才不算白活吧！”

周航的这一番话，可以说是发自肺腑了。作为观察型人格，陈素素自然能感受到周航的真诚。然而，真诚有时候能起的作用，并不像我们想象的那么大，特别是观点相左的时候，特别是真实原因某一方没有说实话的时候。

陈素素思考了一下，说：“可是我是个女生啊，一个女生，漂漂亮亮、吃吃喝喝、轻轻松松就好了，那么累干什么？我又不想当什么女强人。”

周航真是无语了，问：“那你拼命考进曼大，又是为了什么？”

“也并没有很拼命啊，就这样考上了。”

轻描淡写，说得好像她是学霸中的巨无霸一样。

周航说：“这话骗骗别人也就罢了，我也是曼大毕业的，我知道考曼大有多难。”

陈素素耸耸肩，不置可否。

周航气结："就算你是天才，我也相信没你说的那么容易，你大可不必这么防备。"

陈素素说："学历好看，也是资本。"

"嫁人的资本吗？"周航的语气里，不由得添了几分嘲讽。

"是呀，嫁人的资本。"听着周航嘲讽的话，陈素素也有点儿生气了，不由得就想要和他对着干，回答得干脆利落。可是回答完后，无力感却又从心底深处袭来。陈素素不由得又想起了叶望一，她曾经多想嫁给他，做一个洗手做羹汤的贤惠妻子，可就这样一个简单的愿望，还被他无情地破坏了。以至于她甚至觉得自己已经失去了爱的能力。陈素素的心，又开始痛了。

周航没有注意到陈素素的走神，只气急败坏地说："我本来还以为，你是不同的。但没想到你有这样的想法。那我只能祝你早日找到如意郎君，给你轻轻松松的生活了。"

大门"砰"的一声关上，陈素素才反应过来，周航走了。不由得觉得莫名其妙：你自己主动找来，就没做好被拒绝的准备吗？一个项目老总，城府不深也就罢了，动不动就生气，幼稚！本来对他还挺有好感的，这下子全没了！

周航很生气，非常生气，非常非常生气。他很欣赏陈素素，以为这是一个独立自主的现代女性，却不料，读了一肚子书，不过是个只想窝在家里过轻松日子的小公主，真是高看她了。

周航重重地捶了一把方向盘，开车走了。

周航不知道，这时候，陈素素和陈太就陈素素工作的事情，也发生了一场争论。

陈素素得承认，因为周素华，在没见面的时候，自己对周航是很有成见的。但见了之后，这成见便也消失了。这些年，无论是家庭社交圈，还是在英国读书，她接触过很多富二代。里面有脑子清醒拼命工作的，有自视甚高把家族的助力当成个人能力的，更有许多拿着父母的钱拼命挥霍，刷存在感的。像周航这种，明明家里很有钱，却努力工作，认真做事儿，还低调而平易近人的，真是凤毛麟角。

周航就是这样的人，纵然经验不足，但认真和诚意足以弥补一切。他看人时目光不躲闪，饱含温暖和信任。他目标坚定，对自己正在做的事情从不质疑，这样的人，最容易获得别人的好感。陈素素忍不住想，像他这样的人内心就没有阴霾吗？究竟是什么样的环境，才让他长成现在这个样子的呢？想到这里，陈素素不禁有些悲哀：如果，我是说如果，我的内心没有那么多脏污的情绪，如果，我的爸爸和他的妈妈没有什么，如果我像他一样目标坚定，或许，我们也能成为朋友吧！

然而这世上，哪来那么多如果？注定是平行世界的两个人，不会再有任何交集。

周航走后，陈太坐在陈素素旁边的沙发上，欲言又止。她发现陈素素在走神时，不免有些失望。她当生命一样爱着的女儿啊，在这样物质优越的环境下长大，怎么就长成现在这样满腹心事呢！怎么会这么不快乐呢？她为什么就不能像别的这个年龄的女孩子一样，每天开开心心的，想着打扮、想着吃好吃的，想着约会恋爱，为了约会，化很久的妆，出门时大力摔门，只要一到家，就大呼小叫，整栋房子都是她的声音呢？

明明读了那么多的书，却连一份工作都做不好。精神上出了问题，在家一待业就是两年。现在好不容易要再出去上班了，看做的都是什么工作？售楼处里的销售员。就这种工作，还只做了一天就不想做了。这个样子，将来怎么办？年龄也不小了，她在她这个年龄孩子都已经生了，哪里像她，连个男朋友都没有……真让人操心啊！

陈太收起情绪，问：“你将来有什么打算？”

陈素素说：“我也不知道，走一步看一步吧！”

陈太说："虽然我不认同你去卖房子，但周航说得没错，还是得有点儿事情做，这样人生才有意义。"

陈素素看了陈太一眼，没有说话。

陈太继续说："你总不能像妈妈一样，一辈子待在家里，什么事情都不做吧？"

陈素素不耐烦地说："怎么可能？我这辈子都不会像你这样。"

"我也不希望你像我一样。"陈太说，"这样有什么出息呢？看男人脸色，就算他心里有了别人，为了孩子，为了不被抛弃，连离婚都不敢提。"

陈素素知道，陈太说的是她自己。这些年，每次提到婚姻问题，都说是为了陈素素。陈素素很烦这个理由，叫道："妈，你又来了！"

陈太沉默，过了好一会儿才说："我看周航来找你回去上班，也是实心实意的，要不你还是回去吧！等你爸爸把新工作帮你找好了，再辞职不迟。"

"为什么？"陈素素问。

"我怕你在家玩懒了，再也不想上班了。"陈太说。

"不会的，我不会像你这样的。"陈素素起身回了房。

陈素素自己也不知道，为什么平时脾气挺好的一个人，对着妈妈的时候，总是那么不耐烦。她不知道究竟是受了爸爸的影响，还是因为妈妈实在是太弱了，让人忍不住生气。有时候她想控制住自己的脾气，不去凶她，不去吼她，好好地跟她说话，就算做不了朋友，也能正常地说说话。

可是她做不到，妈妈就是那样一个人，三五句话，就是能把人的脾气给挑出来，忍不住说出伤害她的话。说完再后悔，想道歉，却又抹不开面子，只好算了。于是一次次地周而复始，伤害成了习惯。

晚上的时候，陈一凡下班回来了。夫妻俩说起周航找来的事情，说着说着就吵了起来。

陈太唠唠叨叨怪陈一凡给陈素素找的工作不够高大上，说起周航找来，怀疑他有什么目的，又质问陈一凡，为了女儿的事情去找周素华，是否对她余情未了。陈一凡重申，他和周素华之间没什么。若有什么的话，就不会把女儿送到华里旗下的项目上班了，纯粹是因为他认为那份工作适合现阶段的陈素素。陈太嘲讽他欲盖弥彰，刚唠叨几句，陈一凡就怒了，一句“妇人之见”、另一句“你懂什么”结束了争执。陈一凡怒气冲冲地去了书房，陈太一个人坐在客厅里抹眼泪。

陈素素窝在床上听音乐。事实上这两年，一旦有了烦心事儿，她就会躲在音乐里。可父母的争吵声还是时不时地传到耳中。陈素素烦躁地摘下耳机，气到捶床。

父母吵了几十年了，当初她才从英国回来，想到要回到那个时时爆发争吵的家就觉得烦闷。和叶望一恋爱之后，若不是急于从这个家里逃出来，也不至于那么快就答应他同居的请求。然而她怎么都没想到，最终，因为和叶望一发生了不可调和的矛盾，精神又出了问题，还是回到了这个家里。

这两年，白天陈一凡去上班，陈素素就算在家，也尽量待在自己的房间里，能避免和陈太沟通就避免和她沟通。不是不爱自己的母亲，而是不愿意面对她所有的负能量。

是的，陈太是一个浑身充满负能量的人，尽管知道女儿“病了”，刻意收敛自己的情绪，可那些不开心还是会在不经意间传出来，影响着陈素素。就如此刻，陈一凡躲进了书房，陈太压抑的抽泣声，还是时不时地传到陈素素的耳中。

陈一凡显然也听见了陈太的抽泣声，又来到了客厅，跟陈太说：“哭什么哭？我还没死呢，就哭丧！”

陈太说：“这么多年了，你一直对我都这样……”

陈素素忍不住落泪。如果她是一个健康的人便也罢了，可她毕竟是个病人，几个月前，还在吃抗抑郁药。她不知道自己该到哪里去，能到哪里去，才能躲避现实生活中的不如意。她很想跟父母提出来，搬出去一个人住，可是她知道，他们不会同意。这两年，他们已经很担心了。若她就生活在眼前便也罢了，真出了事儿，还能及时挽救。真让她一个人走了，他们一定会后悔莫及。

陈素素跟范心知说过家庭让她感到压抑，范心知也告诫过陈一凡和陈太，尽量给她营造轻松和谐的家庭氛围。他们也这样做了，每次吵架都尽量压着声音。可这远远不够，一个人的情绪总是会从脸上、细节中表现出来，即使隐藏得再好。

陈素素把头埋在枕头下，无声地呐喊，想要发泄悲伤的情绪，可这一点儿用都没有。

这个时候，她突然听见陈一凡压低声音跟陈太说：“你能不能不要每次我回家都闹？女儿还病着，克制一下不要让她听见……”

女儿还病着！

女儿还病着！

女儿还病着！

陈素素很烦听见这句话，她宁可自己死了，也不要病着。

但就在那一刻，陈素素的脑子里不知为何，突然炸雷般响起了周航那句轻描淡写却铿锵有力的话：“生而为人，来到这世间一次，总要尽力去做点儿什么，才不算白活吧！”

是啊，好不容易在这世间走一遭，难道就轻易地死了吗？多可惜啊！她不是在不久之前，才答应过范心知、答应过父母，再也不做伤害自己的事情了吗？怎么这么快就忘光了？

陈素素愣了很久很久，突然被惊醒似的，从床上爬起来，对着镜子整理了头发。她发誓，再也不会这样瞎想了。

做完这一切，陈素素来到了客厅，跟父母说：“你们别吵了，我明天回售楼处上班。”

再次见到陈素素出现在售楼处，王伟是很惊讶的。但他很快便又释然了：小周总曾找他要过陈素素的家庭住址，大概是小周总说服了她吧！

王伟能看出来，陈素素不同于于苗苗，脸皮是很薄的。这样的下属，点到为止，不宜多说。因此，见到陈素素，王伟只是含笑问了句："回来了？"

见陈素素只是腼腆地点点头，王伟便说了句："有什么事情提前跟我沟通，或者告诉倪虹也行，不要一个人闷在心里，更不要一声不吭便又走了。"

虽然王伟是笑着说的，但陈素素还是脸红了。王伟便不再多说，就当什么都没发生一样，做自己的事情去了。

王伟如此淡然，销售员们却并不。张雯不在，售楼处就只有倪虹、于苗苗、周涟漪三个人。倪虹做主管这两年，见惯售楼处人来人往，销售员来来去去，见王伟已经找陈素素谈过话了，便跟王伟一样，只笑着问了句"回来了？"就算打过招呼。于苗苗追问陈素素为什么突然没来，原因不便说，陈素素只说："家里有事儿，请了一天假。"倒也搪塞过去了。

于苗苗告诉陈素素，有人找过她，是个男的，看着挺精神的样子。陈素素实在是想不出来会有谁到售楼处找她，便放过不提了。

只有周涟漪，虽然大部分时候不声不响的，但她毕竟眼尖心细，联想到前一天发生的那么多事情，便猜测陈素素可能是对项目、对团队里的人心生不喜，才会离开的。有人跟陈素素说话时，周涟漪如往常一样，躲在旁边不作声。大家都各忙各的事情了，周涟漪才凑过来说："你昨天没来，我心里可难受了。虽然也就相处了一天，但对你的印象特别深，总觉得时间长了，我们能处成朋友。"

想到那天中午吃饭时遭到于苗苗的盘问，最后是周涟漪帮忙救的场，陈素素对周涟漪就心生好感。听周涟漪这样说，陈素素便笑道："我也这样想，觉得我们是同类人。"

周涟漪看看周围，见没人注意，这才说："我昨天一直在想，你为什么没来。想问问你，却因为没留你的联系方式，又不好意思找王经理要，只好算了。我私下猜测，像你这样的女孩子，必然是心高气傲的，不喜欢这里的工作环境、这里的人，也是正常的。我若是你，可能也会离开。”

陈素素说：“倒也不是你说的那样。”

周涟漪笑笑，说：“不管怎么样，你回来了，我还是特别高兴的。我从来没跟人说过我的来历，我的家庭状况，可我特别想跟你说一说，你想想我，或许以后遇到挫折就不会再轻易放弃了。”

陈素素很惊讶，虽然有好感，但毕竟不熟，需要这么快就交心吗？然而也正是因为不熟，倒也不好直接拒绝。陈素素说：“我不一定能理解，但你可以说说看。”

周涟漪组织了会儿语言，才说：“我们这个项目，除了王经理和倪主管以外，全都是本地人。其他人什么状况，你会慢慢了解的，我就只说说我。我们家，以前就是锦阳湖片区的，房子就在锦阳湖壹号二期这边，临湖的位置。我有时候下班了，没事儿会沿着湖边走走，有时候带着二期客户去工地，客户走了，我就站在远处，看着我家的位置，忍不住想，如果当初，我们家的房子没有卖掉该有多好。拆迁的时候，大概也能多赔几套房子吧！我们家现在也不至于租房住了。”

租房住？土生土长的本地人，最差也有一套待拆迁的老公房，怎么可能租房住呢？不是说原来的房子卖掉了吗？房款在哪里？没有用来买新房吗？陈素素更惊讶了。

陈素素说：“这一块的地段其实是不错的。我记得小时候跟我爸来过这儿，那时候这里还没开始建设，风景好，湖边有很多做生意的……”

“是啊，卖卖土产，开个农家乐之类的。”周涟漪说，“我爸是厨师，我们家以前就是开农家乐的。上下两层楼，桌子加起来有三十多张，还承接喜事宴会之类的活动。前后院也是我家的，算起来，光占地就有三百多平方米。”

面积真是不小了，怎么会一下子就全没了呢？陈素素从小就在律师事务所混，对各类民事纠纷、刑事案件不可谓不熟。她不由得脑补了一些类似于当地混混恶霸强占民居，或开发商带着大队人马开着挖掘机强拆的画面来。若是前者，也不知道她父母的身体现在怎么样了，有没有在家庭财产保卫战中受伤。若是后者，更加不可想象。难道，周涟漪这不声不响的小姑娘，到售楼处来不为别的，只为卧底？工作中暗暗观察，找出项目漏洞，一举击垮华里集团，达到为父母报仇的目的？

陈素素忍不住脑洞大开，再看周涟漪，眼神就不一样了。

陈素素试探着问："那生意应该很不错啊！怎么会卖掉呢？"

周涟漪仿佛看出来陈素素在想什么，白了她一眼，说："为了让我读书。"

周涟漪说："你那天听倪姐说了，我也是国外留学回来的。你在国外读过书，你应该知道一个留学生在国外读几年书要花多少钱。我不比你，我学习成绩一般，雅思考了两次才考过。所以更费钱些。我家里为了支持我读书，把房子卖了。"

"钱都花光了？"陈素素问。

"五年时间，一年学语言，四年读大学，卖房子的两百多万，全都花光了。"

虽觉可惜，但每个人、每个家庭都有自己的选择。父母愿意举全家之力，卖房供养女儿读书，这其实并没有什么问题。

见周涟漪语气颇为可惜，陈素素安慰她说："反正你现在已经毕业了，参加工作了，钱慢慢总是能赚回来的。"

"不，不是你说的那样。"周涟漪说，"当年的两百多万，能在这个城市买两套房。而现在，两百多万可能连首付都不够。我爸现在在大酒店做厨师，我妈在后厨帮佣，我在这里卖房子，靠工资，我们根本不可能在这个城市买房的。"

"呃……"陈素素也不知道该说什么好了，只好问，"你国外留学回来的，按说找一个公司上班并不难，怎么想要到这边卖房子呢？"

"这就是问题的关键所在了。"周涟漪说，"每年的应届毕业生如过江之鲫。我不是名牌大学毕业的，专业也很一般，就算挂着一个‘海归’的称号，能找到的工作，起薪也就几千块钱。卖房子就不同了，你知道锦阳湖壹号的招聘广告上怎么写的吗？”

“怎么写？”陈素素问。

“挑战年薪三十万。”周涟漪说，“有多少个应届毕业生一年能挣三十万？我是冲着年薪三十万来的。”

陈素素“扑哧”一声笑了：“你是不是阅读理解能力有问题？‘年薪三十万’的前面有‘挑战’两个字。这说明什么？说明并不是每一个人都能拿到年薪三十万。就算能拿到，那也是凤毛麟角。”

“我知道啊，但是，既然有上限，就有希望不是吗？”周涟漪说。

“可是，你就算去公司工作，只要好好做，稳定升职加薪，过几年，未必达不到年薪三十万啊！”陈素素说。

“话是这样说，但我等不及了。”周涟漪说，“每次下班经过地铁口，都看到有中介举着牌子推销房子。牌子上写着‘锦阳湖片区，两居室，七十八平方米，仅五百万’，一个七十多平方米的两居室，都卖五百万，关键是，还‘仅’，别说五百万了，五十万我们家现在都拿不出来。至于我个人，存款不到五万。你说我能不受刺激吗？”

听了周涟漪的话，陈素素很想安慰她两句，却不知道该说什么好。在现实的困境面前，任何安慰的话都是空洞的、苍白的。到最后，陈素素只好问：“那，你父母对送你出国读书这件事儿，后悔吗？”

“他们嘴硬，说不后悔，但看我现在这样，也挣不到什么钱，还累得要死，心里只怕后悔死了。”

周涟漪家，若那两层小楼没有卖掉，这些年因为锦阳湖片区的开发、拆迁，肯定能置换好几套房子，按现在的房价来说，折合人民币也有大几千万。就算不卖，自己住一套，租出去几套，他们一家三口躺着吃喝，大概也都够了。可是现在，因为当初的一个“错误”决定，什么都没有了。一家人沦落为底层，租着房子，父母在大酒店工作，唯一的女儿，读完书回来，却在售楼处卖房子。

陈素素想到自己家。曾经，爸爸也是有公职的。都市赫赫有名的政法大学法律系最年轻的教授，因为和周素华的绯闻问题，被母亲一通闹，变得声名狼藉。不得已，只好辞了公职，出来开律师事务所。幸好这些年生意始终不错，才能让全家人住大别墅，让她高中阶段就出国读书，一读就是七八年。回来之后，因为抑郁症的问题，又在家里休养了两年。若是换了周涟漪这样的家庭，她大概就没有这么好的运气了吧！

但是，谁说周涟漪的运气就一定是最差的呢？陈素素问："你父母感情怎么样？"

"他们感情倒是真的好，一把年纪了，还恩恩爱爱，有商有量的。"

陈素素想到自己那个还算有钱，却总是低气压的家庭，感叹说："那就好啊，只要感情好，物质上吃点儿苦，倒也没什么。"

"是啊，我也只好这样安慰自己了。"周涟漪说，"可是只要一想到那些平白消失的房子，终究不甘心啊！我要是这辈子都没办法帮家里买一套房子，让我父母在里面安度晚年，我还算人吗？"

这样的话，陈素素又不知道该怎么回答了，只好说："你不要这样想，慢慢来。"

周涟漪说："你是不是很奇怪，我为什么会跟你说这些？"

陈素素点点头。

周涟漪说："这些话憋在我心里很久了，从来没跟人说过，遇到你，觉得亲切，就想说一说。我不知道你还会不会离开，在这里我很孤单，难得遇到一个投缘的人，我不希望你走。我把我的事情告诉你，是想跟你说，撑不下去的时候，你就想想我，再艰难，能比我还艰难啊！说不定你又有前进的动力了。"

听了这样的话，陈素素很感动。她没想到，在这样一个环境里，还有人关心她，还有人愿意把自己的隐私讲出来，以求达到安慰她的目的。想到头天晚上的誓言，陈素素更坚定了要在锦阳湖壹号做下去的决心。

陈素素说："我记住了，我们一起加油！"

陈素素回来上班这件事儿，周航第一时间就知道了。虽然他没说什么，但心里还是很高兴的。他忍不住臭屁地想，找你的时候拒绝我，这才过了一晚上，就想通了？看样子我的说服能力还是很不错的嘛！

周航很想第一时间就到售楼处去看陈素素，要么夸自己几句，要么奚落她几句，可又不想太给她长脸，也觉得这种方式太幼稚。毕竟自己现在是项目老总，总得有点儿老总的样子吧！就忍着，等了两三日才到售楼处来。

到了售楼处，见陈素素很认真地跟销售员们演练接待技巧，便没有打扰。和王伟说了会儿工作上的事情，一直等到陈素素忙完了，才走过去讽刺说："不是要过轻松的生活吗？怎么又来了？"

陈素素看他那神气活现的样子，觉得好笑，也知道大概真惹他生气了，想到那晚要自杀，因为脑海里炸雷般出现他的话才放弃，从这个角度来说，他算是自己的救命恩人了，只是他自己不知道而已。她便笑笑，好脾气地说："是的，我又来了，谢谢你小周总。你那天的话，真是醍醐灌顶。"

听陈素素这样说，周航不免有些得意，嘴角不自觉地上扬，却仍装作一本正经地说："话虽这样说，但这售楼处，毕竟不是给小姐和公子哥儿们混日子的地方，业绩还是要讲的。我算了一下，在你来之前，除重大活动之外，锦阳湖壹号每个月正常销售业绩是三十多套。平均到每个销售员头上，八套左右。你现在来了，在这个项目上，你的学历是最高的，又是我妈介绍过来的，自是与众不同。总不能比别的销售员还差吧？我给你定个目标，每个月十套，没问题吧？"

陈素素算看出来了，他是在对那天在她家里，她说"不想参与任何竞争，只想轻轻松松生活"找场子呢！

怎么这么孩子气？可他是老总，都发话了，她还能怎么样？陈素素沉吟着，想怎么回答他。还没说话，于苗苗开口了："每天的来电来访量都是固定的，来了客户，大家轮流接待。四个销售员也好，五个销售员也罢，就这么多客户，就只有这么多销售额。陈素素来了，平均到每个人头上，只少不多才对，哪儿能再加啊！”

周航笑道：“那照你这样说，我们再加五六个销售员，平均到每个人头上也就才两三套，大家跟着去喝西北风咯？那请那么多销售员做什么？一个项目，只请一个销售员，业绩全都是她的，我们管理起来省事儿，她也能赚得盆满钵满。多好的事儿呀，那一个案场干吗还要这么多人呢？”

于苗苗知道自己犯蠢了，一时语滞，脑子快速转圈，给自己找补：“话也不能这样说，人太少的话，来客户了也接待不过来呀！”

周航仍是那似笑非笑的表情，说：“多请一个销售员，自然是希望多增加一份业绩的。看来这一阵子因为交房，把大家都给惯坏了，忘记基本功了。王伟，王伟在哪儿呢？”

在销售经理办公室做周报的王伟，听见呼唤，一溜烟儿地奔出来，鞍前马后问：“小周总您叫我什么事儿？”

周航说：“从今天开始，上午不忙的时候派一拨人去周边的写字楼、小区扫楼（邮箱里塞广告、海报之类的），下午正常接待，晚上下班后，守在周围的几个地铁口发传单。记住了吗？”

王伟很为难：“一期马上就要交房了，这几天大家杂事儿都很多。”

“交个房，就不要业绩了吗？”周航瞪了王伟一眼。王伟不敢再说话了。

张雯不在，于苗苗强出头又是为了陈素素，是好心。周航走后，倒也没人直接出言怪于苗苗多话。周涟漪不喜欢扫楼，只哀怨地看了一眼于苗苗，便做自己的事情去了。事儿本来就因陈素素而起，陈素素更无话可说。只有倪虹，虽然当场并没有说什么，事后却找到王伟说：“王经理，你知道我家的情况……”

王伟说：“我知道你一下班就要去接孩子，你放心，晚上发传单，我尽量派她们几个年轻的去。”

倪虹感激地看着王伟说：“谢谢你王经理，又给你添麻烦了。”

经过了一周紧张的培训，陈素素终于“有资格”排班接待客户了。张雯脸上的伤也好得差不多了，售楼处人员总算是齐了。

陈素素挺激动的。她从来没做过销售，这些天，她看着老销售员们认真跟客户介绍，言笑晏晏应对客户的问题，开开心心地签单，心里还是很羡慕的。她很想去试一试，却又不知道自己相对较为腼腆的性格，能否应对这种需要多说话的工作。

周航给她下了死任务，每个月十套。虽然到最后，因为于苗苗的打岔，并没有说完成不了怎么样，但周航话毕竟撂这儿了，若真完不成，还真挺丢脸的。

只是令陈素素没有想到的是，她接待的第一个客户，居然是她认识的人。而这一单，差点儿又被张雯抢了，于苗苗和张雯之间，新账旧账，还爆发了一次强烈的冲突。

那天早上，眼看着有客户进门，轮到陈素素接待，她连忙迎上去，喊：“欢迎光临。”

那人见到陈素素，立刻就笑了，说：“我前几天来了一次，你不在。我跟你同事打听了一下，才知道你上了一天班就没来了。我还以为你不干了呢，后来我又给你打电话，一直没打通。今儿就想来碰碰运气，没想到你果然还在。”

是曹俊超，那个抑郁症互助群的群主，因为他的表白，以及跟群成员私下说、最后却尽人皆知的那些话让陈素素感到尴尬，陈素素最近都没怎么在群里聊天了。这几天，曹俊超倒是给她打过几个电话，但因为不知道该跟他说什么，又懒得应酬，便没有接。不过这都找到售楼处来了，再沉默无言也不太好，太不给人面子了。

陈素素强堆出笑容寒暄：“今天不忙？”

“忙呀！”曹俊超说，“一早先去了工厂，把这边店需要的货给带了来。想看看你还在不在，就直接到这儿来了。”

陈素素微笑，不说话了。事实上，也并没有什么话好说。

气氛一时冷场，曹俊超问：“好久不见了，你最近好不好？”

“好的呀！”陈素素依然礼貌性地微笑，心里却在盘算着，什么时候跟他说自己还在上班，不方便聊天。她实在不喜欢现在这种，他们两个人站在大厅尬聊，前台处于苗苗她们探头探脑好奇打量的氛围。

曹俊超看出来陈素素有些局促，便说：“我最近正好想买房子，一直没时间看，要不你给我介绍下呗！”

陈素素不知道他是在找借口跟她说话，还是真想买房子。看起来，前者的可能性更大，于是便推托说：“我今天才开始接待客户，还都不熟悉呢，要不我找个老员工帮你介绍？”

曹俊超笑道：“那你就当拿我练手好了，我不介意的。”

可是我介意你没话找话跟我说，我因为工作的关系还无法拒绝你呀！陈素素腹诽，碍于面子，却没说出来，而是有气无力地问：“那请问先生，您想看什么样的户型呢？是两居还是三居，我好有针对性地介绍。”

曹俊超仍然一副笑嘻嘻的样子，说：“三居吧，结婚了也可以住。”边说还边装作不经意地看了陈素素一眼。陈素素很尴尬，想直接走开，却又觉得这样不好，万一被投诉更糟糕，只好假装没看到他的眼神，耐着性子帮他介绍起来。

曹俊超问了几个问题，陈素素一一解答之后，他又提出看样板房。陈素素本不想跟他一起去，想着都已经介绍那么多了，送佛送到西，还是跟着一起去了。没想到的是，看完样板房回来，曹俊超就选定了房源，算好价格之后，还打算购买。

倪虹教过陈素素算贷款。陈素素大学学的是金融，按说房屋贷款这种难度的计算根本就难不倒她，更何况还有贷款软件可以依赖。但这天也不知道怎么的，许是第一次成交太激动，许是项目本身有优惠，又因为熟人减了零头，计算变得更复杂，陈素素连算三次，结果都不一样，就有些着急了。去找倪虹，想要寻求帮助，刚好倪虹有客户，正在忙，而于苗苗和周涟漪也各有各的事情，只有张雯闲着。张雯见陈素素为难，就说：“我来吧！”

张雯毕竟是老销售员，又是连续销冠的保持者，气场十足。张雯拿起计算器，两分钟就算好了。按说这时候，张雯可以走了，但她担心陈素素没办法一个人完全搞定签约流程，便一直跟着解释合同内容、回答曹俊超的问题。

因为张雯够专业，回答的速度够快，一时倒也没陈素素什么事儿了。她就看着张雯忙前忙后，就当跟着学习了。

虽然曹俊超更想跟陈素素沟通这些问题，和陈素素多说说话，但买房对于他来说毕竟是大事，又不好驳了张雯的面子，免得让陈素素在同事面前不好做，便什么话都没说，跟着张雯一起走完了所有流程。

临走的时候，曹俊超笑着跟陈素素说："我上次来，无意之中听见她们说，你们每个月都有业绩任务，有销售排名。我这一单，也算是给你帮了点儿小忙。"

"呃……"陈素素再次无语。她不知道曹俊超这样说，是真为她着想，还是故意给她施加压力。提醒她欠了他一个人情，下次不要那么直接地拒绝他。

张雯当时没说什么，曹俊超走后，她跟陈素素说："这一单是我帮你完成的，业绩我们一人一半。"

陈素素愣住了，虽然到后来，几乎所有的流程都是张雯在做，但从前到后，她都没有请她呀！还以为她是好心帮忙呢，哪里知道还要分业绩。

开了单，陈素素却怎么都高兴不起来。一方面，买这套房子的人是曹俊超，他是冲着她来的，现在成了业主，以后找借口看房子、到售楼处坐坐，没话找话跟她说话，她都不好再拒绝；另一方面，好不容易开了个单，还得分张雯一半业绩，换了谁能高兴得起来？但张雯说得很有道理，她毕竟帮了忙，不分她，似乎说不过去。

陈素素"哦"了一声算是回应，便无精打采去前台坐着，端起杯子喝水。而张雯，因为跟于苗苗不和，没凑到她们一起，而是一个人去了销售员休息室。

不明状况的于苗苗和周涟漪，恭喜陈素素正式接待第一天就开了张。

周涟漪说："你真的很棒，我才来的时候，一个星期都没开单呢！"

陈素素懒得说话，只微笑算是回应。周涟漪心细，看出来陈素素情绪不高，就问她："怎么了？我看雯姐一直在帮你，没发生什么事儿吧？"

一听这话，于苗苗也来了精神，目光炯炯地看着陈素素。陈素素便把刚刚发生的事情告诉了她们。于苗苗一听就奓毛了，嚷嚷："你只请她帮忙算个贷款，是她自己赖着不走的，这就要分一半业绩了？凭什么呀！"

周涟漪连忙去拉于苗苗："小声点儿，别给雯姐听见了，你们又该吵起来了。"

"吵就吵，谁怕谁呀！"于苗苗说，"我正式开的第一单，没有你这么顺利。客户看了三次房才买。第一次、第二次都是我接待的，第三次，客户来那天，刚好我休假。张雯见是老客户，还是夫妻俩一起来的，就知道成交的可能性很大。她谁都没说，也没给我打电话——你知道我们售楼处有规定，原销售员休假，老客户来了，无论谁接待，都应该给原销售员打个电话的，原销售员来得了就算原销售员的业绩，来不了请她帮忙接待，若有成交，两人商量，看业绩是对半分，还是就算原销售员的，至于事后是否私下请吃顿饭，这就是两个人之间的事儿了。可张雯为了把业绩全抢过去，不仅不给我打电话，成交之后，还让客户留了老婆的联系方式，就怕我知道之后找她麻烦。还好有规定，已婚夫妇买房，合同上必须签夫妻双方的名字。而我恰好看到了那份合同，才知道她抢了我单。后来我才知道，张雯抢单都抢成老油条了，除了倪姐的不抢，其他人的都抢。之前有两个销售员就是受不了她抢单才辞职的。她也抢过周涟漪的，现在你来了，又来抢你的。"

于苗苗声音很大，也不知道张雯在后面听见没听见，反正是没有任何动静的。

陈素素看了周涟漪一眼，周涟漪没作声，像是默认了。

陈素素问于苗苗："她这样，王经理都不管吗？"

"怎么不管？"于苗苗说，"王经理还算公允。若给他知道了，只要能查明真相，他都是不偏不倚的。我那一单，本来就是张雯理亏，我坚决不肯分给她，最后全归了我，她也算白忙活一场。但并不是每个人都有我这么好的运气，也没我这样火暴的脾气，被抢都选择忍气吞声。就像你这一单，明明是你接待的，她去帮忙，也不全要，就要分你一半，你脾气好，不跟她争，抢也就被她抢了。"

"那我明白了。"陈素素说，"她能抢到的单，不过也就是利用规定的漏洞和其他同事的抹不开面子。我这一单，因为公司有规定，新销售员搞不定的情况下请老销售员帮忙，成交之后业绩分老销售员一半。所以，她抢了我的，我无话可说。"

"谁说你无话可说了？"于苗苗说，"你请她了吗？你明明想请的是倪姐。是她自己要帮忙的。"

张雯这时候出来了，她说："倪姐不在，我说帮她算的时候，她同意了，既然同意，不就是请我帮忙吗？"

"你……"面对张雯的振振有词，于苗苗一时不知道该怎么回复，张口结舌了会儿，只说出来几个字，"你能不能要点儿脸？"

"关你什么事儿，你就强出头，你能不能要点儿脸？"张雯学着于苗苗的语气抑扬顿挫地怼回去，"别动不动就给人扣帽子，什么叫抢单？我学雷锋还学错了？"

王伟去工地上了，这时候才回来，没想到周航也一起到售楼处来了。听见几个女孩在吵，王伟吼道："大上午的，吵什么呀？分不分场合？不知道这是前台，客户随时会进来吗？"

于苗苗根本就不怕王伟，但见周航跟在后面，知道周航不好惹，也只好赔笑道："这不没客户嘛，有客户我们可不敢这样。"又解释，"陈素素性子软，第一次开单就被张雯抢了一半去，我实在看不惯，才说了几句。"

见事涉陈素素，周航不自觉地皱了眉头，却没说什么。他是大领导，这种发生在销售员之间的“小事”，自有销售经理管，除非销售经理有失公允，否则他贸然开腔，就是越级管理了。所以他不说话，却看着王伟，看他打算怎么处理。

王伟的目光在几人的脸上一一扫过，最后说：“周涟漪留在前台接待客户，其他人跟我进来。”

到了销售经理办公室，于苗苗快人快语，抢先把事情说了。张雯争辩，依然是那一套“同意就是请她帮忙”的理论。王伟见陈素素在旁边，一直没说话，就问：“陈素素你什么意见？”

陈素素根本就不在乎业绩归属，更不在乎那点儿提成是多还是少，若是两年前，遇到这种事情，只怕会说：“随便啊，我无所谓的。”但她突然想起，在投行做的时候，也曾遇到过这种事情。她和搭档熬了几个晚上做的一份调查报告，功劳却被上司抢了去。搭档据理力争，大领导问她时，她并没有帮搭档说话，而是选择了隐忍。就为这事儿，搭档被穿了小鞋，丢了工作，她私下道歉，搭档没搭理她。而她在公司的地位也变得微妙起来，所有人都以为，她是为了拍马屁。没有人知道她是真的不在乎，是性格淡然……她的抑郁症，虽然叶望一是导火索，但在公司做得不开心，却是在骆驼身上不停增加的稻草。她在公司人缘很差，这也是叶望一到她公司诋毁她时，所有人都选择相信叶望一的重要原因。

陈素素虽然心里无所谓，甚至想把这一单让给张雯，好从心理上撇清和曹俊超的关系。但她知道，她一旦这样做，张雯不仅不会感激她，反而可能会像前上司一样，以为她性子软好欺负，变得变本加厉，更会把于苗苗得罪死。这些天的相处，陈素素摸透了于苗苗的性子，于苗苗虽然牙尖嘴利，但并不是不讲道理的人，相反，于苗苗的心里有一杆秤，有自己的价值观和是非标准。能与于苗苗和平相处便也罢了，若得罪了她，被她放在对立面，只怕以后闹心的事儿只多不少。

想明白了之后，陈素素便说：“是雯姐主动帮忙的，而我没有拒绝她。雯姐的帮助，我心里很感激，但是我没想到，她会提出分业绩的要求。”

张雯不乐意了，说：“从贷款开始，一直到全部流程结束，将近一个小时时间，都是我在做，而你什么都没做……”

王伟不搭理张雯，看都没看她一眼，又问陈素素：“这一单，除了贷款，你还有其他什么不会的？”

陈素素想了想说：“可能……解释合同没有雯姐解释那么好，但应该问题也不大。”

王伟说：“那我知道了。你第一次开单，不熟练也是正常的。”又对众人说：“张雯主动帮忙，是老员工对新员工的体恤，售楼处就这几个人，友好互助的氛围才是正常的。若每一次帮忙，都要求分业绩，新员工可能就不愿意主动请教老员工了。而老员工遇到没有好处的事情就不愿意插手了。那我们这个团队，又怎么团结得起来？”

王伟边说便看了张雯一眼，暗含警告。张雯听明白了，王伟这是要把业绩整个给陈素素，她不管不顾地叫道：“这不公平！”

王伟又瞥了张雯一眼，说：“你给我闭嘴。”

王伟见张雯不高兴，跟她解释，同时也在跟周航和其他几名销售员解释：“制度有规定，新员工主动找老员工帮忙，事后根据工作量，两人可平分业绩，我们今天在这边说好，下一次，新员工主动找老员工帮忙，提前说清楚分不分业绩，没有提前说的，一律默认不分。老员工可据此判断，是否有必要牺牲自己的时间帮助新员工。若是帮了，事后不得再次要求分业绩。”

周航问：“那老员工看没好处，就不愿意帮忙了呢？”

王伟说：“所以，新人要赶快成长，独当一面啊！再说了，看着没好处就不肯做，这样的人毕竟是少数。”说完又看了张雯一眼。

张雯知道王伟含沙射影说她，觉得没脸，当着周航的面儿，却也不好说什么。

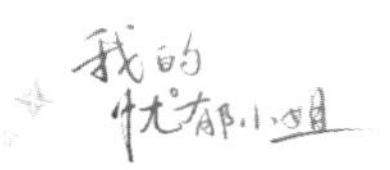

最后的业绩，当然全部算陈素素的。除了张雯，可以说是皆大欢喜。张雯和于苗苗离开后，陈素素在销售经理办公室登录公司系统，录入销售信息。倪虹带客户看房，送走后回来了，见陈素素不熟练，就主动指导她做。几个人的关系倒是很好，这反而显得张雯被孤立了。

周航这时候已经没什么事儿了，却仍磨蹭着不肯走，跟王伟讨论这几天销售上的事情。陈素素的眼睛虽然盯着电脑，手也忙着录入，但余光仍然看到周航跟王伟说话的同时，目光时不时地扫在她身上，这让她感觉别扭，却没有多说什么。陈素素并不认为自己对于周航来说，就是特别的。这些天工作上的相处，陈素素看明白了，周航是那种虽人在高位，却丝毫没有架子的人。他了解售楼处里的每一个员工，就如了解他的家人。陈素素心想，之所以盯着我看，大概是因为我才来，他对我还不够了解吧！

陈素素自顾自地做事情，做完之后，就离开了销售经理办公室，而周航也并没有主动跟陈素素说话。陈素素不知道，就连她离开办公室时，周航打量的目光依然紧紧地尾随着她。

陈素素离开没多久，周航也走了。

周航走后，王伟把张雯单独叫到办公室，问："委屈？"

张雯瘪瘪嘴，没有说什么。

王伟责怪道："我看你就是被惯坏了！"

张雯抬头，吃惊地看着王伟。

王伟说："以前每次你抢新人业绩，只要当事人不说什么，我也就睁一只眼闭一只眼了。毕竟，在这个案场，业务最熟练的是你。新人去接待，可能开不了单，你去了，也就开单了。我惜才，才没惩罚你。但现在不同了，你看这几个新人，哪个是好说话的？你也不掂量着点儿，当着小周总的面儿还抢。"

王伟表面上批评她，实际上句句话向着她，张雯怎么可能听不出来？

张雯解释："你知道我家里的情况……"

王伟说："是！我知道。你不想住家里，想早点儿搬出来住。这些年一直在攒钱，可房价涨得太快，你首付始终凑不够。若不是为了尽快从家里逃出来，你至于受那姓罗的气吗？但我告诉你，这些都不是你抢别人业绩的理由。这个案场要说起来，每个人都有抢业绩的理由，于苗苗她爸规定，若是业绩排倒数，就停她的信用卡。陈素素才来，也不知道怎么的，小周总那么关注她，对她有每个月十套的业绩要求。周涟漪、倪虹，她们都比你缺钱，特别是倪虹……可是她们抢了吗？并没有。相反，她们一直互相帮助。你仔细想想，为什么倪虹业务能力不如你，工作经验也不如你，她能做主管，而你不能？"

"主管那么累，杂事儿那么多，一个月才多五百块，其他和普通销售员没两样，都要拼业绩，傻子才想当主管呢！"张雯小声嘟囔。

"眼光能不能放长远一点儿？"王伟说，"你一直提钱，那我们就说说钱。当主管，钱是不多，可只有做了主管，才有升销售经理的机会，做了销售经理，才有升营销总监的机会。你知道公司销售经理年薪是多少吗？你知道营销总监的年薪是多少吗？哪一个不比做销售员强？"

张雯凑过去，小声问："王经理，你年薪多少？"

王伟一滞，忍不住笑骂："在说你的问题呢，倒让你来打听我的薪水了？"

见张雯仍好奇地望着他，王伟便说："这个案场，销售员中你业绩是最好的，每个月领的钱也是最多的。可我领的是整体业绩，具体数额不想跟你说，但比你高不少就是了。你仔细想想吧！"

才来上班那几天，陈素素上下班要么是陈一凡接送，要么是陈一凡的司机接送。还曾闹了个大乌龙：因为陈素素没说实话，大家都以为她家不过是中产之家。那天，陈一凡的司机小林穿着便装开着陈一凡的豪车来接陈素素，被于苗苗看见了，还误会小林是陈素素的男朋友。陈素素连番解释下，大家才知道小林不过是个司机。

家里能用得起司机的，至少也是中产之上了。陈素素再次被大家刮目相看，陈素素感觉非常不适：由司机开着豪车接送上下班，到售楼处卖房子，一个月领那么几千块的薪水，还不够车的油钱，看起来似乎比于苗苗每天开着红色宝马来卖房子更尴尬。

说起于苗苗的红色宝马，还真闹了个大乌龙。

有一次下班后，周涟漪送客户，于苗苗开着车从售楼处门口招摇而过，跟周涟漪打了声招呼。在得知于苗苗是周涟漪同事的时候，客户小声地问周涟漪，于苗苗在外面是不是还有别的职业？要不然一个销售员怎么开得起宝马呢？

客户问得小声，于苗苗却听见了。问得委婉，于苗苗却听懂了。什么别的职业？不就是说她在外面给人当二奶吗？于苗苗当场脸就绿了，嚷嚷："就不能是我家里有钱，我爸给我买的呀！"

客户连连道歉，脸上的表情却颇多不屑。这些年，很多人对房地产销售这个行业有所误会，一来，以为这伺候人的工作，富裕之家不会让子女来做，所以普遍都没什么钱；二来，因为行业内的某些虚荣女孩的不当行为，让很多人对漂亮的女销售员产生了误解，以为她们卖着卖着房子，顺便就出卖了自己的身体。

别说开着宝马招摇过市的于苗苗了，张雯也曾被人这样误会过，这就是后话了。且说于苗苗，自从被客户当面质疑有第二职业，倒也低调了许多。过了几日，代步车换成了白色尼桑。大家一问才知道，于苗苗把家里阿姨买菜用的车开出来了。

因为销售员少，项目二期在售、一期即将交房，事情很多，陈素素经常加班。有时候司机一等就是一两个小时，虽然陈一凡没有说什么，但陈素素自己却觉得颇为不便。毕竟，司机是事务所的，专门抽出时间来接她，必然耽误事务所的工作。后陈素素跟陈一凡商量，不要司机接送了，她自己坐地铁。陈一凡觉得这样太苦了点儿，建议她自己开车上下班。陈素素却说，因为情绪不够稳定，范心知不建议她开车。见陈素素坚持，陈一凡便不再说什么。只说刮风下雨天，最好还是接送一下比较好，陈素素应了下来。

曹俊超之后，陈素素又开了几单。售楼处本着“当天的事情当天做”的原则，要求销售员们无论多晚，当天卖掉的房子，一定要当天下班前把销售信息在公司系统上录入完成。那天，一个客户因为付款的问题拖了会儿时间，陈素素帮他做完购房流程后天已经黑了，同事们也都下班离开了。她依然独自一人留下来，把销售信息录入系统，这才离开。

售楼处大门的钥匙，倪虹一把，保安队高队长一把。倪虹晚上要接孩子，早早就走了。晚上锁门的任务是高队长的。这天，陈素素最后一个离开售楼处，走之前，还跟高队长打了招呼。哪里知道，快走到地铁站时，才惊觉销售完毕后一直忙着录入系统，手机忘了拿。连忙转回，到了售楼处，才发现卷帘门没拉下来，看着门没锁，就直接走了进去，翻找半天，才在销售员休息室里一个椅子上找到了。

找到之后正要出门，突然听见落锁的声音，又听见卷帘门往下拉的声音，猜想高队长以为没人，这时候正在锁门。陈素素连忙往外跑，边跑边叫着：“等一下——”

来到大门处，叫了半天也没有人回应，正焦虑沮丧间，从身后传出一个声音：“别拍了，高队长早走远了。”

是周航。

这一日，周航离开工地时，下班时间已经过了。本可以直接开车回家，一时内急，就绕道售楼处。见门没锁，推了就进去，事急从权，一时没想到会不会有人还没走，以及保安队长什么时候来锁门的问题。

内急正在解决，就听见落锁的声音和卷帘门拉下的声音，暗叫“糟糕”，却不好中途中断，只好耐着性子等内急全部释放之后才离开。刚推开厕所门，就听见陈素素大力拍打玻璃门和大呼小叫的声音。

周航突然发声，倒吓了陈素素一大跳。陈素素回过头来，见是周航，才松了一口气，只问：“你怎么在这里？”

对一个女生说，自己来上厕所？这种话怎么说得出口？周航指指卫生间的方向，比画了两下，陈素素却已经明白了。她放过不提，只说：“倪姐家远，还有孩子，这时候把她叫回来开门不合适。高队长应该还没走远，还是得叫他来开门。”

周航没说话，只点点头。陈素素见自己说了半天，周航没反应，只好说得更直白一点儿：“我没有高队长的电话，你有吗？”

周航愣了一下，说：“没有。”

陈素素边思考边说：“那只能找找看了，王经理或者倪姐桌上应该有公司通信录。”

陈素素边说边朝销售经理办公室走去。先翻找了王伟桌上的文件夹，又翻了倪虹的。周航跟在她身后，被她指派着一起找。可惜，并没有找到通信录。

陈素素拿起手机拨打王伟的电话，想要问问他高队长的电话号码，可拨打了很久，始终没人接。

周航说：“王伟可能在开车，要不再试试别人？”

陈素素不想麻烦倪虹大老远地跑一趟，但跟麻烦倪虹相比，更不想和周航一起被关在售楼处，便拨打了倪虹的电话。倪虹更狠，直接关机了。

陈素素又分别拨打了周涟漪和于苗苗的电话，这俩姑娘平时和高队长很少打交道，跟陈素素一样，都没有存高队长的电话。陈素素才和张雯因为销售业绩归属的问题发生了点儿矛盾，并不愿意这时候拨打张雯的电话，可没办法，还是硬着头皮打了，张雯居然也没存。

陈素素着急了，再次拨打王伟的电话，依然没人接。正团团转之际，周航说：“你先休息一下，等会儿再打吧！”

也只能如此了，陈素素去沙发上坐了下来。周航去开灯，却发现电闸被拉掉了。空调也没办法开，这时候正是夏季，没有空调，封闭的空间更显得热。陈素素的妆都快热花了，不由得更泄气，问：“现在怎么办？”

周航默默打开了手机手电筒，室内有了一丝光明。周航说：“没办法，只能等。”

见陈素素不说话，又问：“在这边上班还习惯？”

陈素素说：“还好。”

周航说：“前阵子和张雯的那件事，你处理得挺好的。”

陈素素笑笑。

周航问：“这不是你本来的想法吧？”

陈素素愕然，却还是点点头。

周航说：“以你的性子，估计想着，直接让给张雯得了。可你看于苗苗一直在为你争取，不忍让她寒心，才那样说的吧！”

哪里是不忍让于苗苗寒心，根本是怕得罪于苗苗的后果更严重。但陈素素并没解释，只说：“事情都过去了。”

周航见陈素素不想再提这件事儿，停顿一下，问：“能跟我说说你的家庭吗？或者你的经历。”

他想干吗？他知不知道，因为周素华，她的母亲这些年一直都很不开心。多年前自己远走国外，前几天还差点儿再次自杀，都和母亲的情绪有关。他现在再来问，想做什么呢？

这些话陈素素并没有直接说出来。而是想了想说：“我的家和普通家庭一样，父母吵吵闹闹一辈子，却怎么都拆不散。”又说，“我也像普通小孩一样，该读书的年龄读书，该就业的年龄就业。如果真说有什么特别，大概就是出国时的年龄比较小吧！但初中出去，也不算小了。”

周航说：“我小时候见过陈叔几次，在我心里，他是一个特别睿智的人。我知道他有一个比我小五岁的女儿，却从来没见过。我始终在想，陈叔的女儿，该是什么样的呢？我很盼望能见你一次。只可惜不知道为什么，后来陈叔和我们家的关系逐渐疏远，几乎不再来往。我一直没机会见到你，不过这次见你，倒跟我想象中的差别不大。”

是吗？后来疏远了吗？大概跟母亲当初那一通闹有关系吧！后来

陈素素出了国，对陈一凡和周素华有没有联系并不知道。这次陈一凡帮她找的工作在锦阳湖壹号，陈素素还以为陈一凡和周素华一直保持着联系呢！

陈素素说："你跟我想的倒是不一样。"

"哪里不一样？"周航好奇了。

"嗯，怎么说呢，更阳光一些，心事更少一些，做事情更认真一些。"陈素素努力组织语言。

周航笑："在你心里，我应该是什么样？"

"说不上来。"

"说说嘛，没关系的。"

"我在想，周总独自一个人把你拉扯大……"陈素素边说边看周航的脸色，生怕哪句话惹得他不高兴。

周航听明白陈素素的意思了，说："喂，你不是吧？跟其他人一样，对单亲家庭长大的人有偏见，以为我性格固执又偏激。偏偏我家里还很有钱，那完了，活脱脱一个二世主，对吧？"

周航语气里故意表现出来的不满，逗笑了陈素素。陈素素的拘束感少了许多，却也点头说："差不多，总觉得你的生存环境会很恶劣。"

周航说："当然有恶劣的一面啊！但你知道，我妈是一个很强大的女人，大风大雨都帮我挡了，还拼命教我踏实乐观，我就长成这样了呗！"

陈素素问："你母亲，是一个什么样的女人？"

"美丽、机智、大方、勇敢。"周航说，"主要是大气，比男人还大气。"

周航提起周素华时，那崇拜的语气作不得假。也不知道私下里，他们如何相处。想到自己家里的冰冷气氛，陈素素不由得有些羡慕。

"听起来，你很爱她。"陈素素说。

"当然了！"周航笃定地说，"为了她，我愿意去做任何事情。包括进公司，跟那群老狐狸斗法，以求顺利继承她的事业。"

“你倒是想得挺明白。”陈素素微笑。

“怎么能想不明白呢？我又不是傻子，从小看着她为了给我一份好的生活，委屈自己周旋在名利场内，多少眼泪和血吞。我要再不懂事儿，也就太不懂事儿了。”周航说，“不是在说你吗？怎么又说起了我？你有男朋友吗？我听她们说，那天买房的那个人，对你很特别，不是在追你吧！”

曹俊超吗？都传到周航耳朵里了？陈素素一阵心惊，正待否认，却不知怎的，脱口而出：“他有这层意思，但我拒绝了。”

“跟王伟说一声，下次他再来，让别人接待。”周航有些义愤填膺，“不喜欢还勉强自己应酬他，实在太累了。”

倒还挺为下属着想。然而这种话怎么好主动跟王经理提？陈素素这样想，就没说话。

陈素素的心思被周航看出来，周航说：“要不我去说吧，让王伟安排。最后不是张雯帮忙算的贷款办的流程吗？让张雯接待他好了。”

“呃……”陈素素忍不住叹息，才为销售业绩归属的事情起争执，再让张雯帮忙接待，岂不是不妥？

陈素素正要拒绝，周航就连连摇手：“还是算了，我想一下怎么解决吧！”

陈素素迟疑着问：“你……你很闲吗？”

周航愣住了：“闲？从何说起？”

“不然为什么这么小的事情都能进你的脑子里？你还要亲自去解决。毕竟——”毕竟你是管理整个项目的老总，更是公司股东，是周素华的儿子。这句话陈素素没说出来，她知道周航能听懂她的意思。

周航苦笑。他也很想知道，为什么陈素素的事情他这么上心。一点点小事儿都恨不得帮她解决，哪怕这样做会让人质疑。比如说，现在陈素素都会质疑，他是不是很闲。

周航字斟句酌地掩饰说：“也不是很闲。但你知道，不厌其精不厌其细，才能做好管理。”

陈素素耸耸肩："我不知道，我没做过管理。"

周航不想在这个话题上深度纠结，便问道："你有我电话吗？"

陈素素说："公司通信录上有。"

"我问的是你手机上有没有存我的电话？"

陈素素摇摇头。

周航说："你还是存一下吧，下次遇到什么事儿，我是说，假如再遇到像今天这样的事情，一个同事的电话都打不通，你可以打给我。"

"打给你做什么？你不是也没有高队长的电话吗？"陈素素奇怪地问。

"我……"周航一时语塞，说，"我可以找别人要。就算要不到，我们聊聊天也好，免得你一个人害怕。"

陈素素的第一反应居然又是，你很闲吗？第二反应是，那你刚怎么没找别人要？正腹诽，周航催她："你快点儿呀，把手机拿出来，存我的电话号码。"

陈素素只好掏出手机。周航报了电话号码，看陈素素存了，这才满意地笑了起来。

真幼稚，看起来哪里像三十岁？陈素素继续腹诽。

正在这时，门外突然传出一阵响动。紧接着卷帘门开了。周航和陈素素相继来到门口，玻璃门外出现一个身影，是高队长，他拿着钥匙正在开锁。很快，锁开了，高队长推门走了进来，看见周航，说："小周总你也在啊？我还以为就一个销售员呢！"

昏暗的手机手电筒下，孤男寡女两个人，被人撞见，气氛更显尴尬了。周航有些恼怒，便没说话。

高队长的大嗓门再度响了起来："小周总你不是有我电话吗？上午还在跟我打电话呢！怎么这时候让王经理打给我啊？"

原来，这事儿还是周涟漪细心。周涟漪接了陈素素的电话，始终不放心，反复拨打了几次王伟的电话，总算是打通了。陈素素没跟周涟漪说一起被关在售楼处的还有周航。王伟以为就只有陈素素被关了呢！打了高队长的电话，高队长匆匆忙忙赶过来，这才把两人“解救”出来。

听了高队长的话，陈素素怪异地看了周航一眼，跟高队长打了声招呼，便走了。周航更恼怒了，瞪了一眼高队长，没理他，起身也走了。

明明做了好事儿，小周总看起来似乎还不太高兴，也不知道怎么就得罪了他。高队长莫名其妙地挠挠头。

周航追上陈素素，解释：“我忘了我有高队长电话了。”

陈素素看了周航一眼，表情明显不信和警惕。

周航说：“我骗你干吗？你怀疑我对你图谋不轨啊？”

陈素素没说话，继续朝前走。

周航说：“你打了那么多个电话，肯定还会再打的，我知道迟早会有人过来开门。这种情况下，我不可能想着留你一夜。”

陈素素仍然低着头朝前走。

周航说：“爱信不信吧，我对你真没坏心。”

见陈素素越走越快，周航说：“天也黑了，你怎么回去啊？我车就停在门口，我送你吧！”

陈素素闷闷地吐出两个字“不用”，起身走了。

陈素素离去的脚步匆忙。周航很生气，好不容易独处一室，通过聊天打开了她的心防，哪里知道，这下子她的防备更深了。周航气急败坏地走到自己的车前，踢了一脚轮胎，才算把气撒出来。然而转眼他又笑了，一脸阴谋得逞的表情。

第三章

陈素素性子淡然，不是那种在工作和生活中喜欢争强好胜的人。锦阳湖壹号的这份工作对于她来说，也只是过渡，因此她并没有存什么必须争销冠的心思。然而她的性格里，有很认真的那部分因素在。无论是读书还是工作，都从来没想过要混日子。因贷款不会算，差点儿被张雯抢了单，也算是个教训。这之后，陈素素对专业知识更上心了。必须学会的项目资料、接待流程、接待技巧，逐渐熟练不说，有些时候还学会了举一反三，旁征博引。

陈素素本来就聪明，又暗暗观察其他人是怎么接待客户的，吸取她们的长处，化为己用。比如说，倪虹性子温婉，跟客户谈判时娓娓道来，极易引人好感。张雯快人快语，专业知识熟练运用，对竞品的优缺点信手拈来，说服力极强。于苗苗虽然销售技巧一般，各方面能力一般，但胜在性子活泼。和客户接触时，锋芒收起来，该撒娇撒娇，该说笑说笑，谈谈孩子夸夸衣品，就搞定了不少客户。周涟漪话不多，但善于揣摩客户需求，客户有些不便说出来的心思，周涟漪总是能准确把握，有针对性地给出意见。这都是她需要学习的。

成交了几单之后，陈素素也逐渐总结出自己的优势：像周涟漪一样善于揣摩客户需求，像倪虹一样性子温婉。只可惜，对竞品市场还不是特别熟悉，销售技巧也还有待磨炼，那么，针对性加强也就好了。

至于陈素素和张雯的关系，倒也不是什么大的问题。张雯虽然振振有词，心里其实是明白的，那事儿就是她自己理亏。张雯上班主要的目的是赚钱，而不是和谁闹矛盾，一个于苗苗处处和她作对，已经够她受的了，可不想再树敌。挨了王伟的说，事后陈素素又买了奶茶请她喝，做小伏低主动和她搭话，张雯自然见好就收，和陈素素恢复了见面打声招呼，有事儿说事儿的同事关系。

陈素素本来就没想过在工作场合交什么朋友，张雯业务能力强，又是团队中年龄相对比较大的人，能和她维持一般的同事关系，陈素素已然满足。陈素素态度好，张雯不拿架子，两人都不是那种一件事儿能记一辈子仇的人，随着时间的推移，只要不涉及原则问题，倒也能有说有笑了。

自曹俊超买完房后，陈素素还曾暗暗祈祷，他可千万别总往售楼处跑，打着业主的旗号，提出让她无法拒绝的要求。幸好没有。曹俊超看起来似乎很忙，一周只有一两天的工夫能到这边来。因为周航刻意关照过，曹俊超来的时候，就由倪虹接待。

曹俊超也看出来了，售楼处里的几个女孩子是统一战线，便不再打着业主的名义来找陈素素，而是以朋友和“邻居”的身份过来跟陈素素聊聊天，陈素素反而不好拒绝了。

曹俊超几次在中午的时候踩着饭点儿来找陈素素一起吃饭，每一次陈素素都以订了外卖为由拒绝。曹俊超知道她是刻意跟他保持距离，心下黯然，但也不好说什么，只是转而开始“公关”团队里的其他人。但凡到售楼处来，就买了零食、水果、饮料分给大家。女孩子们没有不喜欢零食水果的，逐渐跟曹俊超熟了起来。陈素素虽然不喜欢他这样，但他并没有明说是为了陈素素才买的，陈素素也不好阻止他，更不好意思让女孩子们不要吃他的东西，只是自己坚决摆明立场，但凡曹俊超来，就抢着去接待客户，或带客户去样板房，让自己忙起来，以避免和他说话、吃他的东西，被他的小恩小惠打扰。

曹俊超做服装批发生意起家，后又自主研发运动品牌，在锦阳湖片区有一家运动品牌专卖店。曹俊超邀请女孩子们下班后到他店里去参观，看中的衣服和鞋子，都可以打折。女孩子们都很感兴趣，便相约着去了。陈素素不愿意去，于苗苗她们吃了好多次曹俊超的东西，又知道曹俊超约她们是假，主要是想约陈素素去看看，便拉着陈素素一起。不得已，陈素素也只好跟着去了。

那个店面积很大，至少有一百五十平方米，除了服装还有鞋子。虽然是自主研发品牌，但价位并不低，当然质量也还不错。大家也就知道了，这家店走的是中高端路线。

女孩子们七嘴八舌，于苗苗问："做这样一个品牌，不容易吧？"

张雯说："你年纪轻轻，能把事业做这么大，真了不起。"

曹俊超笑着解释："这不算什么，批发做久了，倒也能赚点儿钱，却没什么大前途，自己做品牌会好一些。"又叫大家："都来选选，但凡看中的，一律五折。以后任何时候你们来，都给你们打五折。"

女孩子们自是赞声一片，张雯轻轻推陈素素，挤挤眼睛说："年龄不大，白手起家，能做到这种程度，多好啊！"

陈素素笑笑，没说话。

张雯又说："要不是一开始他的目标就是你，我都想追他了。"

陈素素还是笑笑，没说话。张雯无趣，见远处于苗苗已经挑了不少，便离开陈素素，挑喜欢的衣服去了。

只有周涟漪，还在跟曹俊超聊天。

周涟漪问："自己做品牌，难吗？"

曹俊超说：“公司有设计师打版设计，再找来工厂代加工，我有批发的渠道，顺便做做零售，不难的。”

周涟漪说：“做生意都像你说的那么简单，大家都去做了，就没人打工了，怎么可能不难？”

曹俊超说：“才起步的时候比较难一点儿。每天夜里两三点钟坐车，四点钟赶到大批发市场，抢第一批最新鲜的货。大清早再赶到所在小批发市场的门市去卖。现在有了自己的渠道，不用那么辛苦，好很多了。”

周涟漪夸他：“你真棒！”

曹俊超笑：“讨生活，没办法呀！”

周涟漪问：“你和素素是怎么认识的？”

曹俊超看了一眼独自翻衣服手里却一件都没拿的陈素素，猜测她大概并没有跟同事们讲过抑郁症的事情，也猜测，她大概并不想让别人知道她得抑郁症的事情，就说：“一个很偶然的机会。”

周涟漪追问：“和素素父母有关吗？”

曹俊超警惕地看了周涟漪一眼，说：“我做小本生意，没有需要和律师打交道的地方。”

周涟漪知道曹俊超不想多说，便找了个借口挑衣服去了。

曹俊超见女孩子们大都两眼放光，挑得不亦乐乎，便没管她们，而是走到陈素素身旁说：“看中什么，我送给你啊！”

陈素素的微笑拒人千里之外，只说：“我先挑挑看。”

曹俊超觉得很没意思，却还是耐心地帮她介绍着：“那边是运动系列，这边是时尚系列，你看过今年的巴黎时装周吗？这个系列的灵感就来自巴黎时装周……”

曹俊超滔滔不绝，陈素素只点头微笑，言语回应却很少。

终于，大家都挑完了，曹俊超亲自帮她们结账。于苗苗刷爸爸的卡，不懂得节制，买得最多。张雯挑了几件自己喜欢的。周涟漪最少，只拿了一套运动装和一双跑鞋。

曹俊超问："怎么不多拿几件？"

周涟漪说："家里条件不好，没办法呀！若能含着金汤匙出生，人生大概要自由许多吧！"

曹俊超知道她在说陈素素，没揭穿，只是笑笑，快速帮她结账。站在周涟漪旁边的张雯，也听到了这话，怪异地看了周涟漪一眼。从周涟漪的日常消费，张雯大概能看出来，周涟漪家境不怎么好，周涟漪家里的事情，张雯隐约也听说过一些，但周涟漪从来没当着众人面儿提过跟自己家境有关的话。她们跟曹俊超还不算熟呢，周涟漪就说出这种话，也真是够奇怪的。

大家都结完账，陈素素才过来，手里只拿了几双运动袜。曹俊超开玩笑说："我说要送你，你就拿这一点儿？真不给面子。"

陈素素微笑，说："我穿运动品牌少。"后坚持付钱，态度一如既往地疏离。

见结完账的女孩子们都看着两人，曹俊超的笑容不免变得尴尬，却很快调整状态，将女孩子们送出了门。得知陈素素最近都坐地铁上下班，本来还想开车送她回去，这些天发生的事情让他有些心寒，怕被拒绝，便也没提。

张雯接待了一位"特殊"的客户。

那客户三十多岁的样子，来了就指定张雯接待。张雯确认自己并没有见过他，就笑着问："请问您是谁介绍过来的？"

那人含糊着说："没有谁介绍，我自己找来的。"

张雯问："那您怎么认识我？"

"我路过，看见前台坐了几个女生，你最漂亮，就找了你咯！"那人道。

虽然感觉那人眼神色眯眯的，让人很不舒服，但作为漂亮女生，坐地铁都有人胡乱揩油，这种眼神又算什么？张雯心中不快，却并没多想，认真介绍起项目来。

那人边听边打量张雯，眼神赤裸裸地从上到下打量，关键部位重点停留。张雯越介绍越不高兴，快速说完，便闭嘴了。

张雯不说话，那人也不说话，却依然上下打量着张雯，就像看一件即将到手的猎物。

张雯预感到不妙，却还是硬着头皮说："项目的大体情况就是这样了，几个重点户型的优缺点我也给您介绍了，请问先生您的意向如何呢？"

那人盯着张雯的脸，问："你是问我，今天会不会买吧？"

这话，还真是直接。幸好张雯经验丰富，什么样的客户都见过。她说："买房毕竟是大事儿，一般人都会考虑几天的。当然也有些比较有主见的客户，当天看房当天就付款。我们这几个户型房源都不多了，好的楼层更是所剩无几。您就算想考虑几天，也尽快，免得回头想好了，回来了，看中的房子却没了。"

那人半低着头，抬着上眼皮盯着张雯的脸，皮笑肉不笑地问："那我今天下定，有什么好处啊？"

若是今天就能成交，就实在是太棒了。张雯强忍住心中的那丝怪异，说："最大的好处当然是您选到心仪的房子，入住开心呗！"

"哈哈哈！"那人笑，"真会说话，我喜欢。"

张雯不舒服的感觉更加强烈了，便不说话，只微笑。

"你们定金多少啊？"那人问。

"两万，三日之内反悔定金可以退。超过三天，就不退了。"张雯说。

那人低声说："你看这样行不行，我今天就交定金，你陪我一晚上如何？"

如此赤裸裸的要求，张雯还是头一次见，不由得张口结舌。张雯勉强笑着说："先生，您说笑了。"

"我没说笑。"那人笃定地说，"我来之前都有人告诉我了，说你特别好上，只要买了房子……"

张雯的血往头顶涌，脑中一片空白，却仍然强撑着问："谁告诉你的？"

"我不能出卖他。"那人说，"怎么样？陪我睡一觉，我再给你两千块。"

"先生，您找错人了。"张雯说，"买不买房您再考虑一下吧，我有点事儿，先失陪了。"

张雯说着就走了。那人也没强留，只笑吟吟地围着沙盘转了一圈儿，就离开了。

毕竟不是多光彩的事儿，张雯平时在售楼处心高气傲的，跟销售员们关系也都不太好，因此心里虽然生气，却谁都没说。

那天晚上，张雯刚到家，就有陌生人加她微信，备注是"买房"。张雯以为是客户，就通过了。那人两句话不离下三路，张雯这才知道，是白天看过房的那位。张雯心里厌烦，拉黑了他。

本以为这件事只不过是个恶作剧。哪里知道，过了两三天，那人又来了，话说得更难听，还跟张雯拉拉扯扯，说："装什么正经呀！我要不是打听过，会来找你吗？我知道你们这些做房地产销售的，为了多卖房，都陪客户睡，你又不是没陪过……"

张雯听不下去了，指着门吼道："谁愿意陪你睡，你找谁去，再不走，我叫保安了。"

这句话声音太大，惊动了前台众人。王伟也在前台，听见这种话，立刻就朝二人走去。

那人却没注意，继续动手动脚，说："姓罗的都告诉我了，说你特别好睡。我要不是嫌小姐脏，我会来找你吗？"

张雯一听是姓罗的，知道上次拿了他五万块钱，他秋后算账来了，却没想到找了这么一个货色，还真是够让人闹心的。

王伟过来了，问："你说谁？姓罗的？"

那人说："当然了，你还以为是谁？他本来就没想跟她结婚，就想睡睡她，睡够了，就打算甩了。可惜这妞儿不懂事，像牛皮糖一样缠着他，他不得已才找借口跟她分手的。哪里知道，她还找上门了，想倒贴，还骗钱……”

张雯实在忍不了了，嘴唇颤抖说：“你胡说——”

王伟也没闲着，为堵住他的嘴，一拳打了过去。还不解恨，一拳接着一拳，那人也不是吃素的，和王伟打了起来，王伟的眼睛也肿了。幸好周涟漪、于苗苗她们反应快，去叫了保安，总算把王伟解救出来。那人的伤比王伟重多了，见售楼处人多势众，不得不落荒而逃。逃出售楼处时，耳边还传来于苗苗的骂声，于苗苗大骂他是人渣，让他以后再也不要来了，否则绝不放过他。周涟漪和陈素素为解恨，把垃圾桶都扔他身上了。

那人出了售楼处就报了警。警察来了，把那人和王伟、张雯他们都带到了警察局。说了事情的经过，扣了那人，把王伟和张雯放了。

回去的路上，王伟边开车边安慰张雯，让她不要介意。

张雯有些心灰意冷，这才说：“你知道吗？和那姓罗的在一起，我抱了很大的希望，以为会和他结婚呢，哪里知道，他只是想玩我。”

王伟问：“那你呢？是真的喜欢他吗？”

张雯说：“到了我这个年龄，很难多喜欢一个人。有时候就是觉得条件还不错，人又不反感，就抱着结婚的目的试试看。哪里知道，别人不这么想。”

王伟问：“这么说，你其实不喜欢他喽！”

张雯说：“你见我分手后伤心了吗？没有吧！我只是可惜浪费了时间，还被骗了身子，心里挺恨他的，也恨自己过于轻贱，轻易就上了当。”

王伟看看张雯，没再说话，张雯自顾自想着心事，没有看到，手握方向盘的王伟方向盘握得更紧了，眉头也皱了起来。

一期交房的日子一天天临近。因为有了之前业主聚众闹事，公司怕再出什么幺蛾子，上上下下都很重视。周航作为项目老总，自是不敢怠慢，恨不得天天戴着安全帽待在工地上监工，没几日就晒黑了。他有洁癖，工地上的卫生间嫌腌臜，每次都大老远地绕到售楼处来解决内急问题。为了少跑几趟，水都不怎么喝，时间久了，嘴唇也干裂了。

销售部是一家公司的重中之重。周航虽然是老总，但对销售员们向来客气。王伟是管理者，他跟王伟说话更随便些。周航最近经常往售楼处跑，熟了之后跟销售员们偶尔也开开玩笑。于苗苗仗着家境好，爸爸和公司开发部的朱总是拜把子兄弟，跟周航说话尤其随便。见周航明显黑了、瘦了，于苗苗便开玩笑说，要把自己的防晒霜送给周航，让周航多少“护着点儿”，免得不帅了。周航自然拒绝，笑称：“白有白的帅，黑有黑的帅，长得帅怎么看都很帅。”

交房前一天晚上下班后，王伟给大家开会，再次强调交房注意事项。周航从工地上回来，安全帽刚摘下来，就坐到会议桌前旁听，偶尔补充两句。说着说着，突然就嘴巴开裂，鲜血顺着开裂的口子流下来。他最近过于辛苦，皮肤黝黑、眼睛凹陷，整张脸看起来就像中了毒。他倒没发觉，犹自讲着。销售员们表情越发怪异，又不好打断他，只好盯着他的脸看。

周航说：“怎么不记笔记呀？我脸上有什么？都盯着我看！”边说边不自觉地舔舔嘴唇，血迹瞬间扩大了。

于苗苗指着周航：“你的脸，不是，你的嘴唇……”

味道不对，周航这才后知后觉地发现自己嘴唇裂了，觉得很窘，问：“谁有镜子？”

因为是下班时间，大家都换了便装，包要么抱在怀里，要么放在凳子上。周航刚问完，张雯就从包里掏出个小镜子递给他。

周航接过镜子，只看了一眼，就忍不住倒抽一口凉气，连忙跑到卫生间处理血迹去了。王伟跟过去，递了几张抽纸，关心了几句，又出来给大家开会。

周航洗了血迹、洗了脸，上额的头发尚且滴着水，就又回到了会议室。大家憋住笑，假装没注意，继续听他讲话。哪里知道，刚说了两句，嘴唇又裂开了。这次不用人提醒，他自己也感觉到了，便不再说话，伸出舌头舔着裂口，试图用唾液修复伤口……

也不知怎么的，陈素素刚好在那一刻抬起了头，看了周航一眼。那一眼便呆住了：他舔嘴唇的动作，怎么会这么性感?

怎么这时候想这个？真没同情心。陈素素脸红了，低下头去，听见耳边传来于苗苗的声音。于苗苗说："不要舔，越舔越干。尽量别说话，别大笑，用润唇膏，最好是羊油的，厚厚地涂一层，晚上睡觉的时候再涂一次，很快就好了。"

周航笑着说："谢谢提醒，然而我粗糙惯了，并没有那玩意儿。"

大家都笑。

王伟问："你们谁包里有润唇膏？"

女孩子们都翻包，陈素素为了掩饰自己的怦然心动，连忙也打开了包。除了倪虹，大家都带了。

陈素素的包向来整齐，几乎不用找，就拿出了润唇膏。拿出来之后，心虚地抬头又看了周航一眼。突然想到，周航毕竟是男的，自己时常抹在嘴巴上的东西，再给他用，抹在他的嘴唇上，这跟间接接吻有什么区别？不由得脸又红了，伸出去的手也缩了回去。

周涟漪凡事喜欢多想一层，她知道周航有洁癖，怕被嫌弃，虽然包里有润唇膏，翻找的时候，却刻意放慢速度，落在人后。

张雯喜欢用好东西，她的润唇膏并不便宜。她倒没想到周航有没有洁癖，就想着，若润唇膏给周航用了，以后自己再当众拿出来用，又要被于苗苗取笑了。按她的性子，只怕以后都不会再用了。好几百块钱买的呢，就这样不用了，多浪费、多可惜。

因为各怀心思，四个女孩中至少有三个表情各异，动作放慢。就只有于苗苗，什么都没想，听见王伟问，直接从包里翻了出来，递了出去。

王伟见周航龇牙咧嘴还疼着，便伸出手去想要帮周航接。于苗苗递得最干脆，王伟便打算把于苗苗的拿给周航。周航看出他的意图，以迅雷不及掩耳之势站了起来，探着身子，伸长了胳膊，绕过离他最近的于苗苗，把陈素素本打算装进包里的润唇膏夺了去。拿起放在桌上的张雯的小镜子，一本正经地涂了起来，一遍不够，又多涂了几遍。

周航的动作毫无掩饰，女孩子们的表情更加精彩了。陈素素脸红得快滴出血，低着头不敢看人。其他几人，一会儿看看周航，一会儿看看陈素素，谁都没说话。王伟见气氛不对，咳了两声，把大家飘远的思绪拽了过来，继续开会。

周航涂完了，没立刻还给陈素素，而是放在自己前面的会议桌上，装作什么都没发生的样子，一本正经地听王伟说话，一本正经地补充。陈素素等了半天，见周航没还她，忍不住偷看他一眼，哪里知道，周航表面在认真开会，眼角的余光却始终在陈素素这边。见陈素素看她，便冲她一笑，眨眨眼睛。陈素素的脸红到脖子根儿，低着头装鹌鹑，不敢再抬头，一直装到会议开完。

会议结束后，大家穿外套、拎包往外走。周航把小镜子递给张雯，张雯接下放进包里，陈素素昏昏沉沉的，忘记把润唇膏拿回来，就准备往外走。周航叫她："陈素素等一下。"

大家见周航叫的是陈素素，就都走了。陈素素停下脚步，周航见所有人都走光了，这才穿起外套，拿起安全帽，又慢悠悠地拿起润唇膏，边走边一本正经地说："你来得晚，一期交房业主里没有你的客户，明天可能会闲一点儿。你看着谁需要帮忙，就去帮一帮。"

这话王伟其实已经交代过了。但见周航说得认真，陈素素便收敛了心思，乖巧地点着头说："好的，小周总。"

周航挠挠头，尴尬地说："听你叫小周总，还真是挺不习惯的。"

陈素素疑惑地看着周航。周航再次挠头，无奈地放弃："既然大家都这样叫，那你也就这样叫吧！"

"好的，小周总。"

周航抓头："还是别叫小周总了。"

"那我该叫什么？"

周航想了半天，说："干脆别叫了，什么都不叫。"

"为什么？"陈素素问。

"哪儿有什么为什么呀？你哪儿来那么多为什么？"

周航似乎有些生气，大踏步朝前走。陈素素觉得他这火发得有些莫名其妙，却也没说什么，跟在他身后。周航走了几步，突然停下脚步，回过身，把手伸出来："你的润唇膏，谢谢。"

惯性之下，陈素素撞到了周航身上，润唇膏掉地上。陈素素慌忙低身捡，哪知周航也蹲了下来，想要捡起润唇膏，两人的头又撞在了一起……

陈素素吃痛，扶着额头"哎哟"了一声。

周航问："没事儿吧？"把捡起来的润唇膏递给陈素素，陈素素接过来就胡乱装包里，想到他舔嘴唇的性感、拿她的润唇膏肆无忌惮反复涂抹的样子，心跳得厉害，想着这支润唇膏只怕是不能再用了，一声不吭地往外走。

周航不知道发生了什么，只追上来，问："没事儿吧？"

"没事儿。"陈素素瓮声瓮气地回答。

"你怎么回去？我送你吧！"周航说。

"不用。"陈素素说。

"怎么突然就生气了？"周航问。

"没有。"

周航快步走到陈素素前面，堵住她："究竟怎么了？"

陈素素的眼泪突然掉下来："你不要管我，我心里难受。"

"难受什么呀？"周航问。

陈素素没有回答，快步离开。周航觉得疑惑，见她莫名其妙地就哭了，不知道跟抑郁症有没有关系，不敢再惹她，只好眼睁睁地看着她走了。

周航哪里知道，陈素素不过是想起了和叶望一初相识时的往事。也曾有过试探、关心、暧昧，然而，越相处就越累，越不开心，最后闹得

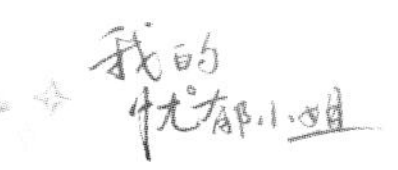

不可开交，仓促逃离，她还因此得了心理疾病。就算她离开，叶望一也并没有放过她，一次次跟踪她、威胁她，直到陈一凡知道了这件事，参与后，她的世界才恢复清净。

再联想到自己的父母，才在一起的时候，大概也是相爱的吧！可是现在，因为日日争吵，早已变得面目可憎。

如果相爱的人注定要互相伤害，那还不如在没有开始时便结束，起码还能在彼此心中留下一点美好的回忆。

陈素素不知道周航对她是什么样的感觉。周航并没有明确表示出对她的好感，他只是一次次用行动营造暧昧的气氛，即使当着众人，也毫无顾忌，这让陈素素非常生气，非常非常生气。

如果不爱，何必要撩？且不说我现在还没爱上你，就算爱上，那也不代表什么。

陈素素生周航的气，更生自己的气。和叶望一分手的时候，陈素素就发誓，不会再轻易对任何人动心。这两年，她确实做到了。但不知道是寂寞太久，还是周航太有魅力的缘故。陈素素和周航相处时间并不多，却一点点对他动心了。太容易动心，可不是什么好习惯。这让陈素素觉得难堪，甚至觉得自己过于低贱。

回到家后，陈素素情绪不高，很快就回房了。事实上这两年，她的情绪一直不太高。因此，即使板着脸回家，父母也没怀疑什么，就任由她一个人待在房间里。陈素素很早就躺下睡了，却怎么都睡不着。眼前一会儿是叶望一那张刻薄的嘴脸，一会儿是周航那张肆无忌惮的脸。两张脸一会儿分开，一会儿合在一起，以至于连周航都变得面目狰狞了。

明天还要上班呢！虽然没有亲历交房日的忙乱，但可以想象，是绝对容不得人偷懒打瞌睡的。陈素素一遍遍看放在床头的夜光闹钟，心里很着急。可越着急，就越睡不着。怎么都睡不着，数羊睡不着，英文数羊睡不着，就连用法语日语数羊，都睡不着。夜里三点的时候，陈素素干脆掀起被子一骨碌坐起来，开了电脑，全网搜索周航。

周航是名人，在微博上勉强算是一个小红人。搜他实在容易，之前，为了了解周素华，陈素素搜过他。这一次，纯粹就是为了搜他而搜他。

之前，看到周航和殷桃的合照，心态跟吃瓜群众一样：果然二代爱网红啊！这一次再看那些照片，心中却涌出一股恨意：既然有女友，何必来招惹我?

陈素素恨恨地关电脑躺下了，却也暗自下定决心：这是一个危险的人，以后离他还是尽量远一点儿吧！

带着恨意，陈素素总算是睡着了。可也不过睡了两三个小时，天就亮了。闹钟没多久也响了，她只好挣扎着起床，用了大量遮瑕膏遮住黑眼圈，喝了一大杯咖啡之后，才去了售楼处。

那一夜，张雯也没睡好。和罗姓业主闹得那般不愉快，宁可一辈子不见面，也免得往事再次浮现眼前。可姓罗的毕竟是业主，他也要来拿钥匙。交房流程、《告业主书》都需要张雯亲自解释给他听。张雯不愿意面对这一状况。如果，能有人帮她做这些事情就好了。张雯这时候有些后悔了，后悔自己眼高于顶，有些事情做得太绝。对倪虹业绩的不屑表现得那么赤裸裸。对于苗苗和周涟漪，也从来不曾有过提携，就连新来的陈素素，明知道“后台很硬”，仍然为了一点儿蝇头小利，和她闹得不愉快。

幸好，陈素素不是那种计较的人，并没有像于苗苗一样跟她撕破脸。还有周涟漪，尽管张雯对她态度一般，但周涟漪待她始终尊敬。明天看吧，实在不行，也只有觍着脸拜托陈素素或周涟漪帮忙了。

张雯蒙蒙眬眬地睡着了，闹钟响了顺手就按了下去。乍然惊醒，才发现快迟到了，路上买了个饭团，匆匆忙忙打车来到售楼处。本以为王伟会说她几句，哪里知道并没有。王伟欲言又止，最后说：“等下你忙你的，姓罗的来了叫我一声，我亲自接待。”

张雯愣愣地点头，说：“好。”

换好衣服来到前台，已经有早起的客户过来拿钥匙了，当然也有张雯的客户，忙了一阵好不容易空下来，倪虹来找她，说了同样的话：“等会儿姓罗的来了，你叫我一声，我帮你接待吧！”

张雯不知道倪虹对她和罗姓业主最后发生的事情究竟了解多少。但那天，那心怀不轨的客户在被王伟打时说的话，倪虹多少还是听到了。张雯心里挺不是滋味儿的，不过是来上个班，因为发生了那些龌龊事，让这些女人看笑话了。

张雯小声问：“你心里是不是挺瞧不起我的？”

“怎么会？”倪虹很惊讶，“谁没谈过恋爱啊！谁没遇到过人渣啊！我若因为这点儿小事就瞧不起你，我还算人吗？”

倪虹的语气很真诚，不似作伪，张雯很感动。

倪虹拍拍张雯的手，就又去忙了。倪虹走了，张雯才想起来，忘记告诉倪虹，王伟已经交代过，他亲自接待罗姓业主了。

令张雯没有想到的是，周涟漪也会来找她，跟她说帮她接待罗姓业主的话。张雯连忙跟她说：“不用了，王经理和倪姐都说要帮我接待了。”

周涟漪的表情稍有些惊讶，却很快释然，笑着说：“那就太好了。”就忙自己的去了。

小插曲过后，就快中午了。业主们陆陆续续来了，果然如预料般忙乱。华里公司总部从其他案场调了些销售员过来帮忙，公司行政人员也来了不少。因为之前跟业主代表开会，打了预防针，大部分业主还算好说话，顺利交房了。只有少部分相对挑剔的业主，揪住细节不放，让销售员和物业管理人员解释了好半天，才勉强交了各项费用，拿了钥匙。

下午的时候，罗姓业主总算来了。都以为他可能会生事，哪里知道他什么都没说，就像不认识张雯一样，交了钱，拿了钥匙就走了。

众人觉得无趣，感觉就像期待了很久的网红餐厅，吃了一顿才发现味道一言难尽。尤其觉得无趣的是王伟，因为罗姓业主在外面胡乱说，败坏张雯的名声，王伟早就摩拳擦掌，想要揍他一顿了，现在他这么低调，反而不好主动生事儿了。

这几个月，大家最为重视的交房活动，就这样一个周末就全部结束了。大家也都松了一口气，总算可以稍微休息一下，之后把全部精力放在二期销售上了。

时间过得很快，转眼又到月末，销售评比的时候了。万幸，陈素素表现得还不错，卖了十一套房子，业绩排在张雯、倪虹的后面。第三名，对于一个新人来说，已经很不错了。

于苗苗本来就是来混日子的，只要不倒数第一，不至于被她爸爸停信用卡就行了。对于她来说，倒数第二跟正数第二，也没什么区别。拿了倒数第二，还是挺开心的。最可怜的是周涟漪，冲着年薪三十万来的，想凭借自己的努力，把家里卖出去的房子买回来，给父母一个很好的晚年生活，却不料因为性格、经验的问题，入职三个月以来，每个月销售排名都垫底。

是的，周涟漪已经入职三个月了。若是第一次销售排名倒数第一便也罢了，顶多难过一阵子，还有机会扳回一局。可这一次，是她第三次倒数第一了。按公司规定，她是要被开除的。

售楼处除了每天的早晚会、每周开一个周会、重要工作临时会议之外，到了月底还会开月会。到了月会的这一天，周涟漪一整天都心神不宁的。同事们也都看出来了，当然也知道她心神不宁的原因，却没有一个人上前安慰她。因为制度毕竟是制度，徒劳的安慰是隔靴搔痒，没有任何意义。推己及人，甚至可能会引人反感，何必呢！

晚上下班后，月会正式开始，周航也来了。王伟讲了项目月度发生的主要事件、分析了整个团队做得好的地方、不好的地方之后，就通报了每位销售员的业绩。提到周涟漪的时候，王伟停顿了一下，只顺口提了一句："如果我没记错的话，好像已经三个月了。"说完这句话，就不再提了，反而例行让销售员们总结自己这一个月的工作经验和不足之处。同事们都不笨，也就听明白了，王伟之所以顺口提却又很快转移话题，主要还是给周涟漪一个面子，同时给她提个醒，暗示她开完会之后会单独找她谈。

周涟漪自然也听明白了，头埋得低低的，若仔细看她，会发现她的脸已经变得通红，就像烧熟的小龙虾一样，而她的眼睛里，饱含着泪水，欲坠未坠。

若在往常，只怕就有人先开口了。可是这一次，却没有一个人主动说话。王伟提醒了两次，会议室里依然是鸦雀无声。王伟说：“你们要再不说，我就主动点名了啊！倪虹，你是销售主管，你先说。”

倪虹嘴巴动了动，表情木然，只说：“我还没想好，别人先说吧！”

王伟看了倪虹一眼，问：“谁来说？都不说的话，我继续点名了啊！”

现场沉默了十几秒，正当王伟要开口的时候，张雯说话了：“我来说吧！”

张雯并没有提自己，反而说：“我今天一天都在想，为什么周涟漪的销售业绩一直上不来。固然有她自己性格的原因，比如说性格腼腆，倾听能力远大于表达能力，面对强势的客户，时常不知道该怎么应对。但主要的原因，我觉得是她不够自信。”

都以为张雯会说自己，却没想到她一直在说周涟漪，虽然语气并不客气，但言辞却很客观。大家很吃惊，就连周涟漪，都忍不住抬起头来，看着张雯。

张雯谁都没看，只盯着面前的笔记本，一字一顿说：“我知道，按公司规定，会后王经理会找周涟漪谈话，我们大概明天就见不着她了。项目一期的时候，我就在了，这些年，我眼看着很多销售员出于各种各样的原因离开了。有些人，虽然我觉得遗憾，但我从来没有说过什么。可周涟漪不同，她是个很好的姑娘，她只是还没掌握正确的销售方法。如果她因为暂时的业绩不好就离开这个团队，而我什么话都没说，什么事情都没做，我会觉得可惜，也会自责。”

张雯说完后，环视了众人，目光最后停留在王伟和周航的身上。

王伟问：“那你想做什么呢？”

张雯说：“我希望她留下来，再学习一段时间。”

王伟说：“你有没有想过，如果她继续待在这边，销售业绩仍然上不来的话，不仅是对公司资源的浪费，还是对她个人时间的浪费。”

张雯说：“所以，我打算亲自教她。我带她一个月，看能不能带起来。”

所有人都知道，团队里最自私的人就是张雯。她为了抢业绩，可以说是不择手段。为了在抢业绩时不至于不好意思，她跟每个人关系都不好。但抢业绩归抢业绩，就算不抢，她仍然是团队里销售能力最强的一个。有时候，一个人就能承担项目一半的销售额，这也是捅娄子的总是她，但从上到下的所有领导都愿意包容她的缘故。周涟漪是团队里最不起眼的一个，平时张雯对她也没什么好脸色。大家都没想到，这时候率先发声、替周涟漪说话的会是平时那个最自私的张雯。

周涟漪感激地看着张雯，她不知道，张雯之所以变得这么“热心”，除了抢陈素素业绩那天王伟跟她一番醍醐灌顶的谈话之外，交房这天，在张雯最为难的时候，王伟、倪虹、周涟漪，三人都主动说帮她接待罗姓业主，让她深切感受到了团队的温暖。而在这之前，罗姓业主的朋友到售楼处对她进行羞辱，大家都尽弃前嫌，一致对外，让她很不好意思，总想着要报答大家。

然而她心高气傲惯了，不善于说感谢的话。才把这感激埋在心里，没有说出来。她的心态悄悄变了，她想为大家做点儿什么，却不知道该怎么做。周涟漪的事情发生了，她想着，团队里的事情有王伟和倪虹操心，她唯一擅长的就是做销售，那么，就从这里开始好了。也想看看，自己亲自带一带，能否把周涟漪带出来。

张雯说完带周涟漪的话之后，目光炯炯地看着周航。她知道，这事儿还得周航做主。毕竟公司自成立以来就有这“三个月倒数第一，就会被开除”的惯例。这惯例，从来没被打破过。这一次，她提出来帮助周涟漪，表面看是团队的事情，但实际上，是公司的大事。公司规定一旦被打破，便会有第二次、第三次。这已不是王伟这个层面的基层管理者所能做决定的，就算王伟同意，他也要得到周航的支持。

周航没说话，会议室陷入沉默之中。过了很久，王伟才说："其实这件事，我跟小周总私下已经商量过了。我们都认为，把一个不合适的人放在一个不合适的岗位上，是对人才和资源的一种浪费。周涟漪细心耐心，有她的优点。可是她的性格缺乏冲劲，并不适合做销售。我知道，她温柔体贴、为人着想，团队每个人都很喜欢她。我也舍不得她就这样离开。因此，我们商量了一下，想给她调个岗，也算是灵活处理了。"

王伟说完，看着周航，有请示的意思。见周航始终一句话没说，便继续跟销售员们说："倪虹是销售主管，却一直做着人事、行政方面的杂事。这不仅是岗位的浪费，还严重影响了她自己的业绩。我们想让她跳出来，主要做销售，顺便学习怎样做一个销售经理。周涟漪的性格很适合做行政，我本打算事后跟她谈，看她愿不愿意转行政岗。"

行政就是每个月几千块的死工资，没有提成，收入跟做销售员比起来，要差远了。唯一的好处是事情简单、压力没那么大，很适合年轻的女孩子做。若不了解周涟漪的家境和她的理想，只怕会认为这是一个很好的选择。然而陈素素毕竟和周涟漪聊过，知道她始终抱着"年薪三十万"的憧憬。当然也就明白，周涟漪只怕不会选择行政这个岗位。

陈素素很难过。周涟漪这样的女孩子，她在读书时就接触过不少。智商一般，老师讲很多遍的题目可能还不会。但非常努力，课间十分钟都在学习。语文或英语等需要背诵的科目还不错，数学却总是垫底。于是每个月下来，总成绩顶多中游。她们当然有自己特别擅长的一面，比如说手工、做饭或整理家务。可那些毕竟不计入考试成绩，于是她们便总是忽视自己擅长的，逼着自己必须好好学习，仿佛那才是唯一的出路。这样的结果是，自己很痛苦，扶持她们的父母，也很痛苦。

周涟漪跟陈素素讲的那些家里卖掉房子，送她出国读书的事情，在陈素素看来根本没必要。很多人神化国外的教育环境，其实在国外想要读书好，也是要聪明和努力二者兼备的。在国内都学不好的人，贸然出了国，照样学不好。就像周涟漪，家里房子都卖了，拿了张国外的文凭，可惜文凭不硬，回来之后，照样找不到很好的工作。

这世上的事情，大多时候还是旁观者清。陈素素虽然明白，这时候转岗是最适合周涟漪的选择，但周涟漪大概不会愿意。也不知道转岗这个主意是谁出的，会不会是周航？陈素素忍不住抬头看周航，却不料，周航也在看她。陈素素想到对周航莫名而生的情愫，不由得又脸红了，连忙低下头去。周航看到陈素素脸红，像是察觉了什么，他掩饰地咳了两声，对周涟漪说："公司也有些其他岗位很适合你，比如说市场部、策划部、开发部里的专员。学一段时间，做一个专员也挺好的。如果你愿意到公司上班，我让那个部门的总监带一带你。"

做专员，虽然薪水未必有销售员高，但好歹是白领，若是换了挣钱压力没那么大的人，可能就欢天喜地转了。然而周涟漪不同，她要为家里买房子。因此，虽然这个提议很不错，但周涟漪仍然低着头不说话。

王伟问周涟漪："公司给了建议，但主要还是看你的，你怎么想？"

周涟漪迟疑了半天，噙着泪说："我还是想做销售。"

会议室继续陷入沉默。这次，连王伟都不说话了。过了好一会儿，周航才说："那这样吧，再给你一个月的时间，若业绩能起来，就留在公司，业绩起不来，我们也没办法了。张雯也好好带一带周涟漪，争取把她的能力带上来。"

本来以为这个话题已经到此为止了。却不料，陈素素突然像第二人格附体一样，站起来大声说："我觉得公司这个制度很不公平，很残忍。"

大家诧异地看着她，私底下大家讨论的话，她怎么当众说了出来？

陈素素不管不顾地说："我当然知道公司有业绩需求、考核需求。但是，公司同时还希望我们相互团结，相互帮助啊！每个月都有销售排名，让我想起了在国内读书的时候，每次考试都要排名次，成绩单还要拿给家长签名。每次都有很多同学因为这个害怕得睡不着觉，于是就有人会作弊、欺骗家长。这制度其实是很不合理的。如果真要考核，不如学国外，划分A、B、C、D四档。只要能达到B，就都算合格。”

周航饶有兴致地看着陈素素，说：“你讲清楚一点儿。”

“比如说，这个月销售业绩是40套，下个月可以根据房源、每个人的能力评估等定一个公司总体目标。假如比这个月稍微高一点，定42套，那平均到每个人身上，差不多就是8套。只要总体目标能到42套，每个人都可以打B。到不了42套，低于8套的，给予B－或C的警告。但如果跟上个月比，有进步，就可以酌情加分。这样，压力会小很多，大家也更愿意帮助别人，让每个人都到达B档。这对团队的团结也很有好处。”

众人都在思考，周航说：“我觉得这个提议很不错，我跟公司营销部和人事部讨论一下，或许，锦阳湖壹号可以作为新考核标准的试点。”

当晚，周航家。

周航和周素华聊天，谈起今天开会的事情，周航说：“那个陈素素，真是不错。有想法，不墨守成规，让人眼前一亮。”

周素华笑：“她才来上班一个多月，我都听你提了好几次了。”

周航很不好意思，尴尬地掩饰：“是吗？我怎么没感觉到？”

周素华笑眯眯地说：“平时提起女孩子，眼高于顶的，这样挺好。”

周素华说完就走了，周航的耳朵可疑地红了。

次日，周航赶在午饭时间来到售楼处，没说别的，就说请陈素素吃饭，聊一聊昨天提的那个思路。

周航对陈素素的心意，一直很隐蔽，别的交流都是私下的，润唇膏事件虽然是当众发生的，但当时大家并没有太当回事儿。毕竟周航的职位太高了，又是太子爷，还有和殷桃的绯闻打基础，他应该不至于对一个销售员有什么想法。

陈素素才入职的时候，于苗苗曾当众问过她的父亲和周素华是怎么认识的。陈素素说，不知道，但认识很久了。大家就以为，陈素素和周航也很熟。熟悉的人更亲密，这是很正常的，大家都没有多想。只有陈素素知道，他待她，是和别人不同的。

不经意间的一个眼神碰撞、偶尔低声的几句交谈，还有那天晚上，明明有保安队长的电话，却故意说没有，只为了多跟她聊几句……他传递过来的信息太多，多到她忍不住怀疑他的目的。然而他什么都没说，就只是刻意营造暧昧气氛，用最柔软的羽毛，轻轻撩拨她的心。然而这偏偏是陈素素最讨厌的。

陈素素讨厌一切暧昧不清的东西。太居高临下，太进可攻退可守，便失去了诚意。而人与人之间的相处和交往，最需要的，就是诚意啊！没有诚意，连交流的必要都没有，又何谈真心呢？最关键的是，陈素素对周航也动心了，而她是坚决不允许自己动心的。

这天，周航刚一说吃饭，陈素素就明白了，他这是拿工作当借口，想跟她单独聊聊。陈素素不愿意单独跟他聊，除非只聊工作，不谈其他。

陈素素用搪塞曹俊超的那个借口搪塞周航：“我点外卖了，一会儿就到。要不小周总您先自己吃，吃完再聊？”

周航说：“外卖放着，出去吃，边吃边聊。”

陈素素再次找借口：“等会儿有个客户要来，他第二次看房了，我觉得成交的希望还是挺大的。”

周航说：“我安排倪虹帮你接待。”

周航看出来，陈素素是在刻意躲他，不由得有些生气。周航是名副其实的高富帅，平时主动追求他的女孩多了去了，陈素素的躲避，让他很不舒服。

周航忍不住想，至于吗？吃一顿饭而已，我会吃了你？因为有一层工作的关系在，因为一个是项目老总，一个是销售员，交集太少，想单独说说话，都得拼命找借口。总摆出一副防狼的表情，平时想约你，都不好意思开口，生怕被拒绝，好不容易想到以谈公事为借口，居然还找借口拒绝，换了谁不生气啊？

他毕竟是“小周总”，“雷霆一怒”王伟都承受不住，都起身朝前走了，陈素素还能怎么样？只好屁颠儿屁颠儿地跟在他身后出门了。

一路沉默，保持着一米左右的距离。快到停车场的时候，周航突然停住了，惯性之下，陈素素来不及收脚，撞到他身上。

陈素素还在揉脑袋，周航问：“陈素素，你想干什么？”

“我怎么了？”陈素素防备的网再次张开了。

周航狠狠地盯着陈素素，最终却什么都没说，闷闷地吐出两个字：“没事。”

“哦！”陈素素就这样被叫了出来，自己都有情绪呢，根本就不想理会周航的小情绪。

两人继续朝前走，去了停车场，周航启动车子，陈素素想都没想，拉开了后排座位，坐了进去。周航从后视镜看了陈素素一眼，见她低头看着自己的手机，一副不愿意交流的样子，顿时气不打一处来，叫她：“坐前面来！”

“为什么？”

“不为什么。”

“后面安全。”

“坐前面方便说话。”

又拿工作当借口！陈素素只好不情不愿地下车，坐到了副驾驶位。然而等了半天，周航都不说话，只专心开车。陈素素看出来他是不打算聊了，于是便再次拿起手机。

手机是个好东西，不愿意与人交流时，假装忙着打电话、发微信，便屏蔽了交流的可能性。假装都懒得假装的话，随便点开一篇公众号文章、一本小说或打开一款无聊的游戏，面无表情地看着、点着，对方也就不好贸然开口了。

周航气鼓鼓地开了一路车，陈素素始终没理他。到了餐厅，见陈素素仍然不理他，顿觉无趣，脾气也再而衰，三而竭了，没话找话问：

“你在看什么呢？”

陈素素笑，收起手机：“没什么，打发时间罢了。”又问，“小周总，您想跟我谈什么呢？”

一句“小周总”，就把距离拉到了千里之外，周航顿时又来了气，说：“先吃饭。”

点了菜，两人沉默地吃着。陈素素吃得少，很快放下了筷子，周航便也不吃了。

陈素素看着周航，等他说话。

周航只好开口了，说：“你那个考核标准的提议很好，公司简单修改完善了一下，打算先在锦阳湖壹号项目展开，看效果是否需要在公司旗下所有项目推广。”

“嗯。”陈素素点点头，实际上，提的时候她没多想，只觉得周涟漪就这样离开太可惜，也觉得公司的制度太不人性化。但提完之后，也就罢了。建议是下面的人提，同不同意，是领导层面的事儿。至于修改完善，那是必须的，她的方案并不成熟，甚至漏洞很多，修改一下再执行，也是对工作负责。

见周航亦无话，陈素素便拿起手机、拎起包。虽然什么话都没说，却传递了一个信号：我们是不是可以走了？

周航无语到抓狂，再次问：“陈素素，你想干什么？”

这一次，陈素素总算正面回答了，却依然在装糊涂：“你不是吃好了吗？还是打算再吃一会儿？”

见周航不说话，恶狠狠地盯着她，陈素素只好假装没看见，放下包，再次拿起手机，低头看起来。

周航伸长胳膊，一把抓过陈素素的手机，“啪”地朝桌子上一放：“跟我说会儿话。”

“好的，小周总。”陈素素一副乖巧的样子。然而那乖巧，却不过是下属对上司的乖巧。

陈素素的非暴力不合作态度，使得周航彻底没脾气了。周航看得出来，这是一个犟性子，吃软不吃硬。若他还在生气，她的防备将无懈可击。

周航说："这几天你一直躲着我，别以为我没看出来。每次我到售楼处，你就躲得远远的，生怕我跟你说一句话。我是瘟疫吗？你就那么对我？"

被当面问出来，不回应是不行了，陈素素只好违心地含糊解释："没有呀！"

"没有什么？你没有躲着我？前天，你在销售经理办公室录入系统，我刚进去你就出去了，就那么凑巧，刚好在那一刻录入完毕？"周航问。

陈素素不说话，皱着眉头，她不喜欢周航这咄咄逼人的样子，看起来太像叶望一。

周航继续说："昨天开会前，你跟她们几个站在前台，我过去跟你们打招呼，大家都跟我说话，还开玩笑，只有你，趁着没人注意，悄悄溜去了销售员休息室。"

看得真仔细，连她去了哪里都了如指掌！

陈素素依然没说话。

周航说："我本来想过去找你聊一聊，又怕你见着我就跑，只好等着，等你什么时候好了，再跟我说话。哪里知道你这么多天都不理我。昨天我看你会上替周涟漪说话，还出了那么一个点子，心里挺高兴的。以为你恢复正常了，哪里知道刚下班，你就溜走了。今天又这样，叫你出来吃饭，居然拿点了外卖敷衍我。你究竟想怎么样？"

"我真点了外卖……"在周航目光的逼视下，陈素素说不下去了，只好闭嘴。

周航也不说话，只低着头一味地沉默着。

陈素素觉得很尴尬，她不想就这样坐着，看了眼手表，提醒道："不好意思啊，小周总，中午休息时间快结束了。你知道，售楼处有规定，出来吃饭超过时间还没回去的，半小时内按迟到算，超过半小时，就是旷工……”

周航知道，陈素素就是故意转移话题，想早点儿离开。这何尝不是躲着他的一种方式？周航深吸一口气，说：“你是跟我一起吃饭，谈公事，没人算你旷工。”

“哦！”既然是谈公事，那就放心了，陈素素松了一口气，却也没再主动挑起话题，手无意识地摸摸餐巾纸、手机、包的手柄……没办法，她如坐针毡时，手不能闲着，闲着会更难受。

周航看着陈素素的动作，知道若不是有这一层工作关系在，她只怕早已经脚底抹油逃之夭夭了。尬聊了这么半天，她还能强迫自己坐在他的对面，还真是够不容易的。

那一刻，也不知怎么的，周航突然不想再隐藏，只想不管不顾地把心里的想法全部说出来。他确实说了：“陈素素，你知不知道，我喜欢你？”

陈素素的身体剧烈地颤抖了一下，像是受到了惊吓。她慢慢抬起头，委屈得快哭了：“小周总，你不要这样好吧，我不想辞职，还想继续在这边上班的……”

“谁逼你辞职了？我只是告诉你我喜欢你，你何必反应这么大？”周航觉得很奇怪，这不应该是女生听到表白时正常的反应。

陈素素说：“你有女朋友的呀！而且我也不想谈恋爱。”

周航想了想，明白陈素素在说什么，于是解释道：“你说殷桃？她不是我女朋友。事情是这样的……”

陈素素打断周航：“小周总，你没明白我的意思，我是说，我不想谈恋爱。”

陈素素依然是惊吓和委屈的表情，周航愣住了。

他居然被拒绝了！

他周航，第一次主动跟一个女生表白，居然被拒绝了！

趁着周航愣神的工夫，陈素素忐忑地看了他一眼，拎起包走了。

那天下午，并没有发生什么特别的事情，周航当然也没有再出现在售楼处。下班后，陈素素换了便装收拾了东西准备跟大家一起走，曹俊超突然来了。

这一个多月间，曹俊超又约了陈素素几次，陈素素基本都拒绝了。见她态度坚决，曹俊超心有些冷，便不再频繁地约她了了。但他还是会经常到售楼处，还是会带上水果零食，敷衍功夫做得很足。他似乎和店里除了倪虹之外的每个女孩子私下都有联系。有时候过来，还会把女孩子们看中的衣服带过来。——其实，店不算远，从售楼处走过去，不过也才十来分钟时间。但女孩子们天天待在售楼处上班，不好随便出去，下了班又不顺路，专门绕过去不方便。曹俊超店里上了什么新款，就会发微信给女孩子们。女孩子们感兴趣的款式，他会专门带过来给她们试穿。女孩子们看中的就留下，没看中的他再带走，间或和她们说说话，插科打诨调笑几句。陈素素本来对他很防备，后见他每次来跟于苗苗、张雯她们说话比跟她说的还多，逐渐也就放松了。

曹俊超情商高、会说话，从来不勉强陈素素，陈素素一开始对他的那些反感，随着接触的加深逐渐也就没了。偶尔见了他，也能正常地说几句话了。

这天，曹俊超来的时候，正好踩着下班的点儿。王伟和倪虹已经走了，于苗苗、张雯她们很熟稔地跟他打招呼，陈素素跟在一起，便也冲他笑了笑。曹俊超见陈素素笑了，挺开心的，提议说："都还没吃饭吧？请你们吃饭啊！"

张雯看了眼陈素素，故意问："为什么呀？"

曹俊超说："感谢你们这么长时间，对我生意的照顾。"

这理由还不错，别说，就这一个多月时间，张雯在曹俊超店里都花了大几千了。张雯忍不住起了宰曹俊超一顿的心思，于是说："那我们可得吃顿好的。"

曹俊超说："没问题，韩国烤肉怎么样？"

于苗苗说："我想吃水煮鱼。"

曹俊超说："也行啊，饭店你们选，吃什么你们点，我就负责伺候着，顺便埋个单。"

大家都笑，陈素素说："我今天有事儿，去不了了。"

曹俊超说："别这样，就当是同事聚餐了。"

怎么可能是同事聚餐？若是同事聚餐，王伟和倪虹怎么没来？是，王伟去公司开会了，倪虹因为家里的事情，卡着下班的点儿就走了。但就算他们不在，同事聚餐也不该多个曹俊超啊！司马昭之心，何必这样说。

陈素素还没说话，于苗苗跟陈素素开玩笑说："你还是一起吧，我们都在，他不会拿你怎么样的。"

曹俊超的糖衣炮弹起了作用，连于苗苗都向着他了。陈素素很反感这样，只微笑着，依然没说话。

周涟漪说："一起去吧，不然某人请客都会请得不开心的。"

陈素素依然拒绝："真有事儿，不好意思啊！"

曹俊超的失望写在眼底，但很快就调整好了情绪，笑着说："谁说我不开心啦？这么多美女陪我一起吃饭，我不知道多高兴呢！吃完饭一起去我店里啊，又到了些新款。"

见曹俊超这么说，不好拂了他的面子，众人当然应下。跟陈素素打了招呼，一起走了。

陈素素独自一人慢慢地朝地铁站走去，觉得这一天真是魔幻，中午刚遭遇周航莫名其妙的表白，下午曹俊超又来找。她这是怎么了？突然桃花就这么旺盛了？只可惜这两个男人，一个她不喜欢，另一个虽然喜欢但觉得危险，随时可能让她万劫不复，她一个都不想要。

无爱一身轻。只要不涉足爱情，保持心灵的平静，便不会有那么多的忧伤吧！陈素素忍不住想着。正在她独自胡思乱想的时候，她突然在人群中看见了一个熟人。那是倪虹，她正在和一个醉酒的男人拉拉扯扯，倪虹一改往日淡定温和的形象，大叫着"你放开我，我不会跟你走"。边上围了几个人，却没有一个人上前帮忙，行色匆匆的路人绕道走，生怕拉扯之中殃及自己。

而那男人却大叫着："你走不走？不走老子揍死你！"

倪虹被男人扯住胳膊，说："我死都不会跟你一起走的！"又扭头求助路人："帮帮我，谁能帮帮我！"

那男人却在威胁路人："她是我老婆，我带她回家怎么了？谁敢来帮她！"

那一瞬间，陈素素只联想到网上经常传的，女性在地铁站、马路边，突然被陌生男人以"这是我老婆"的名义绑走的故事。就算是不认识的人，遇到这种事儿，也是要尽量伸出援手的，更何况是她入职以来对她帮助颇多的倪虹呢！

陈素素大喝一声："你说她是你老婆她就是啊！证据呢！"

说着便上前，拉住倪虹的另一只胳膊，叫："倪姐，我们走！"

那男人推陈素素，嚷嚷："这是我的家务事，你少管闲事儿啊！"

陈素素毕竟力气小，被那男的使劲儿一推，就倒在地上了，倪虹也被拽走了。被拽走时，倪虹数次回头看陈素素，眼神哀戚。

倒在地上的陈素素很着急，想要起身追上去，突然觉得右腿的膝盖特别疼，低头看，才发现摔倒的时候擦伤了，肉色丝袜的膝盖处也破了。

陈素素不知道怎么办才好，那一刻，她想到刚刚才分开的同事们，以及看起来孔武有力的曹俊超。虽然因为不想和曹俊超扯上任何关系，遇到事儿的时候根本就不想联系他。可这时候大概也只有他，能过来帮一帮倪虹了。

陈素素忍着腿疼，缓缓从地上爬起来，摸出手机就拨打曹俊超的电话，三言两语把事情的经过说了，却没说自己受伤的事情。曹俊超安慰她："你别急，先远远地跟着他们，再拨打110，我马上就到。"

陈素素"嗯"了一声，挂了电话，又报了警。

没多久，曹俊超就过来了。跑得满头是汗，嘴角却不自觉地向上扬着，他很高兴陈素素在关键时刻想到他，请他帮忙。

陈素素当然不知道曹俊超这么多心理活动，见他来了，便没多废话，只说："我们去追他们吧！"

两人朝前走，陈素素却走不快，曹俊超这才发现，陈素素受了伤，丝袜也破了。

曹俊超问："被那男人打的？"

陈素素点头："他推了我一把，摔倒了。"

曹俊超脸上的恨意和疼惜不加掩饰："我最讨厌打女人的男人了。"

陈素素看着曹俊超摩拳擦掌的样子，生怕再出什么事儿，连忙交代："我没事儿，保证倪姐的安全才是最重要的。"

幸好因为倪虹一直在挣扎，那人拖着她并没有走远。曹俊超和陈素素追上两人，曹俊超直接揪住那人的衣领，让他放开倪虹。

那人见了陈素素，知道是陈素素叫来的帮手，指着陈素素气急败坏地说："怎么又是你，有完没完啊？"

陈素素瑟缩了一下，曹俊超的拳头举了起来。

那人解释："她真是我老婆……"

"你还说！"曹俊超不听他狡辩，一拳打过去。想到陈素素摔伤的膝盖，气不打一处来，拳头密集地朝那人身上奔去。那人明显比曹俊超瘦弱，想还手却无力，不一会儿，就被打得"哎哟、哎哟"惨叫了起来。

倪虹虽然很少像张雯、于苗苗她们一样跟曹俊超打交道。但曹俊超总朝售楼处跑，还是认识他的，当然也知道他追求陈素素这件事。见陈素素叫来了曹俊超，三言两语之后，曹俊超还打了那男人，倪虹发了会儿愣，才突然反应过来，大叫："别打了别打了，他真是我老公。"

曹俊超和陈素素傻眼了，连忙停手。

警察来了，倪虹跟警察解释说是误会，那男人并不追究，警察警告了几句，也就走了。

陈素素问："倪姐，怎么回事儿啊？"

倪虹眼圈红了，说："一点儿家事儿，改天我再跟你解释吧！"又跟那男人说："你不是让我回去吗？我跟你回去。"

说着便跟那男人走了。

闹了个大乌龙，倪虹和那男人走后，陈素素和曹俊超都觉得怪无趣的。

陈素素便说："不好意思啊，是我没弄清楚，我们也回去吧！"

曹俊超说："你腿……怎么办？"

陈素素低头看看自己受伤的膝盖，说："腿没事儿，回家抹点儿药就好了。就是这双丝袜穿着难受，也难看，得脱掉。"

"真没事儿吗？"曹俊超问，"要不要去医院看看？"

"不用了，没事儿的。"陈素素边说边四处看。

陈素素穿着裙子，周围人来人往的，自然不可能当街脱丝袜。

曹俊超说："我陪你找个地方脱吧！路上看见药店就买点儿跌打损伤的药。"

陈素素点头应下。

陈素素走路不便，曹俊超伸手想要搀扶，陈素素拒绝了，曹俊超仍然在后面小心翼翼地守护着她，生怕她摔倒。为了不让曹俊超过于担心，以至于再次伸出搀扶的手，陈素素只好强忍着疼痛，装出没事儿的样子，一步步稳稳地朝前走。很不幸的是，他们走的这条街好像都是专门卖五金的，连走了五六分钟，都没见着药店、公共厕所或服装店，倒是有一家快捷酒店愉快地耸立在路边。

曹俊超建议："要不，进去借用一下卫生间？顺便问问有没有跌打损伤药？"

陈素素早就不想再看到路人奇怪的眼光了，点头答应："也只能如此了。"

两人便一前一后朝快捷酒店走去，而这一幕，正好被周航看见。

周航下午有个会，和公司开发部、策划部以及各部门的老总一起讨论锦阳湖C地块的事情。

锦阳湖片区项目不多，在售的除了锦阳湖壹号和锦绣湾之外，就只有一个别墅项目锦阳天地和另外两个集资开发的低端项目了。锦阳湖壹号建筑面积最大，十五万平方米左右。锦绣湾十万平方米，锦阳天地六万平方米。这三个项目销售得都还不错，就拿锦阳湖壹号来说，开盘期过了，还能达到平均一天至少一套的销售水平，在都市一手房项目中，已经算是很不错了。

锦阳湖片区面山临水，这两年配套上来了，成了都市新贵之地。不少富豪都考虑到这边置一套房，作为第二居所。然而这几个项目都是几年前拿的地，锦绣湾定位为刚需，主力面积为80～100平方米。锦阳湖壹号定位为刚改，主力面积为90～140平方米。至于锦阳天地，虽是别墅，主力面积仍然控制在250平方米以内。这和富豪们的需求并不匹配。

需求远大于供应时，锦阳湖片区便越发地热起来。无奈政府考虑到环境保护问题，并没有在锦阳湖片区大面积供应土地。偶尔推出来的新地块，更是成了都市开发商争先角逐的对象。这次推出的C地块，仅占地面积就有十多万平方米，都市里但凡有点儿实力的开发商都投了标，只等正式开出来后统一竞标。

竞标规则和以往一样，资金是门槛，最关键的还是要看竞标方案是否打动人。华里集团资金没有问题，方案亦找了国内最好的建筑公司BYD建筑设计在做。这次开会，就是针对BYD首次提交的方案进行讨论，提出修改意见。

因为中午才被陈素素惊吓式拒绝，周航很郁闷。虽然一直告诫自己，工作状态不可以被个人情绪左右，但下午开会时，总没办法集中精力在会议的内容上。BYD公司的方案做得很不错，他却觉得不够满意，然而说不出具体不满意在哪里。听了同事和下属们一系列意见，仍然觉得没有头绪，也只好以“我回去再想想”为借口，匆匆结束会议。

会议结束后，本想在自己办公室坐一会儿，再好好看看方案，梳理一下要点，只可惜，陈素素拒绝他时那张惊吓的、委屈的脸，始终在他眼前晃，怎么都静不下心来。

事实上，周航对这次表白，是经过深思熟虑的。他和陈素素私下接触不算多，却并不妨碍他对她的了解：他所谓的了解，并不是说，对她所有的过往都了如指掌，而是对她这个人，对她性格里隐藏着的那些闪闪发光的东西有所了解。第一次见面，就敢当众抢下他手里的喇叭，力挽狂澜。后来虽然大多数时候都闷声不响，好像没有她这个人，但他知道，这只是她隐藏自己的一种方式。关键时刻，她永远知道该如何应对。

这样的人，若身心健康，是可以作为最好的伙伴、最好的搭档一起做事情的。可偏偏她有心理疾病，还是抑郁症。

在她之前，他不了解抑郁症，以为那不过是城市小年轻对无解的烦闷生活寻找的借口。因为她，他查询了、了解了，再看到她眼睛里一闪而过的忧伤才会格外心痛。

他知道，她的心里有一个缺口，这让她非常非常不快乐。他希望自己可以去堵住这个缺口，去帮助她，同时也救赎自己。

可是她却拒绝了。就像乌龟，没事儿时或许会探头探脑，保持对这个世界的好奇。一旦外界有点儿风吹草动，立刻把头缩进壳里，生怕受一点点的伤害。

周航知道，她是多聪明、多勇敢的一个人。他不相信她对他喜欢她这件事，事先就没有一点儿感知，他已经表现得那么明显了。如果没有感知，怎么会躲避他？可是，她为什么要躲避？真像她说的那样，不想谈恋爱吗？如果真是这样，一次次脸红又是为什么？他不相信她对他一点儿感觉都没有。她在逃避什么？逃避他的热情，还是逃避她自己的心？她太善于保护自己，以至于在感情刚露出苗头的时候，就残忍地把它扼杀在萌芽之中。而他，也过于自信，没有考虑到这样一个心思敏感，却又特别脆弱的女孩子，即使是涓涓细流，于她来说，也有可能是滔滔洪水。

周航坐不住了，他看了下时间，开车快点儿，赶到售楼处，她们大概也才刚刚下班。若再开快点儿，说不定还没到下班的时间，他就已经到了。

心急如焚，只想快点儿见到她，问问她不想谈恋爱背后的真实原因，也想把这段时间的心路历程讲给她听。关键时刻，却忽略了下班高峰期的路况。好不容易赶到售楼处，才听保安队长说，她们刚走，几个女孩，和一个身高一米七五左右、长得比较壮实的男人一起离开。

周航略一思索，便想明白了这是谁。张雯抢陈素素业绩，就因此人而起。周航去售楼处时，遇见过他几次。他似乎和女孩子们关系都不错，有一次，于苗苗甚至端着他买的、切好的西瓜给周航吃，周航拒绝了。周航从来没跟他说过话，每次见了他，也只远远地瞥一眼，便收回了目光。但这并不代表不关注他——事实上，当发现自己对陈素素存着莫名的好感时，就开始关注他了。周航当然知道陈素素拒绝了他，这让周航很满意。周航唯一不满意的是，就这样他还不放弃，还隔三岔五地来，在陈素素眼前晃。还试图曲线救国，收买陈素素的同事，以求达到打动她的目的。

这份心计让周航十分不喜，显得忒没脸没皮。每次看到他来时，陈素素局促的样子，也很想出面做点儿什么，却又觉得自己好像没什么立场。——喜欢同一个女生罢了，推己及人，何必再对他进行二次伤害呢？加之他毕竟是客户，一个老总亲自上阵去撕，终归不是什么体面的事儿。

然而终究是不喜，却也默默关注着。周航便找人打听了他们认识的过往。在得知是“病友”时，觉得还挺可笑。一个抑郁症患者，追求另一个抑郁症患者，是因为有共同语言，没事的时候还能共同探讨病情吗？只可惜爱情这种事儿，是荷尔蒙左右的，和共同语言有关系，关系却不大。

知道了他们认识的经过之后，周航什么都没做，冷眼旁观着。幸好陈素素对曹俊超的态度始终没变，这让周航暗中松了一口气。这日，听高队长说，女孩子们跟他一起出去了，连陈素素也一起去了，周航便觉得有几分不舒服。他问高队长：“你知道他们去哪里了吗？”得到否定的答案后，周航便拿起了电话，打给陈素素。打了几遍，却始终无人接听。周航又打给了周涟漪，周涟漪告诉他，她们几个在吃饭，陈素素有事儿，没跟她们一起。但刚刚好像陈素素来电话了，把曹俊超单独叫走了。她隐约听见在什么街什么路，具体位置不太清楚，大概也不算远吧！

周航想都没想，就开车沿着什么街什么路慢慢找，中途又拨打了几次陈素素的电话，依然没人接。周航不由得有些担心，却因为没有曹俊超的电话，也不想找于苗苗她们要曹俊超的电话，便没再拨打。慢慢开了几条街，正要放弃时，遇见了倪虹和她老公，倪虹又指了方向，周航便直奔这边而来。然而周航怎么都没有想到，会亲眼看见陈素素和曹俊超相继走进宾馆。

周航打第一遍电话时，陈素素正孤身犯险“解救”倪虹，还被推倒在地，没听见电话响。倪虹被拽走之后，陈素素拿起电话打给曹俊超，看见了周航的未接电话，却因为急着要联系曹俊超过来帮忙，没有给他回过去。周航打第二遍电话时，陈素素正和曹俊超满大街地找地方想脱掉破损的丝袜。看见了来电提醒，却因为不知道周航会不会就着中午的话题继续说，从而让不算熟悉的曹俊超听见、询问，便直接挂断了电话。陈素素并不知道，她和曹俊超走进宾馆的那一刻，正好被周航看见，而周航偏偏误会了。以为她拒绝他，是因为早就心有所属。

看到陈素素和曹俊超相继走进宾馆的那一刻，周航的大脑“轰”的一声像是从里面爆炸了，味觉却异常灵敏。他感到嘴巴里有点儿难受，便无意识地舔了舔嘴唇。这一刻，他没有别的想法，唯一感觉到的就是苦涩。忍不住自嘲地想，说什么不想谈恋爱，中午拒绝我，下午便和别人开房，不过是敷衍我而已。

周航也是年轻人，他能理解现在的年轻人在对待性上的随便。只是他没想到陈素素对待这件事情时也这么随便。表面看来，陈素素一直在拒绝曹俊超，私下里，却做出这种事情。

一时间，伤心、愤怒、鄙夷……各种情绪同时涌上周航的心头。他的手指攥紧方向盘，一踩油门开走了。周航并不知道，他刚走没几分钟，陈素素和曹俊超就出来了。

周航不记得自己是怎么回到家的，到家时周素华已经回来了。她并没有闲着，在餐桌旁边查看BYD公司出的建筑方案，边进行批注。见到周航，就想和他讨论一下自己的思路。然而周航实在是有些失魂落魄，周素华不禁问道："你怎么了？"

周航欲言又止，想把白天发生的事情告诉周素华，又想到母亲那么忙，他都三十岁了，还拿感情的事情去烦扰她，实在是不应该。何况事已至此，就算告诉了，又有什么用呢？他已经失恋了，连挽回的余地都没有。于是就什么都没说，只讷讷地吐出两个字："没事。"

周素华知道周航不想说，便不再勉强，只问："那现在我们能讨论这个方案吗？"

对于成年人来说，就算是失恋，该负的责任还是要负，该做的工作还是要做。这个道理周航很多年前就懂了，因此，他也只是收敛心神，点点头说："我也正想跟您请教一下。"

周航说了自己的困惑点，比如说，竞争太过激烈的情况下，如何脱颖而出。现在这个方案，表面看起来很完美，但总觉得缺了点儿什么，究竟是什么呢？

周素华说："竞争过于激烈的情况下，想要脱颖而出，那就只能比别人做得好，不止好一倍两倍，要好十倍百倍，才会被人一眼看中。完美的方案，如果还觉得缺了点儿什么，那大概就是打动人心的力量。"

这话虽激励人心，但在具体的事情上，却难免显得太空，周航需要解释。周素华说："你想一想，我们的竞争对手，他们会出什么样的方案？而对锦阳湖片区极为看重的政府，又希望看到什么样的方案？从别人的需求出发，才能做出打动他们的东西。这也是我一直强调的，建筑的理念。”

几句话点醒了周航，周航说：“锦阳湖片区红得发紫，是仅有的一个新地块，换了哪个开发商，只怕都会想着把容积率做到最大，能做豪宅就做豪宅，千万不要浪费任何一点儿湖区资源。”

BYD提供的建筑方案当然也是以这个想法为前提，离湖最近的、景观最好的位置，做了独栋别墅。单独的入户门、人工沙滩、私家泳池、游艇码头……怎么奢华怎么来。独栋别墅的背后，是精装大平层。所谓站得高看得远，六层以上住户，在自己家客厅和卧室，即可饱览一线湖景。

这样的方案，确实很棒。可以想象，若能被执行，则每一套房子，都可能卖出天价。且不说赚得盆满钵满，单就名气来说，也能将开发商品牌推向新高。

周素华见周航一下子就说中了要点，便微笑着鼓励他：“接着说。”

周航说：“看似完美的方案，却因为完全站在开发商的角度，可能为政府不喜。锦阳湖片区项目不多，新推出来的地块却很少，不是因为政府想要炒热这个地块，把这个片区变成新的豪宅区，而是因为，政府想要保留锦阳湖片区的景观资源。”

“那么，政府怕什么呢？”周素华循循善诱。

“当然是怕开发商只追求商业利益，破坏环境咯！”周航脱口而出。

“不错。”周素华表扬说，“照着这个思路，出一个方案建议。标书也得考虑下怎么做。”

“好的。”豁然开朗后，周航的心情好了很多。

周素华提醒他：“竞争过于激烈的情况下，该怎么做事情，你知道吧？”

当然知道，为了让方案不流出去，让竞争对手轻易抄袭，或在自己方案的基础上，出一个更好的，那就只能尽量保密咯！

思路有了，东西做起来就很快。周航手里最重要的在售项目是锦阳湖壹号，同时还在负责的是城西地块的开发和锦阳湖C地块的投标。锦阳湖壹号一期已交房，二期平稳销售，无重大营销或公关事件，可以暂时放一放。城西地块方案已经定了，已在打桩阶段，按部就班推进就可以了。这一段时间，周航最重要的工作就是锦阳湖片区C地块的投标。

BYD建筑设计公司名气很大，和华里集团合作已久，内部关系盘根错节。并非不信任公司里的老人，只是一期交房前在售楼处广场发生的业主闹事，让人印象太深刻了。周航不知道，如果当时没有及时处理好，项目和公司会面临怎样一个场景，想想就后怕。

想到那天发生的事情，陈素素夺过喇叭当众力挽狂澜的形象再次跃入周航的脑海中。不由得一阵心痛，周航甩甩头，硬生生地把陈素素从脑海里甩了出去。再想到上次自己试图追查“内鬼”，查了一半被周素华阻止了，周航就知道，这些事情远没想象中那么简单。周素华不说原因，周航自然不会问，心眼儿却是需要留一个的。

表面仍和BYD接触，让他们就第一稿提交的方案进行细化和修改。私下，周航找到了国内一家后起之秀——黑马建筑设计工作室，由他们落实自己的想法。

除了方案设计，还有标书、与政府相关部门的工作接洽，周航都尽量亲力亲为。除了进公司时间太短，心腹太少之外，主要原因还在于他想让自己忙起来。毕竟，忙，是治疗失恋最好的灵丹妙药。

经过二十多天的努力，终于到了提交标书的时间了。因为肉少狼多，这一次的竞标，整整持续了三天。华里集团被安排在第三天上午的第二场。那天上午，一共也就安排了两家，瑞昌地产在华里集团的前面。

政府部门会议室隔音效果并不是很好，瑞昌地产进行方案讲解时，华里集团的人就坐在门外的椅子上等待。本着对瑞昌地产方案的好奇和学习的态度，大家都竖着耳朵听。没听多久，大家就面面相觑。

开发部的经理毕竟年轻，没控制住自己的情绪，说话的声音都有些颤抖了。他说："小，小，小周总，这是我们的方案。"

是的，瑞昌地产汇报的方案，和BYD建筑设计给华里集团的方案几乎一模一样。改动的几个小细节，也不过是便民超市、药房和会所的位置。这让没有参与新方案的几个人，比如说开发部经理觉得惶恐。等下他们就要进去汇报了，不可能拿着和瑞昌地产一样的方案再去说一遍。若不汇报，那么此次竞标必败无疑。

看着开发部经理饱受惊吓的样子，周航有些不忍心了。因为对开发部老总朱总的怀疑，新方案的设计，瞒着开发部所有人。周航安慰开发部经理："没事的，先听完再说。"

能安慰别人，当然是因为有备无患的笃定。然而周航的心里，多少还是有些后怕的。幸好没用BYD的设计方案，不然今天怎么死的都不知道。可是瑞昌地产为什么会有和自己一模一样的方案？究竟是谁透露出去的？公司内部，是谁在跟瑞昌地产勾结？他究竟想要干什么？

也就是在这一刻，周航才确定，瑞昌地产在这次竞标中下了大功夫。不然怎么会这么巧，汇报顺序刚好是华里集团排在瑞昌地产的后面呢？连修改的时间都没给华里集团，这是想一下子把华里集团淘汰出局啊！毕竟，都市地产开发商中，最有实力的，就是这两家了。

周航看了一眼朱总，朱总倒是很坦然地坐着，无一丝不安。见周航看他，也回头看了看周航，对周航笑笑说："尴尬了啊！"

周航扭过头去，没有理他。

很快，瑞昌地产的汇报结束了，董瑞昌带着团队出来了，见到周航，也只是问了句："周总没过来？"

"她在忙别的事情。"周航彬彬有礼回答。

"还有什么事情比C地块的竞标更重要？"董瑞昌说，"拿这么重要的竞标给年轻人练手，周总对你还真是很重视。"

董瑞昌说完，轻瞟了一眼朱总。周航证实了自己的猜测，却假装没看见，看都没看朱总一眼，只说："当然，我是她儿子嘛！"

“哈哈哈！”董瑞昌笑道，“年轻人，好好做。”

华里集团的方案，开头的几个字就是“去地产化”。顾名思义，不以地产开发为目标。那么，方案的目标是什么呢？当然是周素华和周航早就商定了的环境保护。

万民临湖公园、湖边栈道、湿地规划、道路养护、开放式人造沙滩……方案的野心很大，不仅仅局限于C地块，而是把大半个锦阳湖都囊括其中。而这些市政设施，全由开发商出资，也算是回报于政府、回报于民。至于C地块，依然是做刚需和刚改为主的普通住宅，目的是让更多的普通百姓享受到锦阳湖湖景风光。

方案汇报完毕之后，大家久久没有作声。负责会议的黄副市长问：“预算你们做了吗？就为拿一个C 地块，帮政府做这么多事情，是打算亏本吗？”

商人无利不起早，方案太完美，才显得不够完美。黄副市长怀疑华里集团的目的性，而这个问题的答案，周航这边早有准备。

周航从包里掏出一份打印好的“补充方案”，递给黄副市长和与会的政府工作人员，解释说：“C地块的总销金额约在60亿，不算损耗和时间成本的话，纯利润约5亿。锦阳湖片区的修整和规划，预算大约在35亿。按这个方案来做，华里集团将亏损至少30个亿。因此我们斗胆请求，降低C地块的拿地金额，以拿地金换锦阳湖片区的修整和规划。同时，将C地块边上的这两个地块，都交给华里集团开发。”

这算是狮子大张口吗？与会人员不由得张大了嘴巴，愣愣地看着周航。黄副市长跟旁边的几个人开玩笑说：“好嘛，在这儿等着我们呢。”

周航解释说：“我们主要是觉得，这么好的一个区块，一点点撒胡椒面儿似的开发，是对资源的一种浪费。不如一次性拿出一个大的地块，吸引更多的人过来，释放城区早已饱和的居住压力。人来得多了，需求就多，除了公园、栈道、湿地之外，我们还可以规划幼儿园、小学，甚至中学。商业也可以顺利发展起来，要不了多久，锦阳湖片区将会是都市最火的居住、生活新区，而这一切，平民的价格就可以享受到。”

演讲的确慷慨激昂，但周航提出的方案未免太大胆，不可能立刻拍板决定。下午还有两家小地产公司过来竞标，总得听完所有的方案，才能最终确定中标公司。黄副市长客气地送走了周航和他的团队，让他们等通知。

三天后。

政府组织统一会议，竞标的开发商全部在列。黄副市长当众宣布，中标的公司为华里集团。华里集团不光中标了C地块，旁边的两个地块B地块和D地块，也都统一交由华里集团开发，而所需缴纳的土地储备金，仅为当初C地块的三分之一。

大家当然不服气，黄副市长指挥手下把华里的方案当众演示了一遍，语重心长地说：“你们做房地产开发是为了什么？是为了赚钱吗？是的。但同时，也是为了改善城市居民的生活水平，用最好的建筑匹配最好的生活。锦阳湖是城市的心脏、是都市的瑰宝，锦阳湖片区的开发，是都市的重中之重。我们从来都不希望，这么好的一个片区，成为所谓的‘新贵区’或‘豪宅区’，让有钱人拿着钱就可以占有最好的资源。我们希望，这么好的一个湖，全体市民都可以享受到，这也是我们选中华里集团的主要原因。”

会议结束之后，黄副市长单独约见了周航，除了提了政府方面的要求，让他回去把方案再度细化之外，说的最重要的一句话是：“加油，都市房地产市场，就靠你们这些年轻人了。”

周航从黄副市长办公室出来的时候，已经很晚了。正是因为不知道会谈到几点，随行的工作人员，都让他们回去了。他独自一人走到停车场的时候，没想到，还有个人在等着他。

是董瑞昌。

董瑞昌夸奖说："方案真不错，我都被打动了。恭喜你们竞得标书。"

"谢谢董总。"周航微笑道谢，又一扬眉，说，"董总刻意等在这里，又等了这么长时间，不会只是为了跟我说声恭喜吧！"

"哈哈哈！"董瑞昌大笑说，"年轻人，你真是令人刮目相看。"

"谢谢。"周航继续微笑。

董瑞昌说："晚上一起吃个饭？"

"不了董总。"周航说，"我妈还在家里等我汇报工作。"

"又不急在这一时。"

"中标毕竟是大事，我妈是董事长，早点儿汇报给她是应该的。"周航说，"最近一直在忙方案，很久没跟她单独吃饭了，我也想跟她一起吃个饭。"

周航停顿了几秒钟，见董瑞昌始终没有说明来意，便拉开车门坐上去，说："回见，董总。"

董瑞昌扒着车门，阻止周航："加上周边的两块地，可使用土地面积共计40多万平方米，做普通公寓，按容积率2.5来算，建筑面积至少上百万平方米，华里吃得下那么大一块蛋糕吗？"

原来，是想分一杯羹的，目的和来意果然被周航猜中了。

周航说："华里集团在地产行业布局十多年，做过的最大的项目，建筑面积不过区区50万平方米，是时候有所突破了。"

董瑞昌自认为带着满满诚意等着这个小辈儿，却没想到，会被一口拒绝，不由得有些恼羞成怒。董瑞昌说："今天就算是周总在这里，也不会直接拒绝我。"

周航笑道："那我回去问问她的意见。"

董瑞昌没想到，周航给他的钉子这么直接。真是长江后浪推前浪，一代更比一代浪。

周航见董瑞昌没再说话，便礼貌地点头，再次说："再见，董总。"

所谓问意见，不过是场面话，董瑞昌这种老狐狸，自然听得明白。

毕竟在商场打滚这么多年，当然也不会当真。这一次谈话只是试探，背后还会用些什么手段，大概也只有他自己知道了。以董瑞昌的城府，自不会和周航撕破脸，听见周航跟他说“再见”，便笑着跟周航说：“改天见，小周总。”

董瑞昌从来没当面叫过周航“小周总”，他从来只当周航是晚辈看。周航知道，这一声“小周总”，表示自己已经入了他的眼了，真不知道这是好事儿还是坏事儿。

第四章

得知那个男人是倪虹的老公时，陈素素便把这件事儿放下了。她并不想听倪虹讲述事情的经过，毕竟，那是倪虹的家务事。跟倪虹接触以来，倪虹给陈素素的印象一直都是特别温和、特别有条理。陈素素相信她一定能处理好自己的事情，不需要外人置喙。

陈素素并不是一个对外界事物没有好奇心的人，当然也不是冷血，她只是界限感分明，知道什么事情可以打听；什么事情别人没有说，最好不要问；什么事情，就算别人想说，最好也主动提醒一句：其实，你可以不必告诉我的。

陈素素和倪虹只是普通同事，并没有熟到可以听她骂老公，或分享家务事的程度。因此，在事情发生后那两天，陈素素什么事情都没做。对倪虹，和以往没有任何区别，就好像什么事情都没发生一样。倪虹心细，注意到陈素素那几天一直穿着裤子上班，便问她是不是摔倒的时候腿受伤了，陈素素也只说没有，说完便做自己的事情去了。

倪虹欲言又止了好几天，还是没忍住，拉着陈素素想要告诉她自己的事情。

陈素素还是那句话："其实，你可以不必告诉我的。"

倪虹却说："我这几天也一直在犹豫要不要告诉你，毕竟有些事情挺耻辱的，被同事知道也不太好。可是我还是想跟你说一说，那些事情压在我心里很久了，都憋坏了。"

倪虹既然都这样说了，陈素素还能说什么呢？也只好洗耳恭听。

倪虹的故事，并没有什么特别。不过是一个婚前单纯的小女人，为了爱情嫁了创业男，而创业男创业了十来年，都还没有成功的故事。

倪虹自己都不记得，这是她老公第几次创业了。每一个创业初期，都信誓旦旦、充满激情地告诉她，这次一定能成功，他一定能发财，她就跟着他过别墅豪车爱马仕香奈儿买买买毫不手软绝不心疼的好日子吧！可要不了多久，顶多一年、两年、三年，他就会满怀愧疚地告诉她，不好意思啊老婆，这次创业又失败了。

一开始她还会安慰他，没关系，失败了可以从头再来。可是后来，随着孩子的出生、成长，要花钱的地方越来越多，她那点微薄的收入支撑一个小家庭的开支逐渐入不敷出了，不满就从心底滋生出来。她跟他商量，能不能不要创业了，像别人一样出去找份工作做。可是他却说，上班能挣多少钱呀？想发财还是得创业。

为了创业，他恨不得整天泡在外面，孩子不管，家务不做。倪虹在婆婆的帮助下很艰难地把孩子拉扯大，还得兼顾上班。好不容易孩子上学了，婆婆走了，家里的所有事情又都是她一个人的了。每到下班的点儿都心神不宁，生怕去晚了，孩子在学校等太久。因为这个，倪虹晚上很少加班，团队聚会也从不参加。要不是王伟替她兜着，只怕工作都保不住。

这些年，眼看着身边的人一个个儿地都买房了，他们全家还租住在一套老公房里，日子过得捉襟见肘，爱情也被磨得消失殆尽。若不是思想传统，不愿离婚再嫁，加之对孩子的怜惜，不想他稚子之龄便失去爸爸，只怕两人早已分开。

一年半以前，当他第N次重新创业的时候，她就警告他，这是最后一次，若失败，就乖乖地去上班，他也答应了。可就在前一阵子，他告诉她，又失败了。同时充满激情地跟她说，他有了新的点子、新的机会、新的合伙人，这次一定会成功。

为了向她证明合伙人有多靠谱，他还专门把合伙人叫到小出租屋里一起吃饭。——所谓一起吃饭，不过是倪虹在厨房里忙活半天，好酒好菜伺候着，还得时不时地听他们吹牛。明知道他们在吹牛，还得应和，还得赞同，还得叫好。倪虹在厨房里边炒菜边抹眼泪，他却大声地叫她出去给合伙人敬酒，倪虹的情绪终于爆发了。一杯酒泼在他脸上，当着合伙人的面儿历数他这些年创业的“光辉业绩”，以及对他们新项目的不看好。

喝了几杯酒，本就情绪不稳，又在新合伙人面前失了面子。他的脾气也上来了，一激动，狠狠地甩了她一巴掌。

合伙人劝、孩子哭、他大吼大叫，一时间出租屋里鸡飞狗跳。她冷静下来，默默擦干眼泪和嘴角的瘀血，抱着孩子就走了。

这些天，她和孩子住在宾馆，屏蔽他所有的联系方式之前，发了条消息给他：你若敢到售楼处去闹，你就再也见不到我和孩子了。

一开始看到这消息的时候，他心里冷笑。他怎么可能主动去找她，还到她单位去闹？在这个城市里，她没什么朋友，又没地方可以去，带着个孩子能到哪儿？最终还不是要回到他身边。想得挺好，却没想到，先坐不住的是他。她说不联系，就真不联系。若不是知道她还在锦阳湖壹号上班、孩子还在幼儿园上学，他简直要怀疑她是不是从这个城市消失了。

这么多年，他从来没有做过家务。每天回到家，都有好饭好菜等着他，屋子也被收拾得井井有条，他早已习惯了她的照顾。现在她走了，一切都乱套了。外卖盒在茶几上堆积如山，脏衣服到处都是，几乎没有干净的袜子可以穿……他想念她，迫切地想念着她。

他不是没想过，听她的，去找份工作做。可他从来没有上过班，又三十好几了。一个月几千块的工作他看不上，看得上的工作没人肯聘请他。想到去上班，他就胆怯、就头疼。他还是想创业，哪怕就算不挣钱，以创业为借口，躲避对生活的无力感也好。

他又在家沉默了几日，心里不由得对她怨恨起来。都包容了这么多年，怎么现在突然就不能包容了呢？现在逼着他出去找工作，能做什么呀？高不成低不就才最可怜。

新合伙人因为倪虹那一闹，远远地避开了他。左右无事，便去看看老婆孩子。看看他们每天都在做什么。

不看不知道，看了才晓得大家都不容易。为省钱，孩子就读于家附近一个很一般的幼儿园。不知道孩子说了什么，老师粗暴地吼了孩子。委屈的眼泪在孩子的眼眶不停地打转，老师却让孩子不要哭，孩子也只好憋着，憋得脸都红了。

那一刻，他很想从躲藏的角落里出来，去质问老师，为什么要这样对他的孩子。可是他不能，一直以来的沟通都是她在做，老师并不认识他。就算认识，质问完老师之后，又能怎么样呢？给孩子转学吗？转到哪里去？家里有钱给孩子转学吗？他两眼一抹黑。

他喝了很多酒，又来到售楼处外，看着玻璃门内的倪虹穿着高跟鞋跟客户言笑晏晏地谈判。客户要看房子，倪虹换了平底鞋、拿了安全帽带客户去工地。那么乱的工地，那么高的楼层说爬也就爬了。面对客户的挑剔，她始终好脾气着。客户最终没买，她脸上的失望掩都掩不住……他知道，她也只是为了多挣点儿提成，好维持一家人的生活。

那一刻他后悔了，后悔这些年不该那样对待她和孩子。不该什么都没做，让她独自一人承担整个家庭的责任。他默默地守候在售楼处外，等她下班。她是第一个出来的，行色匆匆直往地铁站的方向走。他叫住她，她看了他一眼，表情错愕，却还是说："我现在没时间跟你谈，我要去幼儿园接孩子。"

“我跟你一起去吧！”他说。

她问：“你还创业吗？”

他沉默了，虽然后悔，虽然不想让她和孩子那么辛苦，可他真不知道不创业该做什么。就让他再自私一阵子吧！他是男人，可也是懦弱胆小的人啊！

他迟疑了，说：“我……”

倪虹看出来他的犹豫，冷冷地瞥了他一眼，什么都没说，继续朝前走。他跟在后面。

倪虹说：“不要跟着我，我不想再看见你。”

他说：“可是，你是我老婆啊！我不跟着你跟着谁？”

倪虹突然生气了，大叫：“以前是，以后不是了。”

他听明白了，倪虹这是要跟他离婚。他突然也生气了，抓住她的手，问：“你说什么？”

“我要跟你离婚！”倪虹说。

证实了心中的猜想，刹那间，恐惧、愤怒、不甘……各种情绪涌上心头，他忘了还在幼儿园里苦苦等待的孩子，眼前只有这个要跟他离婚的狠心女人。

“我不会跟你离婚的，走，你跟我走，跟我回家……”他虽然瘦弱，生气起来力气却很大。他拽住倪虹的胳膊，使劲儿地把她朝前拽。他无法辨别方向，也没考虑要把倪虹拽向哪里，只顺着路、朝前拽着。

“啊——”倪虹尖叫起来，“放开我，你这个疯子……”

倪虹越挣扎，他抓得越紧，然后就出现了陈素素亲眼看到的那一幕。

听到这里，陈素素觉得很不舒服，就问倪虹：“他……平时打人吗？”

“从来不。”倪虹说，“除了痴迷于创业，不管家里，其他都挺好的。当然也没有暴力倾向。”

听倪虹那语气，似乎对他还有眷恋。于是，陈素素问：“那么，你们和好了吗？”

“没有，他还是想创业……可是，为了不让他在路上再次闹起来，也为了早点儿去接孩子，我还是答应跟他回家了。”倪虹说。

陈素素沉默了，无论怎样选择，都是倪虹自己的选择不是吗？这些年，看着陈一凡和陈太吵吵闹闹却怎么都离不了婚，陈素素明白，婚姻牵扯的事情太多，孩子、财产、感情，真不是想分开就能分得了的。若倪虹还在犹豫，必有犹豫的理由，她一个外人，一个旁观者，又能胡乱发表什么意见呢？

陈素素深吸一口气，说：“问你个问题啊！幼儿园不都四点钟放学吗？我们五点半才下班，你怎么来得及去接孩子？”

“幼儿园考虑到很多家长来不及接孩子，专门开了几个晚上的培训班，我给他报了。”

陈素素点点头，说：“你真的很坚强。”又说，“若有什么需要帮助的地方，告诉我。”

“谢谢你。”倪虹说。

“不客气。”陈素素说完就准备走了。

“喂……”倪虹突然又叫住她，迟疑着说，“这件事，能不能拜托你，不要跟别人讲……”

在外面混，谁没点儿秘密呢？有的人，对自己的秘密看得很重，宁可受尽委屈，也不想被人知道；有的人，把秘密当成条件，用来交换别人的秘密，或拉近彼此的距离。在这个单位，陈素素想要保留的秘密是抑郁症。而倪虹，不想让人知道她婚姻的状况。也正是因为这个，才在发生了这么多事情之后，倪虹仍然像没事儿人一样，按时上班、按时下班，一点儿口风都不肯透露。若不是陈素素偶然间撞见，只怕倪虹也不会说出来。既然如此，陈素素又何必乱嚼舌根呢！更何况，她也不是那种人。

“放心，我不会跟别人讲的。”陈素素说。

跟陈素素说的时候，当然还没有和好，但也没有更坏，两个人只是这样僵持着。然而这一次，倪虹毕竟下定了决心，若他还继续创业，是不会再如往常一样支持他。

虽然和孩子搬回家住，但不再伺候他。不再一下班就急急忙忙地赶回家买菜做饭，而是带着孩子在外面吃。虽然租的房子只有一个房间，但卧室里，一直有两张床。大床他们夫妻睡，小床给孩子睡。出了这事儿，他被赶到小床上了。

夜里，趁孩子睡着，他试图把孩子抱到小床上，自己悄悄摸到大床上去，倪虹宁死不从，有好几次，尽管压低了声音争吵，仍然吵醒了孩子。然而即使把孩子吵醒，她也不愿意再妥协。他很吃惊，那么爱孩子的一个人，宁可让孩子半夜里哭闹，都坚决不让他回到大床上去，可见主意已定。

又过了些天，见他始终不肯松口放弃创业，倪虹便开始默默找房子，打算带着孩子搬出去住，他总算是妥协了，答应出去找工作，两人这才算和好。

找工作期间，在倪虹的要求下，他开始承担家里的部分家务，接送孩子也主动去做。虽然还没有找到工作，但夫妻间的状态好了很多，倪虹的脸上，也露出了久违的笑容。

陈素素跟倪虹又浅聊了一次，倪虹很感慨，说，以前把他惯坏了，他才以为做人丈夫、做人爸爸，什么事情都不必做。以后不会再惯着他了。他本性不坏的，相信以后会越来越好。

看着倪虹的笑脸，陈素素很感慨。女人啊，真是有情饮水饱。倪虹的事情若说出去，只怕很多人都会为她不值。毕竟，这么多年一个人上班养孩子、养老公，不嫌弃老公穷，不嫌弃他不带孩子、不做家务。直到忍无可忍时，才吵架。就算是被打一巴掌，仍然不离不弃。见他稍有好转，就欣喜若狂，以为守得云开见月明，还真是挺不容易呢！

真希望她以后顺顺利利的，平安顺遂度过这一生。也希望她老公的善意被启动之后再不关闭，会一直对她好。

倪虹老公好了那么一阵子，也投了几次简历，却也无果。在倪虹的逼迫下，他放弃那些“高大上”的职位，尽量“接地气”了些。先去超市做了理货员，却因为和同事发生口角以及嫌搬箱子太累，做了三天就愤而辞职了；又应聘到某网店做客服，却因为打游戏没及时回应买家咨询被店主当场抓包而辞退；最后，又去做了快递小哥儿，上班的第二天就丢了件儿，没挣到钱，还赔了不少钱，一气之下又辞职了。

倪虹算看出来了，这男人就是一个眼高手低干啥啥不成吃啥啥不够的主儿，白瞎了那副好皮囊。然而毕竟夫妻多年，就算现在看清他的本质，看在他是孩子爹的分上，仍打算给他机会，只要他肯学、肯去做，迟点儿就迟点儿，早晚能上路。于是便耐着性子安慰他、鼓励他，依旧好吃好喝地伺候着他——只要他肯再出去找工作。

然而生活这种事情啊，想象是一回事，实际又是另外一回事。向下滑很容易，什么都不做就可以了。向上爬却很难，要抵御惰性、抛弃尊严、懂得坚持。很多时候就算这样做了，也不过是勉强让生活维持原样罢了。想再朝上一步，难如登天。倪虹还没放弃，他率先放弃了。打着出去找工作的名义，霸占了家里的电脑。被赶出去，便喝得醉醺醺回来。家务依然不插手，对倪虹的唠叨却不肯再忍耐。本来不打女人的人，醉酒之后，也开始对倪虹动手了。口口声声日子这么苦，都是被倪虹给耽误的。

倪虹抱着孩子要走，他把他们锁屋里，还拿走了她的手机。倪虹叫路过的邻居帮忙砸开锁，才偷跑了出去。

那么爱面子的一个人，家里的事情根本不想让同事们知道。可受伤的脸颊和嘴角却出卖了她。大家知道她的性子，假装没看见。他却醉醺醺地找到售楼处，当着大家的面儿想要对她动手。最后，依然是同事们护住了她，把他赶跑了。

她坚决要离婚，他又开始哀求，下跪这一招都想出来了——依然是当着她同事的面儿。

陈素素曾经被叶望一打过，被叶望一跪过，也被叶望一找到单位羞辱过。看着倪虹老公的样子，她不由得想起了叶望一，想到了那些绝望而无法自拔的日子。倪虹老公动手的时候，哀求的时候，跪的时候，最激动的人就是陈素素了。本来脾气很好的一个人，居然拎起凳子就朝倪虹老公砸了过去。砸得他头破血流，也算报了那一摔之仇。

倪虹老公扬言不会放过陈素素，当然也不会放过倪虹。不得已，陈素素只好再次求助父亲。陈一凡听了事情的经过，主动接下了倪虹的离婚案，免费。

倪虹老公不过是个懦弱的人，欺负欺负老弱妇残幼便也罢了，哪里是知名律师的对手？连叶望一都比他难缠很多。没多久，他就乖乖地签了离婚协议，彻底从倪虹的生活中消失了。

离婚，当然是伤筋动骨的，单亲妈妈也并没有那么好当。那一段时间，倪虹很憔悴。公司体谅她，频繁请假也没说什么。同事们也很主动地把许多需要她承担的工作承担起来。尤其是张雯，本来挺看不上倪虹为了每个月只多五百块钱，承担销售主管该承担的各项杂事。现在见倪虹被家事拖累，张雯主动帮她把所有的事情承担起来，不仅和王伟配合得挺好，还主动教几个新人各种销售技巧，倪虹很感激，售楼处氛围越发其乐融融了。

倪虹的事情刚告一段落，项目上又出了事儿。

那天上午，大家正常上班，突然从外面冲进来十几个业主和业主的家属，手里拿着榔头，二话没说见东西就砸。销售员们吓傻了，张雯见领头的是自己的客户，就冲上去问：“怎么了？怎么了？有什么事情说呀，你们不能这样……”话还没说完，就被一榔头砸在胳膊上。

王伟正在销售经理室处理公司安排的事情，听见声音出来，正好看见张雯被打，连忙护住她，大吼一声：“干什么呀？有话不能好好说吗？保安呢？都愣在这里干啥，没人会打110吗？”

倪虹赶紧拿起手机报警，门外的保安们这时候也进来了。冲突很快被制止，只可惜，售楼处已经一片狼藉了。于苗苗看着被砸坏的玻璃门、前台、前台处的电脑、办公用品……跟站她旁边的陈素素和周涟漪吐槽："好嘛，交房前那次业主聚会，来那么多人，都没能砸了售楼处，这次就这么几个人，售楼处反而被砸了。"

于苗苗的语气说不上来是讽刺还是幸灾乐祸，王伟转过头去瞪了她一眼，没再搭理她，问那几个业主："怎么回事儿？谁能给我一个解释？"

领头的业主说："你要解释？我还想要一个解释呢！房子甲醛超标，怎么也不告诉我们？自从住了那房子，没几天我女儿就头晕、高烧不止、流鼻血……医生说是白血病。白血病呀！我好好的孩子，别说砸你售楼处了，我杀人的心都有……"

那业主说着说着，就蹲地上哭了起来。

白血病？众人大吃一惊，王伟的气势也弱了，说："您别这样，孩子生病我们也挺抱歉，但是，这不一定是房子的原因啊……"

"要不是房子的原因，我会来找你们吗？"那业主"噌"地站起来，说，"我也说我好好的孩子怎么就突然得了病？还是别人提醒，我才想起来去测测房子里的甲醛含量。严重超标！特别是地板，甲醛释放标准是国家规定的一百多倍……"

众人面面相觑，几个销售员下意识地悄悄看了一眼于苗苗。锦阳湖壹号一期的地板用的是森洪地板，那是于苗苗家的品牌。

于苗苗听见业主说地板，立刻就急了，斩钉截铁说："不可能，我家的地板都是严格按照国家质检标准制造的，不可能甲醛超标。"

"原来地板用的是你家的！你赔我女儿的命！"那业主朝于苗苗扑去，他身后的人，也一起朝于苗苗气势汹汹地走去。于苗苗吓得直往后退。

王伟和保安们连忙拦住他们："您先别激动，事情还没搞清楚，别吓着小姑娘。"

"她是小姑娘吗？我女儿才是小姑娘。"那业主说，"我告诉你们，我女儿要治不好的话，别说你一个小小的售楼处了，我哪怕倾家荡产，也要告到你们公司都开不下去。至于你——”他转向于苗苗恶狠狠地说，“也不会有什么好下场！”

于苗苗吓得瑟缩了一下，躲到了陈素素的身后。

“够了！”门口传来一声吼，是周航，他带着公司项目部的几个负责人过来了。

走到那业主面前，周航说：“锦阳湖壹号不会用假冒伪劣产品坑害消费者。这是我们的承诺，说话永远算数。我不清楚你女儿究竟是什么状况，这件事我们会调查清楚，如果真是我们的问题，我们会给你一个交代。但如果不是我们的问题，现场的这些，你也要给我们一个交代。”

“你——”那业主冷笑，“我就等着你调查。”

说完，那业主就带着一群人走了。

现场一片安静，王伟问：“小周总……这怎么办啊？”

“我让人从公司调办公用品了，安门的师傅也在路上了。”周航说，“业主情绪正激动，让他们把砸坏的东西恢复原状是不可能的。正常营业要紧，其他的我会处理。华里集团保留对业主追诉的权利。”

王伟点点头，对保安和销售员们说：“别站在这儿了，都散了吧！”

保洁们上来打扫卫生，其他人各做各的事情去了，于苗苗没走，她凑到周航面前，讨好地说：“老大，你刚真帅！”

周航对她笑了笑，解释说：“我也不想那样跟业主说话的，可他们砸都砸了，打都打了，我们若一味地弱势下去，只怕这事儿没完。反正理在我们这边，强势一点儿也没什么。”

于苗苗说：“我就知道这是策略。”

周航说：“你先别高兴得太早，他们显然是有备而来，白血病可能也是真的，又指明了出问题的是地板，你还是让你爸查一下你们出的那批货究竟有没有问题，我们这边也会再查一遍。”

“嗯，我会让我爸好好查一查的。”于苗苗说完就走了。

陈素素没走，她在看周航。自那天表白到现在快两个月了，周航再也没出现过。一开始陈素素不觉得有什么，周航是公司老总，事情多，锦阳湖壹号进入稳定销售阶段，不需要他亲力亲为，整天朝这边跑。没多久就觉得不对劲儿了，就算平时不来，一般情况下，周会他还是会来参加的。就算偶尔有事周会没有时间过来，一个月一次的月会，他是不会轻易错过的。可是这个月的月会，他都没有来参加。以至于整个月会期间，陈素素都心神不宁的。暗自怀疑，该不会是为了躲我吧？却又觉得这想法有些搞笑，堂堂一个项目老总，公司老板的儿子，至于因为被她拒绝，连工作都不管不顾了？

一周没来，下一周又没来，连续好几周都没来。陈素素的心里越发忐忑不安。不为别的，就只想见见他，看他最近过得好不好。若他过得好，便也就放心了。可他那么心狠，始终没有给她机会。

拒绝周航的时候，陈素素很轻松，就像这些年拒绝任何一个追求者一样。那些人，拒绝便也拒绝了，不会再次回到她心里去。可周航不一样，拒绝的那天还没什么，过去之后的第一周也没什么。第一周之后，一切就不一样了。不安的情绪在心中发酵，她时不时会想起他，想起他工作时认真的样子；想起他到她家找她说的那番话；想起他和她被单独关在售楼处时，那蹩脚的谎言；想起他越过于苗苗，从她手里拿过润唇膏的样子；想起他表白被拒时，那认真而又痛苦的表情……陈素素得承认，在她心里，他和别人不一样。

可，不一样又能怎么样呢？爱情啊，开始的时候多甜蜜，结束的时候就有多悲伤。这世上有能持续一辈子的爱情吗？或许有，但陈素素没见过，当然她也不相信。更何况横亘在他们中间的阻碍那么多，周素华、殷桃、叶望一，无论想起哪个，都足以让陈素素打退堂鼓。还是算了吧，自己知道曾经有过心动就好了。默默等待这心动的感觉退却，或许是自我保护的最佳方式吧！

正是因为这些复杂的想法，虽然很想再见到周航，或者给他打个电话，陈素素却什么都没做。就像什么事情都没发生一样，照常上班，照常接待客户。只是一个人的时候，发呆的时间越来越长。

这一段时间，不知怎的曹俊超也很少到售楼处。于苗苗她们不知道陈素素的心思，见她时不时地望着售楼处门口发呆，有人进来，不管是谁的客户，总会抬头看一眼，还以为她在盼着曹俊超来。张雯打趣陈素素，莫不是在想曹俊超吧？真想人家，为什么还要动不动就拒人千里之外呢！

陈素素当然说不是，却说不清楚究竟是盼着谁来，也只好任由她们打趣了。于苗苗开玩笑似的拿出手机，要给曹俊超发微信，让他来售楼处“看看”陈素素。陈素素见于苗苗越来越过分，发了脾气，才没人再把她和曹俊超扯一起去了。于苗苗闹了个没脸，陈素素请了顿奶茶，于苗苗才总算没有因为陈素素乱发脾气而生气。

多日没见周航，陈素素靠着自制力压抑着思念。以为靠着自制力，完全可以压抑住思念。今日见了他，惊喜涌上心头，这才知道什么是一日不见如隔三秋。明知道不应该继续看下去，却控制不住自己的眼睛，始终贪婪地盯着他看。看着看着，就觉察出几分不正常来：无论是和业主说话，还是和王伟说话，甚至到后面跟于苗苗说话，一切都很正常。唯一不正常的是，他始终没朝陈素素看一眼，就像售楼处根本就没有她这个人，就像一个多月以前，他从来没跟一个叫陈素素的女生表白过。

不知道发了多久的愣，所有的销售员都走了，连于苗苗都走了，就陈素素还留在现场。王伟觉得奇怪，就问她：“怎么了？有事儿吗？”

陈素素听见王伟的问话，这才醒过神来，连忙说：“没事儿没事儿。”边说边心虚地又看了一眼周航。周航的目光终于扫在了她的身上，确实是扫。秋风扫落叶般的扫，那“扫”里，带着不耐烦、鄙夷、冷漠、居高临下……陈素素被这眼神扫蒙了，不知道他这是怎么了。想问一句，却又没有立场问，只好不作声了。

这时候周航说话了，却是对王伟说的：“你知道那业主女儿所在的医院在哪儿吗？”

王伟说：“才发生的事情，还没来得及问……”

“算了，我找人去打听。”周航打断王伟，说，“跟那业主再联系一次，就说我们公司想要进他的屋子检测一下甲醛含量。另外，和一期所有收房的业主联系，就说我们公司想要回访，回访日请安排家里留人。我们需要知道有多少个业主家里出现甲醛超标的情况。检测期间，如有业主反映身体不适，让他们第一时间去医院检查。切记，不要让销售员透露口风，以免造成更严重的恐慌。”

王伟苦笑：“只怕业主群里早就吵翻天了。”

“物业部不是有人在业主群卧底吗？联系一下，看看业主们对这件事情的反应。”周航说。

“哎！”王伟答应。

“若有业主问起这事儿，你知道怎么应对吧？”周航问。

王伟说：“我会交代销售员们，在事情确认之前，不要透露任何事情，以免惹祸上身。”

“嗯。”周航点点头，“那我先走了，你们忙。”

说走便走，如一阵风。陈素素能理解他忙，毕竟，这件事情发生了，需要他出面处理的地方很多。可，走得也太快了些，连句话都没跟陈素素说。陈素素不由得感到失望。

一直到周航走远了，王伟叫陈素素：“发什么呆啊？没事儿做吗？去叫销售员全体开会。”陈素素这才失魂落魄地做事情去了。

虽然公司已经用最快的速度去处理这件事情了，但危机的爆发速度远超出众人的想象。就在周航打听清楚业主女儿所在的医院，并派人前去慰问的时候，又一次的业主闹事发生了。

如果说上一次因为装修品牌的事情，业主在售楼处前的闹事还有所克制的话，那么这一次完全就是失去理智。——一千多名一期业主和他们的家人同时失去理智。

拉横幅、喊口号，这都是标配。这一次，大多数男性业主手里都带了工具。如丧尸般怒吼着冲到售楼处广场，怒吼着冲进售楼处。新装的玻璃大门被冲破了，新的电脑和办公用品也被砸坏了。王伟带着销售员们想要跟他们理论，话还没出口，就被暴打了。王伟的头破了，左胳膊也骨折了。销售员虽然都是女生，但多少都光荣负伤了。就连陈素素，在被愤怒的业主推倒的那一刻胳膊也擦伤了。

大家只好后退再后退，没有一个房间是安全的。二楼有个储藏室。是个暗室，不到十平方米，平时用来放宣传资料、暂时用不上的拖把、抹布之类的东西。王伟不顾受伤的身体，带领销售员们躲进了储藏室。

倪虹和张雯找了几块相对干净的抹布，帮王伟止了血。受伤不重的销售员们也各自处理自己的伤口。

张雯问："王经理，我们现在该怎么办啊？"

"能怎么办？等着呗！"王伟烦躁地说。

幸好带了电话，王伟打给周航，向他讨主意。

公司正在开会，出了这么大的事情，会议当然由周素华亲自主持。当周素华听到，一期交房的那一千多套房子，三分之一都甲醛超标时，她非常吃惊。当她知道，有不少业主都已经感觉到身体不适，去医院检查的时候，她更吃惊了。这一次的暴风雨来得尤其猛烈，见惯风浪的周素华预感到，事情只怕没那么容易过去。

周航是锦阳湖壹号的项目老总。装修品牌的确定，周素华没有亲自一个个过目，而是交给了周航。周航的手下给他三四个选项，他确定一到两个之后，拉了个总单汇报给周素华。周素华大致看了一下，觉得没什么问题，就让周航照着单子去执行了。

采购单和收货单都是周航签的字。因为大部分供应商都是长期合作伙伴，在确定了样品之后，签了合同，就只等着收货了。那些货品用量都非常大，虽有检查，却并不仔细，一般都是抽查。加之城市交通规定，货车白天不能在市区道路上行走。锦阳湖壹号工地上需要的建筑材料、装修材料，量大的话，一般都是晚上送货。华里地产和森洪地板合作多年，彼此非常信任。和供应商在合同里约定，使用的过程当中发现问题，随时可以退货。地板半夜货送到之后，工地上负责接收的工作人员也不过是象征性地开了几箱，看看样品，大差不差也就收货了。然而现在不好的事情发生了，这说明，抽查的时候没有发现问题，使用的时候依然没有发现问题，这是很不正常的。

周素华质问周航：“究竟是怎么回事儿？”

周航只能实话实说：“事情发生之后，我把相关负责人都叫来开了个会，也把出问题的地板和好地板放在一起比较了，目前还不知道问题究竟出在哪里。”

项目出了事儿，负责的老总却不知道问题出在哪里，股东们显然是不满意的。周素华当然也不满意，可周航是她的儿子，她的不满只能放在心中，而不是当着股东的面爆发出来。周素华沉默了，过了会儿才交代道：“不合格的地板，一律撬了重装。做好危机公关，千万不要让业主再次暴动起来……”

话还没说完，周航的电话突兀地响了起来。见是王伟打来的，周航便接了，听见售楼处被冲击的消息，知道大家都受了伤，周航“噌”的一下子站起来，大叫“什么？”却又颓然坐下，只交代王伟，储藏室的门尽量堵好，先不要出来，他会带人去处理。

会议室里的众人听到消息，自然也惊呆了。会开不成了，各自去处理自己应该负责的那一块事情去了。

周航报了警，准备带团队去售楼处看看。刚走出会议室，就来了几个警察，为首的警察径直走到周素华面前，亮出警官证和逮捕令，问：“是周素华吗？我们接到举报，贵司用毒地板残害业主，已造成严重不良影响，请跟我们走一趟，配合调查。”

周素华还没说话，周航就冲上去说：“事情还没调查清楚，贸然把法人抓起来，会造成动乱的，我建议你们不要这样做。”

“我们也是听命行事，请周总配合。”那警察面无表情说。

周素华倒是临危不乱，问：“这命令是谁下的？王局吗？我给他打个电话。”

秘书把电话递过来，周素华正要拨打。那警察说：“只是配合调查罢了，会不会拘留还不一定。这逮捕令是王局亲自签发的，麻烦您跟我们走一趟吧！”

做企业的，特别是大企业，和派出所警察局这种单位一般都很熟。倒不是为打点好了好办事儿，而是因为时常有需要打交道的地方，处多了一般来说关系都还不错。有什么事情的话，警察局也会提前打声招呼。像现在这样，什么话都没说，直接下逮捕令的还是头一遭。可见事态已经非常严重了。

众人沉默，各怀心事。周素华是企业的掌舵人，周航虽然作为接班人在培养，但毕竟还没完全掌权。周航心里明白，若周素华进去了，华里集团只怕立刻就要乱套了。她是他的母亲，快六十岁的人了，他也不忍心让她一个人在派出所待着，哪怕一晚上都不行。

周航挺身而出：“锦阳湖壹号所有事情都是我负责的，采购和收货也是我签的字。我跟你们走吧！”

“你是谁？”那警察问。

“锦阳湖壹号的项目老总，周素华的独子，周航。”

“可逮捕令上写的是周素华的名字。”

“我跟你们走也是一样的，要不你给王局打个电话吧！”周航说。

那警察拿起电话，走到一旁悄悄请示去了。

周素华走到周航面前手搭上他的胳膊，眼中满是担忧。周航安抚地跟母亲说：“没事儿，我会去跟他们解释清楚的。”

若是有人故意针对华里集团，很显然这时候周航去警察局更合适，周素华自然也明白事情的轻重缓急，轻轻点头“嗯”了一声。

那警察打完电话，过来说：“王局同意了，你跟我们走吧！”

周航就这样被带走了。

售楼处。

警察局都出动了，快到晚上的时候，愤怒的群众总算是离开了。

王伟接到开发部朱总的电话，这才带领销售员们出来。朱总见大家都受了伤，好生安抚一番。王伟问："小周总呢？"

"小周总有事情在忙，来不了。"朱总为避免在销售员间引起恐慌，这样告诉大家。又说："售楼处会简单装一下，要三四天时间。公司会派人在这边留守，你们就先放假吧！等装好了再过来上班。"

众人面面相觑，朱总见大家不走，补充说道："你们今天……这都算工伤，没上班的这一段时间是带薪假。请大家放心，不会让你们等待很长时间的。"

售楼处内部几乎被破坏殆尽，三四天只怕是装不好的。陈素素做好了长期休息的准备。

保安队高队长过来拉上卷帘门，众人这才散去。

小周总被抓的消息，瞒着销售员们，却不会瞒着王伟，毕竟他也是管理层。销售员们离开之后，朱总就把周航被抓的事情跟王伟说了。并交代王伟，无论这些天听见什么，或者销售员们跟他打听什么，都要坚定地告诉大家，项目没事儿，公司没事儿，会渡过危机的。

听朱总这样说，王伟更担忧了。

陈素素还在地铁里，就接到王伟的电话。

王伟把周航被抓的消息告诉了陈素素，只说："我听说你父亲是知名律师，虽然这件事公司也会出面处理，但我还是希望你能问问你父亲，究竟应该怎么做。我们虽然在家等待着，但最好心里要有个数。"陈素素答应下来。

挂了电话，陈素素心乱如麻，很为周航担心。这时候电话又响了，是张雯打来的。张雯说："你上网了吗？快看新闻，小周总被抓起来了。"

周航被抓的事情公司从上到下都瞒着，却没想到，在网络如此发达的今天，想瞒根本瞒不住。她在手机上，以"华里集团 周航"为关键词搜索了起来。不搜不知道，一搜吓一跳。铺天盖地全是今天华里集团售楼处被冲击的新闻。周航进入警车的那一幕，不知被哪个好事之人拍了下来，发到了网上。底下网友留言，一片叫好声。微博上很多人去问殷桃，殷桃的态度很值得玩味。她关闭了微博评论，删除了和周航的合照，既不回应也不理会，假装什么事情都没有发生。

华里集团成了过街老鼠，人人喊打，股票早已跌停，愤怒的键盘侠们在网上叫嚣着，不光要抓周航，还要把周素华抓起来，最好判死刑。

回到家中，陈素素和陈一凡说起白天发生的事情。陈一凡表示，周素华已经联系过他了。一期业主联名告华里集团。他的事务所已接了这个案子，他将作为首席律师负责这件事的所有法律问题。下午的时候，他去了一趟看守所，不出意外的话，周航应该很快就会被放出来。但这并不代表事情就这样结束了，后续麻烦还很大，官司还得继续打。华里集团的危机公关更得做好。

陈素素不明白这件事情爆发得怎么这么快，闹这么大。陈一凡说："这些年，人们被地沟油、毒奶粉、皮革奶、染色馒头、塑料鸡蛋整怕了。但凡出点儿跟人身安全有关的新闻，就全民爆发。锦阳湖壹号这'毒地板'事件，都让人得白血病了，你说闹得大不大？华里集团这次是栽了。除非找到关键性证据，证明毒地板和华里集团无关，否则，不光企业办不下去，企业法人也难辞其咎。这个官司很难打呀！"

陈素素想到殷桃无声的撇清，再想到陈一凡这些年保持的胜诉率，便问陈一凡："既然如此，你为什么还要接这个案子呢？"

陈一凡沉默了半晌，很艰难地说："人总是有感情的。"

不知道这算不算是间接承认他和周素华的关系？陈素素下意识握紧了拳头，欲言又止："爸爸……"

陈一凡当然知道陈素素在想什么，再次澄清："不是你和你妈妈想的那个样子。"

那究竟是什么样子呢？陈素素很想问，却觉得这时候再纠结这些事情很没道理，便没再问，而是问："你什么时候再去见周航？能不能带我去？"

"怎么？"陈一凡问。

"同事一场，我去看看他。"陈素素说。

陈一凡很意外，自己的女儿自己了解。这些年，因为抑郁症的事情，陈素素整个人是缩着的状态。会亲朋、走好友这种事情，她从来不参加。以往的同事、同学都不联系，整个人活得就像一个孤岛。这时常让陈一凡感到担心，却不知道该如何应对。陈一凡不知道陈素素对周航的情愫，听到她要去看他，就觉得惊奇。惊奇之下，便观察她，然而陈素素的表情很平静，从她的脸上看不出什么来。半晌，陈一凡点点头说："好，我带你去。"

看守所里，警察已经审过周航。周航还是那些话："有样品标准，货品并没有经过仔细检查，使用的过程中也没有发现问题，我也不知道为什么突然就甲醛超标了。"

警察还想再问，却发现根本就问不出什么来。拿着正品的钱，买到高仿的包包，这事儿找谁说理去？华里集团的钱已经出到位了，他们也很无辜。再加上陈一凡接到消息，立刻赶到派出所进行保释，周航不到二十四小时，就被放出来了。

当天晚上，陈一凡带着陈素素来到了周航家。

这是陈素素第一次到周航家，第一次正式和周素华见面。许是陈一凡提前跟周素华打过招呼的缘故，周素华见着陈素素，丝毫不觉意外，虽然眉眼间隐有愁绪，但仍然热情周到地招呼她，就像对待任何一个亲近的晚辈。陈素素家教自然也不差，敷衍功夫做得十足。寒暄过后，陈一凡和周素华谈事情，陈素素和周航安静地坐在一旁听。陈素素观察者的本性再次暴露：她不仅竖着耳朵听，还一直在观察在座的几个人，尤其是周素华。

周素华和她想象的完全不一样。尽管出了这么大的事情，她却没有着急忙慌，而是一副临危不乱、运筹帷幄的模样。她精神饱满，胖瘦得宜，快六十岁的人了，看起来不过也才四十多岁。真丝衬衣、鱼尾裙，虽因为年龄，小腹已微微凸起，身材却依然玲珑有致。头发稍稍染色，扎在脑后。没怎么化妆，却涂了口红，面部便有了一抹亮色。最神奇的是她那双眼睛，传说中，周素华是个“狠人”，她走过的地方寸草不生。陈素素便以为，她的眼睛精光四射、犀利无比，所有的一切都逃不过她的法眼。哪里知道，她的眼神是那么温和，那么平静，就算谈到现在的困局，亦不觉得有什么。和小辈开玩笑的时候，偶尔会大笑，露出洁白的牙齿和眼角深刻的鱼尾纹。

陈太比周素华小几岁，脸上几乎没有任何皱纹。陈素素和陈太生活在一起，对陈太的生活习惯非常了解。自然知道那是玻尿酸和肉毒杆菌双重作用下的结果。陈太是个讲究的女人，这些年，但凡脸上、脖子上出现了一丝皱纹，就如临大敌。为了不让脸上有皱纹，她几乎不大笑。为了不让颈部有皱纹，她睡觉甚至不用枕头。就这样平躺着一夜又一夜。有时候陈一凡会不经意地说，大可不必这样。陈太却总是振振有词：没有丑女人，只有懒女人。

在陈太的影响下，陈素素对“皱纹”这种东西亦无好感。在锦阳湖壹号看到过来的女客脸色蜡黄皱纹丛生，陈素素就自觉地把她们归类为“懒女人”的行列中。这次见了周素华，陈素素才明白，懒不懒，还真不在脸上。像周素华这种，一人挑起一个上市企业的女人，自然不是什么“懒女人”。周素华的时间和精力，更多地用在工作上。当然她也爱美，却不会像陈太那样“过分”。看着周素华大笑的表情、毫不做作的模样，陈素素第一次觉得，其实皱纹也没那么难看。相反，那是成熟的象征。就像此刻，周素华和陈一凡坐在一起说话，两人年龄阅历旗鼓相当，陈素素私心里反而觉得，陈一凡和周素华更般配些。

这是养育出周航的女人啊！大概也只有这样的女人，才能养育出周航这样踏实努力为人友善的富二代吧！她真是很棒！也难怪周航那么崇拜她。

周素华当然知道陈素素在观察她，却不动声色，什么都没说。只偶尔在跟陈一凡说话的时候，照料她几句。陈一凡见陈素素一直打量周素华，想到陈太在家说的那些话，不由得有些尴尬，又想到有些话不方便当着孩子们的面儿说，便对陈素素说："你不是来看望周航的吗？你们年轻人有话聊，就去聊你们的，不用陪着我们。"

陈素素的脸一红，还没说什么，周素华便吩咐周航："素素第一次到家里来，你带她到处参观一下。"

周航应了一声，便带着陈素素去了二楼，象征性地看了几个房间，便在书房停下了。为避免误会，周航刻意没关门。然而毕竟是两个人单独相处，一时便也无话。

周航毕竟是主人，以前的事情，就算心里仍然很不舒服，陈素素都到他家来了，还是跟着陈一凡一起来谈公事的，周航也不好对她摆脸色看，只好有的没的说了几句。

陈素素当然看得出来，周航此时的话都不过是在敷衍。而周航也看出来，陈素素看得出来他在敷衍，说了几句之后，又陷入了沉默。

过了会儿，陈素素问："在看守所，他们没为难你吧？"

"没有。"周航说，"不问话的时候就是关着，不能跟外界联系，很无聊，也很担心。"

陈素素当然明白，周航此时说的担心，是担心公司，而不是儿女私情。事实上，她一直好好的，也没什么好担心的。

再次无话。

周航看着陈素素沉静的脸，心潮澎湃。他怎么都没想到，会在自己家里见到陈素素。陈素素跟在陈一凡身后进门的那一刻，他愣住了，见母亲热情地欢迎着父女俩，他便也收敛心神，就想像对待任何一个世交家的同龄人一样，和陈素素不失礼貌却又明显疏远地打了招呼。之后便静静地坐着，听母亲和陈一凡讲话。陈素素很乖巧，应对得当。周航却知道，那不是她本来该有的样子。陈素素一直在观察周素华，偶尔向他瞟来几眼，见他一直在看她，不由得就脸红了，目光慌乱地躲开。那一刻，周航简直相信，她对他不是一点儿感情都没有的。在听到陈一凡说，陈素素是来探望他时，周航心里甚至有些许激动。然而那激动，却并没有持续多久，周航的脑海里不由得又浮现出她跟在曹俊超身后进宾馆时的样子。这种事情，怎么可能不介意？周航的心里一阵刺痛，慌忙闭上眼睛，才能忍了这刺痛，装出若无其事的样子，带她上楼参观。

这时候，两人共处一室。算来，认识这么久，共处一室的机会似乎很少。周航很想问问她和曹俊超的事情。可，有什么好问的呢？听她承认恋情？那只会让自己痛苦或嫉妒。听她撒谎，说没有那回事？自己都亲眼看见了，还怎么否认得了？

最关键的是，现在正是企业的危急关头，眼看大厦将倾，儿女私情又有什么重要？此刻的周航什么都不能做，唯一能做的就是沉默。

跟周航共处一室，陈素素觉得很尴尬，她见周航脸色明灭几番变幻，不知道他在想什么。然而也顾不了那么多了，还不知道爸爸和他母亲的谈话什么时候结束，若是结束，便也该跟着走了。该问的那些问题，得抓紧时间问。

来之前，陈素素和陈一凡聊过锦阳湖壹号面临的问题。她知道事态有多严峻，当然也知道现在华里集团特别被动。一来，卡车不能进城，半夜收货，人手不够，收货时没有仔细检查；二来，安装时，没有人发现问题。这个项目是周航负责的，所有的单子、合同，都经了他的手。现在他虽然被保释出来的，但只要甲醛超标这事儿一天没解决，周航以及华里集团头顶悬着的达摩克利斯之剑就不会消失。

陈素素直接切入主题，问："为什么所有人都没有发现甲醛超标的问题？"

周航说："这也是我好奇的地方。"

"就算收货时没有仔细检查，负责安装的师傅和验收的师傅，也没有发现吗？"

"是的，他们是这样回答的。"周航说，"事发之后第一时间，我们就对比了甲醛超标的地板和没超标的地板，薄厚、纹路、手感……所有的地方都一模一样。除非拿着甲醛测试仪亲自测试，否则，根本就没办法发现问题。"

陈素素沉默了会儿，问：“会不会是森洪那边……”

“你怀疑他们故意陷害？”周航说，“他们为什么要害华里？对他们有什么好处？合作共赢，讲的是诚信。出事情的是森洪地板，你以为他们会比华里好过？一开始我也曾怀疑过他们，可后来我打消了这个念头。大家做生意都不容易，他们没必要颠覆整个品牌就为拖我们下水。而且这件事情，开发商若黑心一点儿，完全可以把责任推到供应商头上。我们还有机会把自己摘出来，森洪地板可是一点儿机会都没有。他们又何必这样做呢？”

“那这件事情发生之后，跟森洪地板联系了吗？他们怎么说？”陈素素问。

“第一时间联系了，老于总不承认自己发了不合格的产品过来。”周航说。

事先没检查，供应商不承认，这件事还真是很难办。陈素素无奈了，舔舔嘴唇，说：“怎么就不检查呢？检查一遍，又能费多少工夫呢？”

“谁会去检查这些东西？”周航说，“一期一千多套房子，得用多少地板？若一箱一箱开箱检查，岂不会累死？就算是抽检也会很累。华里和森洪合作多年了，信得过彼此，不需要检查。所有的地方都好好的，谁会料到甲醛超标呢！”

“那别的装修材料呢？也不检查吗？”陈素素问。

“大部分都不需要检查。”周航说，“大品牌的产品，出厂前都会有自己的检查标准。我们提前去看好了样，定好的产品规格，等发货就可以了。钱出到位了，不贪便宜，一般都不会有问题。实际上，不光我们这个样子，几乎所有的开发商都是这样订货的。据我所知，其他行业也是这样的。”

“万一使用的过程中发现有问题怎么办？”

“直接退换呀！”周航说，“供应商也不希望再退换，给我们留下不好的印象，所以一般都会按合同规定交货，不会出现问题。特别是合作多年的供应商。”

“有些瑕疵，如甲醛超标根本看不出来呢？”陈素素问。

“那就没办法了。”周航说，“除了自认倒霉，没有别的办法。像这次出现的毒地板，也只好全部撬掉，全部重新安装。”

“我觉得这样很有问题，来了货品不检查，任何一个供应商想害华里，岂不是都能直接害到？”陈素素说。

“还是那句话，他们为什么要害我们呢？动机是什么呢？”周航苦笑，“不过你说得确实有道理，吃一堑长一智吧，这次之后，华里集团也该配一个专门的质检团队了。”

再次无话。

陈素素的电话响了，见来电显示是陈一凡，她便知道是时候该离开了。陈素素看了周航一眼，起身往外走，周航突然一把拉住她。陈素素回过头，疑惑地看着周航。

周航也不知道该说什么，突然拉过陈素素，紧紧地抱在怀里。

陈素素轻轻挣扎，周航抱得很紧，她挣扎不开。

周航哑着嗓子说：“别动。”

陈素素的身子僵了一下，听话地不动了。这时候才感觉到周航的身体在微微颤抖。陈素素突然就明白了，周航是在害怕，这次的事情太大了，他真的害怕了。陈素素轻轻地拍了拍周航的背，像母亲一样给他力量。半晌，周航才把陈素素放开，看着她的眼睛，轻声说：“不要担心，好好生活吧！”

“嗯。”陈素素点点头，转身出去了。那一刻，陈素素很想掉泪。周航这样的人，向来意气风发，是不会轻易跟人说出这种话的。然而他却跟她说了这句话，他是在跟她告别吗？

可是，他为什么要跟她告别？就算事情到了最坏的地步，只要人还在，一切都好。他为什么要跟她告别？他打算收回自己的感情了吗？

陈素素并不知道，她和周航上楼的那段时间，陈一凡和周素华，已经聊到了最坏的结果。

事情闹得太大，且触及了百姓的软肋，经过几天的发酵，全网沸腾。网络上，许多官方的微博和微信公众号都转载了这件事情，并表示“绝不姑息”。加之这些年，高房价让普通百姓苦不堪言，人们提起开发商，只有“无良”“黑心”等字眼形容。受情绪支配，愤怒的网友可不管开发商钱出没出到位，不管开发商目的如何，一致认定开发商赚黑心钱，不顾百姓死活。在这种情况下，华里集团真的很被动。华里的股票，已经连续好几天被愤怒的网友们砸到跌停。若继续下去，不仅没办法跟股东们交代，更没办法保住公司。

在确定暂时找不出来原因的情况下，陈一凡站在律师的角度建议，把这件事情当成危机公关处理。这个时候，最好的处理方式是把责任推给供应商。

华里集团手里有合同，有购货单、签收单。购货单上价格出到位了，是购买正品品牌的价格。合同里，也约定了安装的过程中发现问题，一律无条件退换。若能主动承认，因为货量太大，没有一一检查，诚恳道歉，想必能获得网友的谅解。最不济，也可以把网友的怒火转移到供应商身上，华里集团就能摆脱此次危机。

周素华想了想说：“出了这种事情，无论责任是谁，企业都做不下去。我怎么忍心看着老于他们破产，来成全自己的企业呢？而且对于他们来说，现在撇清都来不及，不会那么轻易就承认了这件事的。双方闹起来，只会越来越糟糕。”

陈一凡说：“事情是比较麻烦，我们手里有进货单，他们手里有出货单。这件事，公说公有理婆说婆有理，但就危机公关来说，先拿出证据撇清自己的，才有可能存活下去。”

周素华沉默了很久，最终说：“如果事情不是森洪地板做的，这样对他们很不公平。”

陈一凡说：“先把自己的企业救活要紧，后期若能查出真相，大可以再还他们一个清白。”

周素华说：“只怕那时候，一切就来不及了。森洪地板想再翻身，就没机会了。”

陈一凡说：“什么都不做，是双输。选择推卸责任，还有可能保华里集团。他们先下手，华里集团有理也说不清了。如果你真是不忍心，等华里缓过来的时候，可以给予他们一定的补偿。我想，以森洪地板的规模来说，华里集团给予的补偿，他们应该会满意的。”

周素华继续沉默，后摇摇头说：“损害合作伙伴的利益成全自己，这种事儿我做不到，你不要再说了。”

陈一凡便不再作声了，过了会儿才说：“还有一个办法，就是在企业内部找人顶锅。不愿意动高管，可以找一个管仓库的、收货的，或者安装工。把责任人推出去，虽然网友可能不满意，但他们同时也是最擅长遗忘的一群人，热点过去，遗忘之后，华里可徐徐图之。”

陈一凡是律师，律师的立场就是当事人的立场。律师的是非观，就是站在当事人的角度考虑问题。从危机公关的角度来说，从企业内部找人顶锅是最合适的。一则，可以避免森洪地板兔子急了咬人；二则，找个小喽啰出来承担责任，是很多企业关键时刻都会采取的手段。华里这样做，顶多被人诟病，被指责厚颜无耻，却不会造成大的影响。

的确是好办法。可是，这也不是周素华想要的。

陈一凡见周素华只一味沉默，便提醒道：“这件事情再发酵两天，处理起来只怕更难了。最好早点儿拿主意，做好危机公关。”

这一晚的谈话，陈一凡多次提到“危机公关”，周素华终于忍不住了，说：“现在都已经有孩子得白血病住院了。那么小的孩子啊，白血病啊，怎么能简简单单地当成危机公关来处理呢？”

“那你打算怎么办？”陈一凡问。

“继续追查真相，不姑息任何一个坏人，也不冤枉任何一个好人，给老百姓一个踏踏实实的交代。”说出这句话的时候，周素华的目光更坚定了。

陈一凡看着周素华，周素华坦然地回视陈一凡。陈一凡突然笑了，说：“我果然没看错你，你还是二十年前，我认识的那个周素华。”

周素华的表情突然变得轻松了，也笑了：“原来你刚才都是试探我的啊？”

陈一凡说：“也不算是试探吧！我就是想知道，这件事发生了，你会怎么做。我想知道，我认识了二十多年的那个周素华遇到这件事，会怎么处理。”

周素华愣了愣，说：“也别对我抱太大希望，现在压力还没到顶点，我还真不知道，实在扛不住的时候，我会怎么做。”

回去的路上，陈一凡开车，和陈素素聊天。

陈一凡问：“和周航聊得怎么样？”

“也没聊什么。”陈素素刚说完，就觉得这句话有解释的嫌疑，太刻意了，便补充说道，“就问他为什么货品到了不检查，他跟我解释了。但那解释，于事无补。”

陈一凡并没有发现陈素素在刻意掩饰，接着她的话说：“是啊，于事无补！现在要么找出甲醛超标的原因，要么及时补救，还有可能获得公众的一点儿好感。”

“怎么补救？”陈素素问。

“华里高层已经去看望过得白血病的那个女孩儿了。虽然原因不明，但也承诺所有的医药费都由公司出。其他感觉不适的业主，检查费、误工费、精神损失费，公司也愿意主动承担。但那群业主太贪，要的价钱太高，律师团也太嚣张，直接把责任全推给华里，现在双方处于僵持状态，华里非常被动。”陈一凡说。

作为陈一凡的女儿，陈素素虽然专业不是法律，但多少还是懂一些的。陈素素明显感觉到华里的这种处理方式不是很妥当，很容易落人口实，授人以柄。陈素素问：“这样处理合适吗？这是您的意见吗？”

陈一凡说：“当然不是。对于企业来说，真相明朗之前什么都不做才是最妥当的处理方式。但素华说，什么都没有人命重要。如果业主因为医药费的问题耽误了治疗，那华里就真的难辞其咎了。就算以后找到证据，这事儿跟华里无关，当时的冷血，也会把华里集团整个钉在耻辱柱上。”

真是有魄力！陈素素在心里默默为周素华的这番作为点了个赞，但她同时抓住了关键词“素华”。这不是父女俩第一次谈论周素华，以前每次，陈一凡都用“她”这个字来指代，这一次，直接叫名字，还叫得这么亲热，站在陈太的立场去想，陈素素心里挺不是滋味的，也只好默默无言，什么都不说了。

哪里知道，陈一凡并不想放过她。陈一凡问：“你今天也见到素华了，对她印象如何？”

“挺好的。”陈素素说。

“就只有这三个字吗？我想听到真实评价。”陈一凡说。

“她很优秀，比我妈优秀很多。”陈素素说得倒客观，只可惜，当女儿的，这样评价另一个女人，可能是父亲情人的女人，感觉还真是挺苦涩的。

陈一凡听懂了陈素素的话，这时候把陈太和周素华放一起比，也不过是无声地问“你们之间究竟是什么关系”。陈一凡从后视镜里看了陈素素一眼，不动声色地说：“她是很优秀，可以说，是我这一生见过的最优秀的女人。但，这不代表什么，你明白吗？”

优秀，不代表什么？陈素素就谈过一次恋爱，在爱的路上，还是初学者。陈一凡说的话太含糊，陈素素听不懂，也只好懵懂地摇了摇头。

陈一凡说：“一个女人，聪明、美丽、可爱、懂事、优秀，任何一样都能够成为男人爱上她的理由。但如果一个女人实在太优秀的话，她的性别特征就会被忽略。男人跟她在一起，就有了更多的可能性：欣赏、仰望、嫉妒，甚至是自惭形秽。他们的关系，也有了更多的可能性：伙伴、朋友、跟随者，或者是知己。而不单单只是爱人。”

陈素素点点头，她虽然没有经历过这种感觉，但她能理解这种感觉。

陈一凡补充说道：“你现在还小，过几年你就知道了，人的一生啊，金钱、财富、名利、性爱，只要努力了，机遇也合适，都很容易得到。但想遇到一个能说得上话的，让你始终有说话欲望的人，实在太难了。如果能成为伴侣，那是最好的。成不了也没关系，其实，只要能经常说说话就好了。”

是这样吗？为什么感觉他的语气里，带着几分遗憾呢！父女俩谈话到这一步，其实已经很深入了。陈一凡难得跟陈素素谈这些事情，陈素素决定抓住机会，把该聊的天儿聊透，把该问的问题问透。

陈素素说：“可是，大部分的人，遇见能谈到一起的人，不都希望能成为伴侣吗？”

陈一凡笑笑，没有再说话。

陈素素问：“爸爸，你爱我妈妈吗？”

陈一凡迟疑了一下，说：“爱啊！不爱我怎么会娶她？”

他在撒谎！陈素素敏感地感觉到了，却没纠结这个问题，而是追问：“那你爱周阿姨吗？”

陈一凡说：“我得承认，我曾经对她动过心。——像她这样的女人，男人不对她动心，反而是不正常的。可没多久我就打消了这念头，对她就只有纯粹的友谊了。”

“为什么？”陈素素问。

“两个方面的原因吧！一方面，接触多了我发现素华这个人性格太强势，说一不二，像个男人。我也挺强势的，我能接受合作伙伴、朋友性格强势，甚至很欣赏他们的强势。可要做伴侣的话，我是接受不了的，我可能更喜欢像你妈妈这样柔弱点儿的，肯依附着我的。另一方面是因为你。”

“因为我？”陈素素惊奇道。

“是啊！我和素华接触最多的时候，你只有五六岁，那么小，那么可爱，那么需要我的保护，你是我的命啊！我若离开这个家，你怎么办呢？你妈妈怎么办呢？”

陈一凡平时感情很内敛，他对女儿的爱和保护从来不加掩饰，但

“你是我的命”这种话却是第一次当着陈素素的面儿说出来，陈素素很感动。她想了想，问：“这些话你跟妈妈说过吗？”

“什么话？”陈一凡问。

“刚跟我说的这些话。”

“说过啊，她不信。”

“为什么？”

“观念的问题吧，她不相信男人和女人之间有纯粹的友谊。她总以为，男人和女人交往，要么男人会图女人点儿什么，要么女人会图男人点儿什么。可能是她这几年没上班的缘故吧，她对我身边的女人就像防狼一样。对素华尤其如此。”

陈素素沉默了，她终究是偏向自己妈妈的。陈素素过了会儿才说：“既然这样，你应该避嫌。”

“避了很多年。”陈一凡说，“不光是我，素华也在避嫌。所以自从你妈妈跑到我单位那番大闹害我丢了工作之后，我和素华很多年没有再联系。也就是最近这两年，才又有了交流。”

“再联系是因为我吗？”陈素素问。

“一方面是因为你，素华毕竟是女性，对女孩子的心思更了解，你的抑郁症问题我跟她交流过。另一方面，也是因为她有了自己的爱人，我们不用过于避嫌了。”

“那妈妈为什么还吃醋？”陈素素问。

“我不知道，我想，可能是吃习惯了，一时改不了吧！”陈一凡一笑。

陈素素也笑了。

有一类女人啊，每次吵架都翻旧账，十几年前的旧账也翻出来说。陈太就是这样的人，她太没安全感，可能需要用这样的方式，来求得丈夫更多的爱吧！只可惜这种方式过于愚蠢，只会把丈夫越推越远。

陈素素说：“你对妈妈好一点儿。她的生活太无聊了，就只有你和我，如果我们都不对她好，谁对她好呢？”

“我尽量。”陈一凡说，“但是你也知道你妈妈的性子，她一生都把自己当公主，稍微有点儿不满意就会满腹委屈，牢骚不停。我已经尽量在克制了，却没办法做她永远的骑士。”

“可是我想，你们结婚的时候，你应该承诺过她吧！”陈素素说。

而陈一凡却没再说话。

陈素素觉得很难过，虽然她觉得妈妈一把年纪仍看不清形势、不肯做丝毫改变和妥协实属不智，但她对爸爸也挺失望的。婚内一度精神出轨、承诺的未曾做到，反而找诸多借口，爱情消逝时，耐心也跟着消逝，从而让生活变得一片狼藉……如果这就是爱情和婚姻的真实模样，不要也罢！

回到家之后，陈太知道陈一凡带陈素素去周素华家了，又是一番唠叨。陈一凡没有回嘴。陈素素却忍不住了，说了陈太几句。陈太很伤心，还落了泪，指责连陈素素都被周素华收买了。

陈素素难得地说了句公道话：“妈，我和爸都是你的亲人，你总这样不分青红皂白就把自己放在受害者的角度去想问题，我们也会寒心的呀！”

周航家。

周素华和周航也在聊天。聊完工作之后，话题自然扯到陈素素身上。

周素华说：“这女孩子不错。”

周航苦涩地笑笑，没说话。

周素华问：“喜欢人家？”

周航说：“没有。”

周素华说：“眼睛长在人家身上，拔都拔不下来，还不承认！”

周航低头笑笑，没说话。

周素华说：“喜欢就去追呀！”

周航抿抿嘴唇，说：“她有喜欢的人了。”

“谁呀？”

“一个做服装的小企业主。”

周素华说：“哟，真是好命。”

周航低着头，不说话。

周素华说：“不过说真的，她不喜欢你，我倒是松了一口气。”

周航抬头，疑惑地看着周素华。

周素华说：“她太纠结了，不是良配。”

周航舔舔嘴唇，依然没说话。

周素华见周航不想聊陈素素，便说：“既然她不喜欢你，就收收心，好好工作。”

还能怎么样呢？爱情是条单行道，总不能一条道走到黑啊！周航沉默半晌，说：“是。”

周素华说：“前路阻碍重重，不光我要做好披荆斩棘的准备，你也要做好。”

周航说：“是，我明白。”

次日上午，周航刚到公司就给财务打电话，问银行的贷款有没有到账。财务告诉他，并没有到账。打电话问过银行了，银行支支吾吾，没给个准确说法。

周航有些着急，不由得语气就加重了，说：“怎么回事儿？明天就要去土地局缴纳保证金。贷款还没到账，我怎么去交钱？”

原来，前一阵子周航率领团队代表公司拍下来的锦阳湖C地块，以及周边两个地块，新的设计稿已提交，政府那边的流程走得也差不多了。这些天，虽然公司整体受到“毒地板”事件的影响，但该做的事儿并没有耽误，公司开发部的同事，以及从派出所保释出来的周航，一直紧锣密鼓地忙这件事情。

大部分的房地产企业，因为资金需求量大、多项目同时运作，即使部分项目在售或已售，通常资金链也绷得紧紧的。对银行贷款的依赖，是企业生存的法则，尤其是这种新拍地块，需要缴纳大额土地保证金，企业的现金流通常无法支撑，更是要依赖银行贷款了。

对于房地产企业来说，土地是一切的基础。只要有了地，就会有房子，有钱……若是往常，像这种地块归属已确认，只差钱的项目，各大银行趋之若鹜，恨不得以最优惠的方式，主动提供大额贷款。按约定，锦阳湖三个地块是时候缴纳土地保证金，以及走合同流程了。但是这一次，也不知怎么的，约定好的放款日，贷款却没有到账，难怪周航会问了。

见周航询问，财务说："银行也没说放不放款，只说大领导出差了，得等他回来签字才行。"

听着就是托词，周航也顾不得那么多了，只问："黄行长吗？他不是早就签过字了？"

"以前都是黄行长签字生效，但他是副的嘛，这次也不知道怎么的，刘行长亲自过问了，说等他回来再说。"财务小声说，"我猜这事儿啊，八成是银行在找借口，不想这么顺利地放款。咱最近不是出了那事儿嘛，股票都跌成什么样了，银行怕咱翻不了身，将来还不了，故意卡着呢！"

"他怎么就断定我们翻不了身呢？"周航说，"就算锦阳湖壹号暂停销售，我华里集团全国各地还有那么多在售、在建项目呢！随便卖些资产，就够还他们了。"

财务赔笑："就是这么说呀！所以他们也没把话说死，只说等刘行长回来。估计也是想等几天，看我们能不能渡过这次危机吧！"

周航愤怒地摔了电话。

明天就要去交钱了，钱现在还没到账，真是挺急的，不处理又不行。中午吃过饭，周航亲自去了一趟银行找到黄行长。黄行长一如既往地热情，提到放款，却面露难色，只说："上面都交代了，我能怎么办呀？我也只能听命行事呀！"

周航说："您也知道华里集团跟刘行长关系一直都还不错。可是这一次，刘行长的电话怎么都打不通。我也不知道是真忙呢，还是不想再贷款给我们了。如果不想贷款给我们，早点说，好几家银行排着队想给华里钱呢！”

“怎么会？你们是老主顾，我们不给谁也不可能不给你们啊！”黄行长说，“我上午才打过刘行长的电话，也没人接，可能正在开会吧！”

“你们也联系不上？那这事儿就有些难办了。”周航说。

“要不您再打几遍试试？说不定就打通了呢！”黄行长说。

这就是明显的推托了。周航毕竟年轻，脸色不由得有些难看，说：“我再打打看，实在打不通也就算了。”

“不会，不会！”黄行长满头冒汗，只说“不会”，却没说不会什么。

周航见黄行长真的为难，也不想把他得罪死，又寒暄了两句，准备走。黄行长突然四处看看，压低声音问：“都说锦阳湖壹号用毒地板坑害业主，这事儿是真的吗？”

“不是。”周航说，“我以我的人格保证，华里集团绝对不会做任何坑害业主的事情。”

“哦哦！”见周航回答的时候特别郑重，黄行长连忙点头，表示赞同他的说法，然而脸上的表情却写着很明显的两个字：不信。然而周航也不愿意再多解释，起身走掉了。

回到公司，提起黄行长的态度，周航难免有些愤愤不平。周素华说：“你跟银行打过那么多次交道，还不知道他们都是捧高踩低的？有钱、能赚钱的时候，求着你贷款。稍有颓势或者资金紧张了，你求着他们贷款，都不搭理你的。他们还算不错了，虽然这一次放款卡了卡，但好歹没逼着我们把之前的贷款还上。”

“没到还款日，凭什么逼我们还款？”周航说。

“还款日这种东西，是一切顺利的时候约定的。银行的嗅觉比谁都灵敏，最怕死账、坏账、呆账，但凡公司出了问题，第一时间就会来催账，才不管什么还款日不还款日的。”

“那现在怎么办？”周航问。

“锦阳湖C地块、B地块、D地块一定要拿，这是公司布局都市地产圈不可或缺的一步。无论付出什么代价。”周素华说，“打一圈电话，看还有哪家银行肯在这时候提供贷款。如果没有，只能从内部想办法了。”

当然不会有银行在这时候给华里集团提供大额贷款，那只能采取周素华所谓的Plan B方案：在内部想办法。

因为第二天就要去土地局缴纳保证金，事件过于紧急，把股东全部叫齐坐到会议桌前，已经是晚上了。股东大会上，讲了地块必须拿的利害关系以及现在公司的缺钱状况，周素华提议，为平稳渡过危机，本准备下个月发放的年度股东分红，暂时不发了，用来缴纳土地保证金。

话刚说出口，现场就闹翻了。这些天，看着手里的股票不停地往下跌，资产不断缩水，股东们早就急疯了。一些企业前期做过重大贡献的老股东，这些年早已退隐后台，不再参与公司具体事务，拿着股票每年只等分红。享受惯了红利，便以为股票会永远涨下去，自己的财产只会多不会少。这几日，见事情越发糟糕，而公司始终没有拿出强有力的解决办法，早就对周素华百般不满了。私下已有好几人打电话向她施压，让她尽快解决这件事。若不是周素华素来强势，在企业说一不二，只怕根本就压不住。

现在，周素华召开股东大会，大家还以为有了解决办法，谁想居然是要从他们的口袋里往外掏钱，这怎么能忍？

周素华话音刚落，就有一个股东说：“怎么拿地还要从我们手里拿钱呀？往年可没这规矩！”

另一个股东说：“我儿子在伦敦读书，我才在英国投资了一套房产，钱不够还借了不少，正等着拿分红来还账呢！”

第三个股东说："我现在钱也不趁手，准备分红一到手就投资一家新公司呢！"

就有股东问了："什么公司啊？什么行业的？给我们讲讲。"

那几个人议论起来。大家纷纷表示，自己也有很多要用钱的地方，想不发或迟发股东分红，那是不可能的事儿。

现场吵吵嚷嚷，有人耐不住性子了，抬高声音问："地板那事儿到底怎么解决？这么多天了还没给个说法，现在又要钱，公司是打算不做了吗？"

紧接着，另一个股份占比较多的股东开口了，那人年龄比较大，姓高，一张口就直接针对周素华和周航。他说："素华啊，我们这些人都是看着公司一点点发展壮大的。这些年，你做事我们都了解，这才放心地把公司交给你管理。但你看看现在这事儿闹的，一发不可收拾，你也没能拿出个解决办法来，眼睁睁地看着我们股东的利益受损。不说合同和单据都是周航经手的吗？周航今儿也在，素华你看，是你跟我们大家解释一下这件事是怎么发生的，还是让周航来解释呢？"

本来吵吵嚷嚷的会议室，因为这几句话，一时鸦雀无声。周航清清嗓子，正要说话，周素华开口了："这件事明显是有人害华里集团，你们看不出来吗？是，事情是周航经手的，地板到货后，他也没有一箱一箱拆开检查。可业内哪家公司不是如此？事情出了，大家都在积极想办法解决，贸然把责任推到周航身上，这又算什么？"

高姓股东说："没有谁想把责任推到周航身上呀！我们只是需要一个解释，没有解释，告诉我们事情的解决办法也行啊！"

"事情的解决办法就是，我们正在一步步处理这件事。"周素华说，"出事儿的当天，我就把森洪地板的老于总和我们公司工程部经理叫过来了，甲醛超标的地板和不超标的地板都放在我办公桌上，他俩一点点细细对比了看。可据他们说，无论是颜色、纹理、密度还是logo，都一模一样，从外表根本看不出来差别。老于总都不敢完全肯定，那些甲醛超标的地板，是不是他们厂里出的货。连生产商老于总和工程部经理都看不出，就算周航收到货派人检查了，又能看出什么来？”

高姓股东问：“那这件事情就这样算了吗？”

周素华说：“当然不会就这样算了。业主报了警，我们也报了警。从出货到收货，以及安装相关责任人，都在警察局备了案。想必大家也听到风声了，这些天，森洪地板以及公司工程部不少人，都被叫到警察局问话了。我们应该相信警察，我们查不出来的真相，警察会帮我们查出来。”

另一个年轻点儿的股东说：“这件事，森洪地板和我们，都看不出来问题出在哪里。怎么就能保证，警察局就一定能查出来呢？如果查不出来怎么办？查出来了，时间耽误了，又怎么办？锦阳湖壹号二期首次开盘到现在才一年多，三期、四期还在建，现在就已经歇业了，还打算歇业多久？华里集团其他受到影响的项目，该怎样消除影响？股票每天都在跌，跌到什么时候是个头？我们不能什么事情都不做，我们应该主动出击，消除此次的危机。”

周素华低声解释说：“我明白，我们已经在尽力补救了。”

“补救？”高姓股东来气了，撸着袖子站起来说，“素华你不是个糊涂人，这件事怎么做得这么糊涂？公司出钱给白血病病人治疗，公司出钱给一期业主体检，钱就不说了，这件事做了外界怎么评价我们你知道吗？我孙子昨天还在拿手机给我看，网上都把我们华里集团骂惨了，说不心虚怎么可能主动出钱。素华，你能不能告诉我，你主动出钱的目的是什么？”

周素华把那天晚上对陈一凡说的话，在股东大会上又说了一遍。然而股东们并不听，本来相对安静的会议现场，又议论纷纷。高姓股东气得直喘气，大骂：“糊涂，糊涂啊！”

周航站起来，把面前未开过的矿泉水拧开递过去，安抚道：“高爷爷，您先消消气。”

高姓股东一把挥开周航的好意，说：“别叫我高爷爷，股东大会上，叫我高总。”

挥手的态势太急，周航手上的矿泉水一时没拿稳，掉在了会议桌上，水洒了出来。周航连忙扶起矿泉水瓶，众人手忙脚乱地从纸巾盒里抽出纸擦水，坐在周素华旁边坐做会议纪要的秘书，起身去拿垃圾桶，幸好桌上的水不多，不一会儿就收拾好了。

经过这一打扰，高姓老股东的怒气倒消散了几分。等大家都坐定，他才继续倚老卖老地数落周素华："女人啊，就是妇人之仁，不适合管理企业。"

这话周航不爱听了，说："高总，您别上纲上线啊！这些年我妈，哦不周总，周总这些年究竟把华里集团管理得怎么样，大家有目共睹。不能因为出了这点事儿，就拿性别说事……"

周素华挥手打断周航，斩钉截铁说："行了，不扯这个。我还是那句话，业主生死攸关的大事，对于我们企业来说，就是生死攸关的大事。"

高姓股东说："既然是生死攸关的大事，那就更要慎重对待，不能意气用事，把企业推入万劫不复的境地。"

周航问："怎么就万劫不复了？"

高姓股东说："让大众误会我们心虚，这就是把企业推入万劫不复的境地。"

周航说："且不说现在事情还没明朗，就算明朗了，确实是华里集团的错，救人一命，起码事后想来心里不虚。"

"那是华里集团的错吗？"高姓股东说着说着又站了起来，嗓门更大了。

"别吵了。"周素华说，"今天叫大家来，不是听大家吵架的。而是为了解决锦阳湖C地块、B地块、D地块土地储备金的问题，既然大家不同意用股东年度分红垫支，我想知道你们都有什么更好的想法吗？"

高姓股东意犹未尽，说："什么想法？没有想法！在危机解决之前，我没有任何想法。"

“您这是在赌气咯？”周素华说，“一码归一码，犯不着拿新地块赌气。”

“没有人拿新地块赌气。”高姓股东说，“地板这事儿发生得突然，事后处理得也有问题。我现在质疑，你们母子俩沆瀣一气，是不是有什么阴谋！”

“阴谋？”周素华愣住了，事发突然，她也曾怀疑过公司某些人，是否为了个人利益和外人勾结起来，给公司制造危机。但她从来没想过，会有人把怀疑的剑直接指向她和周航。

周素华被气笑了，说：“那你倒说说看，我们有什么阴谋？”

高姓股东说：“你明知道股东们对周航接班颇有微词。他太年轻，处事不够成熟，不具备掌管这么大一个企业的能力。可是你一意孤行，把他放在锦阳湖壹号项目老总这样一个重要位置上。大家都知道，锦阳湖壹号很好卖，不用下很大的功夫，就能出业绩。可这样是不够的，靠锦阳湖壹号的业绩不足以服众，你就想出这么一个办法来：先让项目出事儿，再想办法解决它，把周航推出来，让他成为事件解决的关键人。我甚至怀疑，你们是不是和森洪地板串通好了，后期要么让森洪地板背锅，要么随便拉出一个人来承担责任。而那个找出真相的人，一定是周航。于是周航成了大英雄，过两年，顺顺利利接班。”

“阴谋论！”周素华气得浑身发抖，说，“我没想到，您一大把年纪，不琢磨正事儿，专门琢磨这些阴谋诡计。当初华里才成立的时候，为了更好地资金运作，为了企业的发展，我放弃了高额股份，虽然是大股东，我和周航的股份加起来只有百分之三十几，这些年，我虽为CEO，大多数事情我可以做决策，但只要遇到重要的事情，在座股东们的意见却不能不听。但我没想到，这一次为了不让周航接班，你居然说出这种话，这种污蔑我们的话！”

周航看着众人，虽然大家没直接发表意见，但很显然不少人是赞同高姓股东的。他觉得很搞笑，现在“地板门”事件还没解决，他们就把未来的可能性堵死了。将来，无论事情解决不解决，都是他周航的错。

不解决，是他能力不行，管辖的项目出了事情毫无作为；解决了，是他为了接班，为了树立威信，故意制造的危机……

看着这一群普遍年龄比他大，被他视若长辈的叔叔伯伯，这样处心积虑地污蔑自己，周航不知道该说什么好。

周素华那番话说完之后，现场一片安静。周航开口了："行啊，我倒是一直想做一个只拿分红不操心的股东呢！反正我妈现在还年轻，还能再做几年，你们既然这么不想让我做，那我就拭目以待，看谁有能力接我妈的班吧！"

"不许胡闹。"周素华斥责周航，又对众人说："这事儿先放过不提。来日方长，周航究竟有没有能力接班，我们再看。现在还是说锦阳湖C地块、B地块、D地块的事情。——你们是不同意用股东分红来解决土地储备金的问题喽？"

众人没有说话。

周素华说："既然这样的话，特殊时期，特殊的事情特殊解决。——这几块地我们肯定是要拿的。这一点大家赞同吧？"

大家你看看我，我看看你，依然不说话。过了会儿才有人陆续点头。

周素华说："以前，所有的项目成本都由公司统一出资，有了利润再统一分红。这块地既然要拿，钱怎么解决，这是个问题。既然有的股东国外投资房产要还账，还有的股东要投资新公司急用钱。那我们就想别的办法。——我提议，地还是按流程拿，钱，有钱的多出点儿，没钱的少出点。地块拿了之后，这个项目的股份单独核算。出钱多的股份占比多，出钱少的，占比就少。一分钱不出的，项目就跟他没有关系了。大家看怎么样？"

吵吵归吵吵，大家心里都门儿清。对于房地产行业来说，最难的不是别的，而是拿地。但凡政府新推出一个地块，好的坏的，至少十多家开发企业竞标。特别优质的地块，更是应者云集。锦阳湖C地块、B地块、D地块有多重要大家心知肚明。多难拿，想必大家也都听说了。虽然这一次，大家都针对周航，但周航在其中起到的作用，不用说大家也都清楚。股东们说不愿意用分红付土地储备金，主要有两个原因，一是即将到手的钱，告诉你没了，任谁心里都不会舒服；二是“地板门”事件没有解决，大家的情绪积压在心中，急需发泄。这时候又要钱，未免显得太急不可耐了些，也难怪会引起股东的普遍抗拒。

当然，个别股东背后是否和什么人达成了什么协议，这就是私底下的事儿了，只能另说。单说周素华在答应对周航“继续考察”之后，突然抛出来的“特殊情况特殊对待，项目股份单独核算”，就足以镇住股东们了。地即将到手，表示钱基本也就在口袋里了，这时候谁要放弃这个新项目的股权，除非傻！只怕各个心里面都恨不得卖房卖车，多出点儿钱，好多占点儿股份。

周素华这个建议一提出来，会议室再次鸦雀无声。之前激烈反对的某股东，这时候迟疑着开口了：“用分红解决土地储备金的事情也不是不可以考虑。十年前，我们就这样干过一次……”

那位在伦敦投资了房产的股东说：“我那欠债，也没那么急，再缓缓也行。”

投资新公司的股东说：“那公司我还在考察呢！再好的新公司，也没有老公司重要啊！”

更多之前强烈表示要拿钱急用的股东纷纷表态，不着急，新地块更重要。更有股东开口说，如果分红拿去还不够的话，自己的存款也可以动一动的。

——也难怪前面反对激烈的股东们纷纷改口。华里集团这些年盈利稳定，回报丰厚，股东们都不傻，自然明白新项目一旦出局再无机会，周素华这一招釜底抽薪，可谓打到股东们的七寸了。

吵吵嚷嚷的股东大会，就这样圆满结束了，结果大家都很满意。一则，周航主动跳出来表示，愿意做一个只拿分红不管事的股东，而周素华也同意对周航“再观察观察”；二则，虽然“地板门”事件没解决，但几个地块的资金问题解决了，也算是为公司解决了一件大事。

会后，周素华单独批评了周航，怪他话说得太急太满。

周航替周素华委屈：“这么多年了，您全部心思都扑在公司，不知道为那群老东西创造了多少利润，就因为占股比例不够大，他们就处处为难您，我早就看不过眼了……”

“啪”的一声脆响，周航的话还没说完，就挨了周素华一巴掌。周素华说：“什么老东西？那是股东！我们是为他们服务的，你时刻牢记这一点。”

“可是……”周航试图申辩。

周素华说：“在这个世界上，任何人想做点事儿，都会面临重重险阻。做不成，得到的就只有抱怨；做成了，又可能面临贪婪者的虎视眈眈。守业比创业难，光会开拓还不行，还得守住。这时候，就要学会平衡各方面的关系了。你是个好苗子，公司交给你我放心，也知道你会把它朝正路上引导。我选你，不仅仅因为你是我儿子，而是没有比你更合适的人。你太年轻、太浮躁，要静下心来，多观察多思考，才有可能担起华里集团这么重的担子，你明白吗？”

周航的脸色一会儿白一会儿红，看着周素华痛心疾首的表情，也觉得有些不好意思了，说：“我知道您的良苦用心，我只是不服气，您一心为公司，他们怎么还处处为难您。”

“是为难，也是磨难。”周素华说，“企业做大以后，很多人不甘心身居幕后，只领分红而无实权，想安插自己的人进公司，获得一部分甚至是全部的掌控权。这些年，我辗转腾挪，总算没让他们得逞。我现在年龄大了，和他们斗力不从心，你已经长大了，也足够聪明，有很多新的理念，我相信，只要你能顺利接班，总能把公司推向新高。”

周航说：“我一直不明白，您还这么年轻，为什么这两年这么着急想让我接班。”

周素华沉默了一下，说：“过一阵子你可能就知道了。”

周航看出来周素华不想多说，便说：“不瞒您说，我这些天真有些灰心，想着要不干脆到外面再开一家公司得了。自己做老板，什么事情都自己做主，反而还自在些。”

“就算自己开公司，做大之后，也会面临华里现在面临的这些问题。”周素华叹口气说，“我这些天也想开了，我不该用这份事业绑住你。你既然想自己开公司，考察好了就去做吧！给我一份计划书，我也投资些钱，做你的股东。”

“行！”周航说，“您做我的大股东。”

见周航仍然一副没心没肺的样子，周素华知道，刚才那一巴掌，他的心中并无芥蒂，想到他年幼就失去了父亲，这些年走过来也不容易，而现在，自己也确实操之过急了，对他不由得有些心疼，语气也放软了，说：“你的公司，你自己全权掌控，遇到为难的事儿了再来问我，我给句意见。不问我的话，我保持沉默。我投再多钱，也只做小股东。”

“那也行。”周航笑了。

周航和周素华聊完，就去了一趟市政府。

他从包里掏出早已准备好的资料，放在了桌上，对张副局长说：“这是您要的资料，钱也准备好了。您看还缺不缺什么？”

张副局长面上一如既往笑呵呵的，嘴上却说着：“不急，不急。”

张副局长一边漫不经心地看周航拿来的资料，一边问：“最近怎么样？锦阳湖壹号的事儿都解决了吗？”

周航说：“公司正着力解决呢！”

张副局长说：“还是要快点儿解决啊！老百姓的事儿，都是大事儿。”

“是呢，我们也着急呢！”周航应着，指着张副局长手里正在看的资料，“这是新的设计方案，已经备过案了。”

“嗯，不错。”张副局长点头。

总算等他看完了，周航问：“请问合同——”

张副局长笑眯眯的，却依然是那两个字：“不急，不急。”

“您不急，我急啊！”周航说，“明年华里集团在都市就指着这几块地了呢！”

张副局长说道：“我们还是建议你们，不如再找一些有实力的企业，大家一起合作嘛！”

周航的心里觉得很冷，不顺的时候，样样不顺。本以为已在囊中的新地块，又出了这种波折。当然他心里也明白，这一切都是“地板门”事件闹的。

周航哑着嗓子问：“哪几家公司和我们合作，您心中有意向吗？”

“暂时还没确定，这不也要跟你们商量着来嘛！”张副局长说，“比如说瑞昌地产，我个人就觉得不错。当然了，这也要看大家的意见。”

因为之前的一些事情，周航对董瑞昌的印象很差，知道这是一个只认钱，却不按套路出牌的人。若和董瑞昌合作，只怕项目就不再是周航之前所设想和期待的那个项目了。周航无法想象和瑞昌地产合作会是什么样，只想想就觉得跟吞了苍蝇一般。

周航说：“您知道，华里集团别说在都市，就算放眼全国，口碑都是非常好的。虽然确实没有操作过这么大体量的项目，但华里有信心做好这个项目。我倒认为，想要保证项目的品质和调性，这几个地块由华里独家承建更合适。”

张副局长依然笑眯眯的，只是那眼神，变得犀利，他问：“这是你的意思，还是周总的意思？”

周航当然不会对土地局的副局长摆脸色，他的脸上仍然挂着笑，嘴上却说：“我本来以为我们独家开发是板上钉钉的事儿，今儿才听到您这边说合作开发，还没跟我妈说呢！所以，这是我个人的想法。但以我对我妈的了解，只怕她也会这样想。”

张副局长说：“既然这样，你回去跟周总商量商量，至于跟哪家地产公司合作，也不能完全由我们这边说了算，大家商量着来嘛！”

“那今天这合同——”周航问。

“今天先不签。”张副局长说，“你先回去吧，你们再想想合作开发的事情，想好了再来。”

离开土地局，周航的心中很郁闷，就像都市这几年的雾霾经过压缩之后，同时堆积在他的肺里。回公司跟周素华汇报了这件事，周素华没发表什么意见，只淡淡地说了句：“知道了。”

周航心里明白，在“地板门”事件没有解决之前，只怕锦阳湖的几个地块，还得扯。这大概就是所谓的墙倒众人推了。周航不知道周素华怎么想，但他是万分不愿跟别的公司合作开发的，尤其不愿意跟瑞昌地产合作开发。

从周素华的办公室出来，时间还早。周航心中的郁气无法散去，干脆直接开车去了售楼处。

紧锣密鼓地连日赶工，售楼处也才装修好。跟之前肯定是没办法比，但好歹已能开门营业。保洁正在打扫卫生，保安们在清理装修垃圾。保安的队伍明显壮大了，有几个老人离开，又加入了不少新人。多招保安这事儿是周航主导的，之前业主闹事就是因为人手不够，没守住售楼处，让王伟在内的销售团队受了伤。这种遗憾，以后不会再发生了。

周航进售楼处转了一圈就出来了，之后又去了工地。工地上和售楼处一样一片萧条，不复往日热火朝天的场面。

工地上有个临时仓库，放没用完的装修材料和紧急过渡用的装修材料，他想再去看看那没用完的导致出事的地板。只是没想到他会在这里碰见全体销售员，销售员们的手里拿着几块地板凑在一起对比着。

周航很吃惊，问：“不是明天才上班吗？你们怎么在这里？”

张雯说：“我们过来看看。”

原来，上午的时候，大家就接到上班通知了。几人就在微信群里说这件事，张雯顺口问，“地板门”事件解决了吗？王伟告诉她，还没有。张雯就沉默了，大家感叹了一阵。

周涟漪心细，见平时话极多的于苗苗，在微信群里几乎消声，便私下问她怎么了。这件事是不是对她们家影响也特别大。于苗苗感慨说：“何止是影响大，厂都差点儿关了。”

“地板门”事件，虽然愤怒的业主们针对的是开发商，但这一切的导火索却是森洪地板。事情发展至今，除了刚出事的第二天，周素华召开记者发布会，表示一定会配合警方调查，给业主和百姓一个交代以外，没有任何官方说辞。出了这么大的事情，华里地产没有把责任推给森洪地板，森洪地板为不自绝于甲方，也默契地选择了沉默。

这沉默，就给了广大吃瓜群众想象的空间。网上，森洪地板被扒了个底朝天，用过森洪地板的人，纷纷买来甲醛测试仪，测自己家里的甲醛含量。有些想趁火打劫、浑水摸鱼的人，明明自家地板没事儿，却还是跑到经销商代理商那里，要求经济赔偿。森洪地板的总部，也被黑砖头、黑榔头砸过。

没用过森洪地板的网友纷纷表示，以后装修房子，见了森洪地板要绕道走，免得突然就中了枪。受此影响，森洪地板本来预备要签合同的几个订单，突然就签不了了。已签合同的几个订单，也打电话取消了。拿货比较多的几家大的代理商打电话过来问，卖不完的地板能不能退货。就连贷款的银行和民间金融，也提前打电话来催贷。更别说华里集团的人、警方的人三番五次前来“报到”，想要追查出事情的真相。

开厂做实业的，厂房、机器、人工，全是成本。机器只要开着，哪怕少赚些钱，也不至于亏。一旦机器关了，那就不同了。工人不可能全部清退，工资照发，这一天天的，一进一出，成本双倍。

这些年，因为经济形势的影响，做实业的竞争都非常激烈。想要脱颖而出，就得品牌化，就得用更好的机器，就得扩大生产规模，这样才有可能接到大的订单。所以几乎没有一家是不依赖银行贷款的，森洪地板当然也如此。这些年眼见靠着几家大的开发商，如华里集团等，业绩是越来越好，品牌是越做越大，资产也越来越多，可资金链却始终绷得紧紧的。

制造企业一旦没有了订单，有了退货，银行又在催贷款，基本上离倒闭也就不远了。森洪地板不同于华里地产，是上市公司。没退市之前，银行不敢过于“欺负”，虽不发放贷款，但不至于提前收贷。这几天，银行里的人天天打电话找老于总要钱，那些平时“你好我好哥俩好”的民间金融机构，干脆派了人在老于总办公室坐着，一副“你不给钱我搬你机器”的架势。短短几日，老于总的头发愁白了不少。

于苗苗是老于总的独女，覆巢之下安有完卵？以前于苗苗挺不懂事儿的，知道自己家有钱，就以为会永远有钱下去。对张雯、周涟漪她们这些没钱的姑娘，虽不至于看不起，却觉得根本就不是一类人。这些天，眼看着老于总焦头烂额，每日疲于应付代理商、经销商、银行、派出所、民间资本等各路人马，才惊觉自己的爸爸还真是不容易。为应付“经济危机”，于苗苗家的几辆车，被抵押了出去，于苗苗停放在家里只出去玩的时候开的红色宝马，要债的那些人想开走，于苗苗赖在车上死活不下来，对方没办法，也只好给她留着了。

这些天锦阳湖壹号售楼处装修，大家都没上班。于苗苗在家里就看着她爸整日为这些事情发愁，却帮不上什么忙，难免心浮气躁，对自己的无能为力感到气馁和无措，心里七上八下的，不知道该怎么办才好，接到上班的通知也没回复。群里大家说话，于苗苗看着，却并不插言。一是无话可说，二是心情实在糟糕，懒得说话。

周涟漪听于苗苗说了家里的情况，就问她会不会回来上班。于苗苗也只是回答：“现在都这样了，还上什么班啊！售楼处卖房子能挣多少钱？干一年还不够厂里一天亏的。我得守着我爸，万一他撑不住了，还有我呢！”

至于她能起什么作用，那就不知道了。大概就是焦虑的时候安慰一下，看他着急的时候，跟着着急一下罢了。但毕竟是亲闺女，心理安慰也是很重要的。

销售员们的“官方群”，是王伟建的。里面除了几个销售员，还有周航、项目策划，以及公司文员，群名叫“挑战年薪三十万”。这个群很少私下聊天，讲的一般都是工作上的事情。平时几个女孩子，若有什么事情想背着谁说，就单独拉小群。特别是遇到一些不方便跟管理层说的话，更是要单独在小群里说了。

周涟漪听了于苗苗的话，很是感慨，单独拉了个小群，群里只有她和陈素素、倪虹、张雯。周涟漪把于苗苗家的事儿说了，问大家有什么想法。

站在于苗苗的立场去想，还真觉得她挺难的。可这么大的事情，哪里是几个销售员能轻易发表意见的？大家除了私下表示同情以外，还真没有更多的话可以说。

就在众人陷入沉默之际，张雯突然开口了，她说："我们帮帮于苗苗吧，帮她，就是帮公司，也是帮我们自己。"

张雯和于苗苗之前因为抢业绩的事情一直不对付，但自从张雯的前男友罗姓业主找了个人到售楼处来硌硬张雯，并说了一番侮辱人的话，售楼处全体出动，王伟动手打了那人，于苗苗气不过，又把那人臭骂一顿之后，张雯便看到了于苗苗身上的侠气，对她平时的冷言冷语，便多能包容。于苗苗也不傻，张雯主动释放出来的善意，她自然全盘接收。后又发生周涟漪业绩连续三个月倒数第一，张雯主动担当她的师傅，这让于苗苗看出张雯本质并不坏，从内心深处接受了她。两人不打不相识，就此也成了好友。

于苗苗家出了这种事情，网上该曝的自然也曝了出来，张雯之前就主动给于苗苗打过电话，家里的事情于苗苗也没瞒着张雯，说着说着自是哭了一通。张雯就想着是不是该为她做点儿什么，却不知道该做什么，就没言语。这眼看着大家都要上班了，于苗苗却来不了，张雯就更难受了，想帮于苗苗的想法就更强烈了。张雯在群里一呼吁，周涟漪就说："我也想帮她呀，但我们现在能做什么呢？"

张雯想了想说："我们去工地吧，出事儿以来，我们还没看过那些地板呢！去看看甲醛超标的和不超标的有什么区别吧！"

大家都答应了，陈素素说："我们也看不懂，要不叫上于苗苗吧！

她家是做这个的，或许她能看出来呢！就算看不出来，拉她出来散散心也好。”

周涟漪就拉了于苗苗进群，于苗苗一开始对这个建议不以为然，说：“我爸都看不出来，我能看出什么来？”但经不住大家的劝说，见众人又极热情，便勉强答应出来了。

锦阳湖壹号出了事儿，售楼处被封了，一般人都进不去。工地暂时也停工了，但施工现场还有很多工具、材料之类的东西，派了几个人看守。销售员们因为经常带客户看房子，时常需要跑工地，和看守人员早就混得脸熟。说了几句好话，便被放进去了。

几人拿了地板正看着，周航来了，他问：“看出什么来了？”

众人摇头，于苗苗更是面露颓色。正如老于总曾看到的那样，那些地板从外观上看，根本没有任何区别。颜色和纹理几乎一模一样，就连每块地板背后的logo，看起来也差不多。众人比较了半天，纷纷傻眼，不知道该怎么办才好。

周航说：“甲醛超标一般都是油漆的问题，我问了老于总，他给我们的这批货，油漆是同一个厂家同一批发过来的。按理说，不应该有的出问题，有的不出问题才对。”

陈素素问：“那会不会是油漆生产的过程中污染了，有一部分油漆不合格呢！”

周航说：“这种可能性不大，油漆出厂前也是有质检标准的。”

张雯说：“油漆出厂前有质检标准，地板出厂前也有质检标准。假设谁的产品都没问题的话，那就是收货的时候出了问题了。”

周航说：“收货最大的问题是，没有开箱一箱箱检查。当然甲醛超标这种事肉眼是看不出来的。那么，就算我们检查了，只怕也检查不出什么来。会出问题的建材那么多，谁能料到刚好是地板呢？地板的质检也涉及很多方面，甲醛超标只是其中一方面，谁又能料到刚好甲醛超标，而且不是全部，只有一部分地板甲醛超标呢？”

只有一部分甲醛超标……这句话像一道闪电，一下子击中了陈素素。

陈素素之前就知道只有一部分甲醛超标，却忽略了这一点。这时候，突然灵光一闪，抓住周航问：“一部分甲醛超标……究竟是多少？”

周航看着陈素素抓住自己胳膊的那只手，觉得有些尴尬。但周航没有说什么，只咳了两声，清清嗓子说：“三分之一。”

“三分之一……”陈素素思索，又问，“地板装箱拉过来的，一共拉了几车？”

周航略一思索，便清晰地吐出两个字：“三车……”

说完这两个字，仿佛整个天空都亮了。而于苗苗的脸上，也露出思索的表情，她什么都没说，转身就往外奔去。而周航，也只深深地看了陈素素一眼，交代大家：“今天的事儿，不许说出去，任何人都不许说。”便也转身出去了。

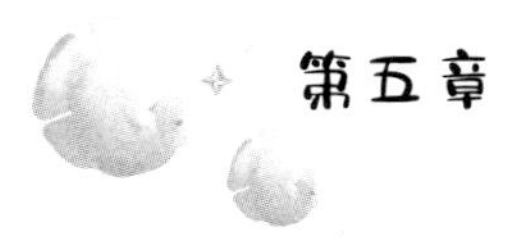

第五章

周航瞒着众人追查真相的时候，周素华去拜访了黄副市长。

黄副市长在都市很多年了，和商会里的企业家们都很熟悉。周素华拜访，主要是为了阐述一件事：既然招标的时候说好了，这几个地块由华里集团独立开发，那么现在，她不同意和任何企业合作开发。就算将来在开发建设的过程中，遇到了什么问题，迫不得已要和其他公司合作，那也应该是由华里集团指定合作方。

黄副市长当时没说什么，只说再开会讨论讨论，让周素华先回去。周素华回到公司，再次召开股东大会说了这件事，股东大会立刻就炸开了锅。一则，股东们对“地板门”事件发生这么久了，公司还没拿出处理意见非常不满；二则，周素华没问过任何人的意见就自作主张和黄副市长说不同意和别的公司合作开发，这让股东们觉得她实在太一意孤行，自绝于政府。

股东们认为，今时不同往日，出了这么多事情，华里集团在网络上口碑一落千丈，旗下项目销售业绩都奇差无比，这时候若不低调点儿，得罪了政府，等于自绝后路。且不说政府可能会直接重新招标，把项目交给别的公司做。就算政府最后同意了周素华的想法，把项目交给了华里，华里贷不到款，拿不到资金，后续开发也是很大的问题。

周素华说："'地板门'事件不可能一直不解决。解决之后，华里还是之前那个华里。银行是墙头草，如果华里因此就一蹶不振，自然贷不到款。但如果华里和之前一样，甚至更好，银行依然会主动把款放给华里。所以我根本就不担心银行，唯一需要担心的是政府的态度。现在政府已经明确表示希望我们跟别的公司合作开发，谁知道他们是不是在试探呢？如果这次我们妥协了，以后在政府面前，就更说不上话了。将来会发生什么谁都不知道，周航费了那么大的力气做成的方案，有可能成果被别的公司直接摘了去，华里被淘汰出局。这是我们大家都不愿意看到的，因此，我才会和黄副市长说我不同意合作开发。"

这番话根本说服不了愤怒的股东们，他们认为就算事情最终解决了。"地板门"事件依然会让品牌影响力大打折扣。这都这么久了还没解决，周素华怎么就敢保证，随着时间的推移，一定会得到解决呢？万一到最后，真相大白时，一切证据都不利于华里，那时又该如何自处？

周素华说："我们没有做错什么，真理和正义自然会站在我们这边。"

周素华是个很强势的人，这些年，因为她的强势和一意孤行，确实在很多时候，把华里的行业地位和品牌价值推向了新高。然而这一次和以往所有时候都不同。这一次，内忧尚未解除，外患已然存在，股东们担心，再强势下去，会把企业推向万劫不复之地。

这次会议，周航没有参加，周素华一个人面对几乎一边倒的股东们。她始终不肯让步，不肯听从股东们的建议，去跟黄副市长认个错，答应和瑞昌地产合作开发。周素华始终坚持，要么不开发，要开发就华里一家开发。周素华的这种态度，终于把股东们彻底激怒了。少有的几个本来支持她的股东，也站在了反对的队伍里。被激怒的某股东，口不择言起来，直嚷嚷像她这个样子，根本就不适合做CEO。

周素华生气了，冷冷地看着那个人问：“我不适合做CEO，那你觉得谁适合？”

会议室里安静极了，呼吸可闻。虽都是股东，却没有一个人有任何动作。大家都看着周素华那张风韵犹存的、生气的脸，一动不动。

不知道过了多久，有可能几分钟，也有可能只有几秒钟，年龄最大的高姓股东，缓慢地拿起面前的水，喝了一口说：“有些人，并不是不合适，只是因为没有舞台，没有机会发挥。”

没有舞台，没有机会发挥。舞台在哪儿呢？华里集团，从一个小小的包工队，到现在的集团公司，周素华都是唯一的CEO，舞台，当然在她脚下。现在有人挣着钱了，心野了，不满意了，想把她从这个舞台上拉下来。

周素华冷笑问：“那您倒是说说，在这个企业，谁的才能被埋没了？又是谁，更适合做这个CEO？”

高姓股东依然是云淡风轻的样子，瞥了周素华一眼，叫旁边的那位年轻的股东：“去把开发部的朱总叫来。”

那年轻的股东持股较少，只看着这两位持股较多“大佬”，谁都不想得罪。等了一会儿，见周素华面无表情地只盯着高姓股东，也不看他，而高姓股东根本不顾周素华的“眼神杀”，又催促了一遍“快去”，也只好硬着头皮去了。

不一会儿，那年轻股东就带着朱总进来了。作为跟着公司一起成长的元老，朱总手里没有股权，只有期权。在公司股票市值最高的时候兑现，也能兑个几千万。这几天，公司股票跌得太狠，缩水不少。但瘦死的骆驼比马大，算起来，也不少了。只可惜那些期权还要过些年才能兑现。能列席股东会议的，手里的股票份额都不算少。因此，此次的股东会议，朱总并没有资格参加。

朱总天生自带一副笑脸，进来之后，柔声问了一句“高总，您找我？”倒把会议室里剑拔弩张的气氛冲淡不少。

高姓股东看看朱总，又看看周素华，问：“如果周总不做CEO了，你来做怎么样？”

朱总看看周素华，又看看高姓股东，笑着说：“周总高屋建瓴，我哪儿合适啊！”

“如果我们都觉得你合适呢？”高姓股东一句话，现场气氛又降到了冰点。

高姓股东指指在座的几位股东，说：“我们也观察一阵子了，你做事细心稳重，为人又低调，只怕这CEO，你也是能做一做的。”

朱总看看这个，又看看那个，不说话了，笑脸也没了，没人知道他在想什么。

高姓股东对众人说：“怎么样？你们觉得呢？要不我们投个票吧！”

高姓股东明显不是开玩笑，稀稀拉拉有几个人举起手来。高姓股东看着那些没举手的，目似鹰隼。有几个意志不坚定的，把手也举了起来。

周素华看出来了，这场会是故意针对她的，只怕这些人，也是商量好了的。

周素华没理会这些人，而是问朱总：“你的意见呢？”

朱总尴尬地笑笑，讨好地说：“我还没搞清楚状况，蒙着呢！”

周素华问：“是吗？”便不再说话了。

这时候有另外一个股东站起来了，那股东是个女的，家里早期做砖瓦厂，发家之后做建筑承包之类的。她气呼呼地站起来说：“我不知道你们今天为什么要这么做。我只知道，素华不容易。为了华里，她起早贪黑，一心扑在工作上。这些年，我股份不多，但她让我赚到的钱，比我自己的公司赚的都多，这样的人，我没理由不支持她。”

又有几个股东站起来说：“我支持素华。”

“我支持周总。”

…………

那女股东看着那些坐着的、举着手的或仍在犹豫的，气呼呼地说："素华是什么人，品行怎么样，你们都看不见吗？我知道，现在公司做大了，每年的分红越来越多了，有些人就眼馋了，想伸手捞一把。可在素华的管理下，你们的手伸不进去，这就打起歪主意了，想把她拉下来，换你们的人上去。你们就能保证，换了个人，一切就更好吗？还是你们只顾自己的利益，眼前的利益？而大家的利益、长久的利益，你们是不管不顾的……"

这番话铿锵有力，说得现场有几个人脸红起来。有两个仍在犹豫的，犹犹豫豫地站了起来，算是支持周素华。

高姓股东打断那女股东，说："别说这有的没的。老规矩，股东投票。不算股份占比，只按人头算，超过半数举手的，换掉素华。——不举手的，我就当你支持素华了。"

那女股东正要说话，周素华抬手打断她："就这么着吧，我也想看看有多少人想让我下台。"

女股东说话了："素华是CEO，老规矩，她一个人算两票。"

一个之前举手了的年轻股东说："哪儿有自己投自己的，还两票呢！"

女股东说："周航还不在呢！算上周航那一票，素华这边三票。"

那年轻股东还想再说什么，高姓股东盯着周素华说："就算素华三票。"

他的目光过于笃定，就像一早就料定了，自己这边一定会赢一样。

周素华点点头，站着的人坐下，投票重新开始。众人怎么都没料到，投票最终结果是，双方票数持平。

那年轻股东低声问高姓股东："这怎么办啊？"

高姓股东看了他一眼，拿起杯子喝了口水，没说话。

现场一片安静，突然，会议室的门开了，进来了一个人，刚一站定，他就说："算上我这一票呢？"

是董瑞昌，谁都没想到，瑞昌地产的老板董瑞昌会在这时候出现在华里集团的会议室里。

那年轻股东走过去，跟董瑞昌握手问候："董总，您怎么来了？"

"作为华里集团的新股东，我过来投个票。"董瑞昌说着，就走到了周素华面前，颔首打招呼："周总，好久不见。"

周素华眉眼不动，似乎对眼前的一切并不奇怪，也没站起来，只笑笑说："好久不见。"

周素华旁边的一个股东把位置让出来，董瑞昌坐下。

董瑞昌身后的跟班儿拿出文件念了起来，众人这才知道，董瑞昌不仅趁着华里这次出事儿，股票大跌，投入大量资金抄底，早在几个月前，就已经开始布局了：他从一些持股较少、没有资格参加股东会议的股东手里，以各种方式收购了股权。董瑞昌个人及瑞昌地产直接或间接地持有华里集团的股票，竟然高达百分之十五。

周素华和周航两个人的股份加起来，也不过才百分之三十多，董瑞昌那边占股就有百分之十五。加上董瑞昌这一票，周素华无疑意味着出局。

高姓股东呵呵笑道："小朱取代素华，成为公司新的CEO，大家没什么意见了吧！"

没人说话，除了新来的董瑞昌。

董瑞昌本就是来拆台的，他直接说："没意见。"

高姓股东说："本来我对素华担任CEO也没什么意见，毕竟这些年，她对华里的贡献是有目共睹的。可这次'地板门'事件，她优柔寡断、妇人之仁，处理方式和结果让大家极为失望。在新地块的处理上，也非常不成熟，合同都没签的情况下，就去跟黄副市长说出那样的话。这不仅是自绝于业主、自绝于股东，更是自绝于政府。要知道，像我们这样的企业，没有政府的支持、没有股东的支持、没有业主的支持，是怎么都做不下去的。因此，尽管我很痛心，和各位股东商量之后却还是不得不做出现在这个决定：罢免素华的CEO职位，收回她的职权，由更合适的人领导这个蒸蒸日上却又命运多舛的企业。当然咯，素华的股东权依然保留，重大事件和我们一样，都拥有投票权，周航也如此。”

周素华安静地坐着，什么话都没说，只偶尔拿起手机看一眼。那一直支持周素华的女股东听不下去了，站起来说：“你们厉害，行了吧！”

说完就气呼呼准备走，刚把会议室门打开，就看见周航带着几个人气喘吁吁地过来，抬手正准备敲门。周航带来的人，除了公司里的员工以外，还有森洪地板的老于总，以及另外三个陌生男人。其中一个陌生男人，看衣着和打扮，明显是做体力活的，另一个人手上戴着手铐，而他们的身后，还跟了几个警察。

女股东抱怨周航：“你到哪儿去了？你妈都被欺负成什么样了，怎么不早点儿回来？”

女股东看到周航身后的警察，明显愣住了，小声嘟囔：“怎么还有警察？怎么回事儿啊？”

周航看出来女股东要走，出言挽留：“龚总您先等一下，我有话说。”

因为有警察在，众人都很震惊，没有人说话。那姓龚的女股东便返回会议室坐下了。

周航带着人进来，谁都没看，只深深地看了一眼董瑞昌。董瑞昌就像没看见警察似的，笑着跟周航打招呼：“小周总，又见面了。”

“是啊，又见面了。”周航惊讶地问，“您这是……”

董瑞昌一副推心置腹，却又志得意满的模样说：“你看你，不记得了吧？早在一个月前，我就跟你商量想合作开发那块地，你不同意。现在我是华里的股东了，瑞昌地产和华里集团亲如一家，一起做生意才能共赢嘛！”

周航做恍然大悟状：“哦！原来是冲着那块地！董总您真是锲而不舍啊！”

当然锲而不舍了！先跟周航商量，商量不成走政府关系，见周家母子态度坚决，不知道政府最终会怎么决定，干脆直接做了华里的股东，把周素华拉下台，合作开发就畅通无阻了。

董瑞昌不理会周航的讽刺，貌似关心状问："满头大汗的，这是怎么了？"用下巴指着周航身后的几个人问，"他们都是谁呀？也不介绍一下？"

周航像是这时候才反应过来，把几个人让到前面，说："我来介绍一下，这位，在座的很多人都认识，森洪地板的老于总。这位呢，是老于总厂里的司机。至于这两位，戴手铐的这位是董总曾经的手下，一位是锦阳湖壹号的业主。这位业主比较特殊，他的女儿被查出来得了白血病。据说，白血病的起因，是锦阳湖壹号的'毒地板'……"

原来，自那日在工地上，偶然间得到陈素素灵机一动的提示，周航和于苗苗这才把三分之一的甲醛超标量和森洪送了三车货联系起来。

只能从司机身上查起，然而并没有那么好查。森洪地板最近焦头烂额，基本没生意，工人们遣散回家等待上班通知的就有大半，司机们当然也如此。三个送货的卡车司机有两个见事态不对，干脆辞职了。周航在老于总的配合下找到了他们，却没有人承认路上出了问题，或自己这边出了什么问题。——这早在周航的意料之中，他倒也没气馁。卡车白天不让进城，这三箱货都是晚上由森洪地板的工厂出发，送到锦阳湖壹号工地上的。这一路，处处都是监控，请警察局帮忙调城市监控，就知道这三辆卡车这一路都发生了什么。

监控看下来，什么都没发现。三辆车路上几乎没停，一直从工厂开到工地。

这一路真的没有发生什么吗？周航不信。他连看五遍监控，这才发现了一点儿蛛丝马迹：森洪地板工厂距离锦阳湖壹号的工地，车程一个小时左右。那晚基本不堵车，三辆卡车却开了七十五分钟。警察局很重视周航提到的这个疑点。警察出面询问三个司机，有两个司机这才回忆起来，在某段路上，那个姓王的司机拉肚子要上厕所，约大家一起去。那个路段，刚好是监控的盲区。上完厕所，三人又抽了会儿烟，前后用掉的时间大约是十分钟。

三人口径一致，线索又断了。周航不甘心，直觉告诉他，问题就出在某个司机身上。他和两个手下，反复一帧帧地放大观看视频，总算又看出点儿什么来：过了监控盲区的那个路段，跟在最后的那辆卡车，路灯下车牌的反光有问题，疑似贴牌。而监控盲区之前，反光看着却很正常。再仔细看，疑似贴牌那辆车的车尾有轻微剐蹭，之前看着并没有。

老于总曾经要求过，厂里派车出去送货，要同去同回。去的时候一般大家都一起去，很少有单独行动的。回的时候经常因为是深夜，卡车停厂里出来后没公交车了，司机们又舍不得打车，便直接开着卡车回家了，第二天再把车送回厂里。因为货已送到，老于总对这件事便睁一只眼闭一只眼。众人推测，车有可能在路上被换掉了。换车的人，还真是够细心的，想到出事后华里集团可能会查监控，换车的同时，给换掉的车贴了牌。

那辆车，是王姓司机开的。警察很快找到王姓司机，王姓司机自己都不知道怎么回事儿，他只是去上了个厕所，怎么车就突然被人调包了呢！

王姓司机这条路是走不通了，只好走别的路。追查真相的同时，业主代表们的“赔偿谈判”仍在有条不紊地进行着，周航偶尔会和陈一凡通个电话，听陈一凡说，受害业主们狮子大开口，仍然坚持天价索赔。挂了电话，周航灵机一动，想到那天的冲击售楼处事件来得那么突然、那么迅猛、那么巧，会不会也是有人策划好了的呢？还有那小姑娘，入住一个月就得了白血病，这病来得未免太猛烈了些。

公司之前只顾同情受害业主，想要帮他们出医药费，却没想过要查一查他们的病史，特别是那小姑娘的。不查不知道，一查吓一跳。那小姑娘，早在半年前就得了白血病。之前一直和妈妈在外省治疗，一个月前那业主准备入住锦阳湖壹号了，才把小姑娘接回家。

证据确凿，那业主不得不承认，他一时利欲熏心受人指使，才会利用女儿的病，讹诈华里集团。经指认，指使他的人，是董瑞昌的前手下。

董瑞昌的前手下嘴倒是硬，把所有的事情都揽了下来，表示一切都是他自发的行为，与董瑞昌无关。更不肯说明货从哪里来。警察问多了，只说自己出钱在外面买的。具体在哪里买，却说不清楚。因为这个，又给警察的调查工作增添了很多负担，一时间，市内的很多贴牌小作坊被查访、被整顿，这又都是后话了。

虽然大家都知道这事儿跟董瑞昌有关，但苦于没有证据，股东大会又召开得太急，没办法，周航只好请求警察局带着“犯罪嫌疑人”一起来到会议上，当着股东们的面讲清事情的真相，并“询问”董瑞昌。

股东们听了事情的经过，非常震惊。董瑞昌倒是神色如常，不紧不慢地点了根烟，抽了一口，这才云淡风轻说：“你们说的这个人，半年前就被我们公司开除了。”

周航说：“那我倒想问问董总，这样一个人，和我们有什么冤仇，要这样处心积虑地害华里集团呢？”

董瑞昌笑笑说：“这你得问他了，问我，我哪儿说得清楚啊！已经不是我公司里的人了，在外面做的事儿，我还要负责吗？”

真是只老狐狸，这么快就把自己摘干净了。周航气坏了，却也没别的话可说。

一名警察走到董瑞昌面前，说：“董瑞昌吗？你涉嫌指使员工用毒地板危害锦阳湖壹号的业主，给社会造成严重的不良影响，请跟我们走一趟吧！”

董瑞昌说：“我刚不是说了吗？他早就不是我公司的员工了。”

那警察说：“但您仍然涉嫌，按流程，您需要配合我们调查。”

话都说到这份上，董瑞昌也只好起身，跟着警察走了。只是他从站起身，一直到出门，眼睛都盯着老于总看，看得老于总冷汗淋漓。

因为还需要调查，周航带来的人，都跟着警察走了。周航去送他们，周素华问股东们：“刚才的弹劾会议，还要继续开吗？”

龚姓女股东笑靥如花，说：“开呀，我们再重新投个票吧，反对素华做CEO的请举手。”

这一次，没有一个人举手。龚姓女股东看了一眼脸色煞白的高姓股东，一脸得色。而本次会议的“男主角”朱总，不知道什么时候，悄悄溜走了。

“地板门”事件结束之后，华里集团表面看起来和平时一样，但实际上不同了。周素华单独找几位股东谈了话，她直接提出要收购几位股东手上的股权。那些反对声最强烈的股东，本来还想垂死挣扎。周素华把之前收集的，他们和董瑞昌勾结的证据拿了出来，他们便无话可说了。大部分人迫于形势同意把股权卖给周素华。只有高姓股东，装病拒绝见周素华和周素华派来的人，并很快把股权转让给了自己的儿子。周素华无计可施，也只好算了。但好在经过这些事，周素华和周航加起来手里的股权超过50%，企业内部反对的声音也几乎消失殆尽，可以说是完胜了。

过了几日，董瑞昌还是被放了出来。证据不足，又死不承认，也拿他没办法。

政府关于“地板门”事件的公告出来之后，因着证据确凿，百姓逐渐也就信了。华里集团和森洪地板作为受害者，收获同情声一片，品牌价值有了新高。当然也有部分疑心特别重的百姓，决定对这两家企业绕道走，这又是后话了。

华里集团的股票又涨起来了，算得上是起死回生。森洪地板经此重创，元气大伤，在老于总的勉力支撑下，又撑过了一段时间。

虽然这件事没能惩罚到董瑞昌，但没过多久，因涉及行贿，董瑞昌再次被调查。这一次，证据确凿，他躲无可躲，还是被抓起来了。

这一切的事情都结束之后，周素华找到了在集团内被不自觉架空，地位越发尴尬的朱总。他们之间发生了这样一段对话。

周素华说：“你怎么就那么着急呢？我不是答应过你，等周航顺利接班了，就和你一起去国外定居吗？”

朱总没说话。

周素华又问："董瑞昌给了你什么好处，你愿意为他卖命？甚至不惜背叛我，背叛我们这么多年的感情？"

朱总依然没说话。

周素华说："我之前一直奇怪，为什么每次竞标，我们公司的方案，瑞昌地产总是第一时间知道。交房前的业主闹事，又是谁把我们换品牌的事情透露出去的。后来我才想到是你。作为开发部的老总，竞标方案都会经过你的手，你可以拿到第一手资料。但你毕竟不直接管锦阳湖壹号，你知道我们换品牌了，却不知道我们换了哪些品牌。才让我们在上一次的业主闹事中侥幸逃脱了。"

朱总继续沉默。

周素华说："这么多年，你在公司负责一个部门，从来都不显山不露水的，我一直以为你是个聪明人，可你做的这件事实在是糊涂。你以为董瑞昌把你推出来是真心想让你掌管公司？你没有股份，说到底，不过是他的傀儡罢了。我掌管公司这么多年，上上下下也有不少忠心耿耿的人。他直接来收公司，名不正言不顺，只怕会遭到各种阻力。倒不如躲在幕后，让你替他出头，等人事上一切都顺利了，再接手公司，到时候，整个华里，就都是他的了。你怎么就那么傻，上了他的当呢？"

"我没有上当，一切都是我自愿的。"朱总说。

"为什么？"周素华问，"我自认待你不薄，为什么你要这样对我呢？"

朱总反问："不薄吗？是，你是对我不错。可是在公司事务上，你却总是防备着我，从来没有把我当自己人看，你以为我感觉不到吗？"

周素华震惊了："你怎么会这样想？"

朱总说："我做开发部总监很多年了，你也知道，开发部是一个杂事多，很难出成绩的部门。四年前，锦阳湖壹号地块拿下来之前，我跟你商量，想转个岗，你当时是怎么说的？说地块只要能拿下来，这个项目交给我负责。锦阳湖壹号地块的拿下难度，并不亚于现在的锦阳湖

C地块、B地块、D地块。你知道我费了多大力气，才击败其他的开发商，拿下这块地吗？可是地刚拿下来，你就反悔了，你的儿子从国外留学回来才两年，之前一直在营销部和市场部学习，你怎么就那么大胆，把这样一个才出茅庐的小伙子，提到这么高的位置上来呢？锦阳湖壹号项目总只有一个，给了他就给不了我。行，我认。谁让他是你儿子呢！后来我才知道，你把他放在那个位置上，其实是想要把整个公司交给他。他实际上是你选定的接班人。”

“让我儿子接我的班，这有什么错呢？周航只是比较年轻，经验不足，假以时日，锻炼出来了，掌管整个公司，没有问题的。”周素华说。

“你有你的私心，这没有错。但你想过没有，我们这些元老会怎么想？”朱总说，“一朝天子一朝臣，谁知道周航上位之后，华里集团，是否还是如今这个华里集团呢！”

“别人可以这样想，因为他们还想在公司捞好处。你这样想，我就不能理解了，我们不是说好，周航接班之后，就一起去国外定居吗？”

“早早退休，去国外定居，是你的想法，我终究是不甘心啊！我还想做更多的事情，你明白吗？”

“就为这个，你联合董瑞昌背叛我？”周素华觉得很不可思议。

“你觉得这个理由不够吗？那我再给你加一条理由。”朱总说，“你还记得去年小海辞职的事情吗？”

“小海……没记错的话，是你的儿子对吧！”

“是啊，我的儿子。我也有儿子，我儿子跟周航差不多大，我想让我儿子进公司来，你是同意了，但你给他安排了什么位置？工程部助理。天天在工地上吸灰，跟着一群大老粗受气，没多久他就受不了离开了。你的儿子是儿子，是来接班的。我的就不是吗？”

周素华说：“年轻人才从学校出来，在基层锻炼锻炼，这是好事啊！周航不也在营销部和市场部做了一年多吗？而且，以小海的学历，也做不了更多的事情啊！”

“学历不高，就只能去工程部吸灰？周航在营销部和市场部学习，学的是大局观。小海在工程部，能学什么？学怎么盖房子？他身体本来就不好，哪吃得了这个苦！”

“周航后来去了锦阳湖壹号，不也天天泡在工地上吗？我们本来就是盖房子的企业，工程部的工作才是重中之重……”

周素华话还没说完，就被朱总打断了：“我儿子已经辞职走了，你就别再为你的行为找借口了。你表面看起来，处处为我打算，实际上并没有。我在公司兢兢业业做了这么多年，只有一点儿期权，却没有股权。你想退休，就拉着我一起，你没想过，我还想再做几年吗？”

“我问过你的意见，你并没有反对啊！”

“你让我怎么反对？你一直把我放在开发部，不给我项目做，我提了多少次，你都不同意。你的意见如此明确，就是要让我在公司混着，混到周航能接班了，再让我退休。你已经把我的人生安排好了，我说的话还有用吗？我不甘心，我不甘心啊！”

周素华很难过：“我一直以为我付出的是真心，却没想到你会这样看我。”

朱总说：“现在说这些已经没用了。你从来没信任过我，也没爱过我，只是想找个人共度晚年，给周航彻底的自由，又何必说这么多呢！”

说完，朱总就推开门走了。

周素华看着他的背影，悲从中来，眼眶湿润了。之所以顶着压力，想让周航快点儿成长，快点儿接班，是想跟他一起开始新的生活啊！然而事情到这个地步，再说这些话已经没有什么意义了。作为一个CEO，每天事情那么多，儿女情长大概只是奢望吧！既然如此，就继续在这个位置上多待几年，再带带周航，等周航完全成长起来了，再把企业交给他好了。

周素华很快收敛了情绪，继续工作了。

和朱总聊过之后，周素华又单独和森洪地板的老于总聊了聊。本来不打算聊的，可她觉得有些事情还是说开了比较好。毕竟双方合作了那么多年，而以后，不打算继续合作。

那场对话发生在周素华的办公室里，只有两个人，聊了什么，没有任何人知道，就连周航，也被瞒着。唯一能窥到点儿真相的大概就只有周素华的秘书了。据她所说，老于总从周素华的办公室里出来后，脸色蜡黄，后背都汗湿了。

也不知怎的，自从周素华和老于总聊过之后，没多久，森洪地板这个牌子，逐渐在都市就销声匿迹了。老于总据说大病了一场，自此，也失了继续拼搏的心。

那天的场景是这样的：

老于总到了周素华的办公室，打过招呼之后，周素华也没跟他寒暄，直接切入正题。

周素华说："'地板门'事件已经过去了，这些天，我一直在考虑一个问题。那三分之一'毒地板'货源的问题。你给我的解释是贴牌。我很想知道，究竟是什么厂家，贴牌贴得这么逼真。颜色、纹路、质地看不出来任何差别，最关键的是，就连logo和防伪码都一模一样。"

老于总没有说话，但明显地，后背变得僵硬了。

周素华说："我有一个朋友，也是做实业的，很有钱。她爱买包，家里最大的那个房间，专门用来放她的包。我参观后叹为观止，感叹说，买包的那些钱，加起来都快有她住的那套别墅贵了吧！她大笑后告诉我，她的包，只有一小半是真的，一大半都是假的。做假包的，早就形成了产业链。做得好的，做出来的包，奢侈品专柜都鉴定不出来。我想着，做地板，只怕工艺还没做包复杂。对原材料的要求，只怕也没做包要求那么高。曾经有那么一段时间，我就信了你说的话。我们毕竟合作这么多年，信任还是存在的，心中甚至还充满了对你的同情。可是后来，我突然想到一个问题，既然做这么逼真，别的项目或别的地方，应该也有同类货源流出来吧！我就打听了一下，这才知道，除了发给锦阳湖壹号的那一车之外，其他地方，都没有跟这一模一样的货。”

老于总依然没说话，冷汗却顺着脊背和额头流了下来。

周素华说：“之前没有，之后也没有，就像是专门为锦阳湖壹号定制的一样。我们要的这批货，是常规货品，并没有什么特别的地方，如果要生产，批量也不是不能做到。那为什么市场上出现的甲醛超标的货源，就只有这一车？现在事情的真相看似出来了，一切都指向董瑞昌，我就奇怪了，要生产外观一模一样的货源，就得用一模一样的机器。你的机器并不便宜，甚至可以说，国内都没有几家用跟你们一样的机器。那么，董瑞昌有必要为了害华里，专门去找个大厂，只为生产这一车货吗？我思来想去，这车货，只怕还是你厂里的机器生产出来的。我又想了，会不会是董瑞昌买通了管生产的人，专门‘定制’了这样一车货？后又觉得不对，收买一个司机不难，收买一个车间主任，可没那么容易。而且这漏洞也太明显了。他干吗不做逼真点儿，直接做三车假货呢？为什么只做了一车？他究竟想做什么？”

周素华顿了顿说：“我本不想怀疑你，可这个局看似无懈可击，实际上却漏洞百出。我不得不想到你的身上，于是我派人查了你们公司的财务状况。这一年，你们为了扩大规模，除了向银行贷款之外，还找了很多民间金融机构。董瑞昌表面上是地产商，私下里却一直做高利贷生意。你有一笔钱，是通过我们公司的朱总从他那里贷的，几个月前就已经到期了。这下子我就能想通了，你为了那笔贷款，不得不听他的。虽然当时，给我们的货已经准备好了，但为了配合他，你还是赶工又生产出了一车假货。本来这三车货，都可以从你公司直接出发的，如果是这样的话，这个局就更完美了。可是，我们毕竟也不是吃素的，迟早会查到货源。你为了把自己摘干净，利用了解王姓司机中途会上厕所的这个特性，运输的过程中，故意找人换了一次车，还画蛇添足地贴了牌。”

老于总叹口气，没说话。

周素华说：“都是老狐狸啊！个个都有私心。董瑞昌天衣无缝的计划，就因为你的这一点儿私心，全盘失败了。你本来以为，这么多证据能扳倒他，却不料，还是被他给逃了。你这样首鼠两端，就不怕他报复吗？”

条理清晰，虽无证据，却和真实状况八九不离十。老于总突然就崩溃了，声音都带着哭腔了。他说：“我有什么办法？这些年，做实业的，成本越来越高，利润越来越薄，不停地朝里面投钱，不过也才换得个勉强维持。第一次向民间资本借贷的时候，我以为只要有生意，一切都会好起来的。可是后来，洞越来越大，挣的钱，还不够付利息。我后悔啊，我怎么会沾上董瑞昌这种人。他让我害你们的时候，我心里是不愿意的，这些年老实说，若没有华里集团，只怕我们早就关门了。我不愿意却没有办法。我就苗苗一个独女，他们拿苗苗来威胁我。我很想跟你们通风报信，却又不敢，怕被董瑞昌发现，苗苗真会遭他们的毒手。答应他们之后，我每天都活在悔恨和自责当中，我只好在送货的过程中做了点儿手脚。我想着，你们没发现便也罢了，如果发现，董瑞昌怎么都摆脱不了嫌疑。如果他出了事，我这边不就没事了吗？我却没想到，周航发现之后，会拉着我来对质。更没想到，董瑞昌就坐在你们的会议室里。他果然第一时间就听出来了，是我动的手脚。我这些天，每天都很害怕。董瑞昌在外的名声，我心知肚明。我真怕他报复啊！幸好，他因为行贿和放高利贷被举报了，要不然我这些天真要考虑跑路了。——等等，周总，董瑞昌被举报，该不会是您这边做的手脚吧？”

周素华模棱两可地说：“他背后做了什么事儿，我可是一点儿都不知道的。”

老于总明显不信，周素华却提醒他：“董瑞昌此次若无法翻身便也罢了。一旦翻了身，只怕第一个要报复的人就是你。至于我们，出了这样的事情，自然是不会再和森洪地板合作了。这是我今天找你来主要的目的。”

老于总很震惊：“我最终并没有损害到华里地产的利益呀！”

“不，你损害到了。虽然你是受了胁迫，但你的行为，给华里集团带来了巨大的危机。”周素华说，“曾经有个人跟我说，信任不存在的时候，就没有了机会。我想，我们两家企业之间，也是如此吧！”

华里集团和森洪地板停止合作，这对于老于总来说，无异于雪上加霜。不知道在牢里的董瑞昌，是否通过外界的手段向老于总这边施加压力，没多久，他就关了厂子。资产变卖之后，勉强把债务平了。老于总生了一场大病，于苗苗衣不解带地伺候着，坏事中的唯一好事是，本来紧张的父女关系，经过这些事情之后，好转了不少。

锦阳湖壹号的销售们，上班也有一阵子了。“地板门”事件解决之前，几乎没有新客户上门，售楼处一直冷冷清清的。事情解决之后，华里地产在这件事情上的处理态度，给都市百姓留下了厚道的印象，来访客户跟出事之前相比反而更多了，售楼处没几日就又恢复了往日热闹的场面。

唯一让大家感到遗憾的是，于苗苗始终没有来上班。一开始是森洪地板处于旋涡中心，她要和老于总共担当。后来，森洪地板倒闭了，她又要帮忙清算资产，照顾老于总的身体。这一忙就是一两个月，也只好不来上班了。

锦阳湖壹号售楼处本来人就少，于苗苗不在，人手更加不足。按公司的想法，是要立刻招人进来的。也不知怎么的，王伟那边面试了好几个，都没有合适的，也只好算了。又过了一段时间，老于总的身体好些了，于苗苗才在大家的呼唤下，总算是回归了。

据于苗苗说，红色宝马最终还是没有保住，她注定只能开尼桑上下班了。说这些话的时候，于苗苗的眼圈儿都红了，一个家里破产的富二代，看起来和普罗大众也没什么区别了。

周涟漪和于苗苗的感情本来就好，拉着她的手说了好一会儿话。其他人也都挺高兴的，尤其是张雯，虽然没多说什么，接待客户时走路的步子却轻快许多了。大家的快乐情绪自然也感染了陈素素。陈素素的性子向来清淡，读书的时候是学霸，辗转换了几个学校，年纪很小的时候出了国，一毕业就又回来了。活了这二十多年，算起来好像并没有什么特别知心的朋友。之前的那份工作，还因为各种人事斗争，闹得不愉快。到锦阳湖壹号上班，也只是因为听了范心知的话来过渡一下。却没想到，有一天会对同事付诸真心，会为她们喜而喜、忧而忧。就陈素素个人来说，她还挺喜欢自己的这些变化的。

下班的时候，王伟一声吆喝，要给于苗苗接风，他请客，全体销售员一起出去吃一顿。大家纷纷响应，还嚷嚷着要吃火锅。

气氛是热烈的，边聊边吃，也不知道吃了多久。吃饱了休息一会儿，肚子空了点儿，就又开始吃了。好不容易大家都吃撑了，该散场了，看时间，也不早了，地铁早就没有了。

这群人里，就王伟和于苗苗有车。王伟和于苗苗主动提出来送大家回家。倪虹家住得不远，不让送，推着辆共享单车就走了。周涟漪含含糊糊地说，有朋友来接，便也算了。只剩下张雯和陈素素。王伟和张雯回家的路线一致，王伟送张雯。陈素素家住的方向和大家都不同，无论谁送她，都要绕个大圈。陈素素不忍麻烦同事们，找借口说家里的司机会过来接，把于苗苗给支走了。

陈素素是准备打车回家的，本想和周涟漪说会儿话，等接周涟漪的人走了再打车。见等在路口的周涟漪明显有些局促，猜测她大概不想让人看见究竟是谁来接她，就又找了个借口，穿越一条马路，去另外一个谁都看不见谁的路口打车了。

陈素素并不知道，就在她刚离开没多久，“碰巧路过”的周航，正好撞见了接周涟漪的那个人。

说是“碰巧路过”，其实不过是刻意而为之。“地板门”事件之后，周航和陈素素几乎没有见面。因为之前被陈素素拒绝，又撞见陈素素和曹俊超一起进宾馆，周航就已经打算放弃了。可是，在事件中，陈素素偶然间提出的“为什么只有三分之一甲醛超标”给了周航提示，周航这才顺藤摸瓜，找出了事情的真相。陈素素的聪明、机智，以及对他的担忧，都是真的，这让周航觉得异常难得。周航不得不承认，尽管已经拼命压抑了，但他似乎更喜欢陈素素了。

周航是项目老总，但毕竟是年轻人，王伟要请客，顺便也就邀请了周航。周航想到多见一次陈素素，痛苦就会多一分，而他在场的话，销售员们多少还是会觉得拘束，便拒绝了。可是后来当他独自一人吃完没滋没味的工作餐之后，他特别特别特别想见到陈素素。从张雯发的朋友圈里得知火锅还没散场，他便开车来到了火锅店的楼下。近乡情怯，并没有上去。不知道等了多久，看见大家相继下来了，看见王伟、张雯、倪虹都走了，就只剩下陈素素和周涟漪了。他犹豫着，要不要下车去打个招呼，顺便再提出送她们回家。犹豫期间，就看着陈素素和周涟漪说了几句话之后，就独自一人朝着另一个路口走去。周航正要开车追上去，突然看见一辆车停在周涟漪的面前，从车上下来、接过周涟漪的包并顺便帮她拉开副驾驶门的那个人是曹俊超。

周航很惊讶，如果说曹俊超过来接人，也应该是接陈素素呀！怎么会是周涟漪呢？看他们相处的模样，似乎非常熟。曹俊超在做什么？脚踏两只船吗？这样做怎么对得起陈素素？

周航瞬间做了一个决定：不送陈素素了，跟着曹俊超的车，去看个究竟。

曹俊超把车开到服装店的门口，打开服装店的卷帘门，和周涟漪两人进去好一阵子才出来。一开始周航不愿意多想，还以为周涟漪和曹俊超约好了去拿衣服。——他早就听说售楼处的女孩子穿曹俊超店里衣服的事情了。可是他们进去时，从里面拉上了卷帘门，出门时，手里也并没有提任何装衣服的袋子，相反，周涟漪的头发变得凌乱了，唇色似乎也花了。天黑，周航看不清楚，他只是隐约感觉，有一种暧昧的气息在两人之间流淌。

周航眼看着他们再次上了车，继续朝前开。为弄清楚事情的真相，周航又跟了上去。

周涟漪家楼下。

下车之后，周涟漪一改往日清冷自持的模样，双手举起来很可爱地摇了摇，向曹俊超告别。曹俊超并没有直接把车开走，而是出言挽留了她。曹俊超开门下车，走到周涟漪面前，抱着她吻了起来……他们吻得如痴如醉，连有人来到身边都不知道。

来人是周航。周航坐在车里，看着周涟漪下车，看着曹俊超出言挽留，看着他们接吻……周航的眼前闪现的是陈素素和曹俊超相继进入宾馆时的样子，他怒不可遏，感觉到了背叛——不光是曹俊超对陈素素感情的背叛，还是对他尊重陈素素的背叛。他喜欢陈素素，认识越久就越喜欢，但因为中间横亘着一个曹俊超，被陈素素拒绝之后，他什么事情都没有做。见到陈素素也只是淡淡的，就像最普通的同事关系，隔了好几层职位的同事关系。他以为，这是对陈素素好，只要她幸福，他便幸福。哪里知道，这么好的一个姑娘，却所托非人，找了个脚踏两只船的人。陈素素知道吗？大概不知道吧！那就不要让她知道，他来解决这件事好了。

周航下车，带着怒气冲到曹俊超和周涟漪的面前，拉过曹俊超，伸手就是一拳。

这些年，曹俊超自己做生意，怎么也算得上是一个成功的小老板，何曾受过这种委屈？他想都不想，条件反射般地回了一拳。两人便打了起来，打着打着，衣服破了，脸上身上都是伤，身体也滚到地上去了。

挨第一拳的时候，曹俊超没认出周航来，没多久就认出来了。曹俊超不知道周航对陈素素的隐秘心思，还以为他是为周涟漪吃醋。

曹俊超和周涟漪在一起，是周涟漪主动。周涟漪这个人，平时不声不响的，主意倒挺大，心也够细，她追求曹俊超，不是赤裸裸表白、主动约会、动不动就对他好的那种方式，而是润物细无声地逐渐俘获他的心。

才认识的时候，周涟漪偶尔会跟曹俊超说说自己家里的事情，工作上的为难处，请教他，听取他的意见。被人崇拜、被人需要的感觉总是很好的。曹俊超对周涟漪就比对别的女孩多了几分疼爱。

周涟漪也会因为一些特别小的事情找曹俊超帮忙，之后又郑重感谢。比如说有一次下大雨，周涟漪要赶着送一份合同到公司总部，撑着伞在路边打了很长时间车都没打到，为了顺利打到车，不停换路口，“不知不觉”就走到了曹俊超的店门口。曹俊超的车就停在店门口，周涟漪打了曹俊超的电话，请他帮忙送一下。

这种小事，曹俊超自然不会拒绝。送过之后又送回来，周涟漪不停表示感谢，第二天更是把亲自做了红烧狮子头、干烧小黄鱼装饭盒里拿给曹俊超，再次表示感谢。

周涟漪父母之前是开饭店的，房子卖掉之后，周涟漪的爸爸就应聘到大酒店做厨师去了，她妈妈在饭店帮佣。周涟漪父母的上班时间都比较长，也很辛苦。家里的饭一般都是周涟漪做。耳濡目染，周涟漪做的狮子头和小黄鱼自然是非常不错的。饭盒里除了这两样荤菜外，更在撒了黑芝麻的米饭旁平铺了几根清清爽爽的菜薹。

曹俊超创业这些年，一直都挺忙的，吃饭胡乱对付几口也就罢了。多少年没吃过这种味道好又家常的饭菜了，三口两口就吃完了。刚吃完，周涟漪从包里又拿出一个小盒子，盒子里一半装着玉米沙拉，另一半装着切好的水果。别看盒子小，水果不多，却很丰盛，有几片香蕉、两片苹果、一片菠萝，还有几枚圣女果。

“通往男人灵魂的通道是肠胃”，这句话曹俊超也曾听说过。如果说之前那份女孩子亲手做的盒饭，只是为了感谢的话，这份精致的水果，就是满满的少女心了。

曹俊超不是毛头小伙子，对男女情事可谓驾轻就熟。吃着水果，看着周涟漪笑盈盈的眼神，再联想到她待他的特别之处，曹俊超也就明白了，她喜欢他。

不是没被女孩子追过，却从来没被这么含蓄地追过。这小小的水果，其中的意味不亚于鸿门宴。逼着他无处可逃，必须面对。

曹俊超边吃，脑子边飞速转动：她是陈素素的同事，她很不错。他对她是有好感的，却不是那种初见面就怦然心动的好感。现在，她已经用一份水果表白了，他该怎么办？是拒绝，还是接受？或者假装看不懂，之后不动声色疏远？

曹俊超迷茫了，这时候他也不知道该怎么选择。

见曹俊超吃得太慢。周涟漪笑盈盈地问：“怎么？不好吃吗？我就怕放久了不新鲜，切好装在保鲜膜里带来的。拿给你之前，才把保鲜膜丢掉的。”

多细心啊！换了陈素素只怕根本就做不到。别说陈素素了，别的女人只怕也做不到。

曹俊超笑笑，说：“饭太好吃，吃多了，水果就有些吃不下了。”

“那你慢慢吃，不着急，水果助消化的。”周涟漪依然是笑盈盈的模样。

如果说陈素素是空谷幽兰，周涟漪便是小雏菊。喜欢空谷幽兰的，一般不会注意到路边不起眼的小雏菊。可有时候啊，男人的心若是被空谷幽兰伤久了，也是需要小雏菊安慰一下的。曹俊超挖空心思想要靠近陈素素，无奈陈素素始终拒人千里之外，曹俊超的心逐渐也就冷了。这时候若有一个聪明而又惹人怜惜的姑娘，像小雏菊一样抚慰着他的心，那么，小雏菊也不是不可以的。

而小雏菊也并不是不美，再不起眼的小雏菊，为爱盛放时，也是风情万种的。

曹俊超低着头吃完了那一盒水果。一抬眼，和周涟漪的目光相撞。周涟漪低下头去，脸红了。曹俊超不由得怦然心动，轻轻叫道：“喂……”

周涟漪抬起头看着曹俊超，眼波流转，问：“怎么了？”

曹俊超心一横，一把拉过周涟漪，吻了下去。

两人就这样稀里糊涂地在一起了。在一起之后，曹俊超倒没什么，周涟漪比以往倒是更温柔、更体贴了。

两人在一起的具体时间，是“地板门”事件爆发之前。那段时间，曹俊超很少到售楼处，每次和周涟漪约会，都在店里或在外面。周涟漪最擅长做饭，隔三岔五带着自己做的食物给曹俊超，曹俊超真觉得，认识周涟漪之后，自己的伙食水准上了好几个台阶。

曹俊超从来没跟周涟漪表白过，周涟漪也没要过任何表白。有时候想起这些天发生的事情，曹俊超自己都觉得太快了些，感觉都还没想好，莫名其妙就有了个女朋友。偶尔也会想到陈素素，想到之前那么高调地追求她，就会有一丝莫名的心虚，好像背叛了自己的感情似的。于是，关于他和周涟漪在一起这件事，曹俊超选择了沉默。也不知道周涟漪是怎么想的，居然也默契地选择了不公开。

这几个月，两个人的关系进展很快，虽周涟漪一直半推半就，但该发生的还是都发生了。两人的约会，始终在“地下”，周涟漪也曾想过，要不要跟同事们透露一下，但紧接着项目就出事儿了，大家情绪都不好，她又那么“懂事”，自然就什么都不说了。

曹俊超对周涟漪还是很不错的，但这只是一种为人处世的态度罢了。他毕竟底层出身，这些年做服装批发，遇见了很多恶人和恶心事儿，和人交往表面热情，内心还是很防备的。跟周涟漪在一起，虽然是他先吻了周涟漪，但他心里很清楚，是周涟漪主动的。她用各种方法吸引了他，或者说，勾引了他。曹俊超和周涟漪关系已经很好了，但他心里对她始终是有防备的。他自问，自己的长相气质都不出众，学历更是只有中专。唯一有点优势的地方，大概是稍微有了点儿钱。曹俊超时常在想，周涟漪究竟看上他哪儿了？想来想去就想到了钱。

当然这样想也不能全怪曹俊超，周涟漪在和他才认识的时候，就坦白地告诉了他自己的财务状况。后来更是一点点透露了个人经历和家庭背景，还说过自己最大的梦想，是拥有一套房子，把父母接到一起住。曹俊超心中对周涟漪有怜惜，却也有怀疑：她看上他，不会是看上他的钱吧？他有事业，有好几套房子。将来两人结婚了，就算不和她父母住在一起，大概也是不忍心让她父母继续租房住的。

心中怀疑，但每日看到周涟漪的盈盈笑脸，有些话便不好意思直说了。两人在一起之后，周涟漪对曹俊超倒是一心一意的。曹俊超只怀疑她目的不单纯，却从来没有怀疑过，她可能用对他的这种态度去对待别人。用追求他的方式，去追求别的男人。直到这一晚，周航动手打了他。

曹俊超不知道周航对陈素素的想法，以为那迎面一拳，是为了周涟漪。是啊，他和周航两人年龄差不多，周航底子更厚，家里更有钱，人也更帅气。周涟漪若是为了钱，没必要放过周航啊！

难不成，周航和他一样，都是被周涟漪柔弱的外表欺骗，以至于对她产生了真感情？若是这样的话，也就实在太过分了！周涟漪这么坏，而他和周航两人都是受害者，周航又凭什么打他？

对于周涟漪来说，这本来是一个美好的晚上，月光正柔，清风拂面，离开多日的同事回归了，大家感情更好了，还有一个对自己恋恋不舍的男朋友。火锅是好吃的，带着火锅味儿的吻是香甜的……可这场“男人之间的战争”究竟是怎么回事儿？小周总从哪儿来？怎么突然就冒了出来，还这么气急败坏地打了曹俊超？

周涟漪顾不得想这么多了，只不停地尖叫，并大声阻止两个人：“别打了，你们别打了！”

然而这两个男人，并没打算停手。他们越打越猛，都恨不得生吃了对方。周涟漪在旁边试图帮忙，最好能分开两人。无奈她毕竟是娇弱的女孩子，力气太小。周航怕伤及无辜，只好出声阻止她：“不关你的事儿，你到一边儿去。”

周涟漪又去拉曹俊超，曹俊超气不打一处来，吼道：“滚，别在这儿碍事！”

周涟漪父母租住的房子，在一个很破旧的老小区。小区隔音不好，这么大的动静，楼上楼下的住户早就听声出来了。周涟漪的父母自然也出来了，见当事人之一居然是自己女儿，连忙问：“怎么回事儿？”并试图把她拉开，免得两个男人的拳头不长眼，打着了她。

周涟漪带着哭腔说：“我也不知道，小周总突然就冲了过来，打，打……”

周涟漪从来没有跟父母说过自己交男朋友的事情，她不知道该怎么介绍曹俊超。辨音观色，邻居看出来周涟漪的尴尬，问：“涟漪，那边那个矮一点儿的男人是你男朋友啊？”

周涟漪偷看父母的表情，轻轻点头，“嗯”了一声。

邻居抬着下巴揶揄周涟漪的爸爸：“老周头，那个被压在底下的可是你未来的女婿，你还不去帮忙？”

周涟漪也挂着泪哀求：“爸，你力气大，你去把他们分开吧！”

周涟漪爸爸迟疑了片刻，上前准备拉开两人。曹俊超生气了，吼周涟漪的爸爸：“你女儿做的好事，你就别管了！”

周涟漪的爸爸愣住了，回头疑惑地看着周涟漪。周围议论纷纷，边议论边看着周涟漪。

周涟漪妈妈不干了，大声嚷嚷：“我女儿干什么啦？杀人了放火了还是偷人啦？你给我讲清楚。”

边上一个吃瓜群众清晰的声音传来：“两个男人为了一个女人打架，还能有什么啊，不就是脚踏两只船吗？”

“你胡说！”周涟漪的妈妈不忍对方污蔑女儿的名誉，扑上前想要打那个人。那人连忙躲开，嘴上还骂骂咧咧：“哦哟，你女儿不干好事，你找我干什么？”

周涟漪的爸爸上前把周涟漪妈拉住，又问曹俊超：“他说的是真的吗？”

曹俊超没好气地说：“问你女儿去！”

这句话虽没直接承认周涟漪脚踏两只船，但基本也坐实了。周爸爸走到周涟漪跟前，反手就是一巴掌。

周涟漪捂着脸惊呆了。

这剧情的发展实在出乎周航的预料，周航推开曹俊超，挣扎着站起来，说：“等等！脚踏两只船的明明是姓曹的，跟周涟漪有什么关系？”

曹俊超也站了起来：“我？我脚踏两只船？”

周航咬牙切齿提醒曹俊超：“一个月前，盛庭宾馆。”

“盛庭宾馆？”曹俊超很懵懂。

“我再提醒你一下，那是傍晚，天气很好。”周航本来想直接说什么事儿，却又不愿意当众说出陈素素的名字，说出她和眼前这个男人开房的“事实”，便委婉提醒。

然而曹俊超却根本不顾这个，他恍然大悟说：“你是说我和陈素素……”

看着周航喷火的眼神，电光石火之间，曹俊超便想明白了：周航喜欢陈素素。周航误会他前面和陈素素开房，后面又和周涟漪在一起。

原来周航这次来，突然发难不是为周涟漪啊！

那一刻，曹俊超很想解释，说一声“你误会了”，但看着周航那张可恶的脸，就什么都不想说了。再想到自己这一路，追求陈素素而不得的辛苦，又觉得心酸。

周航和曹俊超年龄差不多大，但两人毕竟是不同的。在曹俊超眼里，周航含着金钥匙出生，是一个商业帝国的准继承人，又生得高大帅气。这样的人，都会为了陈素素跟人打架，也难怪陈素素看不上自己了。终究是不同世界的人啊，自己手段用尽，在这些人眼里，不过是跳梁小丑罢了。

那一刻，也不知道是自卑感作祟，还是感觉到自尊心被践踏，曹俊超并没有对那天的事情进行解释，而是说：“是啊，我们是一起进宾馆了，你都看见了？那又怎么样？”

“无耻！”周航暴喝一声，再次把拳头砸向曹俊超。然而这次曹俊超早有准备，头一偏，便躲开了。

周航扑上去，想要再打，突然耳边传来一声撕心裂肺的尖叫“啊——”

是周涟漪，她听见曹俊超和别的女人开房，而那个女人是曹俊超一直追求而不得的。一时承受不住，捂着耳朵尖叫着跑开了。

曹俊超愣住了，看着周涟漪痛苦的样子，周航也失了再战的决心。这场闹剧里，并不是只有一个受害者，不是吗？

周妈妈坐在地上“嗷”的一声哭了。周爸爸担心女儿，追了上去。曹俊超也想追，朝前奔了几步，却不知怎么又停下来了。

周航愣愣地站了很久，直到看戏的众人见剧情不再反转，意犹未尽边谈论边走了，而他的腿也站麻了，这才起身走了。

走的时候，周航冷冷地看了一眼曹俊超，说：“不要再让我看见你。”

曹俊超依然一动不动，直到周航开车离开了，他才来到自己的车前，也不进去，靠在车前发呆。

也不知道过了多久，周爸爸搀扶着周涟漪回来了。曹俊超下意识地上前几步，想要去跟周涟漪说说话。然而周涟漪也只是淡淡地看了他一眼，便骄傲地抬头挺胸往前走，再也没看他。

周爸爸见了曹俊超本来情绪很激动，周涟漪拉了他一下，周爸爸最终什么事情都没做，也不再看曹俊超一眼，搀扶着自己的女儿上楼了。上楼之前，叫上了仍坐在地上抽泣的周妈妈。

周涟漪的裙子上沾了些枯草和灰，看着像是摔跤了。然而她走得很直，并不像受伤的样子。周涟漪和爸爸走后，曹俊超从车里拿出来一包烟，靠在车前一根根抽着。

曹俊超送过很多次周涟漪，虽然没上去过，但一直都知道她家在几楼。曹俊超就这样看着周涟漪家亮着灯的窗户。也不知道过了多久，终于，她家所有的灯都熄灭了。曹俊超又站了会儿，这才开车走了。

周航本来想直接回家的，开车行驶在路上，他越想越不对。在提到那件事的时候，曹俊超一开始表现得太懵懂，好像根本不知道有这回事儿。后来，虽然隐晦地承认了，说出来的话却是“进宾馆”，而不是“开房”。

那么，曹俊超和陈素素之间，究竟有没有发生什么？他为什么会那样说呢？事情的真相究竟是什么？他在隐瞒什么？

这一系列的疑问，沉甸甸地压在周航的心里。他迫不及待地想要弄清楚事情的真相。周航掉头了，本想再去周涟漪家楼下，“堵一堵”曹俊超，但又想到，他有可能已经走了，就算没走，只怕也不会说实话。

摆在周航面前的，有两个选择。要么找自己派出所的朋友帮忙，查一查那天的开房记录。要么，去问陈素素。

这么晚了，找朋友帮忙显然不太合适，而且就算朋友愿意帮忙，这个点儿了，从床上爬起来，赶到派出所，开电脑……这一系列的事情做下来，只怕天也亮了。

不如问陈素素。

想到陈素素可能并没有和曹俊超发生什么，周航的心中一阵狂喜。好久没跟她单独地说说话了，他迫不及待地想见一见陈素素。只要陈素素说没有，他一定会相信的。

陈素素接到周航的电话，得知他就在她家小区外时，很是意外。事实上这时候，她已经睡了。这一晚风平浪静，她并不知道有个傻乎乎的男人为了她，和她曾经的一个追求者打了一架。

周航的嗓子有些嘶哑，语气也很急迫，当陈素素说已经睡了时，他虽然说“那你睡吧，我走了”，但语气里的失望掩都掩不住。

终究还是不忍心，陈素素从床上爬起来，穿好衣服，悄悄出了门。

见到周航时，陈素素大吃一惊。头发凌乱、眼窝青紫、嘴角有瘀血、衣服破破烂烂挂在身上，像刚从灰窝里爬出来。陈素素问：“你……被抢劫了吗？”

“没有。我问你个事儿啊！”周航问，“你拒绝我，是因为曹俊超吗？”

陈素素没想到，他挂着彩大半夜地来找自己，居然是为了说这个。陈素素说：“不是啊！”

“那你和他……没发生什么吧？”

“我和他能发生什么？又不熟！”陈素素说。

周航的脸上，绽放出大大的笑容，牵动嘴角的伤口，疼得龇牙咧嘴。

“你该不是跟曹俊超打架了吧？”陈素素一下子就猜出了事情的真相，但见周航疼得厉害，不免有些心疼，说，“不说这个了，先去医院。”

陈素素转身就去拉驾驶室的车门，周航很惊讶：“你要开车送我啊？”

“你觉得你现在这个样子，还开得了车吗？”陈素素没好气。

“那我怎么开到你家来的？”周航心情很好，问，“你驾照带了吗？”

“谁半夜被叫出来，还会随身带驾照啊！”陈素素没好气儿地说。

“那你去那边坐。”周航把陈素素赶副驾驶去了。周航坐定，边启动车子边感叹说：“真想装装柔弱，让你开车送我啊！”

陈素素翻个白眼，看样子他似乎没那么疼了。但想到一个三十来岁的成年人，动不动和别人打架，就又觉得生气，忍不住抢白：“我跟你也不熟，你没必要跟我说这种话！”

“你跟我不熟没关系，我跟你熟就行了。”周航没脸没皮地说，“你知道吗？你刚说要开车送我的样子，酷极了，真不愧是我喜欢的女人啊！”

喜欢一个人，在心里过了无数遍。即使有时候出于各种原因，并没有很多交流。但因为喜欢，因为她的形象始终在脑海里，所以，即使不熟，也已经很熟了。这种感觉陈素素懂。

然而，懂归懂，自己都已经一团糟了，并不想和他谈恋爱啊！那就只好假装听不懂，假装他说的都是胡话了。

陈素素干脆把头扭向窗外，不再理他。

医生帮周航清理伤口时，陈素素跑出去给他买衣服。幸好生活在都市，不仅有二十四小时便利店、二十四小时药店，医院二十四小时开着，就连有些服装店，都是二十四小时营业的。

周航本来不想让陈素素去，怕她一个女孩子半夜三更独自出门危险。陈素素却说："那我们就赌一赌都市的治安。"

周航知道，像陈素素这样的女孩，多少是有些疯狂的。她要做的事情，一般人是拦不住的。既然"不熟"，也没什么资格拦，周航只好交代了一声："注意安全，别走远，五分钟的路程内没有服装店，就转回来。"

因为见着周航受伤，陈素素很生气，气他不爱惜自己，便没理他。出门之后，冷风一吹，却又清醒过来，终究还是听了他的话，只沿着医院附近、宽阔的马路边寻找。

马路边的小店，自然不会有什么大的牌子。有一家男女混合的外贸店还开着门，陈素素进去挑选了一件男款T恤、一条牛仔裤、一件休闲外套便出了门，三件衣服加起来，还不到两百块。

回到医院之后，伤口也处理完了，周航去卫生间换了衣服，便跟陈素素一起出去了。

陈素素所见到的周航，大多数时候都穿着价格不菲的西装，第一次见周航穿着廉价的外贸服装，还挺新鲜的。幸好身材好，普普通通的衣服穿在身上，也还挺好看的。只可惜嘴角抹着药膏，额头上贴着医用大号创可贴，走路还有点儿瘸，看着倒有几分滑稽。

觉得好笑，陈素素便笑了出来。周航问："笑什么？"

陈素素这才收敛笑容，正色问："为什么要和曹俊超打架？"

打的时候不觉得有什么，突然被陈素素问，倒有些不好意思了。刚陈素素说和曹俊超不熟，已经是表明态度了，这时候再问，就是没事儿找事儿了。

这是他喜欢的女孩儿啊，她那么美好，他怎么能不相信她呢？人都以为所见为实，可有的时候，就算亲眼见到了，也未必能看清事实的真相啊！

现在，她坐在他身边，虽然没给他好脸色看，但对他的关心，却是实实在在的。处理伤口时，交代医生轻一点儿。见他的衣服破了，大半夜，独自跑出去给他买衣服。她都这样了，他怎么还怀疑她？因为那怀疑，他暗自纠结了这么久，也别扭了这么久。明明有可能把彼此的关系更进一步，却退缩了，真是不应该啊！

听了陈素素的问话，周航只笑着摇摇头说：“那些都不重要了。”

“很重要。”陈素素说，“作为当事人，我需要知道真相。”

“素素，我们聊聊好吗？”周航说。

陈素素看看表，已经凌晨两点半了。她本来很困，但这一晚突然被叫起来，又见了周航受伤，吹了冷风，又心疼又好笑，便觉得没那么疲倦了。陈素素问：“你会跟我说实话吗？”

“会的，所有的一切我都会向你坦白。”周航说，“那么你呢？你会向我坦白吗？”

陈素素看了看周航，点了点头。

把自己的想法都告诉他吧，话都说清楚，就不用再纠结。毕竟人生还是要向前的，不是吗？

二十四小时营业的咖啡馆。

周航讲了和曹俊超打架的经过，以及这一段时间的心路历程。陈素素更觉好笑了，评价说：“太幼稚了，怎么能这么幼稚！为了这点小事儿就跟人打架，还打成这样。”

周航也觉得自己挺幼稚的，但他说：“我没办法，我见不得任何人欺负你。我只要想到你受伤害，就血往头顶涌。”

“没有人欺负我。”陈素素不赞同地说，“但你今天做的这些事情，却伤害了周涟漪。”

周航想了想说：“我没伤害她，伤害她的是曹俊超。”又问，“那天究竟是怎么回事儿？你怎么会和他一起走进宾馆？”

倪虹的事情，陈素素本来答应保密的，但倪虹婚都离了，早已获得新生。以前的事情已经不重要了。而自证清白，对陈素素来说却是一件很重要的事情。陈素素想了想，把那天发生的事情简单说了，当周航听到陈素素被倪虹老公推倒在地上，摔破了腿，不由得皱了眉头，握紧了拳头。

终于，陈素素讲完了，周航问了个问题："为什么有事儿的时候，第一时间想到联系曹俊超，而不是我呢？"

这是在吃醋吗？男人的醋还真是来得莫名其妙啊！

陈素素说："因为那时候曹俊超离我很近啊！"

"我当时已经在朝售楼处赶了，你不知道而已。"周航说。

陈素素微笑，没再说话。

沉默了一会儿后，周航问："过了这么久了，你现在愿意做我的女朋友了吗？"

陈素素摇摇头，说："我还是坚持之前的态度。"

"为什么？"周航急了，说，"你又没喜欢别人，怎么就不能接受我呢？"

陈素素没说话。

周航追问："你不喜欢我？你对我一点儿感觉都没有？"

当然喜欢，也有感觉，不然干吗半夜三更陪你吹风陪你聊天？然而这些话是不能说出来的，说出来麻烦更多。陈素素想了想说："你很好，只是我现在不想谈恋爱。"

"上次也是这个答案。"周航叹口气，"男未婚女未嫁，年华正好，怎么就不想谈恋爱呢？"

陈素素微笑，依然没说话。

周航问："这个答案是拒绝我的委婉方式，还是尚未从上一段的情伤中走出来？"

这句话问得陈素素沉默了许久，是真不想谈恋爱，不是为了拒绝而找的借口。但，是否还没从上一段的情伤中走出来，陈素素不知道。发生了那些事，心已变成老心，没有力气再接受一段新的恋情了。

更何况还有那困扰自己整整两年的抑郁症。

陈素素摇摇头说："我不会为了拒绝你而找任何借口。那一段感情也已经过去了。不想谈恋爱，是我个人的原因，与其他人无关，与你无关，甚至与我这个人也无关。"

"那又是为何？"周航追问。

周航的眼神是那么急切，而事实上，他在这第二次拒绝里，已经受到伤害了。

周航一瞬间的黯然失神，陈素素自然尽收眼底。且不说陈素素本来就很喜欢他，就算不喜欢，冲着周航的为人，他也值得听到肺腑之言。那么，就告诉他吧，把本来想瞒着的一切都告诉他吧！

陈素素说："我从来没有跟人说过，我有抑郁症……"

"那又怎么样呢？"周航打断陈素素，说，"我知道抑郁症是什么，我网上查过资料。我们可以一起面对它。"

"不，你不懂。你以为你可以，但实际上，没有任何人可以。"陈素素说，"抑郁症啊，那是一个人独自穿过一条长长的隧道。那条隧道里，可能有灯，可能没有。即使有，也昏暗无比。那里随时都有无数道坎，无数个坑，无数堵高墙。孤独是常态，悲伤和寒冷也是常态。独自穿越的人，随时都可能崩溃。隧道外的人，即使每天在耳边叫着'加油、加油'，却不过是隔靴搔痒，还是得自己面对。坚强时，可能也很坚强。但崩溃时，随时会从高楼上跳下去。这对于任何一个处在爱情里的，健康的那一方来说，都是沉重的心理负担。那负担，可能也会让你崩溃。不要告诉我你不会这样，你很坚强。为了我，不得不承受的这份坚强，对于我来说，又何尝不是心理负担呢？我会时时刻刻担心，有没有给你添麻烦。你但凡因为忙或者其他原因冷落我，我孤独的感受会放大百倍千倍。爱情里的龌龊事儿并不少，对于别的女孩子来说，可能矛盾过了以后，就能走出来，投入下一段生活。而对于抑郁症患者来说，任何一点儿伤害，都可能是致命的。你明白吗？"

“明白。”周航说，“我都听懂了，你就是不敢呗！不敢和我谈恋爱，怕我会感到压力，也怕我会伤害你。”

“对呀，我不敢。”陈素素苦笑，“我是个懦弱的人，我知道我㞞，那我就只好认㞞了。”

“那你喜欢我吗？”周航问。

“这个问题没有意义，无论我喜欢不喜欢你，我都不会跟你在一起的。”

“你知道你给我的感觉像什么吗？”

“像什么？”

“一种外壳坚硬的软体动物，蚌。”周航说，“自知通体柔软，便用坚硬的外壳保护自己。快乐时翩翩起舞，美丽无双。一旦遇到危险，立刻紧闭外壳。若有人不知好歹，伸出手指想要触摸软体，坚硬的外壳会给他终生难忘的教训。”

还真是挺形象的，陈素素忍不住“扑哧”一笑。

天快亮了，这一晚，打架、熬夜、去医院、和喜欢的女孩独处、被拒绝、听她的心灵独白……情绪几起几落，对于周航来说正是身体上最疲倦，而精神上最亢奋的时候。柔和的灯光下，看着陈素素的如花笑靥，周航不由得痴了，伸出手指，抚上陈素素的头发，喃喃道：“真美……”

无奈对面的这个女人，实在不解风情，周航的手刚触上陈素素的头发，陈素素就“呼”地站起来，怒斥：“你干什么？”

周航讷讷地收回手，尴尬地摸摸自己的头发，强挤出一丝笑容说：“没什么。”

“太晚了，我们回去吧！”本来还言笑晏晏的陈素素，因为周航的这一个动作，壳封了起来，刺儿竖了起来，就想要离开。

周航知道自己错了，大大地错了，他破坏了这一刻的美好。他很怕，怕陈素素像以前一样，冷言冷语地待他，把两个人的距离推向新高，只尴尬地出言挽留：“要不再坐会儿？”

“走吧！一夜未归，父母总是要担心的。”陈素素说着，就率先走了。

周航只好站起来，拿起外套穿上，跟在陈素素身后往外走。

陈素素一直没说话，周航没话找话：“看我说得对吧！我刚伸出手指，你坚硬的外壳，就给了我教训。”

这笑话真冷。陈素素瞪了周航一眼，没说话，继续大步往外走。

周航不理会陈素素的冷淡，自顾自地说道：“我看得出来，你心里是喜欢我的。你不要总拒绝我，我会尽量照顾你的情绪，就算万一伤害到你，你是蚌嘛，伤害也会变珍珠啊……”

周航话没说完，陈素素突然立住脚步，转过身恶狠狠说：“没有一个蚌想在自己的体内孕育珍珠，如果它们会思考，它们大概只想过平静的生活，不被打扰，不被吃掉。”

见陈素素生气，周航一时不知该如何应对，只好说：“可你毕竟不是蚌啊！人总是有感情的，太压抑多不好啊！我也不是什么坏人，我喜欢你，不会故意去伤害你的！”

“最怕的，就是不故意。”陈素素说，“我不想再跟你讨论这个问题了，我自己打车走吧！”

周航举手投降：“我不说了好吗？我保证，我只把你送回家。”

这天晚上，不平静的除了周航、陈素素、曹俊超、周涟漪之外，还有一对儿，也发生了些不太平常的事情。

倪虹骑着共享单车走了，王伟开车送张雯回家。本来路上还挺好，两人聊着工作，聊着于苗苗的回归，正如所有的同事之间私下交往一样，气氛轻松而欢快。哪里知道，到了张雯家楼下，一切就变了。

到家后，张雯下车，向王伟道谢，准备走，王伟叫住她：“等一下。”

张雯只好停下来，看着王伟熄火、下车。虽然觉得有些奇怪，张雯却并没有说什么。

王伟下车之后，冲张雯笑笑，开了后备厢，从里面拿出一束花和一个蛋糕，走到张雯面前说：“我知道今天是你的生日，本来想提醒同事们帮你过个生日的。但你提都没提，想必是不想让人知道吧！所以，我买了蛋糕，却没拿出来。现在也晚了，再去给你庆祝也不合适，你把蛋糕带回家，和父母一起吃吧！”

张雯愣愣地接过蛋糕，说：“谢谢。”又问，“你怎么知道今天是我生日的？”

“你们入职申请表上都填了个人资料的。”王伟笑笑，“快点儿上楼吧，楼下冷，你穿得少。”

这个季节，大家都已经穿外套了，张雯为了漂亮，只穿了一件真丝衬衣，经提醒，也觉得有些冷了，便冲王伟笑笑，道了谢，上了楼。

时间还早，张雯的父母还没睡，正坐在沙发上看电视。见张雯提着蛋糕、捧着花进来，张雯妈揶揄说：“哟，和谁庆祝生日呢！没吃完还给我们打包了？真是有心了。”

张雯最受不了她妈阴阳怪气的试探，不理她，只把蛋糕和花都放在小茶几上，打开蛋糕盒子，切块分给二老，说：“没吃过的。”

张雯爸接过来就吃，也没说什么。张雯妈只端着蛋糕，却不肯吃，问：“谁送的呀？”

“我自己买的。”张雯撒谎。

“自己买的会在上面写‘我心如一’？”张雯妈说，“妈妈也是从年轻时候过来的，不要欺负妈妈不懂哦！”

张雯不作声了。

张雯妈催问：“说呀，谁送的呀？”

“一个朋友。”

“什么朋友呀？”

“普通朋友。”

“普通朋友跟你庆祝完，送你整个儿蛋糕，让你带回来给我们吃？

我不信。”

“真的是普通朋友。”张雯解释。本想说没有庆祝生日，今天晚上是同事聚餐，又怕这样一说，便被她妈猜出来，送蛋糕和花的是同事，便什么都没说了。

“那是什么？”张雯妈努努嘴，“普通朋友送玫瑰花呀？你当我们傻？”

张雯不说话了，张雯爸把吃了几口的蛋糕放在茶几上，看着张雯，也没有说话。

张雯妈自顾自地把玫瑰花拿起来，抱在怀里数了起来：“1、2、3、4……28、29，他知道你29了呀！”

张雯依然没说话。

张雯妈说：“送蛋糕给我们吃，还送你花，送花都送29朵，而不是18朵，跟你以前交往过的男朋友完全不一样，真是个老实人哦！”

张雯依然不作声。

张雯爸开口了：“雯雯呀，你也知道你二十九了，不年轻了，遇到合适的，不要东挑西拣，早点儿结婚，我和你妈也放心的呀！”

“跟你们说了是普通朋友！”张雯生气了，说，“你们慢慢吃，我去睡了。”

那天晚上，张雯躺在床上翻来覆去睡不着，王伟对她的心意，她何尝不明了？到了她这个年龄，恋爱谈了不知道多少次，对男女之事早就熟稔于胸。王伟喜欢她，她很久之前就知道了。毕竟，那么多销售员里，他待她终究是与别人不同的。但王伟不说，她就假装不知道。照样把他当普通同事看，偶尔也会跟他开开玩笑。

她每次交了新的男朋友，稳定一段时间，也就不瞒着售楼处里的各位了。王伟每次都会有些情绪低落，但那是没办法的事儿，她总不能为了照顾他的情绪，就不谈恋爱了吧！

这一次，因为罗姓业主的事情，她空窗的时间有些久，但其实也并没有多久，不过几个月罢了。王伟就按捺不住了，虽然没有直接表白，但这跟表白有什么区别？蛋糕上写的那几个字、送她的红玫瑰，连她妈妈都看出来了，她又怎么可能看不出来？

张雯不知道王伟想要做什么，她觉得惶恐。如果这是一次试探的话，她几乎可以想象，试探过后要不了多久就要表白了。——或许不会直接表白，却会越来越露骨地对她好，给她压力，逼迫她接受他喜欢她这件事。

这之后，想假装不知道都不可能了。他毕竟是同事，还是上级，躲都躲不掉，只能去面对，去回应。

可是，怎么回应呢？直接告诉他，或者用行动拒绝他吗？他会受伤的。这和之前每次把新交的男朋友带到售楼处让他看到受伤还不一样。那是间接的、含蓄的。当面拒绝的话，就是直接的、赤裸裸的了。

毕竟是同事，如果直接拒绝了他，那就等于剥夺了他所有的希望，两人自此撕破脸，只怕连同事都不好再做了。虽然不喜欢这份工作，但这个项目还不错，销售一直很稳定，收入也还算稳定。对自己现阶段来说，最重要的事情，是找一个合适的男朋友，谈一段奔着结婚而去的恋爱。现在可没精力去换新工作，去适应新的岗位和人际关系。所以无论如何，保住这份工作才是最重要的。

张雯做地产销售多年，当然知道一个销售经理手里有多大的权力：他们或许没有钱，也没什么社会地位，所能管辖的，不过是售楼处这一方天地。可是，他们手里有的折扣权力是销售员所没有的。有时候，客户希望能优惠几千块钱，销售员做不了主，就只能去请示销售经理。答应不答应，就在他一念之间。答应了，说不定就开单了；不答应，说不定就成交不了了。另外，一个项目总是要持续很多年的，那些辞职的销售员，总是会遗留下些成交或未成交的客户交给现场的销售员。而那些客户，是否还有机会成交，销售经理最清楚不过。把什么客户分给哪个销售员，这可是门学问。张雯仗着王伟喜欢她，在这方面可没少占便宜。当然，还有一些销售员之间的业绩纠纷啦，年底KPI考核啦，这可都是销售经理说了算的。所以，无论从哪个角度来说，张雯都没必要得罪王伟。

张雯长相姣好，也就是家境差了点儿，学历低了点儿。平时也没什么机会认识条件不错的男人，这份工作，却提供了这个机会。——进门的男人，要么会成为业主，要么会成为准业主。就算都没有，至少证明了一件事：他具备在这个城市购房的能力。

张雯什么都不用做，只用把他们当中单身的那群人挑出来，偶尔聊聊天，“发展发展”就可以了。感谢多年以来“严格执行”的限购政策，在这个城市，自2009年起，一直都是外地户口单身人士无购房资格，本地户口单身人士限购一套。买房的时候，对方就已交齐资料，是否单身，看一看就知道了。

这个购房门槛，直接挡住了外地单身人士。张雯觉得这样挺好，虽然她本人对外地人并无成见，但架不住张雯妈三番五次地在耳边叨叨，希望她找个本地的，知根知底不说，将来生了孩子，婆家还能帮衬点儿。

王伟工作能力不错，情商也高，两人平时相处极好，张雯不讨厌他，甚至还有些喜欢他。可对于结婚来说，光喜欢是远远不够的。王伟是外地人，单身。限购政策出来至今也有七八年了，都市的房价一直都不算低。以王伟的年龄来说，政策出来之前，要么还在读书，要么刚毕业一两年，只怕根本就没有能力买房。这些年，可能存了点儿钱，但工资增长的速度远远赶不上房价上涨的速度，只怕跟自己一样，同样是买不起的。

王伟从来没提过家里。从他的消费习惯来看，只怕家庭也不富裕。吃的方面，他也极节省，中午吃饭要么叫份盖浇饭，要么吃最便宜的水饺，晚上也是对付着吃。虽然有辆代步车，价格不过也才十来万。

这么穷还想追她？不知道他哪来的自信。本来对他还挺有好感的，因为这送花、送蛋糕的动作，张雯对王伟的那一丝好感也逐渐没了。张雯暗暗发誓，要跟他保持距离，不能再像以前一样那么“随便”了，不能给他任何希望，不能让他误会。

“折腾”了一夜，周航把陈素素送到家门口的时候，天已经麻麻亮了。陈素素在周航车里眯了会儿，见到了，便也就下车了。周航叫住陈素素，说：“你看起来太困了，今儿就不要去上班了，在家休息吧，我等会儿帮你跟王伟请个假。”

他帮忙请假算怎么回事儿，这不明摆着让人误会吗？急于撇清关系的陈素素瞬间就清醒了。她看看手表，说：“还能睡两个小时，两个小时足够了。不用你帮我请假。”

说完就高一脚低一脚地朝小区走。

周航在后面叫：“既然不答应做我女朋友，那我追你总是没问题的吧？”

陈素素回过头来说：“你不要做无用功。”

周航笑着说：“是不是无用功，总要做了才知道呀！”

陈素素的头昏沉沉的，也懒得再跟他废话，摇摇头便走了。幸好父母还在睡，她出门时静悄悄的，进门时静悄悄的，他们并没有发现她几乎一夜未归。

到了点儿，陈素素挣扎着起来上班去了。她没想到的是，周涟漪也来了。

前一天晚上，听周航说了发生的事情，得知周涟漪跑掉了，陈素素本以为周涟漪受到的打击太大，今天可能不来上班，却没想到她还是来了。

周涟漪的眼睛红肿红肿的，脸也有些肿，想必是哭过并没有睡好的缘故。陈素素不知道周航走后又发生了什么。但她想到，周涟漪之所以会如此，可能还是因为听了曹俊超那句话，误会自己和曹俊超之间有什么不清不楚的关系，才会那么伤心吧，她得好好解释一下。

趁着没人注意，陈素素把周涟漪叫到旁边，小声跟她说：“我没有跟曹俊超开房，也从来没跟他谈过恋爱。一起进宾馆事出有因，我希望你能相信我，也相信他。”

“昨天的事情你都知道了？”周涟漪哑着嗓子问。

“嗯。”陈素素点点头，“周航说的。”

周涟漪恍然大悟：“小周总还是去找你了，也难怪，他那么喜欢你。”

陈素素沉默。

周涟漪说：“这件事跟你和小周总都没什么关系，是我和曹俊超自己的事情，你别管了。”

说完周涟漪就走了。她表面看起来坚强，但说这几句话的时候，哽咽的嗓子和再次红了的眼圈还是出卖了她的内心。陈素素知道，周涟漪心里很不好受，却也无能为力。爱情本来就是两个人之间的事情，或者说，是处于爱中的那个人个人的事情。其他人在其中的作用顶多只是导火索，是镜子破碎的外力，是压垮骆驼的最后一根稻草。如果有什么问题发生了，那么在这之前，问题早就存在，只是没有浮出水面罢了。

那天晚上，周涟漪并没跑远，就被周爸爸给追上了。

这么难堪的事情，被亲人撞见，周涟漪觉得很丢脸。挣扎着又跑了几步，在和爸爸的拉扯中摔倒了。

摔倒之后，周涟漪号啕大哭，仿佛要把这些年在人生不如意的路上所受过的委屈，全部哭出来。

周爸爸不理解周涟漪的情绪，还以为她只是因为得知了爱情的真相，才会哭得这么伤心。

周爸爸抱住周涟漪，只语无伦次地说：“不怕，闺女，不怕，爸爸在呢，爸爸一直在呢！”

关键时刻，也只有这个男人才会事事以她为先，永远不会伤害她。无论她好还是不好，她永远都是他心中的小公主。

抱着爸爸，闻着他身上多年无法散去的油烟味儿，看着他丛生的华发、粗糙而皱纹满布的皮肤，周涟漪觉得很对不起他，哭得更伤心了。

周爸爸却依然不明白，以为她还在为那个男人伤心。周爸爸说："不哭了，不哭了，闺女，他欺负你，爸爸帮你打他，你告诉我他住在哪里，爸爸去找他，我打死他……"

周涟漪愣住了，慢慢擦干眼泪，破涕为笑。她仔细想了想，想到陈素素平时对待曹俊超的冷淡，想到曹俊超说那些话时的迟疑，她突然就明白了事情的真相。她觉得悲哀，为自己感到悲哀。她缓慢地摇摇头，说："不要去打他，不要找他麻烦，这件事儿我会解决的。"

周爸爸的脑子显然没有女儿这么快，他讷讷说："可是他欺负你……"

没有人欺负你女儿，是你女儿上赶着让人欺负呢！周涟漪自嘲地想。然而这句话她没有说出来，说出来只怕爸爸更伤心了。

周涟漪说："你打不过他，真相也不是你看到的这么简单，你答应我，什么事情都不要做，让我去处理，好吗？"

周爸爸向来听周涟漪的，见周涟漪都这么说了，虽然心里仍然觉得很不舒服，却什么话都没说，只默默地点点头，父女俩便相互搀扶着回家了。

走进小区，父女俩都看到了曹俊超，周爸爸立刻就想要冲上去，揍这小子一顿。刚有动作，周涟漪挽着他的胳膊收紧了，轻轻地对他摇了摇头。周爸爸看着周涟漪眼神里的哀求，心软了，最终什么都没做，带着周涟漪和周妈妈上楼去了。

上楼之后，周妈妈很想聊一聊，无奈周涟漪根本不想聊，周爸爸知道周涟漪自小自尊心就强，又被她刚才的哭声吓着了，怕周妈妈一句话不对刺激到她，当然也是因为爱她，就坚决地站在周涟漪这边，让周妈妈不要再说了。家里就三个人，两个人都统一战线了，周妈妈只好气鼓鼓地叨叨了几句，也就放过了周涟漪。

周涟漪像没事人一样洗漱完毕进房间之后，很快就关灯假装睡觉了。然而这假装也只是装给她父母看的，事实上，她一直沉默地站在窗边，望着窗外。

窗外，曹俊超没走，他靠在车前一根接一根地抽烟，站了多久，就抽了多久。他抽了多久，周涟漪就在窗前站了多久。当然，她躲在一边儿偷看，并没有让他看到。

夜深了，外面很冷。曹俊超时不时地双手交叉摸着自己的肩膀，或者跺跺脚取暖，偶尔也会抬头看向周涟漪家的方向。周涟漪很心疼，很想悄悄抱个毯子下去，或者打个电话让他赶紧回去不要站着了。想到他对她做的这些事情，她什么都没做，只不停地默默流泪。越心疼，越难受，眼泪就越多。

终于，曹俊超抽完了一包烟，又站了会儿便离开了。周涟漪又在窗前站了很久，发了会儿呆，终究还是上床睡了。和曹俊超认识以来发生的所有事情都在脑子里过了一遍，直到昏昏沉沉，才勉强合眼。

起床当然是艰难的。周爸爸、周妈妈出门上班前特意叮嘱她跟单位请个假，在家里休息。周涟漪摇摇头，强挤出一丝笑，说："我没事儿。"

好像是为了证明自己真的没事儿，也好像是为了不让父母担心，周涟漪还是按时按点儿上班了。除了陈素素，售楼处倒也没人知道那天晚上究竟发生了什么。

上班时的周涟漪很安静，好在她一向安静惯了，于苗苗她们倒也没怀疑她情感上遭遇了挫折，只是有点儿奇怪，她的眼睛和脸怎么都肿了。

张雯也来上班了。虽然王伟头天晚上的蛋糕和花吓得她半宿睡不着觉。但这是多小的事情啊，哪儿至于影响到上班呢！所以她也来了。

开早会的时候，王伟发现手底下的员工一大半状态都不对。黑眼圈、蜡黄的脸色、脚步虚浮，还有人肿着眼睛、肿着脸。王伟问都怎么回事儿，当着众人的面儿，谁肯说啊！都摇摇头表示没事儿，王伟隐约猜到张雯状态不好的原因，有些不好意思，便也没问，只交代几句，让大家打起精神好好上班便也罢了。

中午午休的时候，售楼处突然进来了一个业主。那业主姓刘，是来找张雯一起吃饭的。张雯高高兴兴地挽着他的手就出去了，回来还给每个人都带了杯星巴克的咖啡，说是“朋友”请的。

“什么朋友呀？新交的男朋友？”于苗苗现在和张雯的关系很好，她笑着打趣，张雯便也笑着应了。

张雯说：“认识时间不长，还没稳定呢！”

话虽这么说，但也等于间接承认了。

当时王伟也在，听了这句话，他转身就进了销售经理办公室。

张雯把给咖啡分给小姐妹们，又把给王伟的单独给他送了去。王伟在电脑前敲敲打打，头也没抬，只冷冷地说了句：“放那儿吧！”

张雯也就放下了，还狗尾续貂补充了句：“昨天晚上谢谢你啊王经理，我爸妈都说那蛋糕很好吃呢！”

“嗯。”王伟点点头，仍然没看她。

张雯自感无趣，便也就走了。出了销售经理办公室，忍不住吐了吐舌头，心里为自己的机智点了个赞。这是她昨天晚上想了半宿才想出来的最委婉的拒绝方式。——拉个条件比王伟好的男人出来遛遛，既可以避免同事之间撕破脸，也可以让他明白自己的心意：无论如何，她是看不上他的，还是趁早死心吧！

只可惜对那姓刘的业主还不算特别了解。虽然他在追她，但她还没答应呢！她还打算再考察一段时间呢！现在因为王伟，提前曝光了。曝光也就曝光吧，男人之间需要竞争，请刘姓业主帮忙的时候，就说明白了为什么请他帮忙，让他知道自己追求者众，连售楼处的销售经理都对自己有意思，也能让他有点儿危机感。

果然，刘姓业主插科打诨了几句，委婉地表示了吃醋之后，也就答应了张雯的请求。中午不仅很大方地请她吃了饭，还买了咖啡送给她的同事们。离开时，又当着她的同事面儿秀了恩爱，表示晚上下班会来接她，功夫倒是做得十足。只可惜了王伟，本来还准备了一件不便宜的礼物，打算“趁热”跟张雯表白，这下子被打脸了，一气之下把礼物给扔了。

休息日，陈素素去了心知咨询室，和范心知聊了自己这一段时间的工作和生活状态。事实上，这是陈素素到锦阳湖壹号上班之后，第三次到咨询室了。因为上班，忙了不少，再加上之前的治疗进入瓶颈期，去咨询室的次数，并不像之前那么频繁。

之前的两次咨询，同样做了抑郁测试，却并没有明显进步。而这一次却不同了，抑郁指数和焦虑指数都降低了不少。看到这个结果，范心知和陈素素都很高兴。

范心知说："这次见你，感觉你的状态好了很多，脸色红润了，眼睛里也有了光彩。是发生了什么很好的事情吗？"

陈素素自嘲地说道："倒没有发生什么特别的事情，可能是我的心态发生了转变吧！以前啊，觉得人生毫无希望，经常产生活不下去的念头。可也就这几个月，我看到了很多比我要艰苦的女孩子，那么努力地生活，就觉得自己之前未免太矫情了些。"

范心知问："你的同事们？"

"嗯。"陈素素点点头，"她们和我年龄差不多，每个人的生活都很艰辛，却也都知道自己想要的是什么，会为了自己想要的东西而努力，这让我很羡慕。"

范心知问："你的人生没有目标？"

陈素素不好意思地承认："是的，并没有。"

"现在依然没有吗？"

"没有。"陈素素回答。

范心知沉默了会儿，又问："你现在还经常想起以前那些不开心的事情吗？"

"这个倒是很少了。"陈素素说，"锦阳湖壹号的工作不算特别忙，但很累。每来一个客户，都要说一箩筐话，带他们参观样板房。有些客户，若看中了具体房源，还会要求销售员带他们去那套毛坯房里感受一下。二期是期房，有些楼栋电梯还没装好，这时候若拒绝不了，就要戴着安全帽一层层爬楼了。二三十层高的楼，一天几趟下来，回到家之后，什么事情都不想干，只想快点儿洗了澡躺下。太累了，也就没有时间胡思乱想了。”

范心知说：“上次你过来的时候，还说不喜欢锦阳湖壹号的人事环境，那现在呢？”

陈素素说：“以前啊，看着她们为了一点蝇头小利就争来斗去，谁都不肯让着谁，就很反感。现在跟她们相处久了，反而觉得这样挺好的。因为环境，她们每个人都很直接，有自己的痛苦和欲望，会为了一点小事儿计较，但该团结的时候，却又异常团结。这样的团队，让我觉得鲜活，不像之前在投行上班，每个人说话都只说三分，虚虚实实、实实虚虚，常常让人摸不着头脑，闷气暗生。”

陈素素讲了张雯被罗姓业主的朋友恶心时，全员出动的情形；讲了周涟漪连续三个月业绩倒数第一即将被公司开除时，自私的张雯主动提出帮教带；还讲了“地板门”事件，于苗苗的家庭受到牵连，同事们一起去仓库寻找证据的事情。

萍水相逢的陌生人，因为一份工作成了同事。同事是每天相处时间最长的人，然而同事之间的缘分，却又特别浅。在一起上班的时候，为了工作，彼此之间不得不说很多话，在一起吃很多顿饭，一旦离开这个单位，就成了熟悉的陌生人。朋友圈里点点赞，关系已算不错。大部分人，点赞都不会有，更有些人，因为在之前的单位发生了些不开心的事情，朋友圈都不愿意对前同事开放，若换了电话，或更新了通信录，曾经的同事便随风散去。再过几年，可能连彼此的名字都不再记得。

职场无友谊，这是无数职场前辈反复告诫的事情。曾经的陈素素，坚信这个理论。可是现在，她开始怀疑了。她相信，锦阳湖壹号的这些姑娘，就算将来发生再多的事情，在这一段时间，彼此多少还是有些真情的吧！

听了陈素素的这些想法，范心知很感慨，虽然人生仍无目标，但借助同事关系，与这个世界产生了联系，内心不再孤苦无依，这大概是陈素素抑郁指数和焦虑指数大幅下降的主要原因吧！

范心知问："你现在还经常想起他吗？"

陈素素知道，这个"他"指的是叶望一。陈素素的抑郁症，虽然有多方面的原因，但叶望一对她的伤害，却是导致病情暴发的最直接因素。这两年，陈素素始终没有从这份失败的恋情里走出来，还会时不时地想起叶望一，想起他曾经的恶言恶语和他对自己的伤害。虽然明知道他说的那些话和他对自己做的那些事不对，是恶意的攻击，却忍不住会想、会难过。

在范心知提醒之前，陈素素就已经感觉到了，最近这两个月，她很少想起叶望一了，但这主要是另外一个人走进她心里的缘故。这份喜欢，让她很痛苦。和叶望一分手的时候，陈素素发誓，不要再喜欢任何人，不要让任何人走进自己的心里，免得给自己带来伤害。可她却没能控制住自己，她不仅喜欢上周航，这喜欢似乎还一日日加深了。于是她很自责，恨自己没能守住自己的心，给了别人可乘之机。

陈素素的这种想法，并没有瞒着自己的心理咨询师。范心知听了哑然失笑，她问："绝情绝性，你是想当尼姑吗？"

陈素素也忍不住笑了，说："当尼姑倒不至于，就是不想谈恋爱了，谈恋爱实在太累了。"

"不能因为遇到了一个不合适的人，就否定了整座森林。恋爱当然会有痛苦的时候，可也有很多快乐的时候呀！"范心知说。

"恋爱的前期，大概都是快乐的吧！可也仅限于前期，恋爱越久，彼此了解越多，爱情变得稀薄，曾经那个看着哪儿哪儿都赏心悦目的人，也变得面目可憎起来。这样的恋爱又有什么意思呢？"陈素素说。

范心知哈哈大笑："你讲话真有趣。"又说，"恋爱这种事情啊，真是仁者见仁智者见智，别看我这么大年龄了，我还想恋爱呢，恋爱能让人容光焕发，深刻地感觉到自己还活着。"

陈素素说："范阿姨，你心态真好，就像个少女。"

在心理咨询领域，范心知是专家，是大拿。可不知道为什么，她一直都没结婚。她曾经有一个相处十年以上的伴侣，后来分手了，这些年，范心知谈过几次恋爱，但时间都不长。陈素素忍不住佩服地想：咨询师的心理素质就是不一样，恋爱多次失败多次，却依然毫不畏惧，想要继续恋爱。哪里像自己，一朝被蛇咬十年怕井绳。

这样想，便这样说了，范心知笑得更大声了，她说：“像我这样的才是常态，你这样的才是特殊存在呢！”

陈素素想起张雯，张雯的恋爱之路似乎也很凄惨，可她每次失败之后，都迅速收拾心情，投入下一段恋情之中，不得不说，还真是挺让人佩服的。

陈素素忍不住反思，是自己错了吗？可能，这世上大部分女孩子，都有一颗坚强的心，不会因为一次恋爱就得抑郁症吧！失恋不可怕，失恋后抑郁这么长时间，并对爱情心怀恐惧的心态才可怕呢！

在范心知处咨询，也有两年了。前期很痛苦，范心知像外科医生，以语言为刀，熟练地剖开皮肤，把掩藏在完好皮肉下的伤痈呈现出来，再一点点剜掉。有些人剜掉便也就好了。而有些人的伤痈就像癌细胞，这边剜掉了，那边又扩散了，陈素素就是如此。

后来，范心知发现，自己的治疗效果不明显时，便把她转介了。换了好几个咨询师，却没有人能治好陈素素的抑郁症。因着陈一凡的关系，范心知只好又把陈素素“接收”过来。既然没有明显效果，那就和她聊聊天，开解开解也是好的。

这一点，范心知明显做到了。陈素素越来越喜欢和范心知聊天，每次从她的咨询室走出来，心情都会很好。

只是陈素素怎么都没料到，这一次，刚走出心知咨询室，就会遇见周航。——这个她刚刚才和范心知聊过的男人。

在走廊外遇见周航，陈素素很吃惊，问：“你怎么在这里？”

周航：“我……”

“我”了半天，却说不出自己的目的。

“你也有心理问题需要咨询？”陈素素问。

“我没有。”周航说。

“那你……”

听见动静的范心知走了出来，见到周航也很吃惊，看了看腕表说：“我不是跟你约了三点半吗？现在才三点，你怎么就来了？”

周航踟蹰着说：“我想早点儿过来。”

边说还边偷偷看了陈素素一眼。

陈素素明白了，周航此番过来，是想向范心知打听自己的事情。自己的抑郁症以及其他。他私下和范心知约好了，却没想到因为过于心急，来早了，跟自己撞上了。

不知道别的女孩子遇见喜欢的男人这样打听自己会是什么感受。一般应该分为两种，一种是感动和开心，另一种当然是觉得被冒犯，不仅不开心，反而会恼怒。

陈素素是后者。她觉得被周航冒犯了，还觉得被范心知背叛了。

范心知是陈素素的心理咨询师，初次咨询的时候，范心知就跟陈素素说过，心理咨询师会为来访者保密。除非来访者做了触犯法律的事情，否则，她听到的那些东西，绝不让第三人知道。包括来访者的父母，包括任何一个想要了解来访者的人。

长时间的接触，范心知早就获得了陈素素的信任。可以说，范心知是最了解陈素素的人，甚至比陈素素本人还要了解陈素素。陈素素的所有秘密，都未曾瞒着范心知。可陈素素没想到，范心知会在没有知会自己的情况下，答应和周航见面。——她俩刚刚还谈到周航，现在这又算什么呢？

陈素素恨恨地跟范心知说：“你太过分了！”

说完这句话，又冲周航嚷嚷：“我建议你不要跟任何人打听我，不然我只会讨厌你，甚至恨你。”

说完，陈素素就快速冲了出去，留下面面相觑的周航和范心知。

周航知道陈素素作为一个病人，情绪很容易激动，怕陈素素跑太快出了什么事情，连忙追了出去。

楼下，周航追上了陈素素，周航正要张口，陈素素便说："不要再解释，也不要再说什么。你做了这样的事情，我无法再相信你了。"

周航苦笑："这么严重？"

"是的。"陈素素说，"立刻停止，不然我真的会恨你。"

"可我也是好心……"周航还是忍不住解释。

"这世上好心办坏事的人还少吗？"

一辆空的出租车远远驶来，陈素素招手，车停下，陈素素拉开车门上车，留下周航独自在风中凌乱。

陈素素到家之后，范心知打来电话，先为自己没有提前告诉陈素素周航会来拜访而道歉。后又解释说，她主要是看陈素素这些年过于辛苦，又被周航的诚意打动，知道两个年轻人都有情，愿意帮一把。她可以以职业操守担保，违背心理咨询师"保密原则"的事情绝不会做。

"可是您怎么知道，有哪些话、哪些事情，是我不愿意让他知道的呢？"

范心知一时不知道该怎么回答，陈素素便把电话挂掉了。

范心知知道，自己不小心触到陈素素的逆鳞了，陈素素这个人，表面看起来很好说话，实际上一旦遇到认定的事情，十头牛都拉不回来。尤其是和叶望一分手之后，本来开朗的性格，也变得有些孤僻。这两年，她好不容易获得了陈素素的信任，这下子全都破坏掉了。却也不觉得可惜，陈素素不仅是她的病人，还是她好友的孩子，作为长辈，看着陈素素在心牢里走不出来，也觉得难过，她愿意为她做些事情，哪怕吃力不讨好。

事后，周航打了很多遍陈素素的电话，陈素素却始终没接。第二日，陈素素刚去上班，周航就来了。以前不知道陈素素的心意，害怕在同事面前造成不好的影响，他喜欢陈素素这件事儿一直瞒着。但是现在，陈素素已经往后退那么远了，他若再不主动点儿，只怕两人的距离根本无法拉近。加之，周涟漪已经知道了，再瞒着也没什么意思了。

男人喜欢一个女人，主动追求，这有什么大不了的？周航本来就不是遇事喜欢藏着掖着的人，索性公开算了。

他刚到售楼处，王伟就以为他有工作要谈，连忙迎上去，叫“小周总”。周航决定了不瞒着，这时反有几分不好意思，指着陈素素说：“我找她。”

陈素素没想到周航这么公私不分，私下“没解决”的感情问题，又带到工作场合来。本不想跟他谈，但众目睽睽之下，却也不好拂了他的面子，还是跟他出去了。

售楼处广场某无人的角落。

周航再次为那天私自去找范心知道歉。他向陈素素保证，以后跟陈素素有关的事情，都会提前跟她说。

陈素素问：“现在我正在上班，你因为这些事情来找我，提前跟我说了吗？”

周航说：“谁让你不接电话也不回消息的？我也是没办法了，才出此下策。”

“还怪我了？”陈素素说，“下次不要这样做了，否则我可能因此而辞职。——尽管我很舍不得这份工作，但如果你逼我，我也只好这样做了。”

周航苦笑：“何至于如此？”

陈素素说：“且不说你自己身上一堆麻烦事儿，我身上也一堆麻烦事儿。在解决那些事情之前，我没办法接受任何人。”

周航问：“你有什么麻烦，你且说说看。——等等，我又有什么麻烦？”

陈素素说：“以前我以为你妈和我爸……算了这个已经解决了。至于你自己，还有殷桃……”

“你说殷桃？”周航瞪大了眼睛说，“她是我们家司机的女儿。我们从小一起长大，她对我倒是有几分意思，但我一直把她当妹妹看。前几年，她打算走网红路线的时候，拜托我帮忙拍几张照片，我看是举手之劳，也就答应了。却没想到被网友误会了。我让她澄清，她跟我说了一大通如何炒作才能更红之类的话，我又没女朋友，又见她因为红了，挣到钱了，给家里买了房、买了车，利益是实实在在的，也就没说什么了，还配合她又拍了几张照片，我的微博一开始也是她打理的，那些暧昧的话是她自己发的。她见我好说话，以为还有机会，又信了网友的那些话，真把自己当我女朋友了，多次跑来找我，我见势不对，严词拒绝了。她大概也死心了吧，只是我没想到，她偏偏选择在‘地板门’事件的时候，删除那些照片，这倒让我觉得挺惊讶的。”

对于周航和殷桃的事，陈素素不了解，便不好评价。默默听着，默默无语着。见周航说完之后便不再说话，只目光烁烁地望着她，也只好没话找话地问：“那后来你们又见面了吗？”

“见面做什么？有些事情大家你知我知，保持沉默就好了。其实她选择那时候做出那种事情，我倒是松了一口气。不必再觉得欠她的情了。——你干吗这么关心我和她的事情？干吗还要追问有没有再见面？你喜欢我对不对？”

“别胡说了。”陈素素解释说，“我也就是好奇，八卦一下……”

这话连她自己都不信，说着说着，脸红了，声音也越来越小。

周航笑嘻嘻地绕着陈素素追问：“你喜欢我，你就是喜欢我，我早就猜到了！”

陈素素的脸红到了脖子根儿：“不要这么幼稚好不好，我不喜欢你。”

“我才不信！”周航说，“喜欢我，却要拒绝我，这是为什么呢？”

陈素素不作声了。

周航说：“你说你自己身上一堆麻烦事儿，究竟是什么麻烦事儿，告诉我，看我们能不能一起解决。”

陈素素说：“你没办法帮我解决的。”

“抑郁症吗？”周航说，“虽然我没有得过抑郁症，但我也抑郁过无数次，我大概也能猜到那是什么感觉。我还是那句话，既然喜欢你，就要选择跟你一起面对。我并不是很有信心，但我会尽力去做，尽力让你因为和我在一起，生活充满阳光，不再抑郁。”

我并不是很有信心，但我会尽力去做……这句话很真诚，陈素素得承认，她被这句话打动了。可打动是一码事儿，接受是另一码事儿。被打动便接受，便去选择可能存在的不稳定，这是冲动的小孩子才会做出的选择。

陈素素说：“因为爱情啊，是太不稳定的东西。我并不能确定，你是我的灯塔，还是我的风暴。”

周航无语了半晌，这才说：“不试试看，怎么知道呢？”

“我试不起。”陈素素说，“我和别的女生不同，我更脆弱些。我不敢拿我脆弱的神经去试一个只有百分之五十成功率，甚至比百分之五十还低的事情。”

“你是这样看待自己的？”周航很惊讶，“我的看法怎么跟你完全相反呢？你聪明、睿智、坚强，拥有的能量，让你整个人闪闪发光，这也是我爱上你的主要原因。如果你投入真心，去做了，我相信无论什么事儿，你都能做成。”

陈素素很惊讶：“在你心里，我是这样的人？看来你对我的误会真的很深。你喜欢的大概是你想象中的那个陈素素，而不是我。”

周航说：“我这样说，是有根据的。第一次见面，你夺过我手里的喇叭，力挽狂澜；周涟漪连续三个月倒数第一，要被开除时你说的那些话；‘地板门’事件，你第一个发现了三车货和三分之一甲醛超标之间的关系……或许在你心里，这都不算什么，但在我看来，这正是你独特的魅力所在。”

“你是因为这些喜欢我的？”陈素素说，“做这些事情的我，并不是真实的那个我！”

“不，做这些事情的你，才是真实的你。”周航说，“我当然相信，你还有另外一面，脆弱、敏感、多思。我并没有放大你坚强的那一面，但很显然，你放大了你脆弱的那一面。谁说抑郁症就不是所谓的‘安全地带’呢！你让自己安心地躲在里面，就可以为自己所有不负责任找到借口了：我有抑郁症呢！于是这抑郁症，就成了你的牢笼，你的枷锁，你躲在里面，不愿意出来……”

周航还没说话，陈素素就生气了，她嚷嚷着：“你是这样想我的？你对我了解多少？你凭什么这么说我？”

“看，又生气了吧！”周航说，“蚌的壳，又封闭了啊！我本无恶意，只是在跟你讨论你，你却听不进去一点儿异见。”

“别把自己整得跟心理咨询师似的。范阿姨都没有解决的事情，你凭什么认为自己三两句话就能解决？”陈素素说，“富二代的自以为是，真是让人无语啊！”

“我从来没有怀疑过范阿姨的专业能力，我和她之间最大的不同是立场不一样。你是她的病人，却是我爱的人。这几个月，我从来没有停止过思考，思考你究竟是什么样的人。”周航说，“还有，不要用富二代来称呼我，我讨厌这个标签。”

“随你怎么说吧！”陈素素看看表，说，“我已经出来很久了，我得回去了。”

陈素素说完转身就走，周航说：“喂，一言不合就离开，这是什么毛病？”

“这是我的工作时间，我们聊天的地方，也是我的工作场合。”陈素素说，“这是第一次，也是唯一的一次！如果下次你再这样突然跑到这儿来，跟我说这些不着边际的话，我会立刻辞职。”

周航举手投降：“好了好了，我怕你了。——你不让我到这里来找你，我能到哪里找你呢？要不晚上我来接你下班？”

“不用，对于我来说，你下班来接我，和上班时间跑来找我，没有什么区别。”

“你总得给我一个机会追你呀！”

“你大可不必做这样的事情。”

“那你告诉我，我该怎么办？我只是想靠近你。”

“你最好忍着。”

“你怎么这么残忍？”

陈素素回头看了周航一眼，没有说话，起身走了。

陈素素知道周航是个固执的人，这样的人通常不达目的不罢休。下班时，陈素素担心周航真会来接她。从离开售楼处的那一刻起，到进地铁站，几乎是频频回头张望。幸好没有。地铁上，也不敢放松，眼睛时不时地看向周围如潮的人群。下了地铁，仍不敢放松，直到远远地看见小区的围墙，才松了一口气，心里却也有些失落。这心态还真是够矛盾的。

刚走到小区门口，正要刷卡进去，周航突然从斜角处冲了出来，叫道：“陈素素……”

陈素素的身体明显一震，慢慢回过头来。担心的事情还是发生了。

陈素素静静地看着周航，不说话，等他说。

周航说：“我实在没办法，我不能忍受怎么都见不到你。”

“你很闲吗？”陈素素问。这个问题，她和周航被关在售楼处那一次她也问过。

“挺忙的。”周航说，“华里公司的事情，我自己新开公司的事情，一大堆，处理不完。可我无心做事，特别是我知道你也喜欢我，却拒绝我之后，我没办法让自己死心。”

陈素素静静地看着周航，沉默。

周航说：“对不起！我不想引起你的反感。”

“你已经引起了。”

“那你能不能原谅我？”

“不能。”

“我该怎么办？”

“立刻从我眼前消失，并不再出现。”

“我做不到。”周航痛苦地说。

陈素素静静地看着周航，三秒、五秒、十秒、十五秒……

陈素素说：“你跟我来。”

陈素素刷卡进了小区，周航不知道她要做什么，狐疑地、沉默地跟在她身后。

到了家，陈一凡也在，和陈太两人似乎在争吵，见陈素素带着周航进来，便住嘴了，只是神情有些尴尬。陈素素见怪不怪，和爸妈打了声招呼，就带着周航到了自己的卧室。

上楼的时候，周航小声问陈素素：“他们在吵什么？”

“不知道，不管他们。”陈素素说。

“哦！”周航应了一声，便没再说话。

周航没想到，自己会在这种情况下进入陈素素的卧室。

周航对陈素素的卧室很好奇，四处打量着。

陈素素没理他，径直走到梳妆台前，拿起了藏在首饰盒后面的曲别针。把那半盒断掉的和半盒没有断掉的，打开放在周航面前。

周航不知道说什么好。

陈素素继续说：“不要小看抑郁症，不要逼我好吗？我真不知道被逼急了，会做出什么样的事情来。”

周航的拳头握住又张开，张开又握住。陈素素给他看的东西超出他理解的范围，他喜欢的女孩儿啊，这些年究竟经历了什么？周航又震惊又心疼，哑着嗓子说：“我只是喜欢你而已，你何必这样？”

“那就不要喜欢我。或者，忍着，等最强烈的那段情绪过去。就像我拼命忍着不自残一样。”陈素素冷静地说。

他逼她，她又何尝不是在逼她？只不过一个循序渐进而另一个暴风骤雨罢了。不知道过了多久，周航才从齿缝里挤出一个字：“好。”

说完之后，周航就快速逃离了。是的，是逃离，被逼到这份上，除了逃，还能做什么呢？倒是陈太觉得惊讶，来时气定神闲的贵公子，走的时候怎么就那么仓皇，像丧家之犬。只可惜，周航走得太快，连招呼都没来得及打，而陈素素在刚刚的过程中就已经用尽了全身的力气，周航刚离开，就累到不行，除了趴在床上，把脑袋蒙在枕头下之外，什么事情都做不了了。陈太虽然好奇，见陈素素这样，知道什么都问不出来，也只好罢了。

第六章

整整一周，曹俊超都没有和周涟漪联系。周涟漪是“受害者”，看清这份感情的真相，自不会降下自尊主动联系。他们两人并没有直接说分手。但经历了这些事情，若“肇事者”没有进一步解释，且双方都没有主动联系的话，和分手也没什么区别了。

那一周曹俊超的心路历程我们没办法模拟。但可以想象一下，他本来就觉得和周涟漪在一起有些“莫名其妙”，怀疑周涟漪是不是看上了他的钱，对和周涟漪后续的交往没有规划。这一次，只为让另一个男人难堪，就当着周涟漪父母的面，说出“和另一个女人有染”这样的谎话，也让他明白，自己在潜意识里，其实并没有那么在乎周涟漪。

既然不在乎，何必再联系？虽然那天晚上，他在周涟漪家楼下站了大半夜，抽完一整包烟，但谁知道后来，他心底深处有没有松一口气呢？

对于有些人来说，分手是痛苦的。但对于另外一些人来说，分手却是快乐的。摆脱一个人，就像摆脱一场麻烦。没有纠缠、不痛哭不吵闹，未尝不是一件好事儿。

不知道在曹俊超的内心深处，有没有感谢过周涟漪的“懂事儿”，在一起时，周涟漪从来没有提过任何要求，分手后当然也没有。就这样突然不联系了，就像两个人从来没有在一起过。

然而这样的状态，不过也才持续了一周，曹俊超就坐不住了。虽然他和周涟漪交往时间不长，也不过短短两个月工夫，但这两个月，周涟漪带给他的感受却是完全不同的。

周涟漪细心体贴、人情练达，虽然在事业上不怎么样，但作为女朋友，简直无可挑剔。书上说，21天改变一个习惯。和一个人在一起，如果那个人带给你的是好的影响，有些习惯也在不知不觉中被改变了。

曹俊超是个粗人，有着粗人的各种生活习惯。尽管他自己是做服装的，但穿衣吃饭却毫不讲究。吃，总是吃外卖；穿衣服，一般也是自己工厂里生产出来的那些。和周涟漪在一起之后，经常吃周涟漪在家做好带过来的饭菜，穿衣方面周涟漪也有说法：“不同场合穿不同的衣服，老板要有老板的样子。见普通客户穿自己厂里生产的休闲装就挺好，若有大客户要谈，最好穿西装，最好是名牌。这就像女人出门前先化妆一样，不是麻烦，而是为了礼貌。”

为了这个，约会时周涟漪陪曹俊超去了很多次商场，买了好几套以他的消费习惯来说稍觉肉疼的衣服。分手这一周，每天早上出门，想到这一天要去做什么，从衣柜里往外拿衣服时，曹俊超就会想起周涟漪说的话，会失神，然后不自觉地按她之前说的去做。

吃饭时，无论是在公司还是在家，会不自觉走到冰箱，冰箱内空空如也，这才惊觉这一天并没有人交给他一个饭盒。又去点外卖，以前也不觉得难吃。然而现在却总是勉强吃几口就忍不住放下了，外卖油盐太重、调料太多，简直无法入口。

总要吃东西。以前遇到难吃的外卖，或来不及点外卖时，曹俊超通常用泡面或老干妈拌饭解决。可是现在就连最爱的老干妈，都被他挑剔味精味儿太重。

这一天，连续扔掉三份外卖之后，曹俊超再也忍不住了，拿着车钥匙就出门了。出了门才发现，已经是深夜了。他发了会儿愣，先去了锦阳湖壹号的门口。自然是没有人的，他在车子里坐了很久，想周涟漪，也想陈素素。他本来以为，他喜欢的人是陈素素，可是那一刻，他的脑子里全是周涟漪。陈素素长什么样，他都快记不清了。

曹俊超唯一能记清的是，他和陈素素是在抑郁症互助群里认识的。他是群主，陈素素是群成员。那个群啊，大部分人都表面正常，内心却充满悲伤。

他不知道陈素素是怎么得的抑郁症，只隐约听说和男人有关，他却很清楚自己是怎么得的抑郁症。

早些年日子苦，吃了上顿没下顿，每天晚上睡觉前，都要琢磨第二天的饭辙在哪儿，根本没时间抑郁。

后来，机缘巧合之下进入服装行业，又经历了多年黑暗的、难熬的创业岁月，觉都不够睡，也没时间抑郁。

终于，创业成功了。一切都进入正轨，手里也有了点儿小钱，空虚却从脚底板儿到脑仁儿从下至上袭来，一下子就击中了他。

他曾尝试恋爱，然而工作环境遇到的那些女孩子，要么素质太低，要么看中的只是他的钱。有一段时间，他甚至沉迷于酒吧和夜总会。

其实，酒吧和夜总会也没什么不好的。那些女人也爱钱，却是明码标价的。

然而这样的女人啊，唯一能解决的是身体的空虚，而不是精神上的。没多久，他又厌烦了。厌烦之后是烦躁，总觉得做什么都不对，就连最爱的赚钱，似乎也丧失了动力。还失眠，整夜整夜地睡不着觉，一开始靠着安眠药还能勉强睡几个小时。后来，安眠药也不起作用了，就是睡不着。

睡不着的后果是越来越瘦，眼睛整天都是红的，毛孔粗大，唯有体毛疯狂生长。早上才剃的胡子，不到中午，下巴上就乌青一片了。

这样的状态持续了一段时间之后，朋友看不下去了，介绍给他一个心理咨询师，让他去看看。以曹俊超的文化程度和理解能力，他是不信心理咨询师的。不就一“陪聊”吗？按小时收费，还那么贵，凭什么？

曹俊超年龄不大，却吃过很多苦。在他眼里，所有的心理问题都是对现实不满的真实写照。生活中的不如意，并不会因为心理咨询师的几句话就得到消解。而心理咨询师能做的，不过就是转变你的想法，让你“想开一点儿”。这跟居委会大妈的工作有什么区别？

想得开的问题，迟早能想开；想不开的问题，怎么开解都想不开。但既然朋友反复推荐了，手里又有点儿小钱，见见就见见吧！指不定谁治愈了谁，谁又教育了谁呢！曹俊超就是抱着这样的抵触心理和心理咨询师接触的。却没想到，他遇到了一个简单粗暴的心理咨询师。——当然也有可能是心理咨询师知道他就这种心态，故意用简单粗暴的态度待他。

一场“诡辩”，心理咨询师驳得他哑口无言。虽然心里并不服气，嘴上却不得不承认，心理咨询多少是有点儿用处的。接着，又做了两张测试问卷。一张是测焦虑的，一张是测抑郁的，焦虑值和抑郁值都非常之高。心理咨询师直接告诉他，若不辅助药物，根本无法治愈。带他去精神科开了药，又约了一个咨询疗程。

事情好像自此就有了转变，那些药物，虽然有时候会让他的脑袋昏昏沉沉的，但从此能睡着觉了。心理咨询师给他的那些建议，比如说健身、看书、多接触不同的人，他一一照做，情绪上也好了很多。他加过几个抑郁症互助群，发现那些人大都幼稚，漫无目的地聊天以打发时间、情绪吐槽和目标打卡的比较多，看起来更像是学生群。后来干脆自己建了一个，以线下见面交流为主。精心管理下，群成员不多，却几乎都处成了朋友。他就是在这种情况下认识陈素素的。

陈素素这样的女孩子，素质高、学历高、家境好，在曹俊超的圈层里，是不多见的。就算能见着，也没什么机会聊天。但现在，因为抑郁症，彼此有了很多见面交流的机会。和陈素素一聊，才发现人与人之间是完全不同的。有些人啊，即使受到了伤害，即使得了抑郁症，心底仍然是充满阳光的。

他们始终相信美好的存在，认识一个人的初期，先选择的不是防备，而是信任和与人为善。他们是那么彬彬有礼，那么温暖和善，然而再一深接触，才发现那不过是与生俱来的教养，实际上，他们的内心深处，始终有一个界限。那个界限之内，不容人轻易进入。

曹俊超很好奇，究竟是什么样的男人，才能轻易地伤了陈素素，让陈素素始终无法介怀，甚至得了抑郁症。

他很想知道，却什么都打听不出来。陈素素的嘴巴很紧，涉及隐私的部分，绝口不言。这也是曹俊超喜欢陈素素的地方。陈素素和他遇见过的那些女人完全不同。那些女人啊，总是话太多，什么都对人讲，以至于一眼看到底，显得过于浅薄。

曹俊超不记得自己是什么时候开始追求陈素素的。他本来以为，一个会为了男人得抑郁症的女人，应该是很容易动情的吧！或者说很容易被打动的吧！抑郁症的状态多有相似，但得抑郁症的原因却千奇百怪。如果说，抑郁症病人之间也有鄙视链的话，那为生活所迫的，大都看不上为情所伤的。曹俊超就有这样的心理。他自己都不知道，他对陈素素的喜欢里，有着病态的鄙视和同情。

曹俊超不明白，为什么无论他怎么努力，都始终无法靠近陈素素。他并不知道，陈素素一开始就看明白了，他们俩是完全不同的类型，不会有共同语言，除了病友之外，更不该有任何交集。

就在曹俊超觉得自己就快坚持不下去的时候，周涟漪突然来到他的身边。用弱小的姿态和温柔的方式，一点点儿地靠近了他的心。

周涟漪和陈素素真的很像。她们一样地冷静；一样地喜欢看书、喜欢思考；一样地，轻轻一句话就直抵人心。然而她们是完全不同的，陈素素的身上，没有丝毫的自卑，更没有生活所迫带来的忧愁。她是一个除了情伤以外几乎一帆风顺的女孩子，所以，才那么难以靠近。当然，陈素素也无法理解他，或者说，根本就没有兴趣去了解他心中的那些不堪、琐碎，甚至阴暗。

周涟漪就不同了。她享受过人世的善意，也见识过生活的艰难。她心中尚存美好，对人性的恶也足够了解。她有她的冷漠，当然也有她的慈悲。他俩是一类人，其实又不是一类人。他不知道，他怎么就吸引了她，但他知道，和她在一起，他是愉快的，是放松的。她就像一个温暖的枕头，虽然枕套不是真丝的，枕芯不是羽绒的，但对于他来说，却是最熨帖的。

和周涟漪交往的这两个月，是他这几年过得最愉快的时光。不知道从什么时候起，他的药停了，也没再去心理咨询室。不依赖任何外力，已然能睡着。虽然偶有噩梦，但精神状态却是最好的时候。他甚至怀疑，心理咨询师没有治好的抑郁症，几乎已经被周涟漪治愈了。

可是他却弄丢了她。

在一起时，始终存有疑虑。因为她的主动靠近和她的贫穷，让他怀疑她的目的和之前接触过的那些女人并没有什么区别。因为她的温柔和低姿态，甚至让他忽略了她的感受。所以，他才会当着她父母的面儿那么伤她。

这一次，只怕她是真伤心了。要不然，也不会这么久都不跟他联系，就像两个人从来没有联系过一样。

也是怪了，自从她离开，他这几天都没怎么睡好。又开始吃药了，然而也不怎么管用。他又去医院开了新药。只吃了一个晚上就不想再吃了。这两天，几乎是熬过来的。过程之不易，大概也只有自己知道了。

胡思乱想了一阵之后，曹俊超又去了周涟漪家楼下，也不知道待了多久，楼栋里的灯，逐渐都熄灭了。没多久，周涟漪家的灯也熄灭了。曹俊超鼓起勇气拿起手机，反复删改之后发了条微信给周涟漪，问：准备睡觉了？

他知道，周涟漪一定能看懂他在表达什么。然而他不知道的是，周涟漪看懂他在表达什么的时候，会怎么回复他。

曹俊超很忐忑，不想错过周涟漪的任何回应。于是，他握着手机，脑袋却拼命仰着，想要看看周涟漪看懂他的这条信息之后，是先回复他，还是开了灯站在窗口往下看，以确认他的车在不在楼下。

然而这些都没有发生，灯没亮，手机也没响。

周涟漪就像越来越深的夜一样，寂静无声。因为做错了事，曹俊超也没有勇气直接上楼去敲门。一则，他不知道该怎么跟周涟漪的父母解释那晚的行为；二则，他不知道众目睽睽之下他会面对一个什么样的周涟漪。

回去之后勉强躺下，自然是没睡好的。第二天一早，锦阳湖壹号还没上班，曹俊超就来了。周涟漪到单位向来早，看见守候在售楼处广场外憔悴的曹俊超时，大部分销售员还没有到。周涟漪微感意外，却什么都没说，更没打招呼，从曹俊超身边径直走过。曹俊超一把拉住周涟漪，说："等等……"

周涟漪安静地看着曹俊超抓住自己的那只手，依然没说话。

曹俊超放开周涟漪，问："你看到我昨天晚上发的微信了吗？"

"昨天睡得早，没注意。"周涟漪的声音波澜不惊。

"我昨天在你家楼下待了很久，你们家10点40左右关的灯，你是那时候睡的吧？"曹俊超提醒周涟漪，他昨天晚上到她家楼下去了。

"我家？"周涟漪的表情有些诧异，想了几秒钟才说，"你说以前住的地方吧？我们搬家了。"

"搬家了？为什么？"曹俊超问。

"受不了邻居的指指点点。"周涟漪耸耸肩，依然云淡风轻地说，"没什么事儿的话我先进去了，上班之前有很多事情要做。"

"等一下……"曹俊超再次条件反射地想要伸出手去拉周涟漪，周涟漪偏了偏身子躲开了。躲开之后还用手拍了拍刚被曹俊超拉过的地方，就像胳膊上面有灰似的。

倪虹来了，陈素素也来了，这二人经过时也只是安静地看了他们一眼，什么话都没说，更没打招呼，直接进了售楼处。

曹俊超看见陈素素，想到那天晚上当着周涟漪的面儿对周航说的那句话，感觉有些尴尬。他没话找话地问周涟漪："你吃早饭了吗？"

"吃过了。"

"我还没吃呢！你陪我去吃好不好？"曹俊超放低声音哀求。他真的很想跟周涟漪谈一谈。

"现在是上班时间。"周涟漪的声音依然平静，却不耐烦地看了看手表。

"请个假不行吗？"曹俊超问。

"售楼处人手不够，不好突然请假的。"周涟漪说，"我不比你，自己做老板，上班时间自由。"

"那晚上下班我来接你？"曹俊超不理会周涟漪的讽刺，期待地看着周涟漪。

周涟漪看着曹俊超的眼睛。那双眼睛，不像之前她所看到的那样，像鹰隼般目光炯炯、精神饱满，反而看着多有隐忍和憔悴。他瘦了许多，胡子拉碴，嘴唇也干，看着像只营养不良的大猩猩。

周涟漪心中多有不忍，也想跟他好好谈一谈。心软之后便没有一味地强硬，而是点头说："好。"说完便不再逗留，直接进了售楼处。

周涟漪进售楼处时脚步稳健，头也不回，就像完全抛却了这份感情似的。然而她放在身前的那只手，却微微颤抖。他又来找她了，真是让人紧张啊！

曹俊超看着周涟漪的背影，长舒了一口气。这是他认识的那个周涟漪啊，受了再大的委屈，也不会哭闹着讨伐，给人难堪，而是冷静地处理。

下班后，某泰式餐厅。

人很少，角落的位置就曹俊超和周涟漪两个人。

刚一落座，曹俊超就迫不及待地说：“你总算肯见我了，我有好多话想跟你说。”

周涟漪不理会曹俊超满腹的话，只说：“先吃饭。”

周涟漪拿起菜单点了几个菜，很快菜上来了，两人安静地吃。其间，曹俊超几次想说话，周涟漪都只微笑着，没怎么回应。

见周涟漪不想交谈，曹俊超便也不再说什么了。

周涟漪点的菜味道都比较清淡。也不知道为什么，这几天一直胃口不好的曹俊超，和周涟漪一起吃饭时，却就着一道咖喱牛肉，破天荒地吃了四碗大米饭。

吃完饭之后，周涟漪又要了水果拼盘。牙签扎着两人分着全部吃完了，周涟漪去洗了手，让服务员收拾了，才又坐下来跟曹俊超说：“现在可以谈了。”

曹俊超简直无语了，他们在一起的这两个月，大多数时候都是曹俊超主导。因为周涟漪的温柔和顺从，曹俊超甚至觉得，周涟漪是个没什么主见的人。这时候他才知道，他错了，大大地错了。

周涟漪不是没主见，而是为了爱隐藏自己的主见和需求了。仔细回想一下，认识这么久，周涟漪虽然很少主动发表什么观点，也基本不提要求。但只要她说出来的，他通常都会听。她即使是反驳他的观点，也是用一种委婉的、润物细无声的方式表达。这样的女孩其实很厉害的，比那些用强势或做作的态度达到目的的女孩厉害多了。

想到这一点，曹俊超无声地笑了，他还真就喜欢这样的女孩子。

曹俊超说：“那天的事情真的很对不起，我也不知道怎么回事儿，我突然就说出了那样的话。事实上，我并没有跟陈素素开房，她丝袜破了，我陪她找个地方脱掉……”

这件事儿周涟漪早就猜到了，并不感到惊讶，而是平静地问：“然后呢？”

“我想跟你道歉，你原谅我吧！”曹俊超从不跟人道歉，这几句话几乎用尽了他全身的力气。

然而周涟漪并没有回应，她只是沉默着，一直沉默。

曹俊超突然抓住周涟漪的手，说："对不起，我们和好好不好？"

周涟漪把手抽出来，看着曹俊超，一字一句地说："那天的事情，你其实知道是怎么回事儿。"

曹俊超疑惑地看着周涟漪。

周涟漪说："就算是为了气小周总，但当着我的面、我爸妈的面、我所有邻居的面，说出那种话，你心里其实根本不在乎我对不对？"

"不是这样的。"曹俊超连忙申辩，"我当时一定是糊涂了，是应激反应，周航突然动手，我也是气蒙了……"

周涟漪安静地听着，不说话，只认真地看着曹俊超，曹俊超便说不下去了。

半晌，曹俊超说："我得承认，我当时没有顾及你的感受……"

"你不喜欢我，对吗？"周涟漪说，"你一直喜欢的人都是陈素素，而不是我。虽然后来我们在一起了，但她始终是你心中的红玫瑰白月光小公主。我不过是个替代品，可有可无的存在，你只是寂寞了、无聊了，才跟我在一起的。任何时候，只要陈素素向你招招手，你都会回到她身边。也正因为这样，当你发现小周总也喜欢陈素素时，你才会嫉妒到发狂，宁可撒谎，宁可不顾我和我父母的感受，也要气他……"

早上见面，约在晚上谈。周涟漪用了几乎一天的时间模拟见面时聊什么、怎么聊。这番话，其实已经在她心里过了一遍，她本来以为，她会很平静地说出来。说这番话之前，甚至这番话的前半段，她还是很平静的。但说着说着，也不知怎么的，眼泪就忍不住掉落下来。

那天，事情发生之后，周涟漪很快就推导出事情的真相。她仅仅是一个二十多岁的小女生。自己的男朋友喜欢别人，这件事儿她早就知道。本以为自己不介意，本以为努力对他好，迟早能取代那个人在他心中的位置，哪里知道，根本不可能。无论做了什么，怎么做，都不可能。当然觉得委屈和遗憾，还有悲哀，以及对他的恨。——是的，恨。既然不喜欢自己，为什么要和自己做那种事情？抚摸、接吻甚至……

把自己当成什么了？送上门的、免费的？只怕在他心中地位更低吧！

这些事情根本不容细想，越想越难过。虽然知道这样的想法可能会有些偏激了，但一个人的时候，还是忍不住这样想。

当着曹俊超的面，把这一切都揭露出来，是很需要一点儿勇气的。但，既然谈了，那总得谈点儿实在的吧！不然谈什么呢？他说对不起，她说没关系，或者绝不原谅你？这多无聊。虽有了结果，但心里的话始终没有说出来，这和不谈又有什么区别？

曹俊超没想到，周涟漪上来就直指真相，说着说着还哭了起来。——没有任何和哭泣相关的声音，只有眼泪大颗大颗地滚落下来。随着那些眼泪，嗓子哽咽了，没办法再说下去。

曹俊超从来没见过周涟漪哭，他见到的周涟漪，一直是云淡风轻的。曹俊超有些怕了，手忙脚乱地抽纸巾递给周涟漪，说："别哭，别哭呀！是我不对……"

周涟漪也不矫情，接过纸就擦了眼泪，擤了鼻涕。很快就调整好了情绪，尽量平静地问："我说得对吗？"

他能说不对吗？她都已经把真相说出来了，他还怎么撒谎？虽然和他想要谈的东西完全不同，但这一晚毕竟是周涟漪主导的，曹俊超只好硬着头皮说："对，但是……"

周涟漪凄楚地一笑，站了起来，说："那就没什么好谈的了。"

周涟漪起身准备走，曹俊超当然不会让她就这么走掉。他连忙拉住她，说："你只说对了一半，你听我说完……"

着急的情绪是真实的，想要挽留的迫切也是真实的。理智和爱占了上风，周涟漪看了曹俊超一眼，默默地坐了下来。

"这周之前我是这样想的，这周之后不是了。"曹俊超说，"这一周我想了很多，我很少想到陈素素，我一直在想你。不知道什么时候起，我已经爱上你了，可我自己并不知道。我还以为我仍然喜欢陈素素，这是我的问题。我得承认，才和你在一起的时候，情感上我可能有些被动，这主要是反应比较慢的缘故。你能理解吗？”

周涟漪点点头，表示理解。

曹俊超说：“最近我想了很多。我想，我没办法离开你。这就是我隔了这么长时间，仍然会跑来找你的原因。”

爱情从来都是不公平的，先爱上的那个人，注定要更辛苦一些。周涟漪和曹俊超之间，周涟漪是先动心的那个。她动心的时候，曹俊超心里还有别人。周涟漪一直知道这一点，所以，她在曹俊超面前始终骄傲不起来。她很少直接拒绝曹俊超的要求，即使有时候觉得有些过分，也只是用“不高兴”这种情绪表达，而不是直接说出来。

在这份恋爱里，两个人是明显不对等的。一个强势，一个弱势。这种状态持续了至少两个月。可从现在起，一切就不一样了。从曹俊超说出“我没办法离开你”的那一刻起，两个人终于平等了。

曹俊超的话，周涟漪自然是相信的。不然，他来找她做什么呢？不早不晚，刚好一周之后。这个时间，说明他至少深思熟虑过了。

而她，这一周，也曾深思熟虑。她给自己的唯一的再次接受他的理由是他心里有她。他既然承认了，她也没必要继续在这件事情上纠结下去。可是，这远远不够，接受不代表原谅。就算是原谅，也不代表要继续在一起。

听了曹俊超的话，周涟漪缓缓点头，说：“我相信你。”

“那么？”曹俊超满怀期待地看着周涟漪。

周涟漪说：“我可以原谅你，但我父母没办法原谅你。你也知道，他们为我付出了很多，我不可能违背他们的意愿继续跟你在一起。”

“就不能跟他们说说吗？”想到自己曾经给周涟漪父母带来的伤害，曹俊超的神色就有些黯然。

“怎么说？”周涟漪说，“我总不能告诉他们，就是这个当着你们的面承认和别的女人出入宾馆的男人，他又来找我了，而我决定继续和他在一起吧！”

曹俊超语塞了，半晌才说：“再跟他们解释一下呗？”

“就算他们相信了，情感上也接受不了。那件事情发生了，还是当众发生的，他们会认为你是一个不靠谱的男人，他们不相信你能给我幸福。”

“那怎么办？”曹俊超问。

“我也不知道。”周涟漪说。

“要不我去说说？”曹俊超试探着说。

“你去说？”周涟漪惊讶了，“你去说什么呢？”

“拿出诚意，让他们相信我！”

“那么你的诚意是什么呢？”周涟漪问。

曹俊超想了半天，才说：“我也说不上来，我只能说，如果他们提了什么要求，我尽量去满足吧！”

“如果他们说，希望我们尽快结婚呢？”

“什么？”不过是一个道歉而已，怎么突然就提到结婚了？曹俊超怀疑自己的耳朵。

“他们希望我结婚，嫁一个对我特别好的人，而不是漫无目的地恋爱。”这个答案，周涟漪是早就想好了的。

这一次，轮到曹俊超沉默了。他很想和周涟漪在一起，但，两人认识时间并不久，他还想多了解一些，并没有想过要结婚，特别是闪婚。

“你再想想吧，想清楚了我们再联系。”周涟漪说，“我从来没有谈过恋爱，你是第一个，我是抱着结婚的目的和你在一起的。”

这一次周涟漪离开，曹俊超没拦她。“结婚”这件事太突然，他需要好好想一想。

又是好几天没联系。

曹俊超再次出现在周涟漪面前时，面容更憔悴了。他跟周涟漪说：“我同意结婚，我会到你家去，跟你爸妈说明白，我想和你结婚。”

“好，你来安排时间。”目的达到了，周涟漪笑了。然而曹俊超并没有笑，他的眉头仍然紧锁着。

周涟漪问："你……有什么问题吗？"

"我不知道该不该说出来，我怕你会介意。"

"你说。"

"我……我想签一个婚前协议。"曹俊超说。

"具体哪方面呢？"周涟漪问。

"婚后的权利和义务，以及……财产分配问题。"

周涟漪沉默了。所谓权利和义务，大概只是附带吧，主要想要约定的其实是婚前财产。

周涟漪问："你认为我和你在一起，看上的是你的钱？"

"我是个生意人，有厂有公司，我这样做也是没办法。"曹俊超解释。

"你认为我和你在一起，看上的是你的钱？"周涟漪又问了一遍。

这次，轮到曹俊超沉默了。沉默半晌之后，艰难地问："你是吗？"

"我说不是，你信吗？"周涟漪问。

曹俊超没有说话。

周涟漪凄然地一笑："别说你不信了，连我自己都不信。但，我得说明白的是，不只是为了钱。"

曹俊超看着周涟漪，周涟漪说："为了结婚找对象，当然是要看条件的。有没有房有没有车、学历如何、能力如何、性格如何、人品如何，都是重要的参考要素。当然，最重要的参考要素仍然是喜欢不喜欢。我喜欢你机敏霸道能力强，我认为你能保护我，能给我安稳的、好的生活。这除了第一印象之外，更基于你现在已经做到的，以及我认为你将来能做到的那些事情。我喜欢你这个人，喜欢你白手起家到现在的能力，更喜欢你因为这些能力带来的财富，这都是不可分割的。所以，我喜欢你的钱，但我不光只喜欢你的钱。你明白吗？"

曹俊超点点头："我明白。"

周涟漪说："在我看来，结婚是两个人承诺相伴一生、相互照顾扶持一生。当我遇到困难的时候，你会不遗余力地帮助我。在你心情不好的时候，我放下所有的事情，去安慰你、照顾你。我们不仅要一起变老，还要一起生儿育女照顾孩子、照顾双方家长。在签下婚姻契约的那一刻起，我们就是血脉相连、不可分割的。我们不光是战友，更是彼此唯一的伙伴，我们必须相互信任。但你所谓的婚前协议，直接把所有的信任都打破了。不仅让我觉得难堪，更让我看不到丝毫的诚意。所以，这个协议我不会签。”

曹俊超说：“对不起。”又说，“我知道我这样说你会很难受，可是我的工厂、我的公司，我真的很在意。我现在的生活，是我能得到的最好的生活了。我不希望因为结婚，就让这一切出现变数，我希望你能理解。你的父母至今仍在租房住，为了补偿你，我们结婚以后，我可以把我现在住的那套两居室过户到他们名下。另外，如果结婚以后你不想上班，我每个月也可以给你一笔钱，让你尽量生活得舒舒服服的。我工作忙，孩子和老人你会照顾比较多。如果你有什么其他的要求，也可以提出来。我能做到的尽量做到。”

“可是，我并没有其他的要求，唯一的要求就是彼此信任啊！”周涟漪说。

“我没有不信任你。”曹俊超说，“如果我不信任你，我不会跟你结婚。同样，如果我不爱你，我也不会这么快就同意结婚。”

“你的工厂、你的公司比我更重要，这就是不信任。至于爱，我们才认识两个月，你扪心自问，你真爱我爱到无法分开吗？”周涟漪问。

“至少现在是无法分开的。”曹俊超艰难地解释，“我们毕竟认识时间不长，结婚以后，有了孩子，或者再过几年，感情更稳定之后，我们可以商量着修改这份协议。”

“还不是不信任。”周涟漪苦笑，“认识时间不长确实是个很大的问题，但在我看来，也不算什么问题。可能是因为我是无产阶级吧，立场不一样！那协议，至少目前我是不想签的，我们都再考虑考虑吧！”

在周涟漪和曹俊超因为婚前协议不欢而散时，还有两个人，也面临了婚前财产和钱的问题。然而他们的处理方式，要更简单些。

那是王伟和张雯。

王伟喜欢张雯很久了，但张雯一直都有男朋友。即使偶尔单身，时间也都不是很长。在感情方面，王伟相对内敛，便从未对张雯表达过。

罗姓业主之后，张雯有长达几个月的空窗期，王伟借着张雯生日之际，送了玫瑰花和蛋糕，含蓄地表达了爱意，却也因此吓着了张雯。张雯迅速拉了一个姓刘的业主做挡箭牌，再次把王伟的感情扼杀在萌芽中。

那姓刘的业主本来就对张雯有意思，这下子更顺杆儿往上爬了，频繁约会张雯。购房时，业主需要提供的资料显示，姓刘的业主目前单身。张雯顺嘴问了句，有没有女朋友，得到否定的答案之后，也就半推半就，真做了他女朋友。

可，没结婚不代表没孩子啊！没女朋友，不代表没孩子他妈啊！张雯和姓刘的业主热乎劲儿没持续多久，有一天正在上班，突然被一个抱着孩子的外地女人找来，哭诉张雯抢了她男人……

整整一上午，那女人又哭又闹又哀求，求张雯放过她男人，不要让孩子这么小就没爸爸。张雯是蒙的，幸好王伟和倪虹够清醒，让张雯到后面待着，他俩来处理。

在售楼处，从销售做到管理层，得经历多少事儿啊！就这个“打小三”的小场面，还真不够王伟和倪虹发挥的。当着那女人的面儿给刘姓业主打了几通电话，软硬兼施连哄带劝之后，总算叫来了那男人，带走了那女人。

那女人走后，售楼处恢复了平静。大家各做各的事儿了，张雯却还没出来。调节销售员的情绪问题，也是管理者的工作，倪虹便示意王伟，她进去跟张雯“聊一聊”。

上次罗姓业主当众和张雯提分手，张雯躲在销售员休息室不出来，倪虹要进去聊，王伟“抢”了这活儿。这一次倪虹要去聊，王伟却没说什么，只轻轻点点头。

张雯没哭，震惊的余韵和落寞的表情在她脸上交织，看着倒也复杂。

倪虹倒也没说什么，只安慰她：“幸好交往时间不算长，感情没那么深，也没损失什么。”

张雯没说话。

这些年，倪虹见惯了张雯在感情上分分合合，换男朋友跟换衣服似的。也没别的话好说，只老生常谈般安慰：“好好工作吧，只有工作不会辜负你。”

张雯突然开口了：“倪姐，你说我这个人，做人是不是特别失败啊？”

“怎么这么说？”倪虹只能顺着张雯的话问。

“从十八岁开始谈恋爱，这都快三十岁了，我记得我换过多少份工作，却不记得换了多少个男朋友，可就没遇上一个好的，这还不算失败吗？”

倪虹思索着组织语言：“你想听姐跟你说说真心话不？”

“想啊，你说。”这时候的张雯迷茫极了，她也确实需要有个人跟她说说真心话。

“我觉得，你有些着急了。”倪虹说，“缘分这种事，急不来的。缘分没到，再着急也没用。缘分到了，遇到的那个人，也就是他了。‘他’到来之前，不妨多等等。”

“不试的话，我怎么知道谁是我的‘他’呢？我只好见一个抓一个，这样才能扩大成功的概率啊！”张雯说。

“可你这样，并没有成功啊！你还是太着急了。我比你大两岁，结过婚生过小孩。老实说，我并不认为结婚就是一个女人的终点，有可能是深渊。如果再让我选一次，我大概会选择单身，用所有的力气和时间投入工作，多挣钱，而不是早早地结婚生孩子。”倪虹说。

“你结过婚才这样想，我毕竟没结过婚。”张雯说，“你知道我家的情况，我这几年最大的心愿就是从家里搬出来，住进自己的房子。

可现在的房价……我根本买不起。我爸妈也不会同意我搬出来租房住，他们不放心。那我还能怎么办，我只能选择结婚这一条路。从这个角度说，我是人尽可夫的。”

说到“人尽可夫”这四个字的时候，张雯的嘴角莫名挑起了一丝笑。像是自嘲，又像是自己都搞不清楚什么状况，怎么就到了今天这地步。倪虹的身子一震，说：“你不要这样想，一个年纪轻轻的女人，被这种观念捆住，是很可悲的。”

“我现在还不够可悲吗？”张雯看着倪虹的眼睛问，像是在等待她的回答。

倪虹不知道该怎么回答了，然而这时候，她并不能直接顺着张雯的话说，于是也只能絮絮地说出“怎么会……”三个字。

张雯和倪虹并不知道，销售员休息室那扇虚掩的门外，正靠着一个人，听着二人的谈话。本来他的身体是闲闲地靠着墙的，听到后来，他站直了，眉头越皱越紧。听到张雯问“我现在还不够可悲吗？”而倪虹不知道怎么回答的时候，他忍不住推门进来了。

是王伟。

王伟进来之后一字一顿说：“为了一套房子，和一个又一个没有感情的男人谈恋爱。受伤、受委屈，却依然不撞南墙不回头，确实够可悲的。”

和倪虹聊天的时候，张雯一直没哭。王伟这几句话当面打下来，落在张雯的脸上，比耳光还重，张雯忍不住就哭了。

他怎么敢？他怎么敢？他那么卑微地、小心翼翼地喜欢着她。从来没有表达过，却处处照顾她的情绪，照顾她的自尊心。他怎么敢当面说出这种话？

张雯的眼泪扑簌簌落下，她站起来看着王伟，一脸的不可置信。

在这个售楼处里，如果说哪个人对王伟跟张雯的感情有所察觉的话，那大概也就只有倪虹了。因为工作的关系，她和王伟接触最多。因

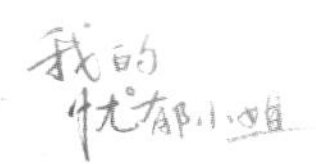

为年龄相近，她和张雯聊得最多。她应该是售楼处里最了解这两个人的人了。倪虹看看这个，又看看那个，知道他们还有话要说，便悄悄地起身走了，走时没忘记帮他们俩把门关上。

静静的斗室里，只剩下王伟和张雯两个人。

王伟走到张雯面前，说："我也有房子，还不止一套，你愿意跟我谈恋爱吗？"

张雯半张着嘴，依然是一脸的不可置信。

"长宁区有套两居室，闸北区有套三居室，还有一套三居室在松江。另外，我在杭州也投资了一套，还没交房。我个人名下有四套房子，你愿意和我谈恋爱吗？"王伟认真地说。

"别闹了……"张雯哀求说，"我已经够烦了，求求你，别闹了，放过我，好吗？"

"你认为我在说谎？"王伟说，"我二十二岁大学毕业参加工作，就在房地产行业做，到现在也有九年了。我的工资除了最低生活标准之外，都用来买房了，我爸妈的存款也都给我用来买房了。买第一套房的时候，限购政策还没出来。这些年，我一手房、二手房都做过，遇到好的购买机会，只要手里有钱就会出手，钱不够，我宁可卖掉一套房也要把更好的房子买下来。这九年时间我买了四套房，手里的钱还够买一套。但现在不比早些年啊，早些年没有购房资格，想想办法总是能买的。现在限购政策越来越严，作为外地人，未婚不能购房。我婚前有多套房产，更没有资格买了。但是没有关系，结婚不就可以买了吗？如果你实在喜欢锦阳湖壹号的房子，我们结婚后，我可以把其他房子都卖掉，和你一起在锦阳湖壹号买套大的。上次听小周总说，三期会出两百平方米的大平层，我们可以考虑买一套。"

刚还在问愿不愿意跟他谈恋爱，现在已经谈到结婚了，这节奏太快，张雯反应不过来。

张雯扶额问："等一下……既然有那么多房，那你为什么一直租房住？"

“把自己的房子租出去，租一居室住，是为了赚差价啊！”王伟说，“流水的项目铁打的销售。做一个项目换一个售楼处，住得离售楼处近点儿，早上也能多睡会儿。”

算盘打得真精。售楼处所有人都知道王伟抠门儿，张雯没想到他这么抠门儿。

王伟也意识到自己的抠门儿镇住了张雯，又解释说：“我一个人这样过没问题，有家庭了肯定不这样。”

张雯当然知道这话是说给她听的，她有些不好意思，喃喃地问：“那又怎样？”

王伟目光炯炯地看着张雯说：“我会尊重对方的消费习惯。”

张雯挺感动的，她说：“我以前遇到的男人啊，虽然很多都很有钱，但把钱都看得特别重。生怕女人占自己一点儿便宜。你愿意用婚前的好几套房，换婚后的一套房。你明知道，婚后买房产权夫妻就共享了，为什么还要这样做呢？”

王伟说：“要是别人，我可能未必愿意共享吧！这个人是你，我就愿意了。你太没安全感了，住在别人的房子里，只怕你永远不会安心的。我喜欢你，喜欢很久了，你如果愿意跟我在一起，我可以把我所有的一切都给你，让你不再感到孤单，让你有安全感，让你心里好受一点儿。”

张雯低着头不说话。王伟一步步紧逼，她不知道该说什么，她心里觉得很暖，在遇到这些事情之后，他还能跟她说这种话。然而他们之间的关系，除了彼此的感情之外，更是同事，她总得说点儿什么，才能缓解尴尬，才能让以后无论发生什么，都不至于无法相处。

张雯再走近一步，和王伟之间的距离有三十厘米左右。王伟的领子不乱，张雯却动手帮他整理了一下，轻轻地说：“你傻呀！拿房子来追求一个姑娘。姑娘就算想答应，也不会答应啊！即使她心里承认自己拜金，跟闺密也是这样描述自己的，面对男人，多少还是要装出一副矜持的样子。要不然，这男女朋友的关系，和包养又有什么区别？”

王伟千年单身狗，哪见过这阵仗？张雯给他整理领子的时候，他的身体就已经僵直了。这时候，更是一句话都说不出来。张雯说完半晌，他才反应过来，突然握住张雯的手，急切地问：“那你答应吗？”

张雯摇摇头，解释说：“我们太熟了，整天待在一起，就像手足一样。售楼处所有人都知道，我要嫁个有房子的人，但以前和我交往的人不知道啊！你知道，还揭穿了，还用这个来跟我表白，我若是接受你了，以后永远都低你一等了。我可不想这样，所以，我只能拒绝你了。”

王伟傻眼了，愣愣地不知道该做什么，说什么。

张雯张开双臂说：“王经理，我们抱一下，感谢你今天跟我说这些话，以后我们还是好兄弟，好姐妹！”

谁要跟你做好姐妹？王伟很愤怒，却没说什么，也没做什么。张雯再次上前，快速拥抱了王伟，又放开，说：“好好工作吧！”说完便轻盈地离开了。

话虽是这样说，但毕竟不是对王伟一点儿好感都没有的。此后的日子里，她并没有明确拒绝王伟的约会，两人在工作中感情越来越好，言谈之间也越发有默契，倒有了几分情侣的模样，这又是后话了。

售楼处前台。

此时正好不忙，于苗苗、周涟漪、陈素素聚在一起聊天。当然不好聊张雯和刘姓业主之间的闹剧，她们三个对王伟和张雯的感情也不了解，能聊的，也只有周涟漪和曹俊超了。

那天早上，曹俊超来找周涟漪，销售员们都看到了。晚上曹俊超来接周涟漪，也没有瞒着大家。这些天，曹俊超就来了一次，神色和情绪都不太对，周涟漪的情绪也不太对。大家都知道了曹俊超和周涟漪的关系，已经没有人再把曹俊超和陈素素扯在一起了。这次聊天，于苗苗起头的，说的就是曹俊超和周涟漪。

于苗苗问周涟漪：“你这几天总是无精打采的，怎么了？你们之间发生什么事情了吗？”

周涟漪说：“他向我求婚了。”

“好事呀！”于苗苗问，“你答应了吗？”

“没有。”

“怎么了？你不是挺喜欢他的吗？”

“他想签婚前协议。”

于苗苗沉默了会儿，问：“他怕你惦记他的钱？”

周涟漪点点头：“主要是怕我染指他的工厂和公司吧！我觉得挺屈辱的。”

“他怎么能这样呢？太过分了！”于苗苗愤愤不平地说，“他有什么好呀！不就是稍微有点儿钱吗？把自己看太高了吧？提出这样的要求，怎么可能会有人答应？你别理他了，下次他来找你，你也别见了，我好好骂他一顿。”

周涟漪说：“我一开始也觉得特别伤自尊，可这些天我仔细想了想，我心里居然还挺想签这个协议的。”

“你疯了吗？这种协议一签，就一辈子都要看他脸色行事了。万一将来你们感情破裂了，你得净身出户你知道吗？”于苗苗说着说着，嗓门就大了起来。

“他为了补偿我，承诺婚后把他现在住的两居室过户到我爸妈名下。那套房子好几百万呢！我们家这几年一直租房住，我本来想自己工作了挣钱给爸妈买房。可你也知道我的情况，我这辈子大概都没办法在这个城市买一套房子了。”周涟漪说。

“你不要这样说好吧！你还这么年轻，将来有的是机会。再说了，谁能保证房价一直不降呢！”于苗苗说。

“万一一直不降呢？国家对房地产行业的策略，一直都是稳定。我总觉得降的可能性不大。他承诺把那套房子过户到我爸妈名下，我真挺心动的。”周涟漪说。

“承诺有什么用？万一婚后他反悔了呢？要表达诚意，干脆婚前过户，你再考虑要不要跟他结婚。”于苗苗说。

“他不会同意。”周涟漪说，“他既然说了婚后过户，应该会过户的。这一点我倒是挺相信他。”

陈素素一直没说话，安静地听着，当她听到婚前协议的时候，也觉得这件事儿有些不对。又听到周涟漪说想签协议，更觉得不对了。

陈素素说：“我不是背后说他坏话啊，我只是告诉一件事，你自己判断。——他叫曹俊超，我们认识的那些人，很多人背后都叫他曹操。他性格太多疑了，把钱看得也重，如果真结婚了，你们相处起来只怕会很累。”

周涟漪说：“我知道他多疑啊！慢慢走进他心里，让他信任我不就可以了吗？我真挺喜欢他的，我其实很想跟他结婚。”

于苗苗和陈素素都无语了。

周涟漪安抚两人说：“换个角度想，万一我喜欢的是个一穷二白的男人，那怎么办？还要不要嫁？如果感情真到位了，只怕也就嫁了。嫁给曹俊超，心理上可能会累点儿，但我们婚后有新房子住，还能给我爸妈一套房子，也不算差了。所以，我也不算吃亏啊！”

周涟漪主意已定，两人还能说什么？于苗苗只好也闭嘴了，只是有些泄气。陈素素交代周涟漪：“真要签，也不要那么轻易答应啊！合同条款也得看清楚，把方方面面都考虑到，比如说有孩子了怎么办，他出轨了怎么办之类的。”

“我知道的，放心吧！”周涟漪绽放出笑容，“这个度我会把握好的。”

“那就好！”陈素素，“我相信你，像你这样的人，总不会把日子过得很差的。”

周涟漪点点头，说：“嗯！”又问，“说起来，你和小周总怎么样了？”

提起周航，陈素素也不知道该说什么好，事实上，他们已经两周没有见面了，而这，是陈素素强烈要求的。

然而毕竟是自己喜欢的人，陈素素的心里时不时地还是很想念周航的。听周涟漪提起来，陈素素发了会儿呆，才说："也就那样呗，普通朋友关系。"

"怎么了？我看他挺喜欢你的。"周涟漪说。

陈素素耸耸肩："我现在不想谈恋爱。"

对于销售员来说，上班时间聊天当然是很开心的，管理层可不这样想。

倪虹忙了会儿自己的事情，便从里面出来了，问："上午有客户吗？"

三人摇摇头。

倪虹说："给手里看过房的客户打个电话吧，问什么时候再来。"

工作都安排下来了，自然不好继续聊，三人便各自散去。

这两个星期，周航的日子并不好过。

他答应了陈素素，不再来找她。他身体很诚信，心情却很糟糕。就这样坚持了一个星期，就坚持不住了。没办法，他只好跑去找范心知。

陈素素警告过周航，不要再跟范心知打听自己的事情。范心知也跟陈素素保证过，她不会做任何违背心理咨询师保密原则的事情。周航还是来找范心知了。这次来找，是为了自己。

陈素素用最暴烈的方式，阻止他喜欢她。他答应了，却做不到。喜欢一个人，喜欢的情绪就像是病毒，潜伏在身体里。虽然已经自控了、自我修复了，但你不知道什么时候自制力突然就败下阵来。自制力一旦举手投降，病毒便以百倍千倍的速度攻占你的身体、精神……

按陈素素的说法，人的一生会喜欢上很多人。并不是每一个喜欢过的人，最终都会在一起。既然没有缘分，不如看开，静等下一段缘分的到来。这道理周航懂，可喜欢这种情绪啊，也是分等级的。对有些人的喜欢，是喜欢公园里的一朵花，可驻足观赏许久，却不会动采撷回家的念头，因知花期太短；对有些人的喜欢，是喜欢家里养的猫和狗，可宠爱可照顾可当亲人看待，却不奢求能得到回报，更不奢求精神对等的回报；对有些人的喜欢，是喜欢自己的皮肤、自己的血肉、自己的肋骨，一想到失去，便会痛彻心扉，后怕不已。

周航很清楚自己对陈素素的喜欢是哪种喜欢。这喜欢是一种病，病入膏肓，而无法自控。

无法自控也是一种心理疾病，只好求助。

虽然陈素素没刻意交代，但周航知道，很多事是她心中的秘密，她不会想让更多人知道。即使是陈素素的心理咨询师，陈素素也未必会告诉范心知这些事情。因此，在和范心知聊的时候，周航并没有讲具体的细节，只是告诉范心知，他无法自控地喜欢陈素素，而陈素素却拼命拒绝，不给他任何机会，连接近的机会都不给，他很痛苦。

范心知理解周航的这种想法，她当然也理解陈素素。于是她说："喜欢上一个受情伤至今未愈的女孩，的确是很辛苦的。再等等吧，等她的精神状态再好一点儿，或者，等转机的到来，那时候一切就不同了。"

"会有转机吗？"周航问。

"会有的。"范心知说。

"转机什么时候出现？"周航问。

"你们在同一家公司上班，即使不刻意，也总有各种机会见面。或许，工作的时候，转机突然就来了呢！"范心知说。

范心知的话，说得过于玄乎，像算命先生，又像得道高僧。周航其实并没有抱太大的希望。陈素素不同于旁人，是稍有压力就会强烈反弹的女孩子。他唯一能做的就是等待，只是越等越焦急。却也没有任何办法，除了等，他还能做什么呢？周航无心工作，却还是强迫自己每天在华里集团加班到很晚，下了班又去忙自己公司的事情。他以为，忙是治愈思念的良药，却不料，不过是饮鸩止渴。哪怕稍有空闲，思念便如影随形。他唯一能做的就是和自制力对抗，拼命地对抗。就在他以为他快要撑不住的时候，转机来了。或者说，不是转机，而是危机。

这个危机，虽然是针对整个行业的。从长远来看，可能只是行业历史进程的一个小点，但对于华里集团和锦阳湖壹号来说，却是一场真正的危机。

第七章

像倪虹和张雯，才参加工作的时候尚且想着，工作几年或许能存个首付。可工资增长的速度远赶不上房价的增长速度。她们买房的这颗心也就从充满希望到逐渐失望，最后到绝望。像周涟漪这种“90”后，家里本来还稍有些底子的，因为一个“错误”的决策，全家沦为赤贫，也不是不可能的。

周涟漪才上班的时候，还挺天真，以为冲着招聘广告上的“挑战年薪三十万”，就真能达到年薪三十万，实现升职加薪买房成为白富美的梦想。现实一而再，再而三地打脸，她才知道，就算真达到年薪三十万，只怕也是买不起房的。

和曹俊超在一起，答应签那份“不平等条约”，除了爱情因素之外，还有对现实的妥协。

所有人都以为房价会无止境地涨下去，全民买房已成趋势。有钱的拿全部的钱去买房，没钱的借钱加杠杆也要买房。人们口口相传的段子变成了这样：有一个人，几年前开了家公司，挣了点儿钱就在北京三环内买了两套房。去年他公司亏了好几百万，就要撑不下去了。他卖了一套房，瞬间挣了一千多万，公司又可以运营好几年了。

大家都相信这个段子是真的。这些年，特别是去年一年，北京城乃至全国大中小城市房价的涨幅有目共睹。尽管政府无数次呼吁“房子是用来住的”，但房产成了最保值的投资品，也就不能怪大家挤破脑袋都要去买房了。

唱衰论者大呼“这样下去怎么得了”！政府当然不能坐视这种情况持续下去，于是在这一年的冬天，出台了更为严厉的限购政策。

尽管政策已经这么严了，但普通百姓并不相信这一次就真的能把房价打下去。有些人持币观望，有些人仍然挤破脑袋想要在都市买一套房，好尽快“上车”。

各地的限购政策都不一样。锦阳湖壹号所在的都市，市中心基本没地了，新盘特别少。稍微靠近市中心的地方，也就锦阳湖片区还有几个在售项目。为表示限购的决心，政策不仅限购，还限价。

但无论是限购还是限价政策，都不是一天两天就全颁布出来的。从这一年的冬天，到来年的春天，整整四个月时间，几乎每隔一二十天，都会有新的、更严厉的政策条款出来。

其实这四个月之后，政策逐渐明朗，胆大的持币者，依然还是一往无前地把资金投入了房地产市场。但人是没有前后眼的，在那四个月之内，没有人会预料到四个月后会发生什么。这四个月，成交出现断崖式暴跌，整个行业哀鸿遍野。

锦阳湖壹号大概是这一片区这段时间内最惨的项目了。因为周素华不肯和其他公司合作，“地板门”事件之后，政府为了补偿华里集团，最终还是妥协了。华里一口气拿下了锦阳湖片区三块地，拿地的钱，只有很少一部分是银行贷款，其他都是自筹资金。现在前期方案和招投标都已经全部完成了，正在打地基的阶段，也就是说，到了最需要用钱的时候。

若是放在往常，只要有地，除了自有资金以外，银行可贷款，承建商也愿意垫资。但现在这一阶段，正好是限购政策频繁出来的时期，前期贷款用得差不多了，承建商不愿意投入更多的钱，自有资金有限，每天的开销流水一般，只好指望在售项目的销售为集团带来更多的流水，好应付新项目的建设。

锦阳湖壹号三期正在紧锣密鼓地施工，预售证要半年以后才能拿到。二期到目前为止仅剩两栋未开楼盘以及之前在售的一百多套剩余房源。按公司策略，本打算在年底来一次集中开盘，两栋楼一起开出来，卖得好的话，二期基本就可以收官了。哪里知道，蓄客蓄得差不多了，开盘活动各项准备也基本到位了，新的限购政策好巧不巧地正好在开盘前三天出来。

王伟和倪虹被叫到公司，和营销部、市场部一起开会，讨论是继续开盘，还是再等一段时间。王伟和倪虹的意思是，限购政策这个点儿出来，只怕之前蓄的准意向客户，很多都要打退堂鼓，那么之前的蓄客很多都是无效的。强行开盘卖得好便罢，卖不好的话将会对项目的口碑产生很坏的影响，甚至可能影响到后面三期、四期的销售。

公司当然理解这一点，但缺钱且急需用钱这种事儿，又不好直接跟销售们说明，甚至营销部、市场部都未必知道，免得引起内部人员人心惶惶，于是也就仅限于周航和几个高管知道。

会议讨论了半天，各部门都有自己的说法和困难，会议主持周航始终没表态，只说还需要再讨论。到最后，秘书推门进来，带来了周素华的最新指示：开盘活动照常进行。销售们这些天辛苦一点儿，把客户再次细细梳理一遍，重新汇报有效客户。活动形式有所更改，不再排队摇号，而是集中开盘、集中选房。

盘就这样仓促地开了，虽然开盘前三天销售员们每天晚上加班到十来点梳理客户、与客户电话沟通，但实际成交数和汇报上去的有效客户数目之间，仍然有很大差距。也就是说，这次开盘很失败。两栋楼新推出五百多套房源，实际上现场仅成交了三十多套。开盘意料之中、情理之外地完败。

这些天，周航和陈素素见了好几次面，但因为大家各有各的工作，都实在太忙了，几乎没有说上话。——当然，陈素素要求在先，周航遵守承诺，也不会轻易跑上前跟她说话。

开盘结束之后，售楼处例行会议总结，大家都没什么话说，现场气氛分外低沉。管理层当然知道这不是销售员们的错，实际上，大家已经很努力了。于是周航和王伟他们便也没说什么，反而把销售员们好好地安慰了一通。周航甚至给大家宽心：寒冬期迟早会过去，未来是充满希望的。

话是这么说，却不能不采取措施，毕竟，公司的资金缺口在那里摆着，逃不掉也避不开，只能想办法解决。这一次，公司总部的管理者们，没有跟售楼处商量，直接采取了两个措施：1.引入外面的营销团队，一起卖房子；2.和都市里知名的二手房中介连锁品牌合作，一二手联动进行促销。

这些年，都市内大多数一手房项目，都引入了外面的营销团队。有的一手房项目，甚至根本就没有自己的销售团队，把与销售相关的事情全部外包给乙方公司，专心做开发。这样做的好处一是可以避免自身团队过于臃肿，分散精力；二是可以借助外脑的力量，让专业的人做专业的事情，不必绞尽脑汁即可得到最新的销售技巧和最好的销售团队。

当然把最重要的销售外包出去，也是有一定坏处的。比如说，销售过程的不可控、管理过程中出现矛盾，或一时无更好的团队替换等。

有些项目为了获得更好的销售资源，让销售员之间更良性地竞争，得到销售利益的最大化，通常会采取双销售团队的模式。售楼处内一个自己的销售团队，再聘请一个乙方销售团队，轮流接待客户，或者干脆直接外聘两个销售团队，同时在售楼处开展工作。

华里集团的其他项目，很多都采用双销售团队的模式——自己的销售团队和外聘销售团队同时存在的模式。锦阳湖壹号项目成立初期本打算也这样做，但三年前一期才开盘的时候，锦阳湖片区远没有现在繁华，可以说，除了一片湖，什么都没有。对于城市居民来说，习惯了市中心的繁华，未必愿意选择这样一个虽不至于是城市郊区，但地段和配套却不是特别好的地方居住。

这三年，因为几个项目的加持，锦阳湖片区有了翻天覆地的变化，商场、超市、银行、餐馆、公共交通系统等都有了长足发展。再加上宣传的力量，这一片区逐渐成为都市红得发紫的新贵片区。然而毕竟是新区，房价尚未完全起来，销售也并没有达到爆发的程度。

就锦阳湖壹号项目来说，这三年，除了开盘期之外，持销期月均销售也是从一个月七八套，发展到现在一个月三四十套的。以现在的销售量，配备双团队、更多的销售人员，从某种程度上来说，是人力资源的一种浪费。所以，即使项目已经开卖三年了，售楼处的销售人员，无论怎么流动，也就控制在六七个人。

如果项目一直这样持续下去，公司大概也不会考虑配备双团队的问题，顶多要求再招几个人以减轻现有销售员的工作量。但现在毕竟是关键时期，限购政策一天比一天严厉，公司却又希望能快速回款。那么，更多的人、更好的销售团队显然有助于公司实现这一愿望。

在周航的主持下，合同很快签订，乙方的销售团队也已经入驻了。二手房中介各个门店内，也摆满了项目的销售资料。售楼处的几个女孩子挺不习惯的，本来项目的寒冬期进店客户就不多，还轮流接待，很多人一整天可能都排不上一个客户。另外，新团队进场三把火，她们精精神神地站在售楼处内外迎接客户，大声喊着“欢迎光临”，对比之下，倒显得一向懒散的原销售人员更不能看了。

这还不算什么，最关键的是，寒冬期上门客少，那就更要加大拓客力度。一般来说，常规的拓客方式有这么几种：以一定的奖励措施激励老客户带新客户；想办法买到市内有车人群中，价格在30万以上的车主的电话，市区五年以上老小区业主的电话，拨打过去邀请看房；按城市片区划分，去购买力度大的片区扫楼；重点写字楼、小区内有针对性地举办宣讲活动、邮箱内塞广告宣传单；更有甚者，为了抢夺客户资源，直接埋伏人在竞品项目的售楼处外拦截客户，发宣传单或抄看房客户的车牌、查手机号等。瑞昌地产旗下的锦绣湾项目，就曾因为抢客户，和锦阳湖壹号项目发生过冲突。

然而这些手段，在非常时期都显得过于常规了，甚至还有些过时。且不说百姓这些年接多了广告电话，深感骚扰之烦，一听是推销的，立马挂掉或没好气地骂几句。单说市内这么多一手房、二手房项目，大家都采取差不多的方式营销，营销效果必然大打折扣。

为了更好地拓展客户，锦阳湖壹号要求销售员们都走出去。无论是甲方的销售员还是乙方的销售员，每天案场内，就留三五个人接待客户，其他人一律去二手房门店对中介进行培训、十字路口发传单、地铁口对着陌生人宣讲、在项目周边三公里范围内拦截和邀请路人进售楼处参观……总之，走出去，带客户进来。而不是像以前一样，大多数时候待在售楼处内无所事事地等待客户的到来。

其实这些事情，合作的二手房中介们也在做，只不过他们的范围更广、力度更大。

新的销售策略在会上宣布之后，销售员们抗拒情绪严重，反对最激烈的是张雯和于苗苗。

张雯不是售楼处内最漂亮的一个，却偏偏是最爱美的一个。这些年，为了在面容尚且姣好的时候把自己嫁出去，尤其注意脸和身材的养护。一天一张面膜就不说了，用最好的护肤品和化妆品维持妆容精致，这都是必须的。在寒冷的冬天为了保持身材，羽绒服和秋裤是不穿的，抗冻能力那是杠杠的。

让一个哪怕最冷的时候也顶多一件薄长款羊绒衫、一条打底裤和一件修身大衣的二十九岁小仙女儿，在这样的天气下，天天跑到外面发传单，拉着路过的大爷大妈大叔大婶大哥大嫂宣传项目，这未免太残忍了些。

于苗苗曾经是富二代，虽然童年时期经历也颇多坎坷。但青春期之后，一直过着富足的生活，直到她爸老于总在“地板门”事件之后破产。

破产的富二代，依然是富二代。即使金钱上缺了点儿，富二代曾经的那些习性，可一样都不能少。

于苗苗才到锦阳湖壹号的时候，是被老于总逼着来的，为了让她修身养性。老于总破产之后，继续在锦阳湖壹号上班，却是为了挣一份生活。于苗苗没在别的地方上过班，之所以之前没考虑过换一份工作，一则是这份工作做熟了，工作量和工作强度对于她来说刚刚好；二则是和几个女孩子之间产生了感情，不太愿意再折腾了。

这一次，公司突然宣布，让大家都走出去，去外面拓客。这对于别人来说可能还没什么，对于娇生惯养却又脾气暴躁的于苗苗来说，可就真承受不住了。她无法想象一向眼高于顶的自己，在这个寒冷的大冬天，站在外面低声下气地发着传单，对着路人解释来解释去，究竟是个什么样的场景。

于苗苗和张雯站在了一处，形成了统一战线，甚至，于苗苗的嚷嚷声比张雯还大。

张雯毕竟年龄大些，知道说话做事留有余地。加之和王伟处于暧昧期，也不忍让王伟难做，虽然反对，说出来的话，就算冷嘲热讽，依然是软软的、哀怜的。于苗苗就不同了，直接嚷嚷出来：“不是有中介做这件事儿吗？为什么要让销售员出去？就算中介不够用，花钱请社会闲散人员或者在校大学生呀！售楼处都是女孩子，冻坏了怎么办？不冻坏，冻伤了怎么办？这是要逼着大家集体辞职呀！”

会议正在开，她就这样嚷嚷出来，还代表了所有销售员，说出集体辞职这种话，周航听得直皱眉头，王伟也不悦地看着她。

于苗苗仍不解气，动员其他几个没说话的女孩子。于苗苗说：“倪姐你说，你愿意这么冷的天出去吗？还有周涟漪、陈素素，你俩也表个态呀，不能只在这儿听着，什么话都不讲吧？”

倪虹、周涟漪、陈素素三人依然低着头没作声。

事情当然不能这样持续下去，周航说：“这样吧，我们投个票，愿意出去的举手。”

五个女孩，没有一个人举手的。

于苗苗说：“看吧，大家都不愿意出去……”

她还想再说什么，周航打断她，说：“不愿意出去的举手。”

只有张雯和于苗苗举手。

于苗苗的手举得高高的，见倪虹、周涟漪、陈素素依然没举手，气不打一处来，嚷嚷：“你们三个怎么回事儿呀？有什么想法说呀！是去还是不去都不举手，究竟几个意思？”

周航问倪虹她们：“你们也说说，出去拓客这件事儿，你们是怎么想的。”

倪虹虽然平时做的多是销售员的活儿，但毕竟是销售主管，年纪又最大，见周涟漪和陈素素都没吱声，便开口说道：“我其实也不愿意出去的，但现在毕竟是非常时期，谁都不知道限购政策会持续多久，短时间内走出去也是可以的，毕竟都是为了销售嘛……”

张雯没说话，嘴角挂着一丝冷笑。于苗苗说：“都知道是非常时期，本来客户就少，再加入一个销售团队分我们的业绩不说，还把我们都赶出去，也不知道公司究竟是怎么想的，这是想依赖外来的和尚，抛弃我们这些老员工吗？倪姐你也真是的，做了这么多年的室内销售，突然被赶出去，居然受得了。你就这么想巴着公司，好升职加薪吗？”

于苗苗到公司时间不长，尚不足一年，但跟外聘的销售团队比，足以称为“老员工”了。她平时说话虽然难听，但不至于这么口不择言。这样当着周航的面儿说公司、说倪虹，可见是真被气着了。

周航还没说什么，倪虹被这样诋毁，眼圈儿立刻就红了，她瞪着于苗苗说：“你……”

然而毕竟知道于苗苗是什么性子，也知道这不是吵架的场合，只说了一个“你”字，便把下面的话咽进去了，只委屈地低着头不说话。

周航不理会于苗苗的情绪，又问周涟漪和陈素素：“你们也是倪虹这样的想法吗？”

周涟漪和陈素素相互看了一眼，轻轻地点了点头。

周航长嘘出一口气，说：“我很高兴，大部分员工还是能理解公司，并支持公司决策的。”

于苗苗说：“可是我……”

周航做手势打断她，说：“我知道，冬天特别冷。走出去拓客，不是一天两天。可能会持续一个月、两个月。我可以向大家保证，销售进入正轨之后，我们会改变这一状态。另外，大家也知道，二期也就这几百套房子了，卖完就要进入三期蓄客了。所以就算我没承诺什么，这种状态也不会持续很久，请大家不要担心，不会一直让大家待在外面。”

周航说完看着销售员们，依然没有人说话。

王伟问：“于苗苗，你怎么看？”

于苗苗赌气似的依然不说话。

王伟又问张雯：“你呢？你怎么想？”

张雯说：“小周总都这么说了，我除了接受还能怎么样呀？我就想问一问，到外面去拓客有补贴吗？重新购买冬天的衣服，有置装费吗？”

周航说：“多卖一套房子，大家的销售提成会多不少，如果卖得好，销售结束时，公司会给大家发奖金。”

“那就是说没有咯！”张雯小声嘟囔，“那谁还愿意出去呀！宁愿少拿点儿提成。”

她自以为声音很小，然而所有人都听见了。

依然没有人说话，此时的气氛，比任何时候都要低沉。

这种时候，作为销售经理，王伟当然要出来说话调节气氛，并给销售员们做思想工作。王伟说：“我知道，你们不想出去，主要是嫌天太冷。乙方的销售团队就不是人吗？他们为什么没有一个人反对？是不是甲方做久了，大家就变得娇气了？我们出来上班是为了挣钱的，只要能挣钱，辛苦一点儿又算什么？再辛苦，能比得上清洁工、农民伯伯？顶多就像中介一样，大部分时间在室外工作嘛！小周总都说了，这种事情不会持续很久，你们还担心什么呢？”

于苗苗说：“不是担心，我就是不想出去。”

会议再一次陷入僵局。

这时候周航开口了：“这样吧，第一周我陪你们去，如果有什么困难，当场说给我听。”

同为富二代，于苗苗和周航可不是一个层级的。周航依然“二代”着，而于苗苗家却已经破产了。另外，周航还是项目老总，新拿的地块也有很多事情要他负责，他的事情非常多，肯抽出一周的时间陪大家到外面发传单、宣讲，实为不易。他都已经这样说了，而不是直接和反对的声音对抗，说出“不想做就不做了，随时提交辞职报告”这种话，已经很难得了。他这样一说，于苗苗和张雯也只好闭嘴了。

周航走后，大家下了班。张雯小声跟倪虹抱怨：“我要是小周总，也会这样做的。反正是自己家的生意，赚多少钱，都是自己家的，累点儿又有什么……”

这话被王伟听见了，王伟说：“你就少说两句吧，做了多少年销售了，还这么不识大体。”

见王伟生气，张雯一吐舌头，倒也不好再说什么了。

没有人知道，周航之所以做出这样的决定，除了给张雯和于苗苗交代以外，还是有私心的——为了打破和陈素素之间的僵局。

周航和陈素素因为工作的关系偶尔还是会见面，但见面次数却不多，见了也几乎无话。

公司的这个决策，是营销部和市场部统一意见之后决定的。周航作为项目老总，自然不会反对。他只是很心疼陈素素。

这么冷的天，娇娇弱弱的女孩子，就这样持续在外面冻着，还真不知道会怎么样。毕竟是他喜欢的女孩，他不愿意让她受一点儿苦。——困境和磨难便也罢了，肉体上的苦，他不想让她承受。

由陈素素再联想到售楼处里其他几个女孩子，会没开之前，周航就想到了，只怕大家心里都不会乐意，周航做好了跟大家一起出去的准备。

销售员会议上，王伟宣布这一决策的时候，周航一直在看陈素素，他想知道陈素素听了这一安排会怎么样。然而陈素素始终是安静的，一如既往地安静。

当他知道，陈素素并不反对这一决策的时候，他更觉得心疼了。陈素素家境也不错，大概也没受过什么苦，却并没有任何抵触情绪，可见是吃得了苦的。心疼之余，更觉欣慰，这是他喜欢的女孩啊，年纪轻轻，有智慧、能吃苦、识大体，还有什么比这更好的呢！

她都能吃苦，他又有什么不能的呢？在这个寒冷的冬天，和她一起站在街头，对着行人伸手发着传单，拉着行人一起宣讲，也是一件浪漫的事情吧！

她不让他追求她，不让他跟她说话，借着工作的机会，至少能多讲几句吧！

那天晚上回到家，周航犹豫了很久，给陈素素发了一条微信："明天穿厚点儿，手套、围巾、帽子都戴着，不要冻着了。"

过了很久，才收到陈素素的回信。陈素素说："好的，小周总。"

依然叫他小周总！周航轻轻叹口气，也只好就这样把手机放下了。

第二天一早，刚上班，周航就来到了售楼处。除了最熟悉状况的王伟留在售楼处"镇宅"之外，第一天，被安排留守的销售员是倪虹，剩下其他人都要出去。周航给大家带了暖宝宝，交代重点部位都贴上，便和张雯、于苗苗、周涟漪、陈素素分了宣传单一起出去了。

四个销售员分别守着四个十字路口，周航作为管理者，是相对机动的。

头一天开会于苗苗和张雯的抵触情绪最大，周航一到路口就先和于苗苗一起派发单页。于苗苗一开始抹不开面子，不愿意对着路人伸出高贵的手。周航便主动过去搭讪，发了单页还简单介绍了项目。于苗苗见周航这么热情，倒也不好再缩到后面去了，扭扭捏捏地给其他路人发了传单。周航夸了她两句，又跟她开了两句玩笑，见她情绪被调动起来了，又陪她了会儿，便去了张雯处。

项目规定，每个销售员都有对接的二手房门店，那个门店内的中介带来的客户归对接的销售员接待、管理。但每个销售员的人脉不一样，有的中介不愿意和对接的销售员合作，也可以选择其他销售员合作。某个销售员被更多的中介选择，待在售楼处内接待客户的机会就更多。

张雯手里的传单一张没发，她正在打电话，见了周航也只冲他笑笑，并不避开，周航便知道，她打的是工作电话。周航从她手里接过传单，默默地发着，间或听她在电话里怎么说。听了几句便听明白了，她这是在联系自己相熟的中介呢！

张雯入行早，行业内认识的人多。一手房和二手房虽然是两个系统，但销售员之间也多有流动。一二手联动这种促销模式，以前其他的项目也做过，张雯认识些二手房中介也很正常。只听见张雯一个个电话打出去，称哥道姐的，还让人家把客户带给她，周航便明白了她的用意：只要有客户接待，或和中介约好了客户看房时间，便可以离开十字路口，回到售楼处进行接待工作了。

张雯真是精，为了不必在外面顶着大风受冻，连这一招“躲懒”的方式都能想出来。然而周航却不能说什么，张雯这样做并未违规，也是为了销售。他便只好假装没听到，继续发自己的传单了。

张雯终于打完了电话，跟周航说：“真是巧了小周总，等会儿就有个中介带人来看房，指名让我接待，我一会儿就回去了，先跟您请个假。”

周航故意说：“你可是我们项目连续半年销售冠军的保持者。但每个月销售额也就比第二名多一点点，这次可要加油哦，争取和第二名把差距拉大些。”

张雯笑着说：“这我可不敢保证，我保证努力工作就是了。”

周航意味深长地看着张雯，脸上笑笑的，却没再多说话。张雯明白了周航的意思：躲懒我也不拦着，但最好不要太过分。

张雯悄悄吐了吐舌头，神清气爽却又娇滴滴地拉着过往的行人宣讲了起来。周航看她精神状态挺好，知道这种职场老油子有的是办法躲懒，便也没多说什么，又去了周涟漪处。

周涟漪一直安静地发着传单，周航来的时候，她正拉着一对儿年近七十的老头老太太详细介绍项目。周航在她旁边发了十多分钟传单了，她还没说完。又等了会儿，好不容易等她说完了，周航提醒她："态度是好的，做事情也是足够认真的。但我们时间毕竟有限，不能见一个路人就说个没完，把其他的潜在客户放过了。另外，发传单也是要看人的，像刚刚那对儿夫妻，年龄已经那么大了，已经不能贷款了。看他们的衣着和手里提着的买菜篮子，也不像是能全款买房的客户。这样的人，发张传单就罢了，简单说几句，把地址说清楚，让有空带着儿女来看房就行了，别的不必多说。"

"好的，小周总。"那么认真地工作，却挨了批评，周涟漪的眼圈儿红了。

周航有些不忍心，然而工作毕竟是工作，有些人可能在生活上很有智慧，情商也高，但在工作和学习上，就是缺根弦儿，这也是没办法的事儿，为了工作能更顺利地展开，该说的时候还是得说。

周航说："这几个月，虽然项目没有再执行末位淘汰制，但你的业绩始终还是在后面徘徊着。加油吧，工作多用些心，多想些办法，总会越做越好的。"

"嗯，我知道了。"周涟漪的眼圈儿更红了，抿着嘴，情绪更低落了。

周航冲她笑笑，拍了拍她的肩膀以示安抚，又跟着她一起发了会儿传单做了会儿宣讲，纠正了几个销售上的错误，便去了陈素素处。

陈素素倒还好，守着一个路口精神饱满地发着传单，面带微笑，传单未递出去，笑容先摆上去，倒让人颇有好感。宣讲也简洁有力，见路人行色匆匆，三两句话说清楚就离开了。见路人停下脚步，一副深感兴趣的模样，就多说几句，详细介绍项目优势。

周航站在几步远的地方看着，等陈素素忙完了，才上前跟她说话。

周航把传单夹在腋下，双手放在嘴巴前哈着气说："真冷啊！"

"是啊！"陈素素得体地微笑着，就像他们仅仅只是同事，就像他们之间从来没有发生过任何事情一样。

"我本来还担心你会坚持不住。"周航说。

"什么？"陈素素问。

周航虚指天空，说："天太冷了，你一个娇滴滴的女孩子，站在路口发传单，我真怕你坚持不住。"

陈素素笑笑，说："肉体上的苦不算什么，精神上的苦才是真的苦。"

周航沉默。陈素素意识到自己又说多了，找补说："其实这些年，我有时候会刻意去吃些苦，好像肉体上痛了，精神上就会好了。"

周航脸色变了，呼吸也变得急促。陈素素不由得有些后悔。暗骂自己，怎么提起这个了？明明想把刚刚那句掩饰过去，却越说越错，真是昏了头了。

陈素素继续找补："你不也在陪着我们吃苦吗？你一个项目老总，都肯出来发传单，我们心里还是很感动的。"

周航笑笑没说话，他还没近一步呢，她又把他给推远了。她很显然也意识到了，凄凉地瞥了周航一眼，没有再说话。

过了一会儿，周航说："其实你大可不必如此的。"又问，"能告诉我，都是为什么吗？"

"什么？"陈素素又问，后又反应过来，他说的应该是抑郁症，以及抑郁症的成因。陈素素想到上次在范心知那里遇见周航，他大概就是为了打听这些事情，只不过，因为当时她的情绪很激烈，没打听成罢了。

陈素素对范心知和周航的人品还是信得过的，知道他们大概不会再讨论这些事情。今日周航又当面问起来，可见是真的好奇。可是有些事情啊，比较复杂，不是一句两句能说清的。有些事情又比较耻辱，陈素素不想说。陈素素便说："可能是因为我的性格比较敏感吧！都说敏感的人感受力比一般人要强得多，得抑郁症的概率比一般人要高得多。”

“胡说！”周航说，“敏感明明是一个很好的特性，有些人想都想不来呢，到你这儿，还成了坏处了。”

陈素素心里一阵难受，不想再跟他讨论这个问题。见又路过了几个人，便上前发宣传单页去了。周航见状，也去了另一边发单页，空闲的时候，才又来到陈素素身边。

周航说：“上次因为我，你和范阿姨闹翻了，现在和好了吗？”

陈素素点点头，说：“都是成年人，还能有什么误会是不能澄清的呢！当时我情绪太激动，说了些不好听的话。好在范阿姨没跟我计较，主动打来电话。一开始我没想通，又说了她几句。后来想通了，意识到自己过分了，就主动跟她道歉了。”

“那你后来又去咨询室了吗？”

“又去了一次，把我的真实想法都跟她说了，她表示理解。”

“什么时候的事儿？”

陈素素报了个时间。周航算了一下，是他找范心知“说心事”之前。范心知嘴还真是紧，什么都没跟他说，只云里雾里地说了一通让他不要着急、等契机之类的话。

陈素素说：“我心里其实很感激范阿姨的，要不是她，这两年只怕我也撑不下去。她建议我找一份‘压力不大，人际关系简单’的工作，我还不太理解。可是现在我的抑郁症和焦虑症已经好得差不多了，可见范阿姨真是有先见之明。”

“她那么资深，给的建议当然是不会错的。”周航顿了顿说，“我能看出来，你很珍惜锦阳湖壹号的这份工作。”

“是啊，我也很珍惜因为这份工作认识的人。”陈素素说。

周航很想问“包括我吗”，但他什么都没问，只微笑着算是回应。

陈素素说：“我曾经以为，对于这个项目来说，我只是过客。可是现在我不这样想了，无论将来我在哪里，会经历些什么，这个项目在我的生命里，都留下了浓墨重彩的一笔，我永远不会忘记。”

周航心里有些悲哀，他能理解她为什么要跟他说这些话。她越喜欢这个项目，越珍惜这些人，便越不愿意生活出现变数。如果注定，他是这个变数，她希望他不要轻举妄动，让变数始终只是定数。

周航假装听不懂，艰难地说："你能这样想挺好的。"

再次无话，气氛一时尴尬。然而就在这时，陈素素突然打了个喷嚏，周航连忙从衣兜里掏出手帕递给她，又解下围巾。

陈素素没接手帕，而是从自己的包里拿出纸巾，擤了鼻子，之后才怪怪地问："你还用手帕啊？现在用手帕的男人很少。"

周航点点头："平时主要也是用纸巾，但会随身携带一个手帕。"

周航再次把围巾递给陈素素，陈素素依然没接，只说："我自己有。"

"你的太薄。我的厚，人冷都是肩膀冷，把我的围巾围在肩膀上，当披肩用。"周航见陈素素始终不肯接，便展开围巾想要上前亲自帮她围上。

陈素素躲开，说："传单就要发完了，马上就回去了。"

周航的手僵在半空中，但见陈素素不再看他，也无计可施，只说："你心肠还真够硬的，对我硬，对自己也硬。"

陈素素假装没听见，走远了几步，加快了发传单的频率。

周航看着陈素素忙碌的身影，知道她蚌的外壳又竖起来了，又生气又无奈，真想就这样不再管她，由着她冷。但见她冻得嘴唇都发青了，又很心疼。见街对面有家奶茶店，就跑去买了热奶茶回来，插上管子递给陈素素，说："趁热喝，喝完我们回去，今天不发了。"

见陈素素愣愣地看着他，周航又举起手里的方便袋，说："每个人都有，等会儿一起回去我拿给她们。"

陈素素这才低头喝了。

那日回去开总结会，周航发了很大的脾气，怪几个女孩子光顾着漂亮，穿得太薄。"若是生病了怎么办？耽误不耽误工作？"周航说，

“明天开始，都把厚羽绒服穿上，厚帽子、厚围巾给我戴上，我看谁穿得薄，就把保安巡夜穿的军大衣拿给她穿，不穿罚款。”

保安巡夜的军大衣，几个月才洗一次，得有多大味儿啊！大家底薪都不高，挣点儿钱不容易，也没人愿意罚款。周航都这样说了，第二日，大家果然都穿得很厚。周航又跟着发了几日传单，每日都会单独过去跟陈素素说说话，无奈陈素素油盐不进，也只好罢了。

就这样发了一个多月的传单，效果虽不说是立竿见影，但销售状况逐渐有了好转，售楼处来电、来访量逐渐多了起来。外聘的销售团队和二手房中介的工作也逐渐进入正轨，销售员们接待任务重了，便不需要再到外面发传单了，工作场所便改回了售楼处。

当然这一个月，也并不是平安无事的。比如说，于苗苗见张雯每日借着中介输送客户躲懒，而自己不得不待在寒冷的室外发传单，背后和当众抱怨了几次，却因为自己并没有那么多中介方面的人脉和指名她接待的客户，不得不无奈地接受了现实。再比如说，现场自然来访客户，说好甲方乙方两个团队轮流接待，张雯死性不改，上前抢了人家客户，让“外聘的和尚”大为恼火，吵吵嚷嚷告到王伟处，又闹了个没脸，这些都是后话了。

最让大家惊讶的是，虽然家里破产却富二代习气依然浓重的于苗苗居然在这个月和一个叫冯大铭的房地产中介越走越近。

冯大铭个子不高，人很瘦，一双不大的眼睛闪着精光，滴溜溜转。带客户看房时态度极其殷勤，“哥哥姐姐”不停地叫。见到售楼处的销售员，嘴巴也极甜。叫倪虹“倪姐”，张雯“雯姐”，称呼陈素素、周涟漪、于苗苗，把姓去掉直接叫名字。这让陈素素、周涟漪都觉得怪怪的，毕竟又不熟。

然而人终究是感情动物，一开始觉得怪，习惯了倒也挺好的，反而觉得这小伙子人不错，很热情，眼明手快，做小伏低，是做销售的料。冯大铭和于苗苗认识，也是因为工作。项目“走出去，把客户带进来”的行销模式，除了张雯，就数于苗苗最抵触。张雯仗着认识的二手房中介多，天天“躲懒”。于苗苗想跟张雯学，无奈这是她的第一份工作，入行晚不说，也没什么相熟的中介。只能跟陈素素、周涟漪她们一样，在不必出去的那天，等着中介带客上门。

于苗苗使了个心眼儿，但凡轮到她接待，她都会对带看的中介私下交代，让人下次带客户来，不要给别的销售员，直接点名找她。但中介们也不傻，跟于苗苗关系一般，于苗苗的业务水平也一般，又没给人家好处，人家凭什么无视销售经理犀利的眼光，而把客户直接带给于苗苗呢？于是那些中介，表面上笑嘻嘻地答应着，实际上每次带客户来，要么让销售员轮流接待，要么和销售员们接触几次之后，就选定了自己指名接待的销售员，比如说张雯。毕竟张雯业绩好，成交率高，人也灵活，会适当给中介好处。

一开始于苗苗还挺生气，发牢骚怪那些中介说话不算数，后来想通了，也就不气了。顶多就是心里觉得他们太现实，太没有人情味，“不可交也”。

冯大铭也是一名中介，但他和别人都不一样。他答应了于苗苗，果然就做到了。但凡他带来的客户，总是指名让于苗苗接待。也不要于苗苗什么，只说她业绩能起来就好。个别客户看着很有成交的希望，最终却没能成交，于苗苗很难过，冯大铭安慰她，说这都是命，没什么的，这个成交不了，还有下一个呢！

有冯大铭的对比，那些表面答应、背后做其他小动作的中介在于苗苗眼里就显得更加面目可憎了。于苗苗跟冯大铭抱怨，冯大铭依然是安慰她，却也并不完全站在于苗苗的角度，而是分析中介们的心理，让于苗苗气顺不说，也不再对那些中介心生怨恨。

同样都是做销售的，年龄相差不大，冯大铭明显要成熟许多。不仅在工作上给了于苗苗很多建议，生活上同样如是。老于总破产之后，身体始终不好，情绪也很低落，于苗苗有时候就会把家里的事情讲给冯大铭听。冯大铭建议她多关心爸爸，多和爸爸聊天之类的。

感情突然降临时，当事人通常是预料不到的。于苗苗从来没想过，有一天她会那么依赖冯大铭，就像曾经依赖爸爸一样。当她发现自己喜欢上冯大铭时，她受到了惊吓。冯大铭和她曾经恋爱过的那些男孩子都不同。首先，冯大铭很穷，所有存款加起来，可能也就够以前的于苗苗买个包。就这点儿钱，怎么生活呢？其次，冯大铭实在是其貌不扬。于苗苗一直以为自己是外貌协会的，只对小鲜肉感兴趣。或者说，只对有钱的小鲜肉感兴趣，却不料，莫名其妙就对冯大铭走了心。最后，当然也是很重要的一点，冯大铭的工作实在是一般。虽然于苗苗的工作也不见得有多好，但于苗苗从来不认为这会是一份可以做一辈子的工作。她总觉得，她不会永远给人打工，待时机成熟时，大概是会自己创业的。就算暂时时机不成熟，她也会转行，找一份更有“前途”的工作，或者嫁个有钱老公，婚后干脆不上班，做全职太太。

冯大铭只是一个普通的二手房中介，就他目前的生存状态来说，这份工作他大概会做很久。风里来雨里去，骑着电动车一个小区一个小区地转，只为帮客户挑选合适的房子。这份工作说到底和快递员、外卖小哥没有任何区别。于苗苗自认为没有职业歧视，见到门口的保安也会主动打招呼。但找对象又不同了，她以前不是没谈过恋爱。交往对象一般都是和她家境差不多的公子哥儿，或者爸爸介绍的相对更有文化的白领。她以为，她和他们才是一类人。

然而感情这种事，是没有任何道理的。喜欢了，就算面前是个乞丐，她也喜欢；不喜欢了，给个总统，只怕她也没有任何兴趣。于苗苗惊吓、纠结了几天，便逐渐想通了：跟以前交往过的那些人相比，她似乎更喜欢冯大铭一些，那就在一起吧！

于苗苗本来就是直性子，某日，两人单独相处，她问他愿不愿意和她在一起。冯大铭没想到，顺手对一个姑娘好，居然有这收获。要知道以他的条件，在这个城市里，是很难找到合适女朋友的。一般能交往的对象，要么是服务员，要么是老家的亲戚朋友介绍的条件相仿的女生。处几年，年龄到了，可能也就结婚了。

每个行业都有鄙视链，卖一手房的女销售员，一般长相都不错，通常是看不上二手房中介的。二手房中介里的女中介，要么结婚了，要么原生家庭经济压力太大，否则是吃不了这个苦的。于苗苗的主动表白，让冯大铭受宠若惊。冯大铭连连点头答应，自此，对于苗苗也就更好了。

于苗苗从小在奶奶身边长大，吃穿不愁，得到的爱和关心却很少。冯大铭弥补了这一空缺。两人居然越处越好，又处了差不多一年，也就到了谈婚论嫁的时候了，却没料到，遭遇了父母那般强烈的反对。老于总虽然破产了，但瘦死的骆驼比马大，手里多少还有些资产的，为了反对于苗苗结婚，甚至扬言要跟于苗苗脱离关系，从老家收养一个侄儿来给自己养老，顺便继承他的家产……这当然又是后话了。

项目销售状态的好转，除了团队的努力之外，很重要的一个因素是限购政策颁布后的恐慌感逐渐过去，房价并没有如某些人期待地大幅下降。一些胆大的持币者蠢蠢欲动，一些在涨价之前没买的刚需客和刚改客，生怕不上车便再也来不及，又把看房买房提上日程。

锦阳湖壹号品质本来就不低，经过了“地板门”事件，大部分都市人也都知道了，锦阳湖壹号的开发商华里集团是有原则、有底线的开发企业，旗下的项目是值得信任和购买的。于是到项目上看房的人一日日多了起来。然而陈素素怎么都没有想到，她会在锦阳湖壹号的售楼处遇见叶望一。

那天，陈素素刚送走一位首次看房的客户，正要转身回到前台，叶望一带着一个四十多岁的女人突然出现在售楼处门口。陈素素心下一惊，以为自己眼花了，揉了两次眼睛，确认是叶望一，第一反应就是逃跑。当然她也是这样做的。然而她刚来得及转身，还没跑两步，叶望一就在身后叫：“素素——”

陈素素不理，继续跑，还因为跑得太急切，绊了一下。

叶望一继续叫：“陈素素！陈素素你跑什么呀，我都已经看到你了！”

陈素素只好回过头来，战战兢兢地说：“你，你怎么来了？”

“这是公共场合，我凭什么不能来？”叶望一冷笑道，“倒是你，怎么卖起房子来了？”

陈素素没作声。

叶望一旁边那老女人问：“这是谁呀？前女友？”

叶望一咬牙切齿地看着陈素素说：“对，前女友！”

那女人故作惊讶一唱三叹地说：“哦，这就是那个把你甩了，还仗着家里的关系让你丢了工作，把你赶到外地去的前女友啊！”

“对，就是那个把我甩了，还仗着家里的关系让我丢了工作，把我赶到外地去的前女友！”叶望一说。

叶望一和那女人的声音太突兀，大厅里的客户和销售员们都扭过头来看着他们。

陈素素气得发抖，说：“你胡说八道……”

“我怎么胡说八道了？你自己说，是不是你甩了我？是不是你爸爸发律师函到我公司，让我丢了工作？是不是他威胁我，让我离开这个城市？”叶望一振振有词。

“你说得没错，但是……”陈素素申辩。

叶望一打断陈素素，对着那女人，也对着围观的众人说：“看吧，我说得没错吧，她一家子都是奇葩，谈个恋爱而已，非要把人朝绝路上逼。”

“我没有，是你先……”

陈素素的话再次被叶望一打断了：“我知道我也有错，我错在哪儿呢？我错在爱上了一个错误的人，从而让自己万劫不复罢了。”

“你，你……”往事涌上心头，陈素素已不能再说话，新仇旧恨之下，只气得浑身发抖，眼泪簌簌而下。

陈素素很恨自己，明明自我暗示过无数次，不要再为这个人生气，情绪不要再被他影响，不要再恨他，也不要再怕他，可她根本就做不到。

人群中，陈素素看到了熟悉的面孔，倪虹、张雯、于苗苗、周涟漪……还有一些老客户。陈素素注意到，周涟漪悄悄地离开了，张雯也离开了。倪虹和于苗苗一会儿看着叶望一，一会儿看着她，脸上除了震惊还是震惊。

她们只怕也是不相信我的吧！就像以前的同事们一样。

陈素素感到绝望，也感到丢脸，就像以往，每次被叶望一当众羞辱时一样丢脸。她蹲下去，哭起来。不知道哭了多久，突然听到吵吵嚷嚷的声音。张雯尖厉的咆哮和于苗苗的大吼交织在一起。她似乎听见于苗苗在喊："你怎么打人呢？保安，保安怎么还没来？倪姐你愣着干啥？快去叫保安呀！"

陈素素泪眼婆娑，抬起头来，这才看见张雯和叶望一撕扯在一起，张雯揪住叶望一的衣服，而叶望一却揪着张雯的头发往后撕扯。

张雯叫道："你放手呀，你弄疼我了……"

叶望一说："你先放我就放……"

往事历历在目，当年，叶望一就是这么对她的。只是那时候，他还知道收敛，每次动手，都趁着没人的时候。陈素素跟人说过，可除了爸爸，没有人相信她……陈素素不知道，张雯和叶望一怎么就起了冲突，想必和自己有关，然而这时候，她的脑子里像爆炸了一样，一片混沌，她什么都做不了，也思考不了，只捂住耳朵尖叫了起来，边叫边往后退着。

突然，陈素素撞到了一个人的身上，那个人顺手就搂住了她，温柔地在她耳边说："别怕，有我在。"

是周航。

这天，周航和王伟都不在售楼处。周航在锦阳湖C地块查看工程进度，王伟去公司对账了。当叶望一在售楼处闹起来的时候，周涟漪和张雯悄悄后退，并不是像陈素素以为的那般事不关己高高挂起，而是自发地退到后面，一个打电话通知周航，另一个打电话通知王伟去了。

周航听到消息，立刻就往售楼处赶。王伟电话里指示张雯，叫保安把那人轰走，他随后就到。

打完电话，张雯正要出门去叫保安，听见陈素素撕心裂肺的哭声，又见叶望一不依不饶地指着蹲在地上的陈素素控诉她的各种罪状，甚至就连陈素素父母不和，和陈素素“有精神病”这种话都说出来了。张雯最见不得男人这样欺负女人，这让她想起了罗姓业主和罗姓业主的朋友。张雯上前打抱不平，不过也才刚说了几句，叶望一旁边那女人就不满起来，说：“你又是谁？凭什么替她出头？”

张雯说：“我是她同事，她被人欺负，我看不下去。”

那女人冷笑：“你是她同事啊！你别被她的表象欺骗了好吧！她以前的同事知道她是什么人。”

张雯说：“我跟她做同事也有大半年时间了，我的眼睛会看，我的耳朵能听，她是什么人，我心里清清楚楚。不要以为你在这里说几句话我们就信了你。”又故意嘟囔说，“真是奇了怪了，一个分手好几年的前男友，居然贼心不死，带着不知道是自己亲妈还是亲阿姨的老女人找到人家单位，对着一个小姑娘当众泼脏水，是不是个男人啊？”

那女人怒了，质问：“你说谁是老女人？”

叶望一也怒了，质问：“你说谁不是男人？”

张雯翻了个白眼：“说谁谁知道。有点男人样，就不会对一个女孩子穷追猛打。难不成你还喜欢她？那你惨了，她可是一点儿都不喜欢你了。”

张雯牙尖嘴利，叶望一哪里是她的对手。那老女人大叫着：“打她，打这多管闲事儿的贱货！”

那女人在旁边推波助澜，叶望一为了表现，上前就推搡张雯：“你是谁呀，要你多管闲事——”

“喂，你干什么呀？还动手是不是？”张雯也嚷嚷起来。

吵着吵着，两人真动起手来。张雯揪住了叶望一的衣服，叶望一揪住了张雯的头发。陈素素大脑一片空白，根本不知道具体发生了什么事情。于苗苗、周涟漪她们第一次遇见这种有暴力倾向的人，吓傻了，不知道怎么办才好。倪虹赶紧去叫保安……

保安进门时，周航也进了门，本想先解救危机中的张雯，却听见陈素素“啊”地尖叫了一声，状态非常不对劲儿。陈素素不好，周航眼里又哪里看得到别人，条件反射般把陈素素抱在怀里，柔声安慰：“别怕，有我在。”

这时候王伟也回来了，见保安队高队长正在和叶望一撕扯，试图让叶望一放手，而叶望一却始终揪着张雯的头发不放，立刻也着急了，冲上去照着叶望一的脸颊就打了一拳。叶望一吃痛，这才松开了手。

那女人见势头不对，悄悄溜了。现场都是售楼处的人，叶望一明显寡不敌众本也想溜，周航发话了：“你先别走。”

王伟请示周航：“要不要报警？”

周航想到陈素素是当事人，而叶望一又是陈素素的前男友，怕真闹到警察局，牵扯出什么来，便摇了摇头，说：“先把他扣着，等下再说。”

王伟问：“私自扣人，这不合规矩吧？”

此时周航正在气头上，说：“在我地盘上，找我的人麻烦，我说的话就是规矩！”

“是！”王伟说完，眼神示意高队长扣人。

周航气头上说话，声音比较大，陈素素被惊醒了，反应过来周航想要做什么，怕出事儿，更怕周航出事儿，便说：“你报警吧，顺便给我爸打个电话，让他来处理这些事情。”

周航正想问：“没关系吗？”但见陈素素神态坚定，便知道什么都不必问，什么都不必说，按她说的做就好了。

过了会儿，警察来了。周航陪着陈素素、张雯、王伟等人去了警察局录口供，而陈一凡早就等在那里了。

事情的经过陈一凡已经了解了。事实上，这不是他第一次和叶望一打交道。两年前，陈素素不胜其扰，得了重度抑郁症之后，陈一凡就把她接回家了。自此，和叶望一所有的交涉，都是陈一凡在进行。

陈一凡很了解叶望一，知道他精致利己主义的外表之下，掩藏的是怎样不堪的灵魂。

因为童年曾经遭受肉体和精神的暴力对待，叶望一的性格早已扭曲。他表面温文尔雅，颇懂得谦让，实际上，控制欲极强。他的控制性人格障碍，不熟的人绝不会发现。就算很熟悉了，跟他没有亲密关系的话，也不会了解。

只有那些不小心爱上他，也被他爱上的女人，在交往一段时间后，才会领略到他温文尔雅的外表下掩藏着的可怕的一面。

在陈素素之前，叶望一曾交往过两个女朋友，都因为受不了他的控制欲，以及由控制欲延伸的暴力倾向，交往不到两个月就离开了他。一个远走他乡避而不见，另一个在受不了他百般纠缠时，找了几个社会上的人打了他一顿，他这才消停了。

陈素素是叶望一的第三任女友。在叶望一之前，陈素素没有谈过恋爱。和叶望一在一起之后，因为急于离开那个总是吵架、总是冷战的家庭，陈素素答应了叶望一同居的请求。从此，噩梦来了。但凡陈素素所做的事情不合叶望一的意，叶望一就各种冷言冷语，表达自己的不满；但凡叶望一要求陈素素做的，而陈素素不愿意做或者做不到，叶望一就会在家里摔摔打打，故意做给陈素素看。到后来，甚至演变成但凡陈素素让他不满意，就用拳头砸墙，或扇自己耳光，身体上伤害自己，以达到让陈素素心疼的目的。

在那个出租屋里，陈素素压抑极了。她想逃离，可她性格里懦弱的一面以及女性普遍都有的圣母心以及在感情方面的缺乏经验，却一次次阻拦了她的脚步。

陈素素变成了惊弓之鸟，莫名地开始讨好叶望一。可这样是不够的，叶望一的要求越来越多，越来越过分。不仅不允许陈素素和男同事说话，就连陈素素在马路上遇见陌生男人问路，回答一句，回家之后，都会遭遇叶望一的指责。

陈素素第一次提出要离开时，叶望一发了很大的脾气。那一次，他不光把自己的拳头在墙上砸得血淋淋，还第一次打了陈素素。其后的一个月，陈素素遭遇了他很多次的暴力对待。

因为青春期就出国留学，因为父母总是吵架，和叶望一分手之前的陈素素，跟父母的关系并不好，甚至可以说非常冷淡。她习惯了什么事情都自己扛，扛不住也自己扛，而不是向父母寻求帮助。因此，就算知道自己的状态不对，知道叶望一不应该这样对待她，却也并没有想过告诉父母。陈一凡夫妇，就像大部分和儿女缺乏沟通的父母一样，在儿女成年之后，虽经常觉得儿女的行为不妥，但只要儿女给点儿脸色看，或说几句难听话，怕多说之后伤了儿女的心，让本就冰点的亲子关系变得更差，便如履薄冰，保留了自己的意见，只在心里默默地担心着。打电话的时候，也只说几句无关痛痒的吃饱穿暖之内的关心话，真正想说的那些，反而什么都说不出来了。

在投行的工作，是陈素素毕业回国之后的第一份工作，因无人指导，一直都是摸着石头过河。投行的同事一个个如狼似虎，竞争激烈，陈素素本就不适应那里的工作氛围，加之几次冲突没处理好，得罪了一些人，在公司做着就更不开心了。

叶望一又一次对陈素素动手之后，陈素素终于忍无可忍了。她趁着叶望一不在，悄悄把自己的东西搬到了酒店。然而叶望一并没有打算放过她，而是在上班日来到了她的公司，威胁她跟他走。她不肯，他便开始指责，情绪逐步失控，大声地控诉她，并诉说着自己的不易。甚至把他们关系最好的时候，她跟他抱怨同事的那些话和抱怨父母的那些话，当众说了出来。

无处可去，无路可逃。陈素素从公司奔了出来，不知道该到哪里去。只好一趟趟坐着地铁，在城市里徘徊着、徘徊着，不知不觉，就来到了锦阳湖附近……

但是陈素素被救了，她也不知道自己被谁救了。只知道醒来时，已躺在医院的病床上。

陈一凡和陈太赶到医院，才知道发生了什么。尽管他们家亲子关系一般，但陈一凡和陈太爱陈素素的心并不比别的父母少。得知陈素素的遭遇之后，陈一凡就发誓，坚决不会放过那个叫叶望一的男人。

之后，陈一凡就全面接管了陈素素的生活。回家里住、辞职、去心知心理咨询中心治疗，全是陈一凡一手安排的。

治疗的这两年，陈素素就像行尸走肉一样，没有自己的想法，甚至很少说话。

才治疗的那几个月，范心知甚至不能在陈素素耳边提起叶望一。提起这个人，她就会恐惧得瑟瑟发抖。可以想象，如果再遇见他，她会是什么样子。某日，陈一凡开车送陈素素去治疗，下车的时候，轻描淡写地跟陈素素说："你现在不用担心了，他已经离开了这个城市。"

陈素素很想知道，陈一凡做了什么，叶望一才会离开。然而她什么都没有问，她很累，只要不让她再见到他，她可以假装并没有经历过那些不堪的事情。

两年过去了，陈素素的情绪终于好了很多，起码已经可以自如地应付一份房地产销售员的工作了。然而却怎么都没想到，她会在工作场合遇见叶望一，遇见这个恶魔。而这个恶魔，显然是有备而来。

面对叶望一的喋喋不休，陈素素仿佛又回到了他在公司当众指责她的那一天。陈素素崩溃了，神思恍惚，什么都不知道了。看到叶望一揪住张雯的头发，被叶望一揪住头发往墙上撞的疼痛感在记忆中苏醒了。陈素素什么都不能做，唯有尖叫，稍可发泄。

之后，周航来了。看见周航那张担忧的熟悉的脸，陈素素才找回点儿自己的脑子。听见周航和王伟为要不要报警而争论，知道周航是怕对她造成不好的影响，心中一暖，这两年反复为自己做的心理暗示，要坚强、要勇敢面对的想法一点点回到陈素素的心中。陈素素这才出言让他直接报警，并交代周航打给爸爸，让爸爸来处理这件事。

去警察局的路上，陈素素小声地跟周航说了这几年的经历。周航心疼极了，说："为什么不早点儿告诉我呢？若早点儿告诉我，我会陪着你，或许你就没那么害怕了。"

陈素素想了想说："除了害怕，还有耻辱。我被一个男人那样对待过，还曾和他同居，我怕你会看不起我。"

"这也是你不想跟我谈恋爱的原因之一吗？"周航问。

"嗯，怕被质问，被瞧不起，更怕下一个男人会像他一样对待我。"

"你当时跟我说，不知道我会是你的灯塔还是风暴，我当时以为我理解了，但其实一直到今天，我才真正理解。"

陈素素笑笑："都过去了，好在一切都过去了。我只是很遗憾，当年救我的那个人，一直没机会见到，也没机会向他表示感谢。"

周航也笑了："你现在可以向我表示感谢了。"

"是你？"陈素素很惊讶。如果真是他的话，算上到锦阳湖壹号上班头天晚上的那次轻生，周航救了她两次。

"是我。"周航眨眨眼睛，说，"你当时瘦得像个鬼，脸白得像个鬼，嘴唇乌青像个鬼，丑到不能看，所以我只救了你，把你送到了医院，却并没有记住你，若早知道你就是你，我不会那么快离开。"

这大概就是缘分了。当时，周航才接手锦阳湖壹号，一期的困难远比二期多，工程部的那群人欺负他年轻，事事拖沓，销售也不尽如人意，他郁闷时，便一个人绕湖走，却没想到，会救下一个轻生的女孩儿，而那个女孩儿居然是陈素素。

陈素素轻轻打了周航一下："你才像个鬼。"

周航躲开，过了会儿问："对叶望一你打算怎么办？还是像以前一样什么都不管，全权交给我和陈叔？"

"你？"陈一凡来处理，陈素素倒是已经习惯了。她没想到周航也打算插手。

"对，我！"周航摩拳擦掌地说，"我有一千种办法对付他，赶出都市太便宜他了。”

陈素素无语，半晌后才说：“让我想想吧，我已经躲了两年，不能再继续躲下去了。”

警察局里，陈一凡望向陈素素的眼神，满是担心和歉疚。担心她再次受到伤害，也歉疚于这件事明明已经处理好了，却并没有达到预期的效果，叶望一又找回来了。然而他毕竟是在场唯一的长辈，是年轻人的定心丸。因此，他并没有多说什么，只是对周航点了点头，算是打过招呼，之后便对两个年轻人说：“别担心，我来处理。”

录完口供，陈素素他们就可以回去了，而叶望一作为肇事者，即将被行政拘留。陈一凡知道，就算是拘留，也不会太长时间，他不希望叶望一出来之后继续骚扰陈素素，便留下来继续处理后续事宜，拜托周航送陈素素回家。

回去的路上，周航说：“我知道现在跟你说这些不太合适，但我犹豫了很久，还是想跟你说，过去的已经过去，我们总是要朝前看的。”

“我知道，处理完叶望一的事情，我也打算抛弃过往，好好生活了。”

“有什么打算？”周航问。

“先上班，再做计划吧！二期马上就卖完了，卖完了再决定不迟。”

“有没有想过到华里集团总部去工作？”

“总部？我能做什么？”

“你能胜任的岗位很多，比如说副总裁助理之类的。”

“副总裁助理？副总裁是谁？”

“现在没有副总裁，不出意外的话，二期卖完应该就有了。”

陈素素看着周航想卖关子，却又忍不住透露的样子，问：“该不会是你吧？”

“为什么不会？”周航问。

陈素素哑然失笑，没再说话。

周航说：“不是我的东西，我不会强求。是我的，我也不会轻易拱手让人。怎么样？二期卖完要不要给我做助理？”

“不要。”陈素素说，“总觉得华里集团那一摊子事儿挺复杂的，我怕我玩不转。”

主要还是觉得给他做助理怪怪的，想起来就觉得难为情呢！

“是怕现阶段的你玩不转，还是将来也玩不转？”周航显然只听懂了表面的意思。

“有什么区别吗？”

“人总是要不断学习的，担心现在玩不转，这不是问题。连将来也担心，这就是大问题了。”周航说。

“这毕竟是你的事业，你家的事业。”陈素素低着头说。

周航看着陈素素，知道她又在撇清关系，把他往外面推了。却也不忍心在这时候逼迫她，只好转移话题：“我还有一份工作可以提供给你。”

“什么？”

“某海外房产投资公司的事业部经理。你在国外生活多年，对西方人的生活方式很了解，英文也好，这份工作很适合你。”

陈素素张口结舌，问：“谁的公司？”

“我的，我个人的。”周航说。

陈素素再次哑然失笑，他处心积虑地拐了这么多弯儿，总是不肯放过她。

“到时候再说吧，或许我想休息一阵子呢！”陈素素依然是委婉拒绝。

“你还要再考虑考虑我们之间的关系吗？”周航问。

“嗯。”陈素素说，“对不起。”

“不要跟我说对不起，喜欢你是心甘情愿的事情。”

陈素素低着头没说话。

周航说：“你说，你不知道我是你的风暴还是灯塔。我仔细想了想，你还是不够信任我，若信任，就算偶有风暴，也会把我当成灯塔。”

“人与人之间，哪儿有那么多信任呢！”陈素素说，“时间流逝，人心易变。我最怕的就是这变，当下的信任，和一部分信任，就足够了。”

“真悲观。”周航说，“那能不能换个角度想问题？比如说，做自己的灯塔，同时照亮我。”

“自己的灯塔？”陈素素惊讶了。

“是的，走自己的路，为自己照明，同时照亮我。”周航重复了一遍。

“我可没那么大的能力，能过好自己这一生，只怕都要用尽全身的力气。”陈素素说。

“不，你能做到的，事实上，你已经做到了。”周航说。

陈素素疑惑地看着他。

周航说：“我不知道该怎么跟你解释。那天，敌军虎视眈眈，即将冲破我军防线，你抢下我手中的喇叭，救项目于水火之中，这几乎亮瞎了我的双眼。后来每一次，当我累的时候，当我厌倦的时候，当我想放弃的时候，我就会想起你当初的样子，我跟自己说，一个小女生，都能爆发出这么大的能量，我一个大男人，还有什么好怕的呢！——我并不是一开始就清楚我要做什么，要做到什么程度，是你给了我信心，给了我坚持的动力，你明白吗？”

“不明白。”陈素素老实地摇摇头。

周航抓狂，说：“总之，你相信你是我的灯塔就对了。”

陈素素看了看周航，没有说话。

周航补充说：“最好的状态是，我们能做彼此的灯塔。不能也没关系，我们各自发光，照耀自己的同时兼顾彼此。所以，我还是希望你能跟我在一起。”

“让我再想想吧！”陈素素说。

“嗯。”周航说，“不要考虑太久，毕竟感情这种事是需要互动的，我怕终有一天耐心被耗尽，你给我的这点儿光也被耗尽。”

“你会吗？”陈素素问。

“你担心吗？”周航问。

陈素素没再说话，脸却可疑地红了。

一个人若是有了顾忌，便有了短板，有了把柄，就很好对付了。上一次，叶望一的顾忌很多。他从贫穷的、破碎的家庭奋斗出来不容易。他未必爱自己的工作，却爱那份工作带来的荣耀感和能让他体面生活的金钱。他在行业内未必有多高的地位，却已然稳定，并因为专业能力受到尊重。当陈一凡以事务所的名义，发了律师函给他时，他便害怕了，怕身败名裂，亦怕坐牢。

一个暴力对待女性的男人，在更强大的男人面前通常会懦弱而卑躬屈膝。叶望一便是这样的人。他主动找到陈一凡求和，求陈一凡不要告他，他愿意离开都市，再也不骚扰陈素素。

陈一凡同意了他的请求，并表示，希望他永远不要回到都市。

叶望一离开了，就这样离开了两年。他本以为，以自己的学识和专业能力，在都市都能如鱼得水，到了小城市更不在话下。哪里知道，他的专业在小城市无用武之地。他的性格，也不擅长钻营。在小城里，他的日子一天天艰难起来。正当他走投无路，想要换一座城市生活的时候，一个女人出现在了他的身边。

那女人四十多岁，姓范，人称范姐。范姐身材依然保持得不错，但许是年轻时用错护肤品或用多廉价化妆品的缘故，鱼尾纹明显的脸上，不仅有黄褐斑，颧骨处还有一块铁青色。为掩盖那铁青色，只好用更厚的粉底、更艳的唇色来达到喧宾夺主的目的。为能配得上那粉底，那唇色，又只好染了头发，戴了夸张的首饰，穿了小城最具时尚特色的豹纹皮裙和细高跟鞋。整个人美是美的，然而那美，却总有一种夸张的、风云际会的感觉。

范姐年轻时是结过婚的，还有一个女儿。因忍受不了一眼望不到头的贫穷，忍受不了丈夫的不求上进和无能，抛下女儿，独自来到小城。

这些年，做过“大佬”的女人，也做过小老板的情妇。年龄逐渐大了，姿色不如以前，和那些男人逐渐也就分开了。幸好她嘴甜会哄，在还恩爱时，从“大佬”和小老板的手里弄了些钱。分开也就分开了，自己开家小美容院，倒也足够生活，还略有盈余。

和叶望一认识，正是叶望一最落魄的时候。范姐喜欢叶望一年轻的肉体和曾经被大城市洗涤过的灵魂，叶望一喜欢范姐的爽朗大方、浑不懔。两人一拍即合，就这样住在了一起。

别看叶望一对之前的女朋友都很恶劣，对范姐他可不敢这样。范姐社会经验丰富，自带大姐大的气质，叶望一不敢放肆。处了一段时间之后，叶望一就把自己的经历添油加醋地告诉了范姐。由他说出来的当然是另外一个版本。在那个版本里，他是深爱的一方，却被有钱人家的女儿玩弄了、辜负了。不仅如此，有钱人还赶尽杀绝，他不过失手打了她几下，她的爸爸就以他的工作、名誉相要挟，逼他离开都市。

范姐是老江湖，“不过失手打了她几下”，她自然是不信的。然而她根本不在意这些，反正挨打的人又不是她。她当然也不会同情叶望一，只觉得他蠢，连这点小把戏都看不出来。范姐这些年很无聊，她喜欢看热闹，却因为年龄没什么热闹可看，便试图生出些热闹来。她跟叶望一说：“你还是大学生呢，对法律一点儿都不了解啊？伤残是有标准的，你没打伤她，又是男女朋友的关系，这事儿说出去顶多算民事纠纷，不会判刑的。”

叶望一说：“那万一要罚款呢？我可没钱交罚款。”

“能罚多少？嘴长在你身上，你死活不承认打了人不就结了？这都两年了，死无对证，谁能拿你怎么样？就算她爸爸厉害，别人都信她，你就说她出轨了，你气不过。脏水泼她身上，看她能怎么样。”范姐信口开河，“再说你那工作，反正你也辞职了，现在是无业游民一个，跟以前的同事也没有联系，你怕什么？相反，应该他们怕才对吧！她爸不是知名律师吗？女儿做了丑事，丢脸的是他。至于你说的那个陈素素，就更不用担心了。女人的名誉要紧，你们之间的事儿，她隐瞒还来不及，怎么可能到处宣扬？”

叶望一不作声了。

范姐撺掇：“怎么样？要不要报复回去？”

“怎么报复？”叶望一问。

范姐沉吟：“这事儿得一步步来，先找到她人，给她添点儿堵再说。”

叶望一立刻就想到，陈素素不告而别那次，他气急到她公司大闹，可算是出了一口恶气。他刚把这事儿说出来，范姐就说：“你知道她现在的单位在哪里吗？再去闹一次。”

打听这事儿其实并不难。这两年，因为抑郁症，陈素素虽然跟以前的同事和朋友鲜少联系，但也并不是完全没有联系的。总有那么一两个人知道陈素素的去向。陈素素的新工作和之前的工作跨度太大，总有人忍不住八卦的心，传播了出去。

而叶望一和范姐，又商量了报复的细节，便在那一日，一起来到了锦阳湖壹号的售楼处。只是叶望一怎么都没想到，像陈素素这样的人，居然在现在这个单位人缘这么好，那几个销售员，几乎个个都为她出头。更没有想到，不过是羞辱了她一番，居然就闹到了警察局。

去警察局便也罢了，行政拘留二十四小时，并罚些款。本以为这已经是最坏的结果了，哪里知道，陈一凡居然带了范心知来，要给他做精神鉴定。

叶望一自然是不乐意的。陈一凡却说：“以前我们不懂，只把你当成是坏人。这两年，素素一直在做心理治疗，我也因此看了很多心理学的书，了解了很多这方面的知识。我们一致认为，你病了，是心理上的疾病。如果能治好，就还是一名有为青年。”

叶望一说：“你对我还能有好心？我好好的一个人也会被你们诬陷成精神病。之后你会怎样对我？强制性把我送到精神病院？给我吃药，让我变成傻子？”

陈一凡还没说话，范心知说：“你现在这个样子，倒让我想起了一个心理学的名词：被害妄想症。我是心理咨询师，不是精神科医生。

除非给你鉴定出来有精神分裂，否则没有人有权送你去精神病院。你的抗拒心理我能理解，站在心理咨询师的角度，我愿意帮助你。但站在陈素素长辈的角度，我厌恶你。若不是陈先生拜托我，我是不愿意走这一趟的。”

范心知说完，就走了出去。陈一凡说：“人我已经带来了，要不要做鉴定随你。但我要提醒你一件事，今天和你一起的那个姓范的女人被查出来，她那间美容院，表面做的是正经生意，背地里却干些见不得人的勾当。她涉嫌拐卖诱骗妇女，五年前还有一桩间接的命案，已经被警方拘捕了。你就算从这里出去，只怕也没地方可以去了。”

叶望一不可置信地看着陈一凡，陈一凡坦然地回望着他。许久之后，叶望一终于妥协了，然而他说的却是：“我想先和陈素素谈一谈，再决定要不要做精神鉴定。”

“我不会让你见到她的，这是一个父亲对女儿的保护。”陈一凡说完就离开了。

而叶望一却在身后叫：“明天，明天下午我会从派出所出去，我希望能见到陈素素。”

陈家。

陈一凡终于回来了，陈素素和陈太相继迎上去。陈素素问：“怎么样了？”

陈一凡不想让陈素素担心，便说：“没事儿，我会处理好。”

陈太递了一杯水过去，说：“可要处理好，不能再让他来找素素了。”

陈一凡点点头，“嗯”了一声，疲倦地松了松领带，坐在沙发上。陈一凡的情绪被陈素素准确捕捉到，陈素素便问：“有些棘手是不是？”

陈一凡本不想说，但又想到穷凶之人才会极恶。叶望一已一无所有，谁知道他会不会因此就铤而走险，再次伤害自己的女儿？陈一凡想了想，便说了实话：“他想和你谈一谈。”

陈素素愣住了，还没说话，陈太便嚷嚷开了："谈什么？有什么好谈的？他要再伤害素素怎么办？要我说，根本就不要和他谈，找几个人狠狠地教训他一顿，让他长点儿记性就好了。"

"以暴制暴不是解决问题的最终办法。我们家跟他比是很强势，但素素一个人的时候，又太弱小，总不能让孩子永远生活在他的阴影之下。"陈一凡说。

陈太还想再说什么，陈素素开口了："我去跟他谈。"

怕吗？陈素素不知道。

若是放在往常，只怕是怕的。可这次见了叶望一，她觉得她好像没那么怕他了。

这一天，才见到叶望一的时候，她的第一反应是逃跑，那主要是他留给她的心理阴影在作祟。后来，去了派出所，警察问话的时候，陈素素一直在看叶望一。那个曾经意气风发、不可一世的男人，看起来状态似乎并不太好。他消瘦了很多，皮肤黝黑，发型凌乱，胡子拉碴。身上穿的大衣，还是当年在一起时，她给他买的。可能是穿了多次，也可能是洗得不勤的缘故，看着有些脏，腋窝处甚至有些开线。而他面对警察时躲闪的眼神、不自信的状态，和当年也是完全不同的。

当年，叶望一是一个很有魅力的男人。外表周正，风度翩翩，走出去时，总有很多女人主动跟他搭讪。可是这次看他，肮脏和猥琐毫不掩饰，与以往大有不同。陈素素了解陈一凡的手段，知道他是多么强硬的一个男人——特别是他在保护女儿的时候。陈素素判断，这些年，叶望一大概很是吃了些苦头的。

和叶望一恋爱的时候，陈素素交付了真心。在最初交往的时候，叶望一大概也曾付出过半点儿真心吧！两人住在一起，就算叶望一对自己家里的事情讳莫如深，但偶尔言谈间还是会谈及童年和青少年时期的经历。陈素素曾经对他的那些经历非常同情，亦明白，后来之表现和当初之经历有着莫大的关系。然而当时他对她做的那些事情，实在是太可怕了，以至于那同情和爱怜，在恐惧面前，逐渐也就消失了。

这几年，陈素素一直在做心理治疗。为了更好地配合治疗，当然也读了很多心理学的书籍。她才逐渐想明白，叶望一是病了，很严重的心理疾病，才会有那么强的控制欲，才会在失控时和他的父亲一样，选择用拳头解决问题。

陈素素心里是很同情叶望一的，却因为明白“受害并不是施害的理由”这个道理，所以尽管同情，却并不打算原谅叶望一。陈素素不知道，如果她拒绝去见叶望一，爸爸会怎么做。若在这之前，她大概是不关心的。可说出“我去跟他谈”的时候，她明白了一件事，她的内心深处，是希望为他做点事情的。如果能改变这个人，也算是为社会造福了。

陈素素要和叶望一谈，周航自然很快也就知道了。周航的想法和陈太一样，都觉得危险，不想让陈素素去。陈素素却说：“有你和爸爸保护我，怕什么呢？”

她这是邀请自己跟她一起去见叶望一吗？她已经从心里接受自己了吗？看样子是的。周航很惊喜。

和叶望一谈，并不是一件简单的事。这两年，因为经历了很多挫折，叶望一的戾气很重。见到陈素素，先是冷嘲热讽一番。又问她究竟在害怕什么，叫这么多人来保驾护航。

能有多少人呢？不过是陈一凡和周航罢了。为了避免刺激到叶望一，应陈素素要求，他们甚至没有下车。

陈素素说：“怕你，你是一个很可怕的人。”

叶望一“呵呵”冷笑，笑完之后用下巴指着周航问：“他是什么人？你现男友？用现男友来刺激前男友？”

“不是。和你分手之后，我没谈过恋爱。”

“怎么？对我旧情难忘？”叶望一嘲讽地问。

“你觉得可能吗？”陈素素说，“在这之前，我一直在害怕，怕再遇见你这样的人，这是我始终没有再恋爱的主要原因。”

“我有什么不好？如果不是你执意要离开，我也不会那样对你。”叶望一恶狠狠地说。

“看，你还是没变！”陈素素说，“你永远都没有错，错的都是别人。你威胁我、跟踪我、把我关在卫生间里不放出来、对我动手、到我公司污蔑我……都是我的错。”

“难道不是吗？”叶望一仍旧一副凶狠的表情，然而这时也不知为什么，总显得有些底气不足。

“去找心理医生看一看吧！”陈素素说，“你心里有个黑洞，若不填平它，不仅你不会快乐，和你在一起的人，也不会快乐。所有人，再喜欢你的人，迟早都会离开你。”

叶望一苦笑：“已经没有女孩子愿意和我在一起了，除了老女人。”

陈素素叹了口气，没有再说什么，而是把范心知的名片给了叶望一。陈素素说：“我爸爸昨天带去的范阿姨，是心理咨询界的权威，也是这两年给我治病的心理专家。她已经答应我，帮你做治疗，你去找她吧！”

说完，陈素素就准备走了。

叶望一说：“我没有钱，看不起心理医生。”

“她会给你打折，费用等你上班后分期付。”陈素素说。

“你和你爸这么好心，为什么不直接帮我付掉？”

“我们不是慈善机构。”陈素素说，“好自为之。”

说完陈素素便走了。

叶望一在身后叫：“我那样对你，你为什么还要帮我？”

“我和你是不一样的，在我遭遇困境的时候，有家人、有朋友不遗余力地帮我。而你只有一个人。如果我们继续用暴力的态度对待你，你可能会彻底变成一个恶魔，但如果我们帮助了你，你有可能治好自己的心理疾病，变成一个正常人。如果是这样的话，也不枉我曾经喜欢你一场。”陈素素说。

和叶望一谈的时候，陈素素很笃定。回到车上时才发现手心全都是汗，身体也几乎瘫软了。周航想上前握住陈素素的手给她支持，陈素素却挽住了陈一凡的胳膊以借力。

陈素素自嘲地说：“我嘴上说不怕他，其实还是很害怕的，我没有我想象的那么坚强啊！”

周航说：“你已经很了不起了，我怎么都没想到你会这样处理这件事儿。”

陈一凡也说：“恭喜你，又一次战胜了自己。”

陈素素笑笑，没再多说什么。

周航问：“现在是回家还是？”

陈一凡看了看周航，又看了看陈素素，他看出来两人对彼此都有感情，然而却始终差了点儿什么。陈一凡知道，女儿大概还在犹豫，便也不捅破窗户纸，只跟周航说：“我要回事务所拿份文件，你不是也开了车来吗？能不能麻烦你送素素回去？”

周航愣愣地看着陈一凡，陈一凡冲周航眨眨眼睛，笑容无声地漾开在周航的嘴角。

既然未来岳父都主动制造机会了，周航又怎么肯就这样傻傻地把陈素素送回家去？

叶望一从派出所出来的时间是傍晚，谈完也到了饭点儿了。和叶望一谈话过于耗费心神，再加上头一天晚上没有睡好，陈素素很疲倦，在周航的车上，一直在闭目养神。周航专心开车，没有打扰她。车停了，陈素素才发现，他并没有把她送回家，而是停在了一家潮汕粥馆的门口。

看着陈素素狐疑的目光，周航一气呵成熄火、拉手刹、下车，拉开副驾驶的门，俯身帮陈素素解开安全带，这才说：“先吃饭。”

陈素素也是饿了，不想再为这些小事儿纠缠，就默默下车，默默跟在周航身后进了粥馆，默默接过周航递过来的碗，默默喝了好几碗海鲜粥。

周航打趣："真能吃。"

陈素素笑道："了却了一件压在心底很多年的心事儿，感觉轻松了不少。"

周航也笑："我还以为是我秀色可餐呢！"

陈素素的笑容收敛了，半晌才说："谢谢你，周航。"

周航知道她在说什么。一谢叶望一这件事上，他给予的支持和理解；二谢他喜欢她，无以回报，唯觉歉然。

周航知道她一贯的态度，也知道她还在犹豫，不免有些难受。

周航说："我们之间，不要说'谢'这个字。"

陈素素笑笑，没再说什么。吃完了饭，周航本想再去看个电影或者到哪里走一走，但见陈素素实在太累了，就送她回去了。

到了小区门口，陈素素下车，跟周航说再见。周航犹豫了片刻，追了出来，说："我送你进去吧！"

"不用，我自己走就好了。"陈素素说。

"时间还早，陈叔这时候也回去了，我去跟他们打声招呼。"周航说。

陈素素没再说什么，带着周航一起回家了。

开门的是家里的阿姨，陈素素听见父母的卧室里隐约传来争吵声，不由得皱紧了眉头。她轻声问阿姨："我爸回来了？"

"是啊，刚回来。"阿姨说。

陈素素点点头。

周航不是第一次来，阿姨见过他，跟他问了好，又跟陈素素说："煮了银耳莲子羹，你要吃一碗吗？"

陈素素摇摇头："刚吃了很多粥，这时候不饿。"

周航却说："我却没吃多少，要不给我来一碗吧！素素你陪我吃点儿。”

这自来熟的样子，让陈素素觉得很惊讶，却也没说什么。

银耳莲子羹端上来，两人移步到餐厅，小口吃着。餐厅离主卧更近，争吵的声音传了出来。

陈太说：“就这一个女儿，精神上还不好。你让周航送，你究竟想干什么？”

陈一凡说：“她都那么大了，周航送送怎么了？周航的为人我放心。”

吵架的主体是陈素素和周航，两人面面相觑，彼此都觉得很尴尬。

陈太说：“你放心，你能不放心吗？别人或许不放心，她的儿子你有什么不放心的？”

陈一凡说：“我跟你说过，我和素华之间没什么的，你怎么就是不相信呢！”

“素华素华，叫得真亲热。有没有什么，还不是凭你一张嘴。”

“你若是不信，改天我带你见见她，你就知道她是什么人了……”

陈太吃周素华的干醋由来已久，可这只有家里的几个人知道，现在给周航听到了，陈素素窘得不知说什么才好。她觉得嗓子堵，就咳了两声，放下调羹，问周航：“你想到楼上看看吗？我最近得了些好书……”

“好！”周航也放下调羹，两人起身离开。

屋里吵架的两人听见陈素素的咳嗽声，沉默了会儿，便也出来了。这时候陈素素和周航也才走到楼梯间。陈素素回头看了父母一眼，没有说话。陈一凡跟他们打招呼：“回来了？周航也来了。”

陈素素依然面无表情地没有说话。周航笑笑，叫：“陈叔，陈婶儿。”

陈太强挤出一丝笑容，问：“你们这是上哪儿啊？”

“书房。”陈素素面无表情地说完，就带着周航上楼去了。

在楼上待了会儿，两人便下楼了。陈一凡和陈太坐在沙发上，没有再争吵，然而空气中却依然弥漫着低气压。

周航跟陈一凡和陈太告辞。陈一凡送周航到门口，本想再送，陈太轻轻拽了一下陈一凡的胳膊，陈一凡挣脱开了，却又被周航看见了。

周航走了几步，突然回过头来说："我一共就来了三次，两次你们都在争吵。还有一次就素素和陈婶儿在家，两人也没有沟通。"

陈一凡和陈太疑惑地看着周航，不知道他想说什么。

周航停顿了片刻，说："我之前一直在考虑两个问题，一个是素素抑郁症的真正诱因是什么；另一个是，像她这样保守的女孩儿，在国外读了那么多年书都没谈过恋爱，怎么回来了，不住家里反而要出去和叶望一同居呢？我到今天才想明白，家里的气氛太压抑，她待不住。在家里，她感受不到爱，外面的人给她一点儿爱，她就想要拼命抓住。结果外人伤她更深，她走不出来，才得了抑郁症。现在可算是好点儿了，可她始终不敢谈恋爱，我一直在想，为什么她会这样呢？为什么她对爱情这么不信任呢？我今儿可算明白了，症结应该是你们两位。"

陈家三人都没想到周航会说这种话，都愣在当场。陈素素隐约感到，周航会说出更重的话来，连忙叫他："周航……"

周航不理陈素素，依然看着陈一凡和陈太，轻轻说了一句话："或许这个建议，不该由我这个外人说出来，但当局者迷，为了素素好，也为了你们，我真心地建议，离婚吧！"

陈一凡的脸色变得铁青，陈太也摇摇欲坠，两人依然没说话。

陈素素以前不了解父母之间的感情，以为他们早就不相爱了。甚至也曾怀疑陈一凡和周素华之间有什么，见了周素华，又和陈一凡聊过之后她才知道，有些感情，并不是她看到的那个样子。他们是相爱的，只是一个要得太多，而另一个没办法给。要得太多的那个人，偏偏又不会表达，才总是用这种方式沟通。

在陈素素的印象中，周航一直是一个很温和的人，很少会这么强烈地表达自己的情绪，特别是涉及别人的家事时。周航刚一张口，陈素素就知道，父母只怕是受伤了，至少，陈太是受伤了。陈素素赶紧拦着周航，一边冲他眨眼睛，示意他快走，一边嚷嚷：“你以为你是谁呀！你凭什么跟我爸妈说这种话！”

周航无视陈素素发来的信号，没理会她，只冲着陈一凡和陈太说：“对不起，我喜欢陈素素，不忍她受一点儿委屈。请你们慎重考虑我的建议吧！”

周航说完便走了，留下陈家人面面相觑。

第八章

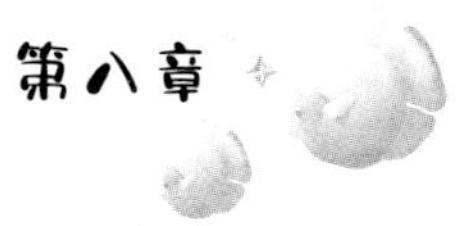

周涟漪和曹俊超都是很实际的人。他们认为，与其把钱花在豪华的婚礼上，还不如拿着那些钱去吃些好吃的，或者给家里添置点儿什么东西，甚至出去旅旅游。因此，他们的婚礼很简单，只在酒店里包几桌，举行一个简单的仪式便也就结束了。

为此，周涟漪的爸妈一直是很不高兴的。当然他们的不高兴，可不止这一点。早在周涟漪告诉他们要和曹俊超结婚时，他们就已经很不开心了。

那是他们倾尽全力培养出来的女儿啊，要嫁给一个文化水平不高的小商人，那个小商人一开始还给他们留下了很差的印象……为此，周妈妈抱怨了周涟漪很久，周爸爸情绪也不高。

周涟漪哄劝了很久而无果，不得不把心里话说了出来。周涟漪说："你们觉得你们的女儿很优秀是吗？那只是你们自己以为的。事实上，无论是在学业方面还是工作方面，我不仅不优秀，甚至还很差。为了不辜负你们的期望，我总是拼命去学，拼命去做。可我就算拼命了，结果却总是不尽如人意。你们知道我背负的心理压力有多大吗？”

周涟漪又说：“你们总是看不上曹俊超，我却很崇拜他。他读书不多，脑子却很活。凭着一己之力在这个城市扎根，有了自己的房子、车子和事业，这是很多人都做不到的。我读了那么多年书，都做不到，我甚至连一套房子都买不起，让你们这个年龄还在租房住……”

周涟漪说着说着就哭了起来。

周妈妈说：“我们从来没想让你给我们买房子，我们只是希望你幸福啊！”

周涟漪说：“能嫁给他，我觉得很幸福啊！”

周涟漪都这样说了，周家父母还能说什么？也只好勉强答应了周涟漪的婚事。

虽然周家父母能力有限，给不了周涟漪更多的支持，但他们仍然把多年积蓄拿了出来，悄悄给周涟漪买了辆车作为陪嫁。

婚礼的当天，周妈妈把车钥匙交给了周涟漪。周涟漪很惊讶，只说自己暂时用不上车，就算要用，也可以开曹俊超的，让周妈妈把车退掉。

周妈妈不肯退，还把周涟漪说了一顿。周妈妈说：“他有是他的，你要用还要跟他说。你若自己也有一辆车，用起来就会方便很多。虽然你住了他的房子，但我仍然不希望你在生活上处处看他的脸色。”

周涟漪连忙赔笑：“怎么会？他对我很好的，还说要把那套之前住的小房子过户给你们，让你们搬过去住呢！”

过户一套小房子给周涟漪爸妈，是婚前协议里讲清楚了的。周涟漪一直没跟父母讲，就是怕万一中途出了幺蛾子，白白让父母生了希望。这时候为了证明曹俊超是真心待她好，为了让父母放心，也就顾不得这许多了。

周家父母听了这话，对曹俊超这才有了些好印象。周妈妈想得比较多，高兴之余却还是担心，私下问周涟漪："过户房子的事儿是你提的还是他主动说的？他没有不高兴吧？没有因此为难你吧？"

"没有没有。"周涟漪连忙打包票，"他一直说，我的父母就是他的父母，他会把你们当成是亲生父母一样孝顺呢！"

周家父母这才放下心来。

哪里知道，婚礼的时候，还是出了事情。

周涟漪这边亲朋不多，加上售楼处的几个人，一共也才开了三桌。周航和陈素素来了，王伟和张雯来了，离婚后的倪虹带着儿子来了，就连于苗苗都带着冯大铭来了。

周涟漪的婚礼，各个方面都很一般，甚至某种程度上还有些寒酸。大家都没说什么，于苗苗却替周涟漪不值。先是小声抱怨菜式不好，又说周涟漪的婚纱都是租的，而不是买的。接着又提到曹俊超那边没给什么彩礼不说，那么有钱首饰也才买了万把块钱的，还不是什么牌子，真是寒酸。

冯大铭不知道周涟漪和曹俊超的感情，多问了几句，于苗苗就把婚前协议的事情说了出来，直说周涟漪这"卖身契"签得有些亏。

大喜的日子，于苗苗说这些实在有些煞风景。倪虹和陈素素听不下去，拼命打岔，于苗苗却不管不顾说得高兴。她不知道，尽管已"压低声音"，她的话还是给背后那桌人听了进去。

那桌里有个人是周涟漪舅舅家的女儿，又转头把这些话说给了周涟漪舅舅听。周涟漪舅舅喝高了，想为外甥女出头，周涟漪和曹俊超敬酒敬到这边时，她舅舅坚决不喝，还拉着曹俊超问婚前协议是怎么回事儿。见曹俊超不说话，又骂周涟漪猪脑子，急着嫁人，把自己卖了还骗爹妈亲戚来喝喜酒。

周涟漪和曹俊超尴尬得不知道说什么好，周涟漪舅妈貌似关心地拉着周涟漪的手问："孩子，你是不是怀孕了？才这么急着嫁人？"

一时间，宾客的眼睛都扫向周涟漪的肚子，周涟漪摆手说："没有，没有怀孕。”又急忙为之前舅舅的发难解释，“哪儿有什么婚前协议呀？我们只有约法三章，规定了家务怎么做，将来有了孩子谁来带之类的。”

张雯见周涟漪急了，顺着周涟漪的话打岔说：“曹总，先说好了啊，你忙归忙，可不能把家务活什么的都推给我们涟漪。她也要上班的！”

曹俊超连忙说：“那是那是，一起做。”

王伟说：“小两口没多少家务，不行就请个钟点工。”

虽然周涟漪的爸妈不知道具体情况，但毕竟是婚礼现场，也不容人随便破坏了去。周涟漪妈走过来说：“你们好好过你们的日子，家务我可以帮着做，将来生了孩子，我也可以帮着带，你们不用操心。”

他们以为，这三两句话能把话题带过去，哪里知道，周涟漪的舅舅不依不饶，大着舌头跟周涟漪妈说：“那我刚才怎么还听说，什么协议不协议的，还要把他的一套房子过户给你们。周涟漪不会是为了这个才跟他结婚的吧！”

婚礼前，周涟漪才提到过户房子的事儿，这时候她舅舅说出来，周涟漪父母的脸色瞬间就变了。周涟漪爸爸问：“你听谁说的？”

一个个指，最终指向了于苗苗。

于苗苗发现自己闯了祸，傻眼了，承认也不是，不承认也不是，愣在那里。

其实，也无须她承认，她的脸色已说明一切。

周涟漪爸爸爱女心切，扬起巴掌就要打周涟漪，却舍不得，又把巴掌放下了，一把拽过周涟漪的胳膊说：“走，跟我回家！这婚我们不结了！”

周涟漪妈妈的眼泪也出来了，什么话都没说，护着周涟漪就打算走。周涟漪力气小，被拉着踉跄了好几步。曹俊超追上去喊：“涟漪……”

周涟漪回过头来看了一眼曹俊超，看到他眼中的关切，脚步停住了。周涟漪使劲儿挣脱她爸拉着她的那只手，喊：“你们听我说……”

“说什么说？还有什么好说的？我们是穷，是没钱，可我们再贱也不会卖女儿。更不会为了一套房子就牺牲女儿的幸福！”周涟漪妈妈边说边狠狠地剜了曹俊超一眼。

曹俊超无话可说，他有他的立场，但站在周家父母的角度来看，这事儿确实难接受了点。

周家那两桌亲戚，见周家父母都要走了，便也起身准备离开。周涟漪的舅舅还在火上浇油，说：“不嫁，这样的人我们不嫁！”

周涟漪“扑通”一声跪下了，她跪在父母的面前，说：“我不知道你们是怎么看待我这份婚姻的，我也不知道在场其他人听说了婚前协议，又是怎么看待这份婚姻的，我并不关心。我只知道，见到他第一面，我就喜欢上他了，他是我用尽心思才追到手的。和他在一起之后，我很快乐，他愿意和我结婚，我觉得我像中了彩票。婚姻是要经营的，不管我们婚前经历过什么，我相信，只要我一直对他好，他也会对我好的，当然他也是这样做的。所以，我希望你们在这里，给我祝福。当然如果你们执意要走，那就走吧！我还是会继续跟他把这场婚礼办完。哪怕最后没有一个人观礼，也没有一个人祝福我们，看好我们。”

周涟漪缓缓地磕下头去，连磕了三下，脑门儿都磕破了，这才起身。

曹俊超连忙走过去，把周涟漪扶起来。周涟漪整理婚纱，挽着曹俊超的胳膊准备朝舞台走去。曹俊超拉住了她：“等一下。”

曹俊超从西装口袋里掏出手帕，轻轻地帮周涟漪把额头上的血迹擦掉。他走到周家父母面前，跪了下来，同样磕了三个头，这才站起来说：“爸妈，我不知道你们究竟怎么想我，如果我猜得没错的话，只怕没什么好想法。但我要说明的是，我曹俊超不需要骗一个女人跟我结婚。和周涟漪在一起我是深思熟虑的，无论有没有婚前协议，我都会尽量给她幸福。如果你们觉得婚前协议伤害了你们的感情，我回去撕了它便是。”

曹俊超走到周涟漪面前，说：“对不起。”

周涟漪微笑说：“不必如此。”

曹俊超没再说什么，两人牵着手，走向了舞台。

周家父母和周家亲戚愣了半晌，最终还是落座了。

婚礼最终得以顺利进行，陈素素很佩服周涟漪，她得承认，若她是周涟漪，只怕不会处理得这么好。

事实上，从那天周航离开时建议陈一凡和陈太离婚到现在，两人几乎没怎么联系。周航给陈素素打过几个电话，陈素素一直没接。又发了几条消息，陈素素也没回。周航到售楼处，陈素素很快就躲开了。周航知道，陈素素在为他那天的冒失生气。他很想就那天的事情解释几句，仔细想想，却又觉得没什么好解释的。态度上，他确实逾越了，但那是他的真心话。他喜欢的女孩儿啊，怎么忍心让她一直生活在这样的家庭氛围中呢！再让他选择一次的话，他大概还是会给出一模一样的建议。即使那建议，会伤害到陈家三口的感情。

见陈素素始终没理他，周航也觉得有些心灰意冷，便没再继续打电话和发信息。周涟漪结婚，周航和陈素素被安排在一桌，又坐在一起。周航主动跟陈素素打招呼，陈素素也只微笑了下，没有多回应。周航本不是敏感的人，这时候还是觉得挺难受，便也没说什么，只扭头跟王伟他们说话了。

明明坐在身旁，却像陌生人一样，这不是陈素素想要看到的。可是这几天，她实在是太乱了。周航那天的话，像颗炸弹一样，引爆了这个虽然每天都爆发争吵，但还算平衡的家庭。

陈太大概从来没有想过要离婚，周航突然说出来，她吓了一大跳，倒是不跟陈一凡吵了，却吵起了陈素素。吵来吵去无外乎“交友不慎，下次这种人不要往家里领”之类的话。

陈素素本来还在犹豫要不要跟周航在一起，陈太直接堵死了这可能性。陈太扬言，再和周航来往，就不认陈素素这个女儿了。还一天到晚追问陈素素，有没有和周航断绝来往。她只差把陈素素关家里不让她上班了。

陈素素觉得陈太太过于无理取闹，却也知道，这不过是她索取爱的一种方式，心里烦，却还是一直安慰着她。然而有些人的性格啊，就是顺杆儿往上爬的。陈素素态度越软，陈太就越嚣张，到最后，陈素素也受不了了，说了藏在心里很久的真心话："你要一直这个样子，我要是爸爸的话，也会想要跟你离婚的。"

陈太号啕大哭。最后又是陈素素去道歉，百般安慰……

婚当然没离成，然而这件事也算是给陈太敲了个警钟，对着陈一凡的时候，总算是收敛了许多，偶尔也会看看他的脸色。见父母之间剑拔弩张少了，好商好量的时候多了，陈素素也挺高兴的。不管怎么说，不破不立，这也算是坏事儿中的好事儿吧！

周涟漪休完婚假回到售楼处上班，于苗苗道了半天歉，周涟漪表示没什么，然而态度毕竟冷淡了不少，于苗苗无精打采地走了，陈素素又来了。

陈素素表达了自己的敬佩，她其实也有困惑想要跟周涟漪聊一聊。——她钻牛角尖太久了，需要一个人传道授业解惑，直觉告诉她周涟漪就是这个人。

陈素素问："你当时怎么就那么大的勇气啊？给你爸妈下跪，也要坚持把婚礼办完。"

"如果我没有勇气的话，现在大概就是一个笑话吧！"

陈素素说："不管怎么说，我还是很佩服你的。如果我处在你当时的位置，我肯定做不到你这么好。"

周涟漪笑笑说："人的一生得经历多少事儿啊，这不过是一次突发状况罢了。如果因为这点小事儿就影响了我的幸福，那就太不划算了。所以，我得尽量去处理啊！"

陈素素说："我不是故意打击你啊，我只是有疑问：你怎么那么确定，他就是你的幸福，而不是灾难呢？"

"幸福不会平白到来，得要争取的呀！我什么都做了，尽力做到最好，就算最终过得不好，我也没有什么遗憾了。怕就怕我什么都没做，只等命运降临到我头上。那才不知道降临的是好运还是厄运呢！”

陈素素愣住了，这是一直以来周航对她做的事情，而她回报了他什么呢？逃避、拒绝、伤害。而这一切的借口，仅仅只是害怕自己被伤害。

和叶望一在一起，不可否认，叶望一伤害了她。可也是她给了他伤害她的机会呀！如果当初能稍微坚强一点儿，早日看清他的本质，不就不必受伤了吗？

至于周航对她父母说的那些话，也不过是为了保护她。他能直言不讳，而不是像她一样，尽管清楚事情的真相是什么，却拼命忍着，只是不想当着父母的面说出难听的话，让他们伤心，反而是讳疾忌医吧！从另外一个角度来说，他参与她家里的事情，何尝不是没把自己当外人呢！

事情发生到现在，也有一段时间了。周航打过几个电话，她都没有接。周航发来短信，她也没回。他大概是心冷了吧，才会在周涟漪的婚礼上，只打了声招呼，却并没有跟她多说话，这些天也没跟她联系。

感情是要互动的，是要去争取的，一直以来，她都是“被迫”接受的那一方，于是每一次，伤害了他却不自知。周航待她太温柔，即使受伤也不曾对她说过一句重话。长此以往，终有一天她会真的弄丢了他，那时候只怕后悔也来不及了。

存了周航的手机号之后，陈素素几乎从来没主动打过他的电话。这时候她再也忍不住了，她迫不及待地想要跟他说说话，迫不及待想要见到他。陈素素拿起手机，走到一边开始拨打……

在大家的共同努力下，锦阳湖壹号二期总算清盘了。

三期的销售工作正在筹备中，锦阳湖C地块亦达到预售条件。周航任副总裁之后，公司在人事上有了新的安排。倪虹经过这几年的锻炼，能力已足够独当一面，C地块售楼处建成之后，公司调倪虹去做销售经理，配合她工作的销售主管是张雯。——虽然张雯仍然有很多缺点，但毕竟是长期销冠的保持者，做主管带新人，非她莫属。

王伟也升职了，代销售总监，总管锦阳湖壹号和C地块两个项目。

他和张雯的婚礼提上了日程，对公司把他们分开这件事感到非常不满，却也无可奈何。好在，两个项目售楼处之间的步行距离仅二十分钟。

周涟漪怀孕了，孕吐严重，已不适合继续做销售工作，她辞了职，专心在家待产。孩子出生之后，王伟邀请她回到售楼处工作，却被她拒绝了。她没有参与曹俊超公司的任何事务，而是和赋闲在家的爸妈一起在网上开了一家针对白领的餐饮店，雇了几个外卖小哥，生意做得很红火。

于苗苗和冯大铭的事情，刚告诉父母，就闹得鸡飞狗跳。老于总身体不好，于苗苗不敢气他，却又舍不得那份来之不易的感情。一个从来没心没肺的人，突然变得满腹心事。

经历种种磨难，陈素素和周航终于在一起了，这个受抑郁症困扰整整两年的女孩，从来没有这么快乐过。健康的爱情美容养颜还滋养心灵，陈素素总算是体会到了。

然而快乐的日子并没有持续多久，周航便派给了她更多的工作：不仅要帮他把海外房产投资公司管起来，华里集团对外应酬的事儿，也择项拜托她去做。他个人的资产，也交由她打理。

陈素素刚有抱怨，周航就说，你以为一个商业帝国未来掌门人的媳妇儿是那么好做的？不说会八国语言吧，起码要做到八面玲珑啊！不然怎么做彼此的灯塔，相互支撑呢？

陈素素哑然失笑，她没说什么，心里却明白，周航那么忙，让她去做一只金丝雀，大概也不是她想要的。

那么，就努力学习吧，努力做一个闪闪发光的，和他站在一起的，能照耀彼此的、相互扶持的情侣吧！这样的感情，才会真正地“情比金坚”吧！

【全文完】

图书在版编目（CIP）数据

我的忧郁小姐 / 陈果著 . — 南京 : 江苏凤凰文艺出版社 , 2021.11
ISBN 978-7-5594-5928-2

Ⅰ . ①我… Ⅱ . ①陈… Ⅲ . ①长篇小说 – 中国 – 当代
Ⅳ . ① I247.5

中国版本图书馆 CIP 数据核字 (2021) 第 097131 号

我的忧郁小姐

陈果 著

责任编辑　白　涵
特约监制　燕　兮
策划编辑　曹若飞
营销支持　胡小雨　姚　瑶
设计统筹　呆桃君
插图支持　早文吕　容那个容
封面题字　仓仓仓鼠
编务统筹　唐一超
责任印制　刘　君
出版发行　江苏凤凰文艺出版社
　　　　　南京市中央路 165 号，邮编：210009
网　　址　http://www.jswenyi.com
印　　刷　北京美图印务有限公司
开　　本　880 毫米 ×1230 毫米 1/32
字　　数　285 千字
印　　张　10.25
版　　次　2021 年 11 月第 1 版
印　　次　2021 年 11 月第 1 次印刷
书　　号　ISBN 978-7-5594-5928-2
定　　价　49.80 元